ハヤカワ文庫JA
〈JA929〉

ラザロ・ラザロ

図子　慧

早川書房
6320

………イエスは大きな声で呼ばわれた。

「ラザロよ、出てきなさい」

すると死人は手足を布でまかれ、顔も顔おおいで包まれたまま、でてきた。

イエスは人々に言われた。

「彼をほどいてやって、帰らせなさい」


（ヨハネによる福音書11）

ラザロ・ラザロ

主要登場人物

廣田葉司《ひろたようじ》……………………………プラスケミカル・ジャパンの開発部課長
岩崎健二……………………………プラスケミカル・ジャパンの専務
宮城《みやぎ》…………………………………プラスケミカル系列子会社のＳＥ
アラン・フェアフィールド……プラスケミカル社研究開発局副社長

松尾孝………………………………医療法人ルミネ研究所の理事長
松尾蓉子《ようこ》……………………………松尾孝の妻
植松恭子……………………………松尾孝の愛人
松尾喜善《きよし》……………………………ルミネ研究所の元事務長
倉石藤一……………………………ルミネ研究所の所長
松尾つかさ…………………………松尾喜善の娘

向田大蔵《むかいだだいぞう》……………………………政治家

エンジェル…………………………研究所の侵入者
斑猫《はんみよう》…………………………………研究所の侵入者

1 NOW

一年して、斑猫《はんみょう》は研究所に舞いもどった。

長い旅だった。

『人生には二十年に一度当たり年がくる』

香港《ホンコン》の占師のひとことに、彼はすべてを賭《か》けた。貨物船の油臭い船倉に息をひそめて海峡をわたり、釜山《プサン》を通過してマカオ、香港へ。汚れた指から指へと札束がまわされて、落札したのは指名手配人御用達の旅行会社。密航ツアーの指定席の最後のひとつに紙一重ですべりこんで飛んだ先は、北アフリカ。マグレブの港。

モロッコを走る列車は、世界中からやってきたバックパッカーであふれていた。彼は列車を追ってホームを走り、連結機のバーにしがみついた。たえまない列車の騒音が機銃の音に聞こえた。砂まみれのシシカバブ、水のはいったプラスチック容器に弾《はじ》けた陽ざし。コンパートメントに乗りあわせたドイツ人の女子大生は、イスラエルへむかう途中だった。テルアビブヤッフォに祖父が住んでいるのよといった。ふたりは給水停車中に、崖下で交わった。彼は片手で彼女の垢《あか》じみたワンピースをまくりあげ、もう一方の手で自分の荷物をつかんでいた。

彼女の汗臭い金髪と、色あせた青い眼。そばかすだらけの乳房。覚えているのはそれだけだった。どこで別れたのかも今は思いだせない。

瓦礫《がれき》に投げだされて蠅《はえ》がたかった母子の死体。溝で腐臭をはなつ黒ずんだ死体、皮と骨だけが綺麗に食い残された死体、道路封鎖に武装強盗団。砂漠の国境線を徒歩で越え、バスに乗り、検問を通過してゴアへむかう飛行機に乗りこんだ。チケットはそこで終点だった。荷物の中身はゴミばかり、そのゴミも入国したときには大半が消えていた。

――ここがはじまりの場所。

彼は信じた。半年前が百年も昔のように遠かった。自分自身の姿さえ思いだせないほど遠く、夢のように思えた。ベナレスの安宿の鏡に映しだされた顔は、すでに彼の記憶を超えて、得体のしれない光を双眸《そうぼう》にたたえていた。

『――斑猫』

ベナレスの南京虫《なんきんむし》だらけの宿で、彼は死にかけた男から名前を買った。国籍は日本。年は三十。パスポートに記載された住所は和歌山。

夜のうちに男は死んだ。

斑猫は死体を宿に残したまま、地球を二周して日本に帰ってきた。なにも持たず、未来を使い切った浮浪の若者のひとりとして。

四月――。

灰色の雲がねむたげに薄青い空を横断していた。眼をつむっても陽光がまぶたの裏までにじみだす。斑猫はもはや記憶もおぼろな生まれ故郷で、赤い中古のサイクリング車を手にいれた。三百キロを四日で走破し、二日間雨で足止めされたあと、ふたたび海沿いの国道を走りだした。

太平洋からの高気圧が空と陸を制圧していた。透明な空から夏を思わせる陽ざしがふりそそぎ、国道は焼けたアスファルトとオゾンのにおいがした。

走行中、彼は幾度か自転車をとめて、焼けた首のうしろに水をかけた。前髪にぶらさがった水滴に、緑色の光が揺れた。そろいのユニフォームを着た高校生の一団が路肩を走っている。路上に張りついてカサカサに乾いた猫の死体。無人駅のプラットホーム。左曲がりのゆるい坂を下ると、海だった。

その夜、彼は港町の民宿に泊まった。薄い布団にくるまって夜通し潮騒を聞きながら、恋人にあてて長い手紙を書いた。

船で密出国したこと、徒歩で砂漠を越えたこと、ベナレスで新しい名前とパスポートを手にいれ、帰国したこと。

ペン先からひねりだされる文字が、黒い蟻《あり》の群れにみえた。言葉が逃げていく。おれは夢をみていたのではないか。死人の夢、非在の場所の夢を。どこかで生と死がいれ替わってしまったのかもしれない。自分が生きていることを、どうやって確かめればいいのか。

一夜あけた翌朝、斑猫は自転車に乗り、自分の長い影を追いながら海沿いの道を走った。途中みつけたポストにあて先のない手紙を放りこみ、潜水艦や哨戒艇《しょうかいてい》が停泊する港を通過して三時間、走りつづけた。

山を抜ける道路は最初、息が慣れるまではきつかったが、トンネルを抜けたところでくだり道に変わった。山桜が満開だった。花びらが頬に、髪に、はりついた。穏やかな海面に、ヨットが紋白蝶《もんしろちょう》のように可憐な帆を張って浮かんでいる。遠い海のきらきら光る海面、斑猫は今年はじめて逃げ水をみた。埃《ほこり》っぽい風に金色に日焼けした髪をなびかせ、ペダルから足を離して満開の桜の下、一気に坂を走りおりた。

街にもどれば知り合いに出くわすかもしれない。だが、斑猫は気にしなかった。気づかれない自信はあった。

斑猫は変わった。逃亡の一年間が、彼の脂肪を削り落とし、肌を焼いて、眼に生気を与えていた。こめかみの白髪は消えて、四肢に筋肉の張りが漲《みなぎ》った。彼は本来の自分にもどったのだと感じていた。

今、斑猫はしなやかに手足の伸びた思春期の少年のような肉体で、アスファルトの道を走っている。やわらかく歩き、執着せず、ありのままに物事をながめている。元来、彼はなにごとにも捕らわれない人間だった。仕事場と部屋を往復する生活のなかで、肩書通りの役割を果たしていても、精神においては生まれつきの犯罪者と少しも変わるところはなかった。だから、逃げることができたのだ。

斑猫はペダルを踏む足に力をこめた。並んで走っていた電車がみるみる遠ざかってゆく。橋を渡って彼は市中に入った。なじみのある建物が視界を通りすぎる。二十四時間営業のレストラン、大学病院。河口をのぞむ大橋の上は、いつも強い風が吹いていた。河岸の西に並んだ灰色のアパート群のひとつに、彼の小さな部屋があった。冬になると、一晩中海からの風が窓ガラスを鳴らした。電気ストーブをつけても寒くて眠れなかった。

だが、今は春だった。

街には光があふれていた。夏へむかう光、うす青い空から降り注ぐ南国の明るい陽ざし。風には、古い洋書のページをめくったときのような日向《ひなた》くさい匂いが混じっている。

ぴっちりした黒のサイクリングパンツをはき、二サイズは大きな米軍放出のジャンパーをひらひらさせながら街を走る斑猫には、一年前の面影はない。

彼は帰ってきたことを喜ばしく思った。もう一度、この街を走れることが嬉しかった。

彼は帰ってきた。

2 NOW

午後遅く、国道二号線を東からやってくる品川《しながわ》ナンバーのハイエースがあった。メタリックブルーのボディに、赤い一本線。サイドの窓を黒くつぶした特別仕様車だった。太いテレビ用のアンテナが後部から突き出している。ボディには水滴の跡がこびりつき、字が書けそうな土埃でおおわれていた。WASH ME。フロントボディの落書き。ドライバーは、ときおりサイドミラーに眼をやって後方を確認した。すぐ後ろにトラック。白の乗用車。紺色のベンツの姿はない。

男は髭《ひげ》のざらつく頬をなで、曇りはじめた空に眼をやった。

岡山を抜けるころ快晴だった空は、ぼんやりした雲におおわれていた。青い色はどこにもみえなかった。黄砂特有のトレーシング・ペーパーのような濁った白い層が上空に広がり、崩れゆく予感をはらんだ生温かい空気を地上に閉じこめていた。

男はルームミラーに眼をやった。暗い後部座席に、毛布の固まりが伸びている。毛布からつきでた裸足の足が、窓にかかっていた。

霞《かすみちょう》町交差点が近づいてきた。減速して大学病院前の交差点を右折し、次の角を左折した。もう一度、左折して二号線に戻ろうとして、すでに車が国道にでていることに気がついた。国道が曲がった先で、ゆるく北向きにカーブしていたのだ。

男は、歩道寄りに車線をとって制限速度で東にもどりながら、路上の建物を慎重にみていった。ない。たしか、この辺りだと思ったのだが。通りすぎてしまったのだろうか。しばらく車を走らせて、幟《のぼり》のはためく中古車販売店の前に車を止めた。サングラスを外し、長時間のドライブでうるんだ眼の周囲を軽くマッサージする。

事務所は、左手奥にある白い平屋の建物だった。男はオフホワイトのジャケットのポケットに左手をいれて、そちらに歩きだした。

脚の運びに、流れるようなリズムがある。ほっそりした頭部、形のいい後頭部からうなじを通過して、肩へ広がるラインは、申し分なくバランスが取れていた。背丈は一八〇に少し足りない。手足が長いせいで、さらに長身にみえた。かるく、清潔で、正確。そして優雅。

昼夜通しの運転で眼は充血し、不精髭がうっすらと浮いていたが、身についた清潔感はいささかも損なわれていなかった。すばやく展示場を横切ると、事務所に近づいた。

手前まできたとき、事務所のガラス戸があいて丸顔の女がでてきた。展示場の販売員だろう。交通警官の制服に似たブルーの上着とスカートを身につけている。

男に気づいて、ゆるい目鼻が営業用の笑顔をつくった。相手が口をひらくより先に、彼は声をかけた。

「ちょっとおたずねしたいんですが。この近くに外車のディーラーがありませんでしたか」

女の顔から期待が消えた。査定するような眼を男のイタリア製の白いジャケットにやって、どうかな、と首をかたむけた。

「外車のディーラーねえ。あちこちにあるから。どこの系列？」

「さあ、系列までは。ローバーのミニが店頭に、展示してあったんですよ。そう大きい店じゃないんだけど」

「ミニねえ。そういえば、みたような気もするなあ」

ちょっと聞いてみるわ、といって、女は店舗の中に入っていった。

待つあいだ、男は車にもたれて、埃っぽい風にはためく車の値札や幟をながめた。展示場の入口に、RV車がずらりと並んでいた。新車の半額程度の値札がつけられている。もう少し後ろの列の、客が本気になって財布と相談しはじめる位置には、もっと安い手ごろな価格の乗用車が置いてあった。

彼は、一台の白のロードスターに気をそそられた。百六十万。金を払えば、この場で乗っていけるのだろうか。

中古車を一度も買ったことのない男だった。人が手を触れたものはすべて物質中に、DNAのように記憶が刻みこまれるのだという迷信を持っていた。結婚にもそれを当てはめた。だから失敗したともいえる。自分のなかの偏《かたよ》りを自覚できるようになったのは最近になってからで、車も人も中古の方がおもしろい、と思いはじめていた。

男は腕時計をみて、営業所の内部をうかがった。予想外に時間がかかっている。不安がかすかに頭をもたげた。ガラス戸ごしに中をのぞいてみると、先ほどの女が上司とおぼしい四十がらみの男とカウンターで話をしていた。地図を開いて場所を確認しているようだ。話しながらこちらを指さしたので、男は軽く会釈《えしゃく》して無害な人間をよそおった。

「わかりましたよ。このあいだ店じまいしちゃったんですって。五百メートルぐらい戻ったとこの空き店舗」

「ああ、潰《つぶ》れちゃったんですか」

「この景気ですもんね。親会社がコケたら、総崩れ」

屈託なく笑うと、女は男の乗ってきたワゴン車に眼をむけた。埃だらけのボディや、車体の上に開いたアンテナを一通りながめて首をふっている。

「品川ナンバーって、まさか東京から走ってきたの？　こんな大きな車でたいへんじゃなかった？」

「夜中走れば、そうでもないですよ。ところで霞町ってしばらく前、話題になったでしょう。最近はどんな感じ？　取材とかきます？」

「ああ、火事のことね」

急に熱心な顔つきになると、女は背後の小高い山をふり仰いだ。山稜の輪郭がもこもことした木立におおい隠された、緑色の入道雲のような山である。

「病院、じゃのうて研究所だっけ。夜中だったから、もうびっくりしちゃった。騒ぎになったのは二週間くらい後になってからですよ。ほら、週刊誌がスッパ抜いたでしょ。そのあとはものすごかったですよう。レポーターはくるわ毎日テレビ局のヘリが飛ぶわで、すごかった。あんとき勤めとったらよかったなあ。うちの所長もインタビュー受けたんですよ」

男は笑ったが、声は出さなかった。

「おたくも取材？」

「そう。写真撮りにきただけなんだけど」

「やっぱりマスコミの人なの。どうりで、雰囲気ちがうと思いよった。テレビ局なんですか」

「雑誌社ですよ。ほら、事件のその後はどうかって特集。じゃあずいぶん地元で話題になったんだ。今はどうです？　研究所は確か閉鎖されたままだって話だし、怖いものみたさで跡地に忍びこむ人間がいるんじゃないですか」

図星だったようで、とたんに相手は照れた顔になった。

「まあね。幽霊がでるって噂になって、わたしも友だちとみにいきました。そうはいうてもなかには入れないから、外からながめただけ」

「幽霊って、どんな」

「よく知らないんですよ。うちの妹が高校生なんですけど、学校で噂になって広まって、野次馬が増えたみたい。肝試しとかで、大勢でバーっといって一回りして帰ってくるのよ」

「どんな噂を聞いたの？」

「うん、雨の晩とかにね、人影をみたとか、焼けた研究所の地下から泣き声が聞こえたとかっていう、ま、定番かな」

廣田《ひろた》は礼をいって車にもどった。バックで駐車場をでながら、クラクションを挨拶がわりに鳴らす。笑顔が返ってきた。

仕事が片づいたら、あの白いロードスターを買って東京に帰るのもいいかもしれない。いっそこのまま南めざして走りつづけようか。

二号線を東にもどりながら、廣田は背後に声をかけた。

「宮城《みやぎ》。起きろ」

ミラーをのぞいたが、リアシートの毛布の固まりは死体のようにしんと静まったままだ。

「おい、宮城」

毛布が寝返りを打つように動いて、長い黒い髪がこぼれだすのがみえた。毛布の中で温められた寝汗の臭いがやってくる。鼻息とともに、廣田の左肩の上に重みがかかった。

「ウッス」

宮城のぼさぼさした頭がシートごしに突きだされ、視線がなにかを求めてダッシュボードをうろついた。

「三時だよ」

宮城はうなり声をあげた。交代時間には早いと文句をつけたのだろう。

「到着したんだよ」

宮城はぶつぶついいながら、ジョッキーパンツに黒のタンクトップ姿で、助手席におりてきた。右肩の日焼けした皮膚で、ふたつ首のドラゴンの刺青《いれずみ》が伸びをするように首を伸ばした。

ひくい声で宮城が聞いた。

「――あの車、いたか」

「いや。吹田《すいた》からこっち一度もみかけてない。乗り換えたのかもしれんな。今寄った店でおもしろい話を聞いたよ。幽霊話だと。夜になると病棟の焼け跡から、すすり泣きが聞こえてくるそうだ」

宮城は鼻を鳴らした。無表情な顔に怒りを溜《た》めてバッグを引きよせると、その場で着替えはじめた。細面の女顔には似合わない、胸筋の発達した筋肉質の身体だった。肩の刺青は大学時代にいれたもので、いささか色がぼけている。

「腹が減ったな」

「その前に仕事だ」

「腹ごしらえが先」

「なにいってんだ。昼飯を食ったばかりだろうが。あの弁当はどうした？」

返事のかわりに、宮城ははぁ、とシュウマイ臭い息を吹き付けてきた。もう食ったという意味だろう。廣田は尖《とが》った鼻の頭にしわをよせた。

「よせよ。途中でコンビニに寄るから、それでいいだろ」

宮城の返事は聞こえないが、納得したのはわかった。じきに隣から電気シェーバーのモーター音が聞こえてきた。

廣田は、先刻通りすぎた場所にセブンイレブンがあったことを思いだして、車をUターンさせた。無意識に右手が煙草を探している。禁煙したのだが、今は煙でいいからカーテンがわりに宮城とのあいだに垂らしたいところだった。

宮城は、廣田の中学高校を通しての水泳部の後輩だった。東京郊外の私立進学校に、廣田は六年、宮城は七年かよった。廣田は国立大を卒業後、「なんとなく」就職した製薬メーカーにいまだに籍を置き、宮城のほうは私大をでたあと、大手のコンピュータ・メーカーを一年でクビになったのを皮切りに、ソフト制作会社、宅配便の運転手、キャッチセールス、消費者金融業と社会の階段を順調にころがり落ちて、最後に総会屋の子分になった。親分が挙げられて食いつめていたところを廣田が拾って、関連の小会社に押しこんだのだ。もっとも宮城が、それに感謝しているフシはまったくなかったが。

いまも助手席にふんぞり返って、高々と足を組んでいる。

「セブンイレブンには入れるなよ。おれ、あの赤と緑が嫌いなんだ」

「あ、そう」

廣田はハンドルを切って、セブンイレブンの駐車場に車を入れた。宮城はむっとした顔になったが、廣田が渡した一万円は黙って受けとった。

きんきらの黒のビニールコーティングのコートを着た宮城が、客と店員の注視を一身に浴びながら大量の食料を仕入れているあいだ、廣田は地図で現在地を確認した。信号を二つもどったあたりだと見当をつけた。

前回きたときは、研究所の関係者に案内してもらった。店だけを目印におぼえていたため、見落としてしまったようだ。

「ドクター・ペッパーが置いてない」

大きな買い物袋をふたつぶら下げて、宮城がもどってきた。荷物を後部座席に投げこみながら、ぶつくさいっている。

「これだから田舎はやなんだ」

「新聞は」

廣田が夕刊を読むあいだ、宮城はせっせと弁当を胃に詰めこんだ。買い物の前に廣田が食事代として渡したのは、一万円。釣銭があるはずだが、宮城は忘れたフリをしている。

廣田はなにもいわないことにして、株式欄に眼を走らせた。プラスケミカル・ジャパンは二円戻り。すぐ下の平和製薬が十円高。平和製薬は連日上げ調子がつづいていた。先週発表された抗ガン剤の新薬のニュースのせいだろう。

廣田は、白い三角がついたライバル社の株価をしばらくながめてから、社会面を広げた。

プラスケミカル・ジャパンは、十五年前、アメリカ資本の製薬企業プラスケミカル社によって設立された。最初は親会社の製品の輸入卸が主な業務だったが、十年前から国内での研究開発に乗りだした。現在筑波《つくば》に研究所を設けて、新薬の開発を行っている。

廣田はプラスケミカル・ジャパンの開発部に、籍を置いていた。もとは研究所勤務で年がら年中、特許申請された化合物の検索を行っていたのだが、アメリカ本社での研修のあと、いきなり開発部主任に抜擢《ばってき》されたのだ。

以来、臨床試験に研究会、病院まわりと東奔西走、接待漬けの日々が続いていた。胃も肝臓もまだ無事なのが不思議なくらいで、三年前、めでたく課長に昇進した。

月の三分の一は出張。出張のない日は接待と研究会で埋まる。廣田は昨年、離婚したが、理由は仕事ということにしてあった。実際には、仕事のせいばかりにはできなかったのだが。

「来週くる金髪は何人だ？」

弁当を食べ終え、甘いパンを頬ばりながら、宮城が聞いた。

「四人と聞いたな。研究開発局の副社長のフェアフィールドに、弁護士のダグラスだろ。研究所からひとり。四人めはわからん」

「四人も？　アホじゃねえの」

「ま、幹部を投入する価値はあると判断したんだろ、本社は」

宮城の返事は聞こえなかったが、薄い唇のひん曲がり方からして意見のほどは理解できた。

事件から一年。松尾記念事業団医療法人ルミネ研究所の所長だった倉石藤一《とういち》が、いまだ生きながらえていると考えるものは少ない。

日米のプラスケミカル社を含め、当局、製薬会社、化学メーカーなど、十指にあまる企業と機関が倉石の行方を追っていたが、行方はおろか手がかりさえ摑《つか》めなかった。

――もう死んでるんじゃないか。

最近、同業者と会うたびその話になる。とっくに山ん中に埋められてる、といいながら、相手がなにか新情報を摑んでいるのではないかと疑心暗鬼でカマを掛け合う。そのくせ、だれも本気で倉石が死んだとは考えてないのだ。

「倉石って男はとびきりの変人でな」

宮城に、というより自分自身の考えをまとめるために、廣田は話をはじめた。宮城はといえば、生ゴミ粉砕機並みのスピードで食べおえて仮眠の体勢に入っている。聞いてることはわかっていたから、廣田は気にしなかった。

「神戸《こうべ》大の医学部をでたが、国家試験を受けずにアメリカに渡っちまった。UCLAで分子生物学の学位をとったあと、ウィスコンシン医科大学でガン遺伝子の研究を十年やった。結婚はしてない。しかしゲイでもない。ルミネ研究所の人間はみんな同じことをいってる。なに考えてんだかわかんないおじさん、超地味、無口、かわりもん。人畜無害。ざっとこんな感じだ。

もっともアメリカじゃ、倉石は地味でも無口でもなかったようだが。三十二歳でウィスコンシン医科大の准教授になったんだから、無口じゃ務まるまい。延命遺伝子とかの研究をはじめたのは、そのころだ。

八〇年に大学をやめて民間の研究所に移った。理由は不明。三つの研究所を渡りあるいたあと、日本にもどってきた。倉石の父親が死んだ一カ月後だ。葬式にはでずじまいだった。ルミネに入ったのは、ここの理事長の松尾孝のヒキでな、だいぶ前にエイジング学会で知り合って、ずっと誘われてたらしい」

宮城がゲップをひとつした。食べちらかしのゴミのなかで、満足そうに腹をなでている。

廣田は新聞をたたむと、ダッシュボードに放った。

「車をだすから、左をみててくれ」

窓をいっぱいにあけ、外をのぞきながら慎重に車体の長いハイエースを駐車場からだした。止まってくれたタクシーに、礼がわりのクラクションを鳴らして、国道の流れに車を乗せる。眠そうな声で、宮城が聞いた。

「親父ってのは、ナニしてたんだ」

「医者。兵庫県の長者番付に入る外科病院の院長だった。今は妹の旦那が病院をついでるが、とにかく三十年間音沙汰なしで、一度も実家に顔をだしたことがないって話だ。警察が実家に張りついているが、ありゃ無理だろうな。親父とは犬猿の仲だったらしい」

廣田は話を、ルミネ研究所にもどした。

「研究所のスタッフは、倉石をかわりもの扱いしていたわりに好意を持っていた。ほかの医者みたいに頭ごなしに命令しないし、こまごました雑用は、自分でやってくれるから楽な上司だと思われたようだ。裏を返せば、自分の研究には他人を介入させなかったってことだな。細胞の継代もデータのバックアップも、倉石は自分で管理していた。実験動物もこのごろは、データを外注することが多いんだが、所内で猿を飼って、実験していたらしい。そのお猿さんたちは三、四年前に処分されて、火事のときはいなかったそうだが。必要なくなったからだろう」

猿より、もっといい被験体がみつかったからな、と廣田は小声でつけくわえた。

倉石が、自分の研究を自分自身の内部で、どんなふうに定義づけていたかはわからない。しかし、最初から研究成果を発表するつもりがなかったことは明らかだった。七〇年代まであれだけ活発に文献や専門雑誌に研究成果を発表していた彼が、大学をやめた八〇年以降、完全に沈黙してしまったのだから。

おそらく倉石は、そのころ手をつけた研究が、いずれ違法な領域に移行してゆくことを見越していたにちがいない。

事実、倉石が老人たちを対象に、研究所で行っていた一連の治療のデータは、国家機密に相当する価値があった。ひとつには、画期的な効果をもつ治療法を発見したという理由で。そして、もうひとつは、倉石を追うどの製薬会社も表向き決して認めはしないだろうが、その成果を不特定多数の生きた人体で確かめたという点で、貴重で、かつ得難いものだった。

「脳の機能がわかったのは、生きた患者の脳をあけて電極を差し込んで調べた医者がいたからだよ。今じゃあんな実験は許されない。旧日本軍の化学兵器開発部隊も、戦後、情報提供を条件に連合国と取引して、戦犯を免れた。そういうことを今やった倉石は狂人だが、天才でもあるんだ。どこの国だって喉《のど》から手がでるほど、やつのデータがほしいさ」

ときおりフロントガラスに、小さな水滴が散る。空もようを気にしながら、廣田は言葉をつないだ。

「倉石は周到に準備していた。部屋を片づけて、個人的な記録も全部処分して。火事もあんがい、やつが仕掛けたのかもしれん」

実際、そうとでも考えなければ納得できないほど、倉石の逃走は見事だった。彼は、研究所で火災が起きた未明のうちに姿を消した。部屋は空っぽで、定期預金はすべておろされ、個人的な記録——、写真、日記、メモ、書類の類《たぐい》はまったく残されていなかった。

失踪後、彼は、知り合い親族すべての知己とは連絡を断っている。日本を出国した記録はなかったが、あれだけ綿密な事前準備を行っていた倉石だったから、海外に逃亡する方法も、当然、用意していたろう。

「失踪したあとは、消息不明のままだったんだが、二カ月前、カリフォルニア、デイビスにあるプラスケミカル社の研究所の所長ハウスマン博士のところに、電子メールが届いた。発信者は倉石。内容は、自分の研究を売りたい、価格は五十億、代金は倉石が指定するバハマアメリカ銀行の口座に振り込むこと。本社は検討の結果、条件を受諾すると返信した」

宮城はうんともすんともいわない。寝たのかと思って助手席をのぞくと、眼をぱっちりあけていた。冗談だろ、と顔に大書してある。

「ごじゅうおく？　マジかよ」

「おまえ、プラスケミカル社の、年間の研究開発費がいくらか知ってるか？」

宮城が知っているわけがないから、廣田は先に答えをいった。

「千八百億円だ。それでも、トップ企業より少ないんだ。日本の研究所だけならそうね、ざっと二百五十億かな。開発に十年かけて三百億投入して、いざ発売してみたら副作用が強すぎて発売中止。そんな新薬がうちの業界はごろごろしてる。臨床試験済みの新薬が手にはいるのなら、百億でも会社は喜んでだすさ」

なんとまあ、と宮城は首をふった。

「倉石は、いったいどういう研究をしてたんだ？」

「簡単にいや末期ガンの治療。倉石がルミネにいた九年間に、わかってるだけで三十二名のガン患者が完治して、退院している。再発率は二〇パーセント以下、七割の元患者が現時点で生存しているから、大したもんだ。研究所が脱税してなきゃ正確なカルテがもっとたくさん残ってたんだろうけど、今のところ、判明してるのは倉石が遺伝子治療らしいものを行ってたことぐらいだ。

遺伝子治療が成功したと聞けば、上層部の眼の色も変わる。今いちばん金になるのが遺伝子がらみの特許だからな」

宮城は、素朴な疑問を口にした。

「しかし、遺伝子ってのは、もともと身体にあるもんだろ。なんで特許の対象になるんだよ」

「特許にならなきゃ、だれも金かけて研究しようなんて思わないからじゃないか」

宮城はふん、と鼻を鳴らしてそっぽを向いた。

「一応決まりごとはあるんだ。遺伝子のある場所と塩基配列、働きの三つを解明しないことには申請はできない建て前になっている。しかし、アメリカじゃあ塩基配列と遺伝子の場所だけ突き止めて申請してるな。早いもの勝ちさ。節操もなにもあったもんじゃない。

遺伝子特許に会社が眼の色変える理由は、ひとつの基本特許から発生する利益が、とてつもなくでかいからだ。その遺伝子を使用して、これまで存在しなかった有効な微生物や植物、家畜を造りだしたなら、それらに対して特許権をはじめとする知的所有権を申請することができる。もっとも日本の場合は、農産物には種苗法を適用するのが建て前だけど。

さらに、ほかの企業や団体が、特許登録された遺伝子や、遺伝子操作のやり方で、商品化できそうな農産物や医薬品を造りだした場合、特許権の所有者は、その商品に対して自分の権利を要求できる。千億単位の金で決着がつくこともある。だから、倉石のだした条件は破格なんだ。そっくり売り渡すってんだからな」

「千億ってドルか円か」

「円だよ。もちろん」

円と聞いて、宮城は幾分か、ホッとした顔になった。

「とんでもねえ話だな」

「まったくだ」

どうやら宮城の思考は、ループ状になっているらしく最初にもどって質問した。

「じゃあ、なんでそのメールが倉石からきたってわかったんだよ」

「そいつは、電子メールを受けとった所長の話を信用するしかない。メールのなかで、倉石が研究所に勤務していたころの、倉石とその研究者以外には知りようのない個人的な事柄に触れていたから、倉石本人だと想定できる、って話だ。学者ってのはなんでこう面倒くさい言い回しを使うのかね。

本社が返信した一ヵ月後、倉石から返事がきた。ルミネ研究所で一ヵ月後、取引したい、警察には極秘のこと、という内容だった」

ふうん、と宮城はくちびるを尖らせた。頭を使ってまた腹が減ってきたらしく、そろそろと買い物袋を引き寄せた。

「じゃあ、さっさと下調べをすませて帰ろうぜ」

ポテトチップスの袋を破って、中身を頬張りながらいう。

「おれの仕事は、考えることじゃないからね。そいつはあんたの仕事。おれはいわれたことをやるだけよ」

廣田は、ガソリンスタンドのむこうに前面がショールームになった白い二階建てをみつけて、減速した。空き事務所の看板がでていたが、ガレージのシャッターに描かれたブルドッグのロゴに見覚えがあった。ウィンカーをだして、事務所横のわき道に、車を乗り入れた。

一本道だった。民家とアパートの混在した住宅街が二号線沿いに薄く伸びて、その背後には山が迫っている。くねくねした山道をゆっくり車を走らせながら、廣田は道の左右に並んだ門に眼を配った。木立の深い大きな家ばかりで、門構えも立派だった。

山道を二十分ばかりのぼり、ひょっとして見落としたかと思いはじめたとき、研究所の門がみえてきた。

廣田は車を塀にぎりぎりに寄せてとめた。四時ちょうど。

フロントガラスに散る水滴は大きく、先ほどよりも数が増えている。本降りにはまだ間があるが、早めに仕事を切りあげて引きあげるに越したことはない。

廣田は、まだポテトチップスを頬張っている宮城にいくぞ、と声をかけると、外にでた。

3 PAST

『今、担当してる仕事は、いくつある？』

廣田が、専務の岩崎に呼ばれたのは三月のおわりだった。

新薬候補の臨床試験を目前に控え、廣田はいささか軽い狂騒状態に陥っていた。各研究機関への連絡、ホテルの手配、プロトコルのチェック、それにミーティングと営業部会。

開発部は、新薬候補として研究所で造りだされた化合物を、臨床試験を経て申請認可ののち新薬に化けさせる、いわば新薬開発のなかのもっとも生臭い過程を担当している。臨床試験を滞りなく成功させるためには、医学会の人脈に精通していなければならず、それには日ごろの根回しと顔つなぎが不可欠になる。

外資系はさほど接待に熱心でないといわれているが、金の使い方がちがうだけで、医学会のお偉方に顔をおぼえてもらわなければ仕事にならないのは、どこの製薬会社の開発担当者も同じだった。

幸か不幸か研究所が設立されて日が浅いため、臨床試験を行わねばならない新薬候補はさほどないのが実状だが、その分、実績がないため苦労もする。廣田は新薬候補の臨床試験にむけて、最後の詰めに入っていた。

専務の質問は、おそらくそのことを指しているのだろう。あるいは経費がふくらみ過ぎたことで、注意されるのかもしれない。

廣田は、慎重に言葉を選びながら答えた。

『現在、直接に担当しているのは抗痴呆薬候補のAFK—50、これは現在、臨床試験にむけて研究会の調整中です。それから、課内ではすでに臨床試験に入ってるカルクロン、認可待ちの輸入薬が二種類。研究所のほうにも担当している候補がありますが、説明をお聞きになりたいですか』

『ああ、いってくれ』

岩崎はデスクにもたれて、廣田の話を聞いていた。前触れもなく客が入ってきたのはそのときだった。

軽い靴音が背後から近づき、仕立てのいいスーツが廣田の肩先をすりぬけた。ふわりと空気に散った刺激的なオレンジの香り、長身の本社幹部の姿に廣田の血圧が、二十ばかりはねあがった。

『紹介しよう。アメリカ本社研究開発局責任者のミスター・フェアフィールドだ』

アラン・フェアフィールドはデスクの前でむき直り、廣田をみつめた。マイセン陶器の青と同じ色の鋭い眼が、廣田を射抜く。

プラスケミカル社の二十人の上級副社長クラスのなかでもっとも若く、ここ数年のうちにもう一段ランクアップすることは確実と噂される男。紹介されるまでもなかった。

廣田の説明がおわると、岩崎はいった。

『ただちに取りかかってもらいたい仕事がある。引き継ぎにはどのくらいかかる？』

選択肢はない、と岩崎の表情は語っていた。廣田は、上司とブロンドの副社長を見くらべて、自分の運命を呪った。

ミーティングは週末、岩崎の所有する伊豆《いず》の別荘で行われた。冷えこむ夕暮れだった。外ではみぞれまじりの雨が降りしきっている。火をいれた暖炉の前で、廣田は岩崎から渡された資料にざっと眼を通し、顔をしかめた。

『質問はあるかね』

廣田は肩をすくめてファイルを閉じた。

『わたしが告訴された場合、会社が全面的にバックアップすると確約した覚え書きがほしい、といったら、怒られますか』

岩崎が笑った。フェアフィールドは澄んだ青い眼を廣田にむけただけで、なにもいわない。フェアフィールドと一緒にきた弁護士は紹介されたとき、一言挨拶したきり、あとは黙りこくったままだった。ダグラスという名が、ファースト・ネームかどうかもわからない。黒い髪に浅黒い肌をした若い男で、分厚いセル眼鏡の奥の眼がひどく暗い印象を与えた。

『残念ながら、それは不可能だといっておこう』

岩崎の英語は、日本語よりもはるかに達者で上品だった。

『わかってるだろうが、今回の一件は決して表沙汰にできない。社名がマスコミに登場するような事態は、全力を尽くして避けてもらいたい。むろん、万一、そんな事態に陥った場合は弁護士の手当てならびに、きみの復帰後の地位は保証するが、文書での確約は無理だ。そんなこたぁ当たり前だろうが。今度の仕事は会長じきじきの指名でな、廣田が三年間、本社特許部門のスタッフとして働いていたときの実績を買われたわけだ』

『いよいよもって不可解ですね』

廣田はフェアフィールドのほうをみないよう、努力しながら、いった。会長云々《うんぬん》の話はどうでもよかった。使い捨てにされるのは眼にみえていた。なんとしても逃げだしたかった。

『確かに研修で学んだのは、特許法の適用ですが、このファイルを読むかぎりでは、調査機関を使ったほうがいいと思います。社内の人間にやらせる仕事ではありませんよ』

『だからこそ、社内の人間が必要なんだ。わかるだろうが、それくらいのことは』

『あえてそうせよ、とおっしゃるなら保証がほしい。わたし自身の身の拠《よ》り所《どころ》となる文書の形で』

『いいかげんにしろ、廣田』

顔だけはにこやかに、日本語で岩崎が叱責《しっせき》した。

『おれの言葉が信じられないのか』

『信じてます。専務』

この十年、さんざんこき使われたが、社長やほかの重役連中とくらべれば、岩崎はマシなほうだった。

『しかし、わたしは会社の方針というのがすぐ変化することも承知しておりますので。辞令が無理なら念書でぜひお願いします』

断られたら、廣田はすぐにこの別荘をでていくつもりだった。

辞職する覚悟を決めて、ソファの肘《ひじ》かけに浅く腰をのせた。座れ、といってくれるものがだれもいなかったのだ。

暖炉では明るい炎がおどっていたが、部屋の空気はいまにも砕け散るばかりのガラスのように殺気だっていた。

——どうします？

といわんばかりに、岩崎がフェアフィールドをみた。

『彼は自分の保険を取っておきたいのですよ。文書一枚で、会社が最後まで自分を面倒みてくれると思っている。こんな臆病な男を使ってもうまくいくとは思えませんな』

フェアフィールドはなにもいわない。

岩崎は、視線をねじこむように廣田をみた。

『ところで廣田。きみは離婚していたな』

突然、なにをいいだすのかと怪しみながら、廣田はうなずいた。

『子どもはない、妻もない。結構。いつでも転職できると考えてるんだろう。あいにくだが、円満退社は難しいかもしれんぞ。そのことをよく考慮にいれておいたほうがいい』

急降下する話のなりゆきに、廣田はいぶかしんだ。岩崎に自分の経歴に関して難癖をつけられる覚えはなかった。あるとすれば、いくつかの大学医学部に研究費名目で渡した金のことだが、書類上は問題ないはずだ。岩崎はなにをいうつもりなのか。

『わが社は、退職するにあたって、在籍中に知ったあらゆる業務および開発情報の口外を禁じた規定がある。きみも入社するさいに契約書をみたはずだ。サインもしたな。ちがうか？』

廣田は罠《わな》の入口を意識しながら、いやいやうなずいた。

『そのことで、わが社がきみに対して訴訟を起こしたとしたら、どうだね。もちろん、きみに不利な証人もいる。きみから薬の開発情報を聞いて株を売ったり買ったりしたという連中だ。かれらは、きみが製薬会社の開発部の元課長とは知らなかった、と証言する。そこで、きみは自分がしゃべってないという証人を集めなければならん。大いに気の毒だ、と今からいっておこうか』

廣田は思わず腰を浮かせた。肘かけをつかみ、岩崎の渋みのきいた顔をにらみつけた。

『わたしを脅迫するんですか？　専務』

『まさか』

岩崎は両手をあげて、にやにやしている。

『もちろん忠告だ。憶《おぼ》えといたほうがいいと思っただけだ』

廣田は煮えくりかえる思いで、ソファに腰をおろし、足を組んだ。

その手があったかと、歯ぎしりしたい気分だった。製薬企業の社員が、営利目的で薬にかかわる情報をリークすれば、即座にインサイダー取引で刑事罰を受ける。退職後にそれをしたならば、元いた会社からも告発される。有罪をまぬがれたとしても、裁判には膨大な時間と費用がかかるのは必然であり、インサイダー取引で告発されたと烙印《らくいん》を押されただけで、どこの企業も自分を受け入れることはあるまい……。

——落ちつけ。

廣田は視界の右すみの青い双眸を意識した。熱い頭がすっと冷えてゆく。岩崎だけに眼をすえて、口をひらいた。

『で、いつ告訴する気です？』

『ほう、受けてたつかね』

『しかたないでしょうね』

そのかわり、あんたも同罪だ。バカ野郎、と腹のなかでつぶやいたとき、廣田は右の頬に針のような視線を感じた。ふり返ると、フェアフィールドが突き刺すような眼差《まなざ》しで廣田をみつめていた。

眼差しにこめられた敵意に、廣田はとまどった。

『ケンジ』

フェアフィールドが、岩崎にファースト・ネームで呼びかけた。

『彼のいうとおりにしよう。その念書を書いて渡せばいいだろう。きみは無益な議論でわれわれの時間を無駄にしている』

岩崎は顔をしかめた。

『しかし——』

『念書には、法的な強制力はないんだったな、ダグラス』

彼はかたわらの弁護士に、形ばかりの同意を求めた。ダグラスの表情をみようともしなまだった。フェアフィールドの無機的な青い眼は、廣田の顔面にピンのように留められたまかった。

『彼が必要だというのなら与えてやれ。彼がこの仕事を任せられるぐらい利口で抜け目がないことは、わたしはよく知っている。茶番は必要ない』

廣田は、態度を決めかねて口をつぐんだままだった。

四年前のいきさつからすれば、フェアフィールドが自分の味方をすることはありえなかった。あるいは、ほかに目的があるのかもしれない。廣田の知るフェアフィールドは、自分の敵を決して忘れない男だった。

岩崎が立ちあがって、飾り棚からウィスキーのボトルを下ろした。

『お好みは？』

弁護士が指を一本たてた。

『モルトをシングルで』

『アラン？』

『コーヒーは頼めるかな』

『もちろんです』

それから付け足しのように、『廣田は？』

『わたしもコーヒーを』

各人は、部屋のあちこちに散らばって思い思いに休憩をとった。暖炉の横で酸味のきいたモカをすすりながら、廣田は、フェアフィールドを観察した。

――四年ぶりか。

フェアフィールドは悠然とソファに身を預け、ひざの上の書類をめくっている。四十は過ぎたはずだが、ブロンドの髪がわずかに色あせただけで、北欧系の顔立ちはいささかも崩れていない。肩幅の広いすらりとした体型も以前のままだった。

ぴったり十分後、窓辺にたたずんで海をながめていた弁護士がソファにもどってきた。

フェアフィールドが口をひらいた。

『ダグラス、彼に説明を』

弁護士がうなずいた。押し黙った廣田にちら、と眼をやると、アタッシュケースをひらいた。

『ミスター廣田。簡単に説明しましょう』

ダグラスの声はかすかにふるえていた。緊張しているようだ。しかし、なぜだろう？

『倉石藤一は、かつてデイビスの研究所に勤務していました。退職に際して研究成果を持ちだし、ルミネ研究所での治療に応用したことがわかってます。それだけでなく――』

人体実験によって、といおうとしたのだろう。一瞬いいよどんだあと、ダグラスは言葉をつないだ。

『――彼独自の方法で治療法を完成させたのです。もし、彼の研究成果を他社が手にいれ、新薬の化合物および新規技術として日本で特許登録してしまえば、わが社が現在進めているプロジェクトは変更を余儀なくされます。

日本において、いまだ遺伝子そのものを特許登録することはできませんが、新規技術として申請することは可能です。さらに、日本において、特許申請中の内容は、一般に公開されるため、だれでも自由に閲覧できます。彼がわが社から持ちだした情報は、プロジェクトの核ともいえる部分の新規技術を含んでいますから、公開されれば打撃となります』

廣田はたずねた。

『しかし、その技術はアメリカにおいて、すでにパテントを取ったものでしょう？　だれでも閲覧できるはずです。日本において、倉石が申請するメリットはないと思えますが』

ごく真っ当な疑問のはずだが、答えるものはいなかった。目配せの応酬と気詰まりな沈黙のあと、やっと、フェアフィールドが口をひらいた。

『われわれは、倉石の研究内容を突き止めることができなかったのだ。彼が、研究成果を違法に持ちだしたことは判明しているが、どう応用して治療法として確立したかは、不明のままだ。加えて、倉石が流用したらしい遺伝子組み替え技術の特許権有効期間そのものが、じきに切れるという問題がある。延長が認められたところで、最大七年だ。その後なら、倉石が自分の研究成果を公表し、そこから利益をあげたとしても、わが社に請求権はない』

なるほど、と廣田は納得した。

製薬会社の新薬開発は、日本アメリカを問わず、特許権有効期間という時間との競争でもあった。研究開発に長い年月がかかるため、新薬として販売されても、特許権有効期間はせいぜい五、六年しか残っていない。特許期間が終われば、他社がいっせいに新薬の類似品——、いわゆるゾロ新薬を発売するのが常識だった。

もっとも日本では近年、薬事法が改定されて、こうしたゾロ新薬の薬価が引き下げられた結果、以前ほどうま味はなくなった。しかし、巨額の予算をかけた技術の特許切れが脅威である事実は変わらない。

プラスケミカル社の技術力、巨額の研究費をもってしても、倉石がひとりで行った研究内容を解明することはできなかったのだ。開発部門の担当重役として、フェアフィールドには認めがたい屈辱にちがいなかった。

岩崎が、気詰まりな沈黙を補うように早口でいった。

『倉石は、会談の場所としてルミネ研究所を指定してきた。日時は事件のほぼ一年後だ。こちらからミスター・フェアフィールドとディビス研究所の所長、ハウスマン博士が立ち会うことになっている。もちろん、内密にだ。きみには会談場所のセッティングを行ってもらいたい。五十億といえば大した買い物だ。うちとしても現物もみずに支払うつもりはない。なんであれ、受けとったら即座に筑波の研究所に持ち帰って分析する。金を払うのは、効果が確かめられたあとだ。しかし、倉石が拒否する可能性もある』

『全額払いか、それともなしか、ってことですね。そのときは会社の方針はどうなってるんでしょう』

『場合によるが——』

ちら、とフェアフィールドに眼をやり、岩崎はつけ加えた。

『倉石がその場で効果を立証し、ハウスマン博士が同意すればその日のうちに金が振り込まれることになっている』

要するに、喉から手がでるほど倉石の発明がほしいわけだ、と廣田は納得した。

『だから、われわれとしては、最大限の準備を整えて会見にのぞむつもりだ。なにを用意するかについては、ハウスマン博士から指定があるだろう。きみには研究所の下調べと分析機械のセットアップを任せたい。会見の当日、アクシデントが起きては困るのだ。倉石がわが社単独で指名してきたとは限らないし、他社がかぎつける可能性もある』

『倉石は、指名手配を受けてますね。接触するのはまずいと思うんですが』

今更いうな、と岩崎はうるさそうに手をふった。

『われわれは、倉石がルミネを指定してきた理由が気になっている。場所はどこでもいいのに、なぜ、あそこなのか、という問題だ』

『ひょっとすると、彼は、所内の設備を使用するつもりなのかもしれませんね』

『かもしれんが、そういう指定はなかった』

『警察はこの情報を摑んでますか』

『今のところ、その気配はない』

タンタン、と鋭い音が響いた。フェアフィールドが長い指で、デスクを叩いているのだ。

『倉石は一九八四年から二年半、わが社のカリフォルニア、デイビスの研究所に勤務していた。三つの遺伝子組み替えプロジェクトに参加し、めざましい成果をあげた。しかし、その後、彼が勤務期間中に造りだした組み替え遺伝子とベクターを、不法に研究所の外に持ちだしたことがわかったのだ』

フェアフィールドは、不法《イリーガル》、という単語に力をこめた。

『当然、その遺伝子と組み替え技術の所有権はわが社にある。どんなことがあっても倉石と取引しなければならない。当局よりも先に』

『当局とは日本の警察のことですか』

いや、と岩崎が否定した。

『日本の警察はたいした問題ではない。困るのはCIAだ。倉石がルミネ研究所で、どんな成果をあげたか知っているのか』

『週刊誌に書いてあったことぐらいは』

『それ以上だったのだ』

廣田は腕を組むと、壁にもたれた。

話がどこに転がるのかまったく見当がつかなかった。それに、岩崎とフェアフィールドのあいだにも意見の齟齬《そご》があるようだ。いったい、かれらは自分になにを期待しているのだろう?

岩崎は、フェアフィールドに了解を求めたあと、日本語に切り換えた。

『焼け跡から、ホトケさんが五つでてきたことは、おまえも知ってるだろ』

日本語になったとたん、いきなりガラがわるくなった。岩崎の地がでてきたのだ。

廣田は、岩崎への不信を一時棚上げにして、話に集中した。

『看護師一名と、患者四名が亡くなったんですよね、たしか』

『患者は三名だ。身元不明の死体がひとつ、混ざってたんだ。身元のわかった四人は司法解剖のあとで遺族に引きとられた。身元不明の死体のところにも、行方のわからない患者の家族がやってきて、確認作業を行う予定だった。ところが、おかしなことが起きた。入院患者のうち、行方不明になっている患者はひとり。死体も一個あまってる。だとしたら、すんなり決まりそうなもんだが、年が合わない。死体が迷子になってるのは、御年七十歳の政治家の向田大蔵《むかいだだいぞう》。あの古ダヌキの向田だよ。しかし、死体は若かった。白髪なんぞ一本もない若い男の身体だった』

廣田は思わず唇をまるめて、音のない口笛をふいた。

『死体が入れ替わったわけですか。ミステリーですね』

『そうともいえねぇんだよ、これが』

岩崎は苦い表情だった。フェアフィールドは無言で、廣田の表情を見守っている。

視線を合わさないようにするだけで、廣田は精一杯だった。

『なぜニュースにならなかったんでしょう』

『それはな、その身元不明死体が消えちまったからだ。救急車で大学病院に搬送されたあと、入院患者の家族がニュースをみて続々と確認にやってきた。研究所は、大学病院と眼と鼻の先にある。けが人も死人も全部大学病院だ。ドタバタやってるあいだに、いつのまにか霊安室から、死体が一個なくなっていたわけだ。死体の番なんぞだれもやってないから、司法解剖のために運びだしにきて、はじめてわかったんだ』

『そのとき、安置されてたほかの死体と取り違えられて、運びだされたってことはありませんか』

岩崎は、バカか、というように鼻を鳴らした。さすがにフェアフィールドをはばかってか、いつもの罵声《ばせい》は控えているが、声をださなくても大したちがいはない。

『おまえごときの頭で思いつくことは、警察もチェックしてる。大学病院では、司法解剖や行政解剖で、外部から死体が運びこまれることも多いからな。しかし、一週間前までさかのぼって死体の行方を追った結果、すべてホトケはあるべき場所に納まっていた。つまり墓のなかに、だ』

『じゃあ、だれの死体だったんですか』

『わかんねえから、みんな困ってんじゃないか』

ぶっきらぼうにいったあと、岩崎は束の間沈黙した。外むけのなめらかな口調で、さあな、と首をすくめた。

『とにかく検死の写真をみて、向田の女房は否定した。公式には、向田は行方不明のままになっている』

公式には――？

廣田は身を起こして、岩崎の口もとをみつめた。

『あの夜、特別病棟にいた患者は向田ひとりだった。特別病棟ってのは、金持ち患者専用で、専任の看護師が昼も夜も待機している。

火事の夜、特別病棟で当直していた看護師は死亡したが、非番で寮にいたもうひとりが、その身元不明の若い男の、検死写真をみて向田だと確認した。向田は若返ったんだ。入院後、六カ月で髪が黒く生えかわって、肉がついてきたそうだ。びっくりするほど若くなって気持ちがわるいくらいだったとね。検死の写真がファイルに入ってる』

廣田は、ファイルをあけて白黒のキャビネ判を探しあてた。白い布の上に仰向けにされた、首から上の男の顔写真である。法医学の教科書にでてくる変死体の見本写真みたいだと思いながら、廣田は男の顔に眼を凝らした。

『ずいぶん、若いですね』

男はかすかに首を左に傾け、死体特有の間延びした表情でカメラのフレームに納まっている。くっきりとした眉、通った鼻梁《びりょう》。短く刈られた髪は生え際から黒々とし、細面の顔はススで汚れていたものの、肌はなめらかで、老齢を感じさせる部分はどこにもなかった。

『ちなみにその下にあるのが、向田がはじめて県会議員に立候補したときの写真だ。そっくりだろ』

『わかりました』

廣田は、野心あふれる議員候補者と死体の顔をみくらべた。兄と弟のように似ていた。

ファイルを閉じて、しばらく考えた。

なんでおれが、という疑問はある。だが、逃げ場がないことはわかった。廣田はプラスケミカル社の戦略上の駒のひとつなのだ。ここで引けば、かれらは自分を叩きつぶしてかわりの駒を置く。

『まだ拒否したいか』

岩崎が聞いた。廣田には、今ならやめられるぞ、と聞こえた。尻に火がつくまえに、はやいとこ会社を逃げだせ。

実際、万一、倉石との接触が公になったとき、念書がはたして廣田の助けになるかどうかは、はなはだ疑問だった。逃げるなら今だった。業務上横領で訴えられても、廣田が自分の無実を確信しているかぎりはまだ助かる方法はある。

廣田はフェアフィールドをみた。その背後に影のようによりそう弁護士も。

岩崎に眼をもどして、うなずいた。

『わかりました。で、会見はいつです？』

廣田には、フェアフィールドに返さなければならない借りがあったのだ。

4　NOW

　封鎖された研究所のゲートを一目みて、宮城は眉間《みけん》にシワをよせた。

「おいおい、マジでこんなとこに入るのかよ。ピクニックにきたんじゃなかったのか?」

「ピクニックだよ。弁当だって食ったろ?　さっさと手伝えよ」

　廣田は、後部ドアをあけて工具箱を路上におろした。フェルトを張った荷台には、撮影機材を納めたジュラルミンのケースがひとかたまりに置かれている。小型のフリーザーと培養箱、顕微鏡は奥のほうの木箱に納まっているはずだ。

　監視カメラは上からの指示ではなく、廣田の思いつきだった。岩崎に渡された準備費は、宮城の食費を差しひいてもたっぷりと残っていた。前々から興味のあった電子装置を秋葉《あきは》原《ばら》で買いこんで、ついでに自分用のノートパソコンも購入した。領収書は不要。

「こいつはカメラだ。落とすなよ」

「なんでカメラがいるんだ?　心霊写真でもとるのか」

　さっきはバカにしていた幽霊話を、今ごろになって宮城は心配している。

「幽霊がでたら、おれはすぐ帰るぞ」

「おまえに、会いたがるような幽霊がいるとは思えないけどな」

廣田は笑いながら、工具箱片手にゲートに近づいた。

どこにでもある、ありふれた黒塗りのアルミニウム製ゲートだった。高さは一メートル、幅五メートルほど。ゲート内部からもう一枚、薄緑の工事用の目隠し柵が取り付けられている。門柱にボルトで留めたものらしく、軽く押した程度ではビクともしない。その上に、『私有地につき立ち入り厳禁』のプレート。しかし、皮肉にも手ごろな高さのゲートが不心得な侵入者の格好の足場となって、そこら中に泥の足跡が残っていた。

廣田は、道具箱をあけて電動カッターを取りだした。ゲートと門柱をつないだ鎖をまず切った。

「手をかしてくれ」

宮城を呼んで、ふたりで錆《さ》びついたゲートを押してみる。だが、いくら力をかけてもまったく動かない。

「鍵があるっていったじゃないか」

「建物のだ。門の鍵じゃない」

廣田はゲートに足をかけて、柵をよじのぼった。ゲートが開かないのも道理だった。ゲートの内側は、事務用ロッカーや椅子をびしりと並べて、バリケードが造られていた。ご丁寧にロッカーをつっかい棒がわりに、ゲートの横に立てかけてある。先月きたときには、こんなものはなかったから、そのあと置かれたのだろう。

「バリケードとは参ったな。いったいだれがやったんだろ」

「警察じゃねえか」

監視カメラは当然持ってゆくとしても、ひとり二台がせいぜいだろう。指示はなくても、最低の安全策を講じておくのが、廣田のやり方だった。

「これを持って入るのかよ」

宮城がカメラバッグを肩に担ぎあげながら、ぶうぶういった。

「こんなの、おれの仕事じゃねえよ。おれはSEだぜ」

「SE兼ボディガードだろ。そのカメラ、壊すなよ。仕事がおわったら、おまえにやろうと思ってんだから」

聞いたとたん、宮城は顔つきを引き締めた。慎重にバッグを担ぎなおしてゲートをよじのぼる。廣田は苦笑しながら、自分の荷物を手にとった。

建物の内部に人の気配はなかった。廣田は塀の内側におりて、あたりを見回した。だれもいない。敷地には一年分の草が生い茂って、微風にそよいでいる。

車回しのゆるやかな坂の上には、数本のフェニックスを配した前庭と本館の正面玄関。赤レンガの本館は、ホテル顔負けの瀟洒《しょうしゃ》な三階建てだった。

左右の翼は低く長くのびて空間の広がりを強調し、ファサード部分のみが三階建てになっている。テラスから垂れさがる枯れた蔦《つた》が、陰気なカーテンのように下の窓をおおっていた。

『これくらいしないと、患者さんがガッカリするんですよ。なにしろ裕福な人が多いですからね』

廣田を案内してくれた研究所の事務長、松尾喜善《きよし》はそんなことをいった。

『なにごともみてくれが一番。ホテルとおなじですわ』

治療施設とはいえ、入院費はちょっとしたリゾートホテルなみの料金だった。患者は当然、それ相応の扱いを要求するだろう。

一年間の空白は、建物全体に色濃い荒廃をもたらしていた。窓にはかしいだブラインドがかかり、窓ごしに虚《うつ》ろな闇に沈むロビーが見通せた。車道のアスファルトには瘦せた草が立ち枯れして、傾いた午後の陽ざしにわびしい影を伸ばしている。

だれかが椅子や机、ロッカーを積み上げて火をつけたらしく、黒焦げになった備品が車回しに転がっていた。

「潰れたラブホテルみたいだな」

宮城がぴったりのことをいった。

「あのなかに入るのか」

「時間があればな」

廣田は、前庭に置かれた白い物体に気をとられていた。正面玄関のむかって左、かつて芝生の庭だった場所で、枯れ草になかば埋もれかけているのは、白いテーブルと椅子だった。テーブルの上に、紙カップが載っている。見物にきた不心得ものが、捨てていったのだろう。

――ちょうど今日だったな、火事が起きたのは。

廣田は思いだした。

建物が閉鎖されたのは、一年前。特別治療を受ける患者が入院するゲストハウスで火災が発生し、患者と看護師らの五名が死亡した。その火事がきっかけとなって研究所の違法投薬が発覚したのだった。一時期、本館の映像は毎日のようにテレビのニュースで流された。病室の豪華な内装、法外な入院費、そして特別なサービス――。

しかし、ある日を境に研究所のニュースはぷっつりと途絶えた。新聞の見出しからルミネ研究所の名が消え、事件のその後を追いかける週刊誌もなく、あっという間に事件はメディアの表面から消滅した。そこにいずれかの圧力が働いていたことはまちがいない。

廣田は低い声でいった。

「今日カメラを仕掛けるのは、裏の研究棟だ。ここの連中は旧館て呼んでたそうだけど。もとは病棟でな。なかを改装して研究所にしたんだ」

廣田は、足もとに散らばる煙草の吸いがらに眼をとめた。セーラムライト。吸い口に、ワインレッドの口紅がついている。幽霊見物にきて、なかに入れなかった女が連れがもどってくるのを待ってたのだろう。たぶん。

「ここの理事長の松尾孝はケチで有名な男で、ゲストハウスと本館は客寄せに派手に飾りたてたが、研究所のほうは、昔の病棟をまんま使ってた。倉石の下にいたのは、医療短大をでた二十代の女性ふたり、それに、実験動物の飼育担当のアルバイト学生と事務の女性の計四人だ。

みな、倉石はガン遺伝子の研究をやっていると思いこんでいた。実際、細胞バンクから仕入れていたのは、ヒトガン細胞とヒト正常細胞ばっかりだったからな。培養細胞の継代を手伝ってた助手は、倉石の指示どおりにやっただけで、自分が使った薬品がなにかも知らなかった。わざと教えなかったんだろう。周到な男だ」

「よく調べたな。直接、アシスタントから聞いたのか」

「まあね。しゃべってくれる子がいてさ」

「会って聞いたのか？　それとも電話？」

廣田は一寸《ちよつと》、答えをためらった。

「会いにいったよ」

宮城が、見透かしたような笑いを浮かべた。

「だろうなあ。あんたが、ちょい色目を使ってお願いすりゃ、女はイチコロだもんな。絶対仕事をまちがえてるって」

イチコロかどうかは大いに疑問だったが、おおむね宮城のいう通りだったので、廣田は反論しなかった。無視してつづけた。

「問題は、倉石が使用した細胞が研究所の患者らのリンパ細胞だった点だ。倉石はここで遺伝子治療を試みていた。治癒率は七割近い。もちろん、これは免疫療法や放射線治療といったほかの治療と併用しての結果だが、七割の治癒率をあげた末期ガンの治療法は、かつて存在しないんだ。

末期ガンの治療法で、今のところ、もっとも成績がいいのは免疫療法だ。患者の六割弱に治療効果があったという数字がでている。しかし、これは完治した率ではないし、一度患者の細胞を取りだして培養する必要があるから、ベラボウに金がかかる。どのガンにも有効な治療法ってわけでもないしな。
しかし、ルミネの元患者の半分以上はまだ生存しているんだ。たいしたもんだよ」

ふうん、と宮城は気のない声をだした。

七割という数字が、どれほど驚異的なものであるかピンとこないのだろう。おなじように五十億という金額もケタはずれで、実感できないにちがいない。

「よく聞けよ。遺伝子の組み替えって軽くいわれているが、実際の組み替え実験で、成功するのは細胞のうちのせいぜい五パーセント、体内で遺伝子の組み替えを行う遺伝子治療となると、成功率は限りなくゼロに近い。これまで二百ばかり遺伝子組み替え治療の方法が提案されたが、ひとつも成功したといえるものがないんだぞ。唯一、ADA欠損児の遺伝子治療で有意の結果がみとめられてはいるが、それも遺伝子治療と他の治療を併用しての結果だ。倉石のだした数字がどれだけ凄いかわかるだろ。倉石が組み替えに使った方法だけでも摑めれば、五十億は安い買い物だよ」

「へえ、そんなに難しいもんなのか。おれはまた、もっと簡単なもんかと思ったよ」

ふたりは、ゆっくりと本館ロビーの前を通りすぎた。芝生に面した窓は、ショールームのような嵌《は》め殺《ごろ》しのガラス窓になっていた。ロビーは閉鎖された当時のままのようにみえた。

無人の受付、壁に沿って並んだ低いソファ、赤いカーペットが敷かれた階段の上には、空虚な闇が広がっている。

廣田は前を通りすぎながら、背中に悪寒が走るのを感じた。だれかがみている。建物の内部、あの階段の上の廊下の奥から。錯覚だと思っても落ちつかなかった。

宮城は辺りをきょろきょろ見回している。

「なあ、その人体実験で殺されたのは何人だっけ」

「報告書を読まなかったのか」

廣田は呆《あき》れたが、いまさら宮城に腹をたててもしかたない。低い声で廣田は説明した。

「違法治療で死亡した患者がいたかどうかはわかってない。そもそも患者自体が、末期ガンや慢性病にかかった高齢者ばっかりだったからな。ほかにも、白血病や小児ガンの子供が治療を受けてたそうだが、こちらはカルテもないし、関係者の口が固くて面接調査はできなかった。子供のほうが完治した率は高かったそうだが……。

そんなわけで患者が死亡しても、死因が治療の結果だということは立証できないんだ。倉石が本物の治療データをいれたコンピュータは火災でお釈迦《しゃか》になっちまったし、治った患者は患者で本当のことはいわないし」

廣田は皮肉な笑みを浮かべた。

「藁《わら》にもすがる思いで、やってきた患者と家族たちだ。違法を承知で治療を受けたんだから、黙して語らずさ。検察が結局起訴できたのは、脱税だけ」

「芸能人の浅黄《あさぎ》通夫《みちお》とか、政治家の八木現太も患者だったんだよな、たしか」

「そういうことにはくわしいんだな」

「テレビにでてたぜ。政治家の向田大蔵も、その治療を受けてたってのは本当か」

廣田は答えなかった。

「そうなんだろ？　向田はスイスで療養中とかいう話だけど、本当はもう死んでんだろ？」

「そんな話、だれから聞いたんだ？」

「まあ、ちょっとした情報筋だよ」

にやついた宮城の顔つきから、廣田は、女だな、と察した。会社のMRあたりから漏れたのだろう。宮城は、ときどきシンポジウムや展示会の助っ人としてかりだされる。そういう機会に、ちゃっかり親会社の女にコネをつけたにちがいない。

「へへっ、あのじじい。えらく年の離れた若い女房をもらったって週刊誌に書かれてたけど。死んじまってお気の毒に」

死んでるとは限らないぜ――、と廣田は胸の中でつぶやいた。

保守主流派に一大派閥をつくりあげた政界のドン、向田大蔵が、火事の際、ルミネ研究所に入院中だった事実は、いかなるニュース媒体にも登場したことがない。岩崎から説明を聞くまで廣田も一度ならず噂は耳にしていたが、皇室ネタと同じく本気にはしていなかった。

公にされない理由のひとつとして、向田の遺族以上に、研究所の治療内容について公表されたくない人間が大勢いたことが考えられた。ルミネで特別治療を受けた政財界の人間は、向田ひとりに限らない。ガンを患い、余命わずかと噂されながら、半年後、不死鳥のように表舞台にもどってきた政治家、財界人のなんと多いことか。だからこそ、死体が消失した一件も、これ幸いともみ消されたのだ。

「それにしても、うちの会社と向田はどういう関係だったんだ？」

ようやくその疑問に思いあたったらしく、宮城がたずねた。廣田は空虚な暗い窓に眼を走らせながら、いった。

「おれもはっきりとは知らないんだが、うちはほら、財閥系のS化学との合同出資でできた会社だろ？　あそこと向田は関係が深いから、そのつながりだよ。向田はフルブライト留学組で、国際派としても知られてたから、アメリカの本社幹部とも付き合いがあったらしい。プラスケミカル・ジャパンも、向田にはずいぶん金をだしたようだ。うちみたいな外資系の後発メーカーは、政治面ではいまひとつ遅れてたからな」

「へえ、そういうことかい」

宮城はうなずいたあと、急に無関心な顔になった。

「ま、おれにゃ関係ないよな」

地雷があることを察したのだろう。利口なやつだ。廣田は首をふって建物をふり仰いだ。最上階の右端に、ひとつだけ開いた窓があった。そこに人影をみとめた気がして、ふいに廣田は足を止めた。宮城がけげんそうな顔でみた。

「どうした？」

「いや、なんでもない」

廣田は首をふって歩きだした。気のせいだと思った。こんな場所に人がいるわけがない。ふり返って暗い窓をながめたが、妙な人影は二度とあらわれなかった。

フェアフィールドが廣田のマンションを前触れもなく訪問したのは、伊豆の別荘での会談の翌日だった。連れは、なかった。

フェアフィールドは、明朝、成田《なりた》を発つのだといった。その前に顔をみにきたと。

「まるで倉庫だな」

フェアフィールドは、家具らしい家具もない、殺風景なリビングを見回して、そんな感想を吐いた。

「きみが日本に帰って手にいれたのは、こんな暮らしだったのか。家具もパートナーもいない部屋で、壁を相手に暮らして満足か」

廣田はゆるく腕組みして壁にもたれていた。裸足に、だぶだぶの黒のルーズパンツ、白いシャツ。

椅子はすすめなかった。客にすすめられるような椅子はどこにもなかった。かつてリビングの半分を占めていたカッシーナのソファと椅子は、離婚の際に美由紀が持っていった。ダイニングセットもしかり。

広々とした空間の片隅に、猫の毛だらけのソファベッドが置かれている。二階のベランダ伝いに部屋に入りこんだ野良猫で、雨の日と気が向いたときだけやってきて泊まる。ここ数日、猫はアバンチュールにでかけて留守だった。

フェアフィールドは猫の毛だらけのソファを、ためつすがめつながめた。彼の高貴な尻をおろすには不適と判断したらしく、視線をキッチン内部に移した。ここも他の場所と同じく生活感がない。

「食事はどこで？」

「キッチンのカウンターです。踏み台を椅子がわりに。なかなか快適ですよ」

フェアフィールドは首をふり、なおも室内の探索をつづけた。

「コンピュータが見あたらないようだが」

「ノートパソコンなら持ってますが、あまり使いませんね。家ではぼんやりしているのが好きなので」

廣田はウソをついた。仕事用のデスクと椅子は洗面所の前の部屋に置いてあった。マシンは、NECと富士通、マッキントッシュ。ノートパソコンも含めれば四台。となりの部屋は、本棚と彼の趣味のガラクタが崩壊寸前の山を成している。どちらの部屋も、フェアフィールドにはみせたくなかった。空き家のようなリビングだけをみて、帰ってもらいたかった。

廣田は、ベランダに眼をやった。独身男の象徴のような白いタオルが一枚、ぶら下がったままになっている。干したのは——、正月前だった。

結局、フェアフィールドは窓辺に腰をのせることで妥協した。

「なにか飲みますか」

「できればコーヒーを。アルコールは二年前にやめた」

廣田はキッチンに入ると、冷蔵庫からコーヒー缶を取りだしパーコレーターにセットした。そういえば、岩崎の別荘でもフェアフィールドは酒を飲まなかった、と廣田は思いだした。

四年前のフェアフィールドはどんな場面でも、それに合うアルコールを欠かしたことのない男だった。オーシャンサイドの別荘のワインセラーには、一本二百ドル以上するボルドーや、ヴィンテージ物のボトルが並び、特別な夜にはドン・ペリニョンのシャンパン。薄いグラスのなかで輝いた、本物の極上の金色の泡。あのワインセラーはどうなっただろう？　なぜ、酒をやめたのか。

かぐわしいコーヒーの匂いが、リビングに広がりはじめた。

「ぼくの私生活の貧しさをよくご存じのようだ。調べたのですか」

「仕事のためだよ、当然」

廣田は無言でコーヒーカップをカウンターに置いた。砂糖とミルクは切らせていたが、フェアフィールドはどちらも要求しなかった。

「いい香りだ」

カウンターにもたれ、一口すすって、そういった。

廣田は縁が欠けた自分のマグカップを持って、壁ぎわに移動した。踏み台に腰をおろし、フェアフィールドをみあげる姿勢になった。

「今回の仕事にぼくを指名したのは、あなたですか」

「もちろんだ」

カップに屈《かが》みこむフェアフィールドの頭上で、キッチンライトが輝いている。淡い金髪が光に透けて、後頭部のピンクの地肌がうっすらとうかがえた。

フェアフィールドの髪が薄くなっていることにはじめて気づいて、廣田はショックを受けた。なるほど、無敵のフェアフィールドも寄る年波にはかなわないということか。

フェアフィールドはカップを受け皿にもどすと、廣田に向きなおった。

「これは非常に微妙な仕事なのだ。日本支社において適材を求めれば、おのずと候補は絞られる。それともきみは、推薦したい同僚がいるとでも？」

廣田は、社内のだれかれの顔を思いだそうとしてやめた。自分以上に、汚れ仕事に最適の人間がいるとも思えなかった。

「あなたは本気で信じているんですか？　アラン、不老不死の治療なんて」

「わたしにしてみれば、挑戦もせずにあっさり諦《あきら》めてしまう人間のほうが理解できないね。エイジングに関する研究はすでにわが国では確立されている。成果もあがっている」

フェアフィールドはカウンターにもたれたまま、長い足を軽く交差させた。ざっくばらんな雰囲気ではじめるプレゼンテーションが、フェアフィールドの武器であったことを廣田は思いだした。

「倉石の治療を受けて、生還、――いや完治した患者らのうち協力を申し出てくれた五名について、われわれは対面調査を行った。かれらは秘密厳守を条件にインタビューに応じてくれた。結果、五名全員が、自分が罹患《りかん》する以前よりも、外見上でも運動機能においても、状態がよくなっていると認めた。若返った、と、はっきり答えた患者もいた。その患者は、二十年来患っていたリューマチの症状が、きれいに消えてしまったのだ。倉石の治療を受けたあとにね。しかし、一年後にはまた再発したそうだが。効果が長続きしない場合もあるようだが、かれらの多くが病前よりも健康になっていることは事実だ」

「わたしが不思議なのは、その点です」

ふたりは、いつのまにかそれぞれのビジネス上の立場にのっとって、会話を進めていた。それがもっとも安全であったからだが、廣田は、会話があまりにスムーズに流れることに不安を抱いた。

フェアフィールドがただ仕事のためだけに、家にくるとは考えられなかったからだ。

「それだけの業績をあげながら、倉石が、何年も、公的機関やマスメディアの注意を引かなかったとは信じられません」

「当然だ。彼の治療は隠匿《いんとく》されていたのだ。高い料金で限られた患者に供給するには、秘密がもっとも効果的だ」

フェアフィールドは、スーツの内ポケットから薄い封筒を取りだした。

「データだ。自分の眼で確かめてみろ」

封筒の形からして中身が3・5インチのディスケットであるのは確かだった。しかし廣田は、その場を動かなかった。部屋をはさんでフェアフィールドと向かいあうこの距離を守っていたかったのだ。

フェアフィールドは、封筒をカウンターの上に置いた。

「事件が発覚したあとは、日本の国家警察は報道機関に箝口令《かんこうれい》を敷いた。当然の処置だ。

若返りの治療が存在することがニュースになったりしたら、国民はパニックに陥る。きみたちの健康保険のシステムでは長生きは歓迎されてない」

「倉石が、うちを指名してきた理由は？」

答えてくれるとは思ってなかったから、フェアフィールドが説明をはじめたとき、廣田は驚いた。

「簡単さ」

フェアフィールドは微笑した。

「彼は、治療のなかでわが社が特許を持っている遺伝子を使用した。われわれは、倉石がデイビスの研究所で働いていた期間に関わったプロジェクトをすべて調べたのだ。倉石はメチオニンの分泌に関する遺伝子の特定を担当していた。彼が研究所をやめた三ヵ月後にその遺伝子の位置がわかり、われわれは特許を出願した。アメリカだけでなく、ヨーロッパ、オセアニア、南米で。もちろん日本でも。日本はまだ遺伝子そのものの特許は受け付けてないが、申請順位の問題があるからね……。このことは倉石も知っているはずだ。

もうじき特許権有効期間は切れるが、道義上の問題は依然、存在する。もし、倉石が、他社に研究を売り払った場合、その企業は研究成果がどこからでたものかを、厳しく追及されるだろう……。そのとき、自社開発したものだと証明できないかぎり、われわれは損害賠償請求の裁判をおこすことができる。そんなリスクを冒してまで、倉石と取引しようとする企業があると思うかね？　とくに一流メーカーはね」

「それならもっと買いたたけたのでは？」

フェアフィールドは、大げさに肩をすくめてみせた。

「値切る？　そりゃ眼の前に商人がいて日がな客の相手をしてくれるバザールでなら、わたしは相手の鼻血もでないくらい値切ることができるが、倉石はカイロに店をだしてるわけじゃない。逃亡者だ。加えて、彼の研究はまったくオリジナルなもので、おそらく、デイビス研究所に勤務する以前から、アイディアをあたためていたにちがいない……。倉石は事実、天才なのだ。わたしとしては、取引の直前になって、彼の気が変わらないことを祈るだけだ」

「わかりました」

廣田は口をつぐんだ。まだ、質問は残っていたが、言葉にしたくなかった。喉の下で息苦しい熱の固まりがわだかまっている。

質問することで、自分を追いこむような状況を作りだしたくなかった。

廣田は、床に置いた壁掛け時計をみた。午後十一時。

「きみは、この案件をうまく処理しなければならない」

フェアフィールドは、管理職が好んで使いたがるベストを尽くすという常套句《じょうとうく》を決して口にしない人種のひとりだった。ベストを尽くすのは当たり前で、完全にやり遂げなければ仕事とはいえない、という信念を持っていたのだ。

「これは単なる画期的な新薬という範疇《はんちゅう》に留《とど》まらない発明なのだ。だから慎重に、できれば社内の人間を使わずにことに当たってほしい。プラスケミカルの幹部すべてが支払いに賛成したわけではない。わたしにとってもこれは賭《かけ》なのだ」

フェアフィールドはやや首を左にかたむけて、廣田をみつめた。双眸には、昨日みた敵意のようなものが漲っていた。

「きみにとっても同じだ、リーフ」

リーフ。廣田はみじろぎもせず、ブロンドの男をみつめた。

フェアフィールドが口にした一言が、廣田の血管に火を注ぎ込んだ。全身が熱く火照《ほて》った。葉司《ようじ》。かつて名前の意味を問われて、彼は葉だと答えた。以来、フェアフィールドはリーフ、と廣田を呼ぶようになった。その呼び名を口にするのは彼ひとりだ。

「本社には、まだきみの席はあけてある。その気があるのなら急いだほうがいい」

「あれからひとりの東洋人も抜擢してないのですか」

「まだだ。しかし、香港勢が勢力を増しつつある」

廣田は冷えてきたコーヒーを脇におろした。緊張のあまり額の周囲がきりきりと締めつけられるようだった。自分の鼓動が骨を震わせている。

――プラスケミカル本社ビル。二十四階会議室。

呪文のように、その部屋の名を唱えていた時期があった。研修生として本社にいたころだ。二十四階より上は、研修生と平の社員にとって限りなく天に近い雲上のフロアだった。最上階の重役専用のレストラン、部門ごとの副社長と社長のオフィス、個人用のトイレ。そして会長《CEO》が君臨するオフィスがあった。

廣田は一度だけ、二十四階より上にいったことがある。プレゼンテーション用のアシスタントとして、会議室に機材を運んでいったのだ。天上人たちの前で焦ってはいたが、椅円のテーブルを囲んだ二十五人の副社長と社長と会長の顔をながめる余裕はあった。かれらの顔ぶれをみたとき、廣田はこの会社における自分の立場をはっきり悟った。自分は決して二十四階より上の階にオフィスを持つことはなく、また、このテーブルに自分が座ることはないだろうという事実を。

プラスケミカル社は、世界二十五ヵ国に支社を持つ典型的な多国籍企業だった。しかしアメリカ本社の中枢部に一歩足を踏み入れてみればその印象はガラリと変わる。幹部社員の九〇パーセントは白人男性、残ったわずかなポストを白人女性と非白人の社員が奪いあう。

白人優先の事実を糊塗《こと》するために、本社は他国の支社から積極的に研修生を受けいれ、コンピュータ部門や開発部門に非白人の社員を登用していたが、それが見せかけの措置であることはトップマネジメント会議に並んだ顔ぶれをみれば明白だった。そこには白人男性のピンク色以外の顔は存在していなかった。

「ぼくは今のままで充分ですよ」

「やめたまえ」

冷ややかな声でフェアフィールドが遮《さえぎ》った。

「わたしはきみがどんな人間か知っている。無欲な男がなぜわたしの誘いを受けて、ヨットに乗ったのかね。ゲイでもなく無知でもなく、自分の魅力を熟知しているきみのような人間が、野心もなしに誘いにのるはずはなかろう?」

フェアフィールドはカウンターから身を起こして、ゆっくり近づいてきた。獲物に舞い降りる鷹のような悠然とした動きで。

前に立つと、フェアフィールドは眼をそばめて廣田をみおろした。

「きみにはまったく一杯食わされたよ。従順かと思えば、次の瞬間、涼しい顔で裏切るのだからな」

腰をおろしたままの廣田の視線の先には、フェアフィールドのジッパーがあった。上質のウールと、オー・ソバージュの混じり合う芳香。ふいに彼は、同じような目の位置からフェアフィールドをみあげたときのことを思いだした。床にひざまずいてフェラチオをしろと要求されたときだ。口一杯に広がった相手の性器のボリュームと味が、喉の奥から酸っぱい唾液とともに甦《よみがえ》った。

「リーフ、きみは悪魔だ。この四年間、わたしは考えつづけた。きみを取り戻すにはどうすればいいのか、わたしから去ったことを死ぬほど後悔させてやるには、どうすればいいのか。きみが結婚したと聞いたとき、わたしがどんなに打ちのめされたか想像もできないだろうな。離婚したと聞いて、神に感謝したよ。さすがのきみも痛手を受けたはずだと思ってな。しかし、会ってみればどうだ？　きみは四年前と少しも変わってない。それどころか昔の倍も魅力的な男になっている」

ふいに、フェアフィールドの双眸が濡れた。伸びてきた右手が、廣田の頬をなで、あごを愛撫した。

「どうすればいいんだ？　床に這《は》いつくばって哀願すればいいのか。リーフ。今度はなにが欲しい？　わたしが持ってるものなら、なんでも与えてやる」

廣田は答えなかった。息を呑み、凍り付いた眼で相手の食いつきそうな視線を受けとめていた。

アラン……。

そう呼びかけようとした。しかし、声がでなかった。フェアフィールドの告白に鳥肌がたつような戦慄《せんりつ》を覚えたのだ。嫌悪でも後悔でも罪悪感でもなく、ただ、ただ、驚いていた。

「会いたかった」

相手の息づかいが熱を帯びてくるのを感じて、廣田は恐怖にかられた。他人の欲望はいつも彼の手には負えなかった。シャツのボタンに伸びてきたフェアフィールドの手を摑み、さりげなく外そうとした。熱く湿った息が、耳にふりかかった。

「リーフ、リーフ。キスも駄目なのか？」

キス。それくらいは受けいれたほうがいいだろう。廣田は、じりじりと肩の上に落ちてくるフェアフィールドの体重を受けとめながら、すばやく考えた。

フェアフィールドには義理があった。それに今は彼の上司で、今度の仕事に関しても裁量権を握っていた。彼に憎まれるより、執着されるほうが有利なことは確かだった。

ざらついた肌が頰をこすり、温かく濡れた感触が廣田の唇を探りあてた。肌と肌がふれあい、唇が舌でこじ開けられた。唾液はコーヒーの味がした。厚みのある胸元、フェアフィールドのバターのような体臭とコロン。圧倒的な重量を受けて、廣田は少しずつ倒されていった。身体の上で、フェアフィールドの長身が欲望のリズムに乗って動きはじめる。

「アラン」

止《や》めろ、と叫んだ声は相手の喉に吸い込まれた。手遅れだった。フェアフィールドの欲望は走りだしていた。

――カチャン、
カップが落ちて砕ける、はかない音が聞こえた。もつれあったまま、ふたりは床に転がった。廣田はもがいて逃げようとした。執拗《しつよう》な相手の動きに、自分自身が刺激され、血が下半身へと集中してゆくのがわかった。喉が干上がる。息ができなかった。

嫌悪と欲望のはざまで、廣田はもがいた。フェアフィールドが力まかせにシャツをむしりとり、平らな彼の胸に唇を這わせた。

肌をすべり落ちる唇の感触の鋭さに、視界が暗くなった。とめどなく落下してゆくようだった。また、はじまるのか。あの悪夢が再びおれを捕まえたのか。絶望が湧きあがった。彼の身体を引き裂き、かき回し、支配して押し潰した男。

ノー。

廣田はあらんかぎりの力をふり絞って、フェアフィールドの両手首をとらえ、握りしめた。

「そこまでだ、アラン」

血走った眼がみつめ返した。廣田のほうが細身で体重も軽かった。しかし、力は拮抗《きっこう》していた。フェアフィールドの顔を自分自身から引きはがし、もう一度、ささやいた。

「ぼくは望んでない。きみと二度と愛しあいたいとは思ってない」

フェアフィールドの腕から力が抜けた。ピンク色に紅潮した顔で立ちあがり、眼をこすった。服の前をはだけたまま、廣田を信じられない、といった表情でみおろした。雀斑《じゃくはん》の散った胸まで紅潮が広がっている。

「なぜだ、リーフ——」

廣田は慎重に言葉を選んだ。彼の欲望を叩きつぶし、なおかつ希望を生きながらえさせる言葉を。しかし、そんな言葉があるはずがなかった。

「あなたはぼくを支配していた。力と、地位で。支配して所有してたんだ。あんな関係はもういやだ。二度と。あなたには感謝しているけれど、自分を支配している相手を愛することはできないよ、アラン。どうしても」

「支配？」

フェアフィールドは首をふると、壁ぎわにいって腰をおろした。思いだしたように、乱れた髪を両手で額になでつける。顔にのぼった血が引いて、元の氷のような冷静さがもどってきた。

「わたしがきみを支配していた？」

廣田はうなずいた。

「ぼくにはもう耐えられなかった」

「だから帰国したのか」

「逃げるしかなかった、アラン。ぼくは限界まできていた」

フェアフィールドの双眸がなにごとかいいたげに煌《きら》めいたが、結局、彼は眼をそらした。

片手で眼をぬぐうと立ちあがった。

帰りぎわ、フェアフィールドはすまない、といった。「自制心を失ってしまったようだ」と。しかし、彼の顔には言葉とは裏腹な、意志を持った表情が浮かんでいた。

フェアフィールドから渡されたディスケットは、車に残してきた廣田のキャリングバッグに納まっている。データは本物だったが、手渡しするために深夜、部下の家を訪問するほどの内容ではなかった。

「カルテもデータも本物は残ってない。投薬記録を入れたコンピュータはゲストハウスの地下に置いてあった。火事と一緒にパーだ。ほら」

廣田は、本館の角を曲がったところで、足をとめた。宮城の喉から、すげえ、と声が漏れる。

表はなんともなかった本館だったが、裏手の棟は無惨に焼け落ちていた。全焼したのは、ゲストハウスと本館との連絡棟。

本館の壁に残った炎の黒い跡が、雨に濡れて、ひどく生々しい。瓦礫《がれき》の山からは、まだかすかに異臭がただよってきた。

宮城は、草むらの向こうの無傷の建物を指して、聞いた。

「あそこ、なんだい」

「研究棟だよ。倉石が働いていたところだ」

草をかき分け、ふたりは研究棟に近づいた。研究棟は中庭の東側にあった。古ぼけた二階建ての建物で、目立った被害はないものの、ゲストハウスに近いあたりは黒い炎の跡が見受けられた。割れたガラス窓の内側から、ベニヤ板が打ちつけてある。

廣田は、すすけた壁の下に、色あせた線香を差したコーヒー缶をみつけた。ラベルの色のあせた、ずいぶんと古いものだった。

おそらく、ゲストハウスと研究棟をまちがえたのだろう。研究棟ではひとりの死人もでていない。火災で焼死した患者は、すべてゲストハウスに入院していた。高齢者ばかりだった。

「さて、と。この辺りにするか」

廣田はカメラバッグをおろして、セッティングするのに最適の場所を探した。すこし歩いただけで所内の見取図と記憶を頼りに考えた撮影の段取りは、まったく役にたたないとわかった。短期間のうちに雑草や灌木《かんぼく》が思いのままに伸び盛り、風景を変えてしまったのだ。

研究棟へむかう中庭の通路は、植え込みの萩《はぎ》が、みあげるばかりに枝を伸ばして通行不能となり、芝生には背の高いノボロギクが地面から槍《やり》のように突っ立っている。カメラを隠せそうな場所といえば、遠くて撮影できないか、近すぎてすぐバレそうな建物の軒下ぐらいしかなかった。

「おい、宮城。あそこのドラム缶をこっちに運んでくれ。目隠しをつくる」

「何個、運ぶんだ？」

「二個、頼む」

宮城はやれやれと首をふって、濡れた中庭の草をかき分け歩きだした。軍手をはめた手で、雨水のたっぷり入ったドラム缶を抱えあげている。なんで、おれがこんなことを、とブツクサいってるのが聞こえた。

廣田はカメラケースをあけて、撮影機材を取りだした。暗視機能のついたビデオカメラに、超音波センサー。それにカムフラージュ用の色違いの防水布とパテが数種。カメラの本体は一般のハンディビデオより一回り小型で、指向性マイクが上部にセットされている。センサーの探知域内に移動物体が現れると、カメラのスイッチがオンになる仕掛けだった。

「ほらよ」

宮城がドラム缶を運んできた。横倒しにすると、黒い腐った水が草むらにあふれだした。ドラム缶の腹の錆《さび》の中心にスパナをいれて、レンズが通る穴をあけた。

泥まみれになった手をタオルでぬぐってから、設置場所に印をつける。通路の屋根の下、ちょうどドアが視界の中心にくる場所に三脚を立てて、脚を固定した。ドラム缶の高さをはかりながら、カメラの位置を決める。

「もう一つ拾ってこい」

宮城に命じて、カメラの電源を入れ、ドアに焦点があっていることを確認した。お次はセンサーだった。こちらは見通しのきく軒下に取り付けた。細いコードを雨樋《あまどい》沿いに通して地面に持ってくると、土にうめこんでカメラにつないだ。

その上にドラム缶をかぶせて二つ三つ、石油缶やゴミを周囲に散らし、レンズ穴の周囲を泥をまぜたプラスチックパテで偽装した。

顔にかかった雨滴が、いく筋か眼のなかに流れこんだ。霧のような小雨が次第に本降りにかわってゆく。作業が終わったときには、廣田は全身濡れそぼっていた。

「荷物を持て。今度はなかだ」

「まだやるのか」

「当たり前だろ」

廣田としては、敷地内の最低四ヵ所にカメラを設置するつもりだった。研究棟の外となかに二ヵ所、それからゲート、本館のロビー。この雨と時刻では、あと一ヵ所がせいぜいだが、どうしても研究棟の内部にカメラを付けておきたい。

彼は、文句たらたらの宮城を引きずるように研究棟へ歩きだした。周囲を一巡し、理事長から借りた鍵がぴったりあうドアを探してウロウロしていたとき、裏手の小道の地面が露出した場所に足跡をみつけた。

大きな裸足の足跡だった。

「裸足だぜ」

宮城がいわずもがなのことをいった。

「なんでこんなとこに付いてるんだ?」

廣田は腰をかがめて、地面を入念に調べた。ごく新しい足跡だ。付けられて間がないらしく、道ばたの踏みにじられた草は建物に向かって倒れたまままだ建物に近づいて、また離れていったのか。それとも一周して内庭にでたのかもしれった。

ない。戻りの足跡はみあたらなかった。

「気味わりいな。マジに、幽霊が出るんじゃねえの」

「ばかいえ。幽霊に足があってたまるか」

ホームレスかもしれない、と思った。空き家になった建物に住み着いた人間がいるのだろうか。

「ひょっとすると、今もなかにいるのかもな」

ふたりは古びた研究棟に眼をやった。二階建ての古い研究棟は、霊廟《れいびょう》のように陰鬱《いんうつ》な姿を夕暮れの空にさらしている。本館がすぐそこにあるはずだが、角度の関係からかこの位置からはみえなかった。旧館の一部が棟から突きだして、塔のようにその一角だけが高くなっているのだ。

よくよくみて、廣田はそれが古い玄関だと気がついた。窓の上部はアーチになり、建物の角にはドラゴン風の浮き彫りが施されている。正面玄関の両開きのドアは、打ち付けられたベニヤ板で隠されていた。

「なんか、おれ、入るのやだな」

宮城はもう尻込みしている。

「ゾッとするぜ」

「おれだってイヤだよ。さっさと終わらせちまおう」

建物の周囲を二周して、ようやくドアがみつかった。あきれたことに、本館レストランの調理場のドアだった。

寒々とした厨房《ちゅうぼう》をカメラを担いで通り抜け、がらんとしたロビーにでた。赤いカーペットにはうっすらと埃の膜が広がり、シャンデリアは下におろされていた。人工大理石を壁にはった豪華な吹き抜け構造だが、あちこちにダンボールや机が放りだされ、荒廃が色濃い。濡れた身体に内部の冷気がしみて、廣田は身震いした。

宮城は、警戒するような眼で周囲の暗がりをみまわした。

「うす気味わりいな」

廣田はロビーをみわたす位置にカメラを設置した。辺りにはガラクタがうずたかく積まれて、隠し場所には事欠かなかった。外の雨足はしだいに強くなってゆく。

ふたりは雨の音に追われるように作業を急いだ。廣田は途中、幾度となくふり返って、階段の奥をのぞきこみたい気持ちを抑えこんだ。なにかがあそこに立っていて、自分らをみつめている気がする。白い、冷たい影。ゾッとする。早くここをでよう。

――ックシュン、

宮城のクシャミに、廣田は飛びあがった。気がつけば、手元がみえないほど暗くなっていた。引き上げる潮時だろう。

手早く荷物をまとめて、宮城に声をかけた。

「帰るぞ」

宮城は無言でうなずいた。文句をいう元気もないのか、黙々と後かたづけを手伝う。

門を越え、車内に入ってようやく一息いれた。タオルを頭にかぶせて宮城がいった。

「腹が減った。飯にしようぜ」

今度ばかりは廣田も異存はなかった。

5　NOW

斑猫は小雨のぱらつくなか、研究所にむかった。途中まで自転車を使い、あとは歩いた。自転車は山の麓《ふもと》の大学病院の駐輪場に置いてきた。鍵はかけなかった。

教棟横の狭い門から、医学生がぞろぞろでてくる。声高にしゃべり散らす医学用語、教授の名、色白の上気した顔は、昔の彼がそうだったように傲慢《ごうまん》な若さで輝いていた。斑猫は奇妙ななつかしさを覚えながら、群れの真ん中を横切って角を曲がった。

車一台分ほどの幅の狭い通りだった。民家の二階の窓ガラスが暗い空を映して藍色《あいいろ》に光っている。一ブロック歩いたところで斑猫は立ちどまり、ふり返った。

車のエンジン音が聞こえた気がしたのだ。しかし、路上は空で、通行人もいない。夕暮れの道が、遠く伸びていた。

――気のせいか。

そのはずだ、と自分に言い聞かせる。彼がここにいることはひとりの人間しか知らない。たったひとつの約束を手がかりに帰ってきた自分を、だれが待ち伏せるというのか。

斑猫は背後をふり返りながら一ブロック歩き、塀のあいだの細い路地に滑りこんだ。家と家のあいだに、五十センチ四方の灰色のコンクリートの蓋《ふた》が一直線に敷き詰められている。一年前は三十センチほどの深さのドブ川だった。改良工事をして蓋を取り付けたのだろう。斑猫は歩きやすくなった側溝の上をたどって山へむかった。

排水路の蓋は、農家の鉄筋の納屋の横で途切れて、ふつうの小川にかわった。畑の上にこんもりと茂った斜面がのしかかるようにそびえている。濡れた地面はぬかるんで滑りやすくなっており、斑猫は枝を摑んで最初の坂をよじのぼった。

研究所の背後は、ほぼ垂直に近い崖になっていた。楢《なら》や楓《かえで》といった山の樹が深く暗く生い茂って、一見したところ道があるようにはみえない。実際には、木立と木立の下の足場をつなぐ獣道のような狭い通路が崖上までつづいている。

今にも消えそうな細い痕跡《こんせき》だが、そこを歩けば確実に麓から研究所の塀の裏にでられることを彼は知っていた。

斑猫は藪《やぶ》をかきわけ幹を伝って、崖をよじのぼった。枯れた去年の枝の上に芽吹いた緑が、わずかな光を集めて緑色の水晶のように輝いていた。地面は、雨と湧きでた地下水でぬかるんでいる。こんな場所にも空き缶が散らばっていた。色あせた缶はどれも古いもので、いくつかには見覚えがあった。

この道のことを斑猫に教えたのは蓉子《ようこ》だった。研究所が病院で、敷地の裏手に院長の自宅があったころ、彼女は毎日のように緑深い崖道を歩きまわっては、木陰に咲いたカタクリの花や鳥の巣を探した。ときには民家の塀を抜けるわき道を使って、買い物にでかけることもあった。そのころの彼女は、森の中を走る野生の猫のようにすばしこく、しなやかだった。化粧もせず、普段着で街中を歩いても、通りすぎる人の半分はふり返ってわたしをみたのよ、といった。すべて、彼女が自分の脚で歩けたころの話だ。

斑猫は途中で息をつぎ、額ににじんだ汗をぬぐった。分厚いジャケットの下が汗ばんできたので、脱いで肩にかけた。砂混じりの柔らかい沖積台地が浸食されて残った山だった。岩盤が古くもろくなっているため、大雨のたび土砂崩れを起こしている。斑猫は顔にまとわりつくブヨをはらった。草いきれの強さに頭がぼうっとしてきた。繁みの奥に白いはかなげな花が咲いている。暗がりで星のように光ってみえた。折り取って、ポケットに差した。

蓉子は美しかった。美しすぎて幸福になれなかった女だった。幼いころから際だって可愛らしく、特別扱いを受けながら、容姿以外では評価されなかった。美しさによって、ねじ曲げられ貶《おとし》められてきた蓉子のいびつな精神構造は、斑猫を強く引きつけた。

『わたしのことをどう思う？』

はじめて引き合わされてから五分後に、蓉子はそう聞いた。夫である理事長はほかの客を迎えにいって、その場にいなかった。

『頭がよさそうにはみえないでしょう。主人はいつもわたしのいうことを無視するの。そうしてもいいと思っているのよ。わたしがなにも感じないと思っているの』

今でもあの一言を思いだすたび、斑猫の胸を薄い剃刀《かみそり》で切られたような痛みが走る。彼女の歪《ゆが》んだ唇、涙と嘲笑《ちょうしょう》の間にひっかかったような、ねじれた笑いを彼は長く忘れることができなかった。蓉子のすべてが、自分の分身のように感じられた。

木立のあいまに水色のフェンスがみえ隠れしはじめると、斑猫の胸が締め付けられるように苦しく、切なくなった。眼の奥が熱い。蓉子。帰ってきたよ。約束通り。

蓉子――。

斑猫は、最後の二メートルばかりの草のはえた急斜面をよじのぼり、フェンスに手をかけた。フェンスの上には有刺鉄線が張られている。有刺鉄線は内側に傾斜していた。侵入者にむけたものではなく、内部の人間が乗り越えないよう設けられた柵だった。

斑猫が研究所に勤めだす以前、研究所はまだ病院で、ほかに行き場のない長期の患者が大勢いた。家族に見捨てられた徘徊《はいかい》老人、寝たきりの老人、認知症患者、院内に住み着いたアルコール性の肝臓病患者。病棟の出入口には鍵がかけられ、院内は汚物の臭気が充満していた。入院患者の老人が敷地の裏手の崖から転落死したため、フェンスが高くされたのだと、古手の看護師が教えてくれた。

病院の転機になったのは、病棟を改装した老人専用の終身介護施設だった。五千万近い入居一時金が必要にもかかわらず、申し込みが殺到し、定員はあっというまに一杯になった。院長は赤字続きの病院を閉めて、金持ちの老人のための本格的な療養所に建て替えた。行き場のない保険患者は追いだされ、高額な入居一時金を払える老人のための施設が建設された。

研究所も、院長がひねりだした金持ち患者を集めるためのアイディアのひとつだった。『永遠の美と若さを研究するルミネ研究所、豪華なゲストハウスで、あなたも若さを取り戻しませんか』。ルミネ研究所は当たった。派手な宣伝こそしなかったが、口コミでくる客が絶えなかった。

スタッフのほとんどが研究者とは名ばかりの医者と療法士で、研究者として実際に働いているのが所長の倉石藤一ひとりだけだという事実は、患者にはどうでもいいことだった。かれらはここにやってきて、ホテルのスウィートルームのようなゲストハウスに入院し、マッサージや特別な食事や、合法的なホルモン療法で満足して帰っていった。

しかし、研究所の収益を支えていたのは、そうした表の患者らではなく、本気で若返りをのぞむ高齢者や、ほかでは手の施しようのなくなった末期ガンの患者らだった。かれらの要望に、研究所はある程度まで応《こた》えることができた。むろん、それには特別高額の治療費の支払いと、沈黙を守ることが条件だったが。

スタッフのほとんどは、医者や療法士としてごく一般的な職務を全《まっと》うしていたにすぎない。そのかれらが、表向き治療とは無関係だった斑猫のために罪に問われているのは皮肉だった。

別段、そのことで斑猫は良心の呵責《かしゃく》を感じたりはしなかったが、二、三のスタッフは彼に親切だったから、気の毒だとは思っていた。斑猫自身は、死んだ患者にはなんの負い目も感じていない。フェンスをみれば、あの看護師の言葉を思いだし、落ちた老人に哀れみをおぼえる。その程度の感傷だった。

斑猫は老人ではなかった。この先も、老いるつもりはなかった。

フェンスを軽々とよじのぼり、有刺鉄線をうまく乗り越えて敷地の内側に飛びおりた。芝生の上に、イネ科の草がぼうぼうと茂っている。草をできるかぎり倒さないよう気をつけながら、ゲストハウスの焼け跡へ歩いた。

木立の合間にみえる空は暮れかけていた。鳥の声は聞こえない。芝生の真ん中に、ほとんど外壁だけになったコンクリートの四階建てがあった。

斑猫は警戒しながら建物に近づいた。

右手前には、平屋のキャビンが並んでいる。短期入院者用の独立したキャビンだった。全焼したゲストハウスの焼け跡はすでに整地されて跡形もなかった。

一年分のびた草が、コンクリートの基礎材の上で揺れている。静かだった。

斑猫は、ジーンズのポケットに両手を突っ込んで、ゲストハウスの残骸をみあげた。燃える以前の姿を思いうかべようとしたが、難しかった。ゲストハウスの本体を成していたのは、大きな屋根のあるオランダの民家風の四階建てだった。外壁こそ耐火建築だが、内装に木材が多用されていたため、地下から噴き上げた炎が吹き抜けのロビーを伝わって各階に広がり、手がつけられなくなったのだ。

斑猫は、死んだ患者の部屋がどこだったか思いだそうとした。たしか四人死んだはずだ。うちひとりが特別病棟の患者だった。最上階の左端のベランダ。黒く焼け抜けた窓しかない。あそこだったろうか？　確かベランダがあったはずだが。

斑猫はリュックを担ぎあげ、足早に焼け跡を離れた。日が暮れるまえに地下におりなければ。彼女との約束は一週間後。それまでにすべての準備を整えておくのだ。

冷たいものが頬に当たった。斑猫は降りはじめた雨の中、研究棟に急いだ。

『うちの病院には幽霊がいるの』

蓉子はワインに酔うと、よくその話をした。夫のいない家に斑猫を招き、とりとめもなく語った。

『本当よ。子どものころ、病院の裏庭で遅くまで遊んでいると、いつも祖母にしかられたわ。夕暮れにそんなところにいると、眼も鼻もない真っ白なのっぺらぼうに連れていかれてしまうんですって。実際に患者さんが消えたりするんですもの。それも身寄りのないお年寄りばっかり。ある朝、病室をのぞくと、ベッドがもぬけの空になっているの。どこにいったかだれも知らないわ。わたしの子どものころからそう。昔っからそうなんですって』

似たような話は、研究所の職員からも聞かされた。旧館には幽霊がでる。夜中、窓の外を白い影が横切った、だれもいない廊下で肘を引っ張られた――。

斑猫は研究所にきたばかりで、幽霊話を自分とは関係ない、どこか遠いところの噂話のように聞いていた。しかし、そういう話がいかにもありそうな建物であると感じたことも事実だった。

研究棟として使用されていた旧館は古く、ひどく入り組んだ構造をしていた。旧館の一階が本館の半地下につながり、非常口をあけるとまた、非常口がつづいている。空調設備は老朽化《ろうきゅうか》し、閉じ込もってデータの入力作業をしていると、しばしば気分がわるくなった。

『幽霊のせいです。霊障があるんですよ、先生』

アシスタントの若い女たちは真顔でいったが、斑猫は笑うだけで相手にしなかった。信じなかったわけではない。彼は、この研究所にくるまで、毎年のように学術調査の名目で世界各地へ赴き、随分と危険な目にあってきた。生身の人間以上に恐ろしいものがあることも承知していた。

しかし、幽霊話の九九パーセントは、錯覚や特殊な環境がもたらす知覚異常によるものだった。湿度や、電磁波、疲労などで人間はいともたやすく暗示にのせられてしまうのである。

とはいえ、いくら理屈を説こうと、残業の引き受け手がだれもおらず、若い女性職員が次々やめてゆくとなると、斑猫も考えざるをえなかった。そして、ある夜、それは斑猫の前に現れた。

冬の深夜、ひとりで研究室に残って仕事を片づけていたときだった。CRTに見入っていた斑猫は、急にだれかに声をかけられた気がして頭をあげた。部屋の空気が妙に濁って重く、暗かった。壁も窓も、セピアがかってみえた。電圧が落ちたのか、それとも眼が疲れたのか。

時間の流れまでが停滞したようで、なにもかもどろりとした空気の底に沈んでいるようにみえた。

ふいに、斑猫は視線に気づいた。だれかいた。自分以外だれもいないはずの室内に、確かにひとの気配があった。左肩のうしろ、窓の前だ。ふり返るのがひどく恐ろしい。部屋の空気はにわかに硬度をまして、悪意が濃霧のようにみなぎり、息をするのも苦しいほどだった。気配が消えるまで、斑猫は金縛り状態で座りつづけるしかなかった。

あれが幽霊だというのなら、そうだと認めるほかない。霊が、雪や雨と同じくひとつの現象であるならば。

斑猫は興味を持った。原因を知りたくなった。気圧の変化か、脳波に影響を及ぼす高周波か、なにかあるはずだ。彼は本気で研究棟の歴史を調べはじめた。

同僚や看護師らの話では、幽霊現象は、研究棟の中でもっとも本館に近い１０２、１０３研究室に集中して起きていることがわかった。１０２号室に夜、ひとりでいると吐き気と目眩《めまい》が襲ってくる、だれもいないはずの建物のなかで足音や物音が聞こえる、閉めたはずのドアが開いていた等、旧館の研究棟で働く人間ならだれでも一度はそんな経験をしていた。以前、霊安室があったというまことしやかな話も聞いた。

しかし、蓉子から古い建物の見取図を借りだして調べてみると、霊安室などなかった。研究棟は、もとは病院だったころの外来病棟を改装した建物だった。大正時代に建てられたという御影石《みかげいし》造りのがっちりした二階建てで、ファサードは浮き彫りで飾られ、玄関ホールの横には、貴賓《きひん》の見舞い客のための特別待合室が設置されていたという。

玄関ホール。斑猫はようやく合点がいった。

以前から、旧館と本館の連絡部分が入り組んでいるのを不思議に思っていたのだ。増築と改装を重ねるうち、この古い玄関ホールは旧館と本館をつなぐ連絡部分として、旧館に呑み込まれてしまったらしい。

斑猫は時間をみつけては、建物の内部を調べるようになった。本館の大理石張りのロビーからエレベーターホールへ、関係者以外立ち入り禁止の防火扉を抜けると、まばゆい大理石の壁は跡形もなく消え失せて、雨漏りの染《し》みだらけの研究棟となる。照明のところどころ切れた古いみすぼらしい廊下を左に曲がり、ドアをいくつか抜けると、いきなり天井の高い薄暗い場所にでる。そこが旧玄関ホールだった。

かつての待合室や受付の小部屋は物置となり、不用になったロッカーや備品が詰めこまれていた。蛇腹式の手動ドアがついたエレベーターの入口には、板が打ち付けてあった。斑猫は埃だらけのロッカーをいくつか動かし、三つある小部屋をのぞいた。なにもなかった。ゴミとガラクタだけだった。

突破口は思いがけず見つかった。

その日、斑猫は放射性同位体を照射したマウスを、固定、つまり解剖して標本にするつもりで、ケージからだした。マウスはガンが全身に転移して衰弱しきっていた。逃げることはあるまい、と彼はたかをくくって解剖台にのせ、注射器をとろうと手をはなした。マウスが逃げたのはそのときだった。白いボールのように台を飛びおりると、あいたままのドアから廊下をめざして一直線に走った。斑猫はあわてて追いかけたが、死にものぐるいの小動物にはかなわなかった。マウスは、暗い物置に走りこんで古いエレベーターのドアの格子の間に姿を消した。

彼は舌打ちして、エレベーターに打ち付けられた板をはがした。放置すればすぐ死ぬことはわかっていた。死体が腐ると蠅がわく。一昨年に大発生した蠅の大群が、廊下の天井をびっしりとおおったことを忘れるわけにはいかない。あれは、たった一羽の鳩の死骸から発生した蠅だった。どうしても片づけなければならない。

彼は素手で埃まみれのドアを押しあけ、懐中電灯でなかを照らした。エレベーターの箱はなく、一メートルほどの深さのコンクリートの土台にケーブルの束がのびていた。箱は、と上をみると、二階に止まっていた。箱の底からワイヤーがいく筋も垂れている。

マウスは見あたらなかった。

彼はエレベーターの縦穴のなかを、あちこち懐中電灯で照らした。深さは一メートルほど。湿った暗い穴だ。横穴の存在に気づいたのは、そのときだった。

彼は穴の底におりて、調べてみた。横穴は壁の一部が崩れて、できたものだった。つまり壁のむこうに、さらに空間が開けていることになる。

旧館の地下に部屋があるという話は、一度も聞いたことがなかった。押したり引いたりするうちに、思いがけず壁が崩れた。あとには真っ暗な階段が地下へとつづいていた。黴《かび》くさい暗い風が闇からやってきた。

斑猫はおりてみることにした。人を呼ぶことは少しも頭に浮かばなかった。懐中電灯の光をたよりに、すり減った階段を一段ずつおりていった。

暗闇の底から、かすかにチーチーとマウスの鳴き声が聞こえてくる。マウスがまだ生きているのなら、二酸化炭素やガスが地下に溜まっている心配はない……。

子どものころ、彼は母親の実家の裏山に掘られた防空壕の穴をのぞいたことがあった。十メートルほどの深さの横坑に、化石のような灰色のドラム缶と木箱が転がっていた。病院地下の部屋はその防空壕に似ていた。時間が凍り付いたような、暗い灰色の洞窟だった。

廊下は広く、梁《はり》の部分で天井がアーチを描いて壁にはなめらかな白い漆喰《しっくい》が塗られている。割れたガラス瓶の破片、鉄格子のはまったドア。事務所らしい机と椅子のある小部屋には、本や書類が床一面に散乱していた。拾いあげて読む気にはなれなかった。火山灰のような厚い灰色の埃におおわれた紙に触れたくなかったのだ。

——ここか、

彼は、通路の最奥のドアを懐中電灯で照らした。光の輪のなかを小さな白い塊が逃げていったが、今更追う気はなかった。彼はドアに見入った。

鉄格子のはまった金属製のドア、周囲の壁に放射状に付けられたすさまじい引っかき傷。ドアのむこうに、なにかがいた。夜ごとの奇妙な気配、深夜の研究室でささやきかけるもの。あれは、この暗い虚ろな空間から、階段を通ってやってきたのだ。

その後、なにごともなく仕事をつづけながら、斑猫は地下の部屋のことを考えつづけた。あれらの地下室は、おそらく見取図から故意に書き漏らされたものだろう。表沙汰にできない病人を収容するために掘られ、のちにつぶされた入口が、エレベーターを取り付けたときに偶然、開いてしまったにちがいない。あれをなにかに利用できないものだろうか。計画が漠然と脳裏に浮かんだのは、そのころだった。彼には天恵が必要だった。行き詰まった未来を指ししめす光の道標が。

それをみつけた、と思った。

斑猫は研究棟の非常口から、なかに入った。鍵は蓉子からもらった。

窓に板を打ち付けた館内は、洞窟のように暗かった。長いあいだ、ほったらかしにされた冷蔵庫と同じ臭いがした。

天窓からこぼれるかすかな光を頼りに、建物のなかをひととおりみて回った。床には書類が散らばり、引き出しがあけっぱなしになっていた。突然に閉鎖をいい渡された職員らの狼狽《ろうばい》ぶりが伝わってくるようだった。暗がりに、壁や廊下が生々しい質感をともなって迫ってくる。これが荒廃かと、斑猫は思った。人の体温が消えると、構造物は物としての本来の姿を取り戻すのかもしれない。

斑猫は、研究室の棚の奥からアルコールの瓶をみつけた。小瓶をポケットにいれて旧玄関ホールへむかう。ふさがれた窓の隙間から光が差しこみ、埃だらけの廊下に、人の通った跡がうっすらと浮かびあがってみえた。

定期的に見回りが行われているのかもしれない。斑猫は一層足音を殺した。古いエレベーターの前に立つとベニヤ板をはずし、ゲートを細目にあけてなかに飛びおりた。埃と黴と乾いたゴミのにおいが舞い上がった。壁の穴をふさいでいた鉄板をはずし、懐中電灯を片手に埃におおわれた階段をおりはじめた。

光の輪のなかに灰色の石段がつづいている。軽い圧迫感があった。闇がぴっちりと目鼻をふさいで、上下の感覚がうまく摑めない。階段を踏みはずさないよう、彼は慎重におりていった。踊り場のあたりで空気が変わった。一段と冷えて、硬くなった。石のにおいが強い。

最後の一段をおりて、斑猫は天井に光を走らせた。ゆったりとしたアーチの梁、ぎらぎら光る漆喰の壁。夜の墓場のような静かな通路が、目の前に伸びている。その先には、あのドア。引っかき傷のついた壁。

斑猫はドアにむかって歩きだした。ドアには鍵が掛かっている。何度も開けようと試したから、わかっていた。決して開かない。わかっているのに、なぜ、おれは鍵が掛かっていることを確かめなければならないのか。斑猫の心臓が激しく打ちはじめた。今度こそ、開くかもしれない。開かずのドア。閉じられた部屋。直感が警告を送ってくる。危険。危険。

しかし、ノブはあらがいがたい力で斑猫を引き付ける。逆らうこともできない。彼はいやいや冷えたノブをつかんだ。途中で止まることを承知で、ゆっくり右に回す。カチリとスプリングがはねる音がした。ノブが回りきった。ドアから急に手ごたえがなくなった。開く。

斑猫の喉がカラカラになった。彼は夢をみているような気分で、ドアを引きあけた。入って右手に、マットレスの中央が深くくぼんで腐りかけたベッドがあった。同じスチールパイプのベッド、同じ黒く黴《か》びたシーツ。シーツは枕元でねじれて、裂けたマットレスの中央から、限りなく淫《みだ》らなもののように中身があふれだしている。床にこびりついた古い新聞紙、得体のしれない黒い染み。懐中電灯の光の輪が、部屋のなかをぐるぐる回る。回りつづける。

斑猫は息を吸い込んだ。息を止めていたのに気がつかなかったのだ。黴の胞子で一杯の空気が肺を犯す。彼はドアを後ろ手に押しやり、室内に踏みこんだ。

床の上に、ありえないものがあった。肉の充実した裸の人間の身体だった。

6 PAST

斑猫はカリフォルニアにいた。

ベトナム戦争の泥沼は、まだはじまったばかり。彼は文学部の学生と、ガレージ上の二部屋のアパートをシェアして暮らしていた。猫が二匹、カナリアと犬、居候《いそうろう》が何人か。天井のないトタン屋根のアパートは、夏、焼けたフライパンさながらの熱波に襲われた。レコードはひん曲がり、缶ビールが破裂して、カナリアが死んだ。

だれも金を持っていなかった。彼は実家からの仕送りを打ち切られ、ルームメイトはドラッグ中毒で、じきに徴兵される見込みだった。斑猫の奨学金が尽きると、あとは水を飲んで寝ているしかなかった。キャデラックが欲しい、とジャニス・ジョプリンがラジオで歌うと、ハンバーガーを買ってくれ、と、居候が合唱した。

ルームメイトと彼は結託して、ささやかな事業をはじめた。P&Tケミカル・コーポレーション。PとTはそれぞれのイニシャル、彼がアパート下のガレージでスピードやPCPといった化学ドラッグを合成し、ルームメイトが売買を受け持った。

興奮剤系のドラッグは、軍からの横流し品で市場にだぶついていたため、たいした儲《もう》けはでなかった。キャデラックには到底手は届かなかったが、ハンバーガーにはありつけるようになった。斑猫自身は強いドラッグはやらず、ロックにも興味が持てなかったから、日中は、部屋をルームメイトとその見知らぬ仲間にあけわたして、研究室にいた。ドラッグ、ロック、オカルト、テロ活動。血腥《ちなまぐさ》い事件が身の回りで頻発《ひんぱつ》した。教室の壁に血のハーケンクロイツが描かれていたのも、そのころだった。

バスタブで、ルームメイトが連れこんだ女の子が自殺したときは、友だちから車を借りてダウンタウンに死体を捨てにいった。奇怪なことに死体は二度と発見されることなく、それきりこの世から姿を消した。彼女がどうなったか、斑猫は考えたこともない。死も、行方不明も、ありふれた日常の一部だった。どんな奇妙な出来事も、いずれ説明のつくもの、ごく微量のブレが無数に重なってゆくことによって生みだされた揺らぎの一種、と、とらえていた。

確かなものは試験管の中にしかなかった。in vietro《インビトロ》. 数値化されるまでデータさえ信じられなかった。

斑猫は毎朝バイクに乗って、だれよりも早く研究所に出勤した。泥水の味のするコーヒーを紙コップからすすりながら、モーター音が低く流れる研究所の暗い廊下を歩いた。実験室を青白く照らす殺菌灯、電気泳動の装置の前で居眠りしている学生。彼は殺菌灯を消して蛍光灯に切り換える。デスクの上には教授からのメモ。コーヒーを飲みながら昨日までの経過を思いだし、スパイラルノートをめくって一日の予定を組みたてた。

彼は知的階級社会の最下位者、大学院生だった。年中無休の奴隷労働者。くる日もくる日もマウスを固定しガン細胞を切除して洗浄し、培養し、スライドにして、そのあいまに自分の論文を書きあげる。見返りはない。将来の保証があるわけでもない。電気泳動が完了するまでのあいだ、しばし睡眠を補い、自分のデータをまとめる。マリファナをやって疲れをいやし、膨大なデータのまとめにとりかかる。次の教授の論文の最後に、自分の名前が記載されるかもしれないと夢みつつ。

冷蔵庫のなかでは、暗箱にいれられた資料の露出が半年かけてじわじわと進行中だった。眠気が、麻酔薬のように後頭部を痺《しび》れさせた。

首をふりながら紙コップを握りつぶし、ゴミ袋のなかに放りこんだ。きのうは何時間眠ったのか。ロックの音がまだ頭蓋骨《ずがいこつ》の内側で鳴りひびいている。床にまき散らされたエンジェル・ダスト。

足は自然と培養室にむかっている。途中思いなおして地階の階段をおりた。地階の小部屋にはずらりと並んだマウスのケージ。哀れなけだものども、糞《ふん》と乾燥フードの鼻もひん曲がる臭気。

彼は臭気の壁の前に立ってケージをながめる。自分の人生をマウスになぞらえながら。右端のケージは生後百二十日の個体群、X線の照射を受けて三カ月がたつ。そろそろ死ぬ個体がではじめる時期だった。５００Rと表示されたケージのなかの一匹が、隅でぐったりしている。

放射線を照射されたマウスは、一般に寿命が短くなる。染色体異常が積み重なって、転がる石のように死へ加速されてゆく。

放射線は老化をうながす。それは常識。

みえないエネルギーの弾丸が、細胞内の分子にヒットして、電子をひとつ押しだし、破壊的な酸素ラジカルに変えるのだ。

紫外線の石くれは皮膚の細胞を傷つけ、放射線の弾丸は生体をつらぬく。弾丸はエネルギーの固まりであって、通過する分子にエネルギーを与えて遊離基を生じさせる。遊離基は平均して10のマイナス7乗秒間この世界に存在し、安定した分子から電子を奪いとる。DNA付近で発生した遊離基は、ときとしてDNAのヌクレオチド対を切断することがある。DNAには修復機構がそなわっているが万全ではない。切断が限度を超えると、細胞は分裂時にエラーをおこして死ぬ。エラーを内包したまま生き延びた細胞も、そのいくつかがガン化して、生体を死にいたらしめるかもしれない。

彼が研究室で浴びた大量の放射線がなにをもたらすかは、歴史が実証済みだった。

第二次大戦中、米国は、彼の生まれた島国に、二種類の新型爆弾を投入した。最初の一撃は、大戦後の米国による極東の覇権獲得のため、次の一撃は新型兵器の実地テストのため。プロメテウスの光は地上を熱波で焼きはらい、数十万の人間を瞬時に殺し、科学者らに死神からのまたとない贈り物をもたらした。

終戦を待って送りこまれた調査団は、急性放射性症候群を分類し、大量の放射線で被爆した犠牲者が死にいたるまでの日数をカウントした。腸の上皮細胞の破壊による腸死、平均十二日。骨髄死、平均二十二日。放射線による発ガンまでには、一、二年の猶予《ゆうよ》あり。

彼は、マウスにラジウムを照射しながら、今まさに、自分の遺伝子に仕掛けられているみえない時限爆弾のことを思った。遮蔽壁《しゃへいへき》をつらぬいて彼の体を透過していった放射線、傷つけられた彼のDNA。細胞はいつガン化するのか。まさにこの瞬間、スイッチが押されたのではないかとおののく。

放射線は色はなく、音もなく、可視光すら持たない。だが、変わってゆくフィルムバッジの色で、そこに確実に死神が存在していることは知れる。

彼はフィルムバッジを外してポケットにいれ、なにくわぬ顔で研究室にもどる。みんな死ぬ。早いか遅いかのちがいだけだ。遺伝子には死のプログラムが組み込まれている。

生物は死ななければならないのだ。

一九七〇年。

クリスマス前、ルームメイトが徴兵を拒否して、カナダへ逃亡していった。猫と犬を残して。斑猫は困窮した。ペットフードを買う金もなかった。

『汚れ仕事だけど、金になるよ』

斑猫は、友人の書いてくれたメモ用紙をポケットにその住所にでかけた。チャイナタウンの小さなビルだった。ショーウィンドウに棺桶が飾られていた。医学部の大学院生だというと、その場で採用になった。彼は、葬儀会社の死体の化粧役に雇われたのだった。

解剖で死体は扱い慣れているとはいえ、死体を加工することにはやはり抵抗があった。結局最後まで彼は慣れることができなかった。子どもの死体は痛ましく、ひとり暮らしの老人は汚物にまみれ、腐乱死体や爆発事故、交通事故で、内臓が飛びだし、手足がちぎれた被害者も週に一度は運ばれてきた。ばらばらになった四肢を縫い合わせて、生きているかのごとく化粧をほどこすのが葬儀屋の仕事で、彼はそのアシスタントだった。気味のわるい仕事だったが、高給は魅力だった。彼は、週に一度か二度そこに通って生活費を稼いだ。

葬儀屋は自らを死体の芸術家になぞらえていた。朝鮮戦争当時、兵士として死体の回収作業にあたったことが、この仕事のきっかけだったと話していた。相模大野《さがみおおの》のキャンプに、戦死者専用の大きなテントがあり、そこで彼は毎日、幾百ともしれぬ死体をながめ日本人のアシスタントを使って手足の復元を監督したのだと。日本人は器用で、とてもいい仕事をするとほめた。ベトナムの戦死者も日本に空輸されて復元されたのちに、故国にかえってくるのだといった。

『消える死体があーるのさ』

年に何度かある死体のこない週末、老人はコーヒーを彼にすすめながら、特徴のある間のびした声でいった。

『妖精の死体とわたしは呼んでいる。たまーにね、ごくごくまーれな確率でいるのだよ、生きてるやつが。かれらは死ぬとすぐ溶けて流れてしまうのさ。あーとかたもなく』

あーとかたもなく。

彼は、ダウンタウンに捨てた少女の死体を思いだしていた。

斑猫は、恐怖がどんなものか考えたこともなかった。彼は若く、健康だった。死者に囲まれていても、自分自身の死について考えたことはなく、理解不可能なものもじきに解明

される と信じていた。

気象学におけるバタフライ効果のように。コンピュータが生物界のあらゆる謎めいた事象をいつか説明してくれるにちがいない。カオス理論が時代の流れだった。北京《ペキン》で、蝶《ちょう》ちょが羽をそよがせれば、翌月ニューヨークでおこる嵐が変わる。ちょっとした遺伝子の組み合わせによって、異なる進化の道筋をたどってきた生物がおどろくべき相似性を示す。別段目新しい認識とはいえない。

『消える死体があーるのさ』

歌うような葬儀屋の声は、彼の鼓膜に染《し》みついた。しかし、妖精の死体のことなど、彼は一瞬たりと信じなかった。

葬儀屋でのアルバイトは、ある日、唐突に終わった。月曜日に彼が出勤すると、葬儀屋は店の作業台のうえで、剝製《はくせい》にされていた。

内臓が、赤い薔薇《ばら》の花輪のように死体の周囲に並べてあった。両眼はくり抜かれて義眼に置き換えられ、唇は微笑の形をしていた。死装束は、葬儀屋が客のためにストックしてあった衣装のなかで、もっとも高価なウェディングドレスだった。

やがて葬儀屋といっしょに暮らしていた男が逮捕されて、斑猫は警察から解放された。彼はすでに学位を取得し、中西部の大学に助手の職をみつけていた。葬儀屋はもはや必要なかった。彼は引っ越しをし、猫を友だちに押しつけた。妖精の死体のことは忘れた。ガンの新しい遺伝子を発見すること。それだけが彼の目標だった。

『人体の耐用年数はせいぜい三十年だ』

教授はいった。保証期間が切れてもテレビや冷蔵庫はしばらく働く。年に一度は修理にだし、壊れた部品を入れ換えれば、人体も五、六十年はもつ。それ以上は必要はない。生殖を終え、子どもが自立できるまで生きていれば充分である。

『細胞はガンになる。そう思っておいたほうがいい。毎日、人体の細胞のどれかひとつは異常がおきているのだ。それでも多くの人間は老齢になるまでガンとは無縁で生きている。細胞がガン化する前に、その細胞のなかの死の遺伝子が死刑宣告してしまうわけだ。自爆プログラムが発動し、DNAは寸断されて使いものにならなくなる。そうしなければ細胞はガン化し、ガン細胞は広がりつづけて、個体を死にいたらしめる。老化は細胞死の駄目押しだな。生命がやどる肉体は、あまりにはかなくもろい。高等生物の中でもっとも長生きなのは陸亀の一種だが、それも百五十年、不老不死の高等生物は存在しない。死がわれわれを、ガンと疫病から救うのさ。死だけさ』

斑猫はガン遺伝子を探しつづけた。生きたマウスの頭を落として脳下垂体を分離し、細胞を攪拌《かくはん》し、遠心分離機にかけて洗浄し、染色し、計測し、希釈し、分離した。一九七〇年代初頭、アメリカ中の研究者がガン遺伝子を探していた。アメリカに渡った若い留学生を待っていたのは、国家をあげてのガンの治療法をめぐるすさまじい競争だった。国家ガン対策法が制定され、補助金は天から鈴をふるように落ちてきた。彼は放射線による発ガンのメカニズムから研究に入りこみ、やがて遺伝子狩りにいきついた。

不運な家族、生まれながらに病魔をせおった不幸な子どもが、研究者らの標的になった。ハンチントン病の多発する家系、南米の悪しき病の蔓延《まんえん》する村、ユタの大腸ガンの家系、網膜芽繊維種の症例、ソルトレイクシティーのおなじく大腸ガンの家系。

斑猫は幸運だった。担当教授は、有象無象のままに消えていった幾多の発ガン性物質とは異なる、未来へのたった一本のスーパーハイウェイに乗っていた。斑猫は、ガン遺伝子を突き止めるための、ささやかだが役に立つ新しい方法を考案した。教授は多額の補助金を獲得して、研究室は拡充され、斑猫は昇格した。共同論文を書き、会議で呼び止められることも多くなった。

――なぜ生物は老化するのですか。

特別講義の質問時間に、学生が問いかけた。

斑猫は答えた。

『エラーの蓄積だ』

彼は講師陣の中でもっとも若く、補助金を最大限に獲得できる先端分野の研究者だった。学生らは講師の将来性について、肉食獣のように敏感だった。

『生命活動というのはゆっくりした酸化、つまり燃焼活動なのだ。長い問乗っていれば、車のエンジンに、ガタがくるように肉体ももたなくなる。古い車をだましだまし使ったところで、車業界の発展には寄与しない。スクラップにして新しい車を買う。それが世代交代だ』

学生はつづけて質問した。

――では、エラーを修復していけないものでしょうか。

『もちろん修復機構はある。しかし、それさえ無慈悲な遊離基に焼かれて、故障だらけになる。ホルモンの掩護《えんご》射撃も途絶えて分泌細胞は死滅し、細胞のなかには老廃物が蓄積される。動脈は硬化し、老人斑が浮きだして関節は炎症をおこす。老化することからくるたえまない痛みから救われるには死ぬしかない』

――それでも、
と、学生はいった。

――不老不死を可能にすることはできるのではありませんか。

斑猫は微笑《ほほえ》んだ。

学生のみずみずしく透明な顔立ちをみつめ、無垢《むく》で貪欲《どんよく》な眼差しのなかに自分とおなじ渇きをみいだした。

わたしの肉体はわたしにとって唯一の身体。ただひとつの愛の対象であると同時に、主体でもある。

『細胞ガン化に対する、生命の唯一の抵抗、それが老化だよ』

しかし、彼はこの体も、いつか失われるものだとは信じてなかった。自分は永遠に存在するのだと思っていた。

7 NOW

廣田はこれまでに合わせて三度、小岩《こいわ》の病院に入院中のルミネ研究所の元理事長、松尾孝を見舞った。

松尾は事件のあと、重要参考人として毎日のように警察に呼ばれて苛酷《かこく》な取り調べを受けた。八月の猛暑のなかでの取り調べに七十近い松尾は疲労し、広島の自宅で入浴中に倒れた。命はとりとめたものの、左半身は麻痺《まひ》して、会話はできない。

廣田が見舞い金をもって松尾の病室をおとずれたとき、ベッドに付き添っていたのは妻ではなく、愛人の植松恭子だった。

「いいえ。奥さんは一度もおみえになったことはありません」

植松恭子は四十代のなかば、ルミネ研究所の前身である松尾病院時代の看護師で、松尾とのあいだに高校生の娘がいる。

「わたしがこの人を東京のリハビリ専門の病院に移したいといったらね、『そう、じゃそうしたら?』って。それだけ。しかたないから自分でやりましたけど。病院の敷地は蓉子さんが今でも持ってるんですよ。ルミネの法人は蓉子さんから土地を借りて治療を行ってることになってるから、離婚はできないんです。蓉子さんにしても病院を継ぐための婿養子でしたからね。だから、この人が一時危なくなったとき、弁護士さんを頼んであとのことを話し合いました。

そりゃあ、わたしには子どもがいますから。先のことはどうしても考えざるをえないんです。介護だけでなく、今は裁判のこともあるし。そういうのを全部こちらでみなきゃいけないんですよ。ときどき無性に腹がたつこともありますよ。なんで、わたしがこんなことまでしなきゃいけないのって。

わたしがもらうものは、なんにもありゃしません。子どもだってそうです。認知はしてもらいましたけど、それだけです。お父さんには自分の財産なんてものは、元々一銭もないんですから。東京の家はわたしの親の土地です。病院だって蓉子さんの身内が継ぐって話だし。弁護費用ですか？　それは法人の負担ですから。でも、いちいち弁護士さんと打ち合わせしなきゃならないでしょう。研究所の清算のこともありますし、わたしが銀行にいっても相手にされませんからね。こんな話がありますか、二十年もこの人と暮らして面倒みてるのに。世間ではあちらが正式の奥さんなんだから、そういう表向きの仕事ぐらいはやってほしいと思いますよ。ご自分の病院なんですから」

彼女は、ツィードのスカートに栗色のウールのセーターを着て、きちんとビニールの丸椅子に腰かけていた。両手をひざの上で握りしめて、歯切れのいい東京弁でしゃべる。面長の古風な顔立ちだが、愛人という単語から連想する華やかさはなく、生活感が濃い。

廣田がみている前で、寝返りもままならない老いた夫の身体のむきをかえ、苺《いちご》をつぶしてかろうじて動く病人の右手にスプーンを握らせる。

「ほーら、お父さん。あーんして。おいしいでしょ、苺よ。なんだか子どもみたいでしょう。甘えてるんです。わたしにだけです。子どもの歌をうたってあげますとね、思いだすんでしょうね、一緒に口を動かすんです」

「では研究所のころのことは、なにもおっしゃらないわけですね」

「ええ。なんにも。だっておぼえてないんですから」

彼女は、赤い汁のついた病人の口と手を布巾でふいて、ベッドに寝かせた。病人の眼がきょときょとと部屋のなかを動いている。犬の眼の動きを廣田は連想した。

「研究所の人で見舞いにきてくれたのは事務長の喜善さんと、昔病院だったころから働いていた古い看護師さんが二人ほどです。先生たちは顔をだしやしません。このあいだお茶《ちゃ》の水《みず》の大学病院で会った先生なんて、挨拶したのに、しらんぷりされてしまいました。しょっちゅうくるのは、お金が目当てのヘンな人ばっかり」

「たとえば?」

「ほら、整理屋っていうんですか? そういう人たちですよ。そこに名刺がありますから、みます?」

廣田はテレビ台の隅に、ひとまとめに置かれた名刺を手にとった。ざっと十枚ばかりあった。建設技術開発共同組合、投資コンサルタント事務所、管財人共同組合事務所。一見固そうで、わけのわからない肩書がついている。名前と電話番号だけの名刺もあった。

「ずいぶん怪しげな名刺ですね」

「すごいでしょう。どうぞ持っていってくださいな。わたしは必要ありませんから」

廣田は名刺をポケットに入れた。

植松恭子はふふ、と笑った。

「どの人も決まって同じことをいうんです。わたしに任せてください、なんとかしてみせますって、そればっかり。治療のことを聞いてきた人もいましたよ。倉石先生の特別治療の内容を教えてくれたら、大金を払うとかなんとか」

「どんな人物でした？」

「さあ、政治家の秘書っていってたけど、本当はどうだか……。弁護士さんに全部任せてありますっていうと、帰ってしまうんです」

植松恭子は、廣田も耳にしたことのある大物弁護士の名前を口にした。

「よく頼めましたね」

廣田が驚いていると、植松恭子は夫の顔をちらりとみて、思いがけないことを口にした。

「あのかたもルミネに入院してたことがあるんですよ。それで、ね」

「なるほど」

「弁護士さんの話では、ああいう人たちは、白紙委任状と代表印が目当てなんですって。病院の法人はお父さんが代表権を持ってますから。それにしても、こんな大変なときに、蓉子さんはどこにいったのかしら」

思案顔で、彼女は夫に眼をもどした。口の端からこぼれた苺の汁をタオルでふきとってやる。

「連絡がとれないんですか」

「ええ。電話をかけても通じないんですよ。家政婦さんとヘルパーさんもいつのまにかクビにしたみたいで、連絡がつかなくて。親戚にも手当たりしだいに電話したんだけど、きてないそうだし。いえね、うちに広島の家の固定資産税がきちゃったんですよ。滞納分の。一応建物はうちのお父さんとの共有名義なんですけど、蓉子さんは自分が払うっていったから任してあったのに、困っちゃって。二百万近い額だから。まさか愛人が介護してるから、意地悪してるわけじゃないと思うんですけどね」

「よろしかったら、ぼくがご自宅の様子をみてきましょうか。来週からあちらに出張しますので」

「それは助かりますけど。本当にお願いしてもいいかしら」

廣田はうなずいた。

彼は窓にもたれて立っていた。

松尾理事長の部屋は、バストイレ付きの個室だった。整頓されていたが、入院の長い患者の例にもれず、あちらこちらに生活の澱《おり》のようなものがたまっていた。冷蔵庫の上に伏せた茶碗とどんぶり鉢、重ねたタオル。クロゼットのドアには、植松の黒いウールコートが掛けてあった。ここからでも、かなりくたびれていることがみてとれた。

「毎日、病院にこられるんですか」

「昼前にきて夕食を食べさせて、うちに帰ります。病院で働いてたんですけど、やめました。しかたありませんもんね。娘が学校帰りに寄ってくれるし、疲れるってことはないですね」

「奥さんは、倉石藤一に会ったことがありますか」

「学会で東京にくるとき、何度かうちに寄ってくださいましたよ。いい人でした」

植松恭子は奇妙な笑い方をした。見舞い客がくるたび、おなじ質問をされたのだろう。すらすらと暗唱するような口調で説明した。

「無口でしたけど、いつもにこにこしてご飯を食べて帰られたわ。子どもともすぐ仲良くなったし。とてもおだやかな人」

「理事長は彼のことをどんなふうにおっしゃってました？」

「そりゃ、ベタ誉《ぼ》めでしたね。学位を持ってることとか、学会にでると外国の有名な学者さんがトーイチって声をかけてくるんだとか。でも、家族もないし、随分さびしかったんじゃないかしら」

「だれかと、特に親しいような話をしてたことがありますか」

さあ、と彼女は小首をかしげた。

「そういう話は聞いたことがありませんね。研究所の人に聞いてみたほうが早いんじゃないですか」

「聞いたんですが、みんな知らないというんですよ」

「話し相手になる人が、身近にいなかったからじゃないかしら。研究棟にいたのは倉石先生のほかは、女の子とバイトの学生さんだけでしょ。ナースやほかの先生たちと接触する機会もないし、倉石先生は、所長っていってもお飾りみたいなもんだったから」

看護師だけあって、植松恭子は医者というものをよく知っていた。

五十近くなってアメリカの民間研究機関からもどってきた倉石は、若手の医師らから過去の遺物のように扱われていたらしい。特別治療にしても、アメリカで流行《はや》っている新しい治療法を応用しているぐらいに考えて、倉石の独創であることに気づいた医師はいなかった。治療が劇的な効果をあげてようやく、何人かのスタッフは事態の異常さに気づいたようだが、そのときには引き返せないところまできていた。

倉石の特別治療からあがる収入がなければ、研究所の経営は成り立たず、表だって宣伝すれば薬事法違反で挙げられる危険があった。巻き込まれることを恐れて、倉石に近づく医者はいなかった。

「妻もなし、子どももなし、友人もなし」

歌うようにいって、植松恭子は、ふっと笑った。

「なんです？」

「いえ。たいしたことじゃないんですけどね」

明るい声で、廣田に倉石が東京の家にきたときのことを話した。

「あのかた、一度も結婚なさったことがないでしょう。風采《ふうさい》もわるくないから、うちの娘が理由を聞いたんですよ。なんでなんでって。そのときはもう中学生でしたから、いっぱしのことをいうんですよね。『先生、ホモなの？』なんて」

植松恭子はぷっと吹き出すと、口を押さえて片手で廣田を叩くような仕草をした。

「まあ、こっちはビックリしちゃって。いまの子は遠慮がないから。わたしたちが子どもの前で、そんな話をしてたのがよくないんですけどね、本当は」

「で、倉石先生はなんと答えたんですか」

「先生はね、すごく真面目な顔をなすって、『いいや、ぼくは同性愛者じゃないんだよ。そうだったら、もう少し楽だろうなあと思ったことはあるけど』って」

「意味深なセリフですね」

「でしょう？」

植松恭子は笑いをおさめた。頬にはまだ笑いの余韻のようなものがただよっている。

「どういう意味だろうって、みんなで考えたんです。もしかすると、先生には恋人がいて、その人は結婚できない相手じゃないかって、娘がいうんですよ。あの子のカンはわりあい当たるんです。わたしもそうじゃないかと思いました」

「恋人が？」

「ええ」

彼女は、なにかを思いだすような眼で病人の寝顔をながめた。放心の影がやつれた横顔をよぎった。

「倉石先生は、蓉子さんを好きだったんじゃないかと思ったことがあります。奥さんはきれいな人ですからね。若いころはそれこそ女優みたいな美人でしたし、今でも上品な方ですから。ふたりのあいだで、なにかあったというわけじゃないんです。ただね、あんな田舎の、名前だけの研究所に倉石先生がきたのは、蓉子さんがいたからじゃないかな、って。うちの人は笑ってましたけどね」

廣田はどうしても松尾の妻に会いたくなった。植松恭子の話を聞くまでは、彼女は研究所とは無関係の一主婦としかみてなかったのだ。

しかし、倉石と関係があったとなれば話は別である。

「本当に一緒にいかなくていいのか」

「大丈夫だよ。ちょっとのぞいてみるだけだから」

食事をすませたあと、廣田は宮城をホテルの前でおろして、車で松尾孝の自宅へとむかった。

信号の赤い輝きが雨にかすんでいる。新幹線の高架のむこうに、人家の灯《あかり》に煌《きら》めく山並みが広がっていた。海と山にはさみうちにされた扇状平野には、これ以上の人口を吸収する余裕はなく、街は山を刻んで上へのびるほかない。

高架下の交差点を通りすぎると、四車線の道が二車線に収束した。車の流れがたちまち滞った。血栓だらけの血管を通る赤血球のように、廣田のハイエースはのろのろと細い坂道をのぼっていった。時刻が気になりはじめたころ、ようやく住宅街の角を折れて渋滞から抜けだした。

——古衛《ふるえ》町、2の3……、
所番地を読みながら、廣田は慎重に車を走らせた。ヘッドライトの光の輪のなかを、濡れた石垣が流れる。急傾斜の斜面にしがみつくように建てられた家々はどれも古い。市内の道じゃねえな、と廣田は舌打ちした。四輪駆動の車で走るのが似つかわしい山道だった。人家の塀からはみでた木立が鬱蒼《うっそう》と空をおおい、濡れた土のにおいが窓から流れこんだ。

灯はまばらだった。目指す家がどこにあるのか見当もつかなかった。

とりあえず車を走らせているうちに、犬を散歩させていた老人に行き合った。老人はその家のことをよく知っていた。知っていて当然だろう。事件のあと、レポーターたちは腐肉に群がる蠅《はえ》のように松尾孝の自宅に集まったはずだから。

ようやく廣田は、一軒の家の前で車を止めた。

――松尾。

大谷《おおや》石《いし》の門柱に黒御影石《くろみかげいし》の表札。しかし、インターフォンのスピーカー部分にはガムテープが貼られ、家の内部に灯はなかった。

廣田は車を縁石に乗り上げて止めた。腕時計をのぞいてから、インターフォンを押した。応答はない。郵便受けにガス料金の通知が引っかかっていた。引っ張りだして読んでみたが、基本料金のみだった。郵便受けにもどして、門ごしに家をのぞきこんだ。玄関灯がひとつだけついていた。

ひょっとしたら、だれかいるのかもしれない。

そんな甘い期待を持って、廣田はゲートの掛けがねを外して勝手に庭に入った。

暗がりに甘い腐臭がただよっている。なにげなく足を踏みだしたとたん、グシャッと地面が不気味な音をたてた。廣田はあわてて跳びのき、下をみた。地面が盛りあがってみえた。暗さに眼が慣れてくるにつれ、それが無数のゴミ袋とわかった。

「なんだ、こりゃ」

ざっとみたところ、家の軒下まで、二十ばかりのゴミ袋が並べてある。かつてポーチや、花壇を配した凝った造りの庭だったのだろうが、今やみる影もなかった。洋酒の空き瓶、酒瓶、割れた皿、空き缶を詰めたビニール袋に、衣類を詰め込んだダンボール箱が、軒下に山をなしていた。

不法投棄――、のはずはない。

いくらなんでも、他人の庭にゴミを捨てていく人間はいないだろう。だとしたら、松尾家の人間がだしたゴミということになる。

廣田はそぼふる雨に首をすくめて、立ち枯れした薔薇のアーチの下をくぐり抜け、玄関前の階段にたどりついた。建物の角を三角柱型に窪《くぼ》ませて、スチール製の両開きのドアをはめこんである。

化粧煉瓦《れんが》の外壁、窓はすべて張り出し。インターフォンはカメラ内蔵型の最新式だった。こちらにはガムテープは貼られていない。

ブーツの被害を調べてから、あらためて玄関横のインターフォンを押した。

「松尾さん?」

廣田は表面をつや消しされたスチールのドアをこぶしで叩き、声をはりあげた。

「松尾さん? こんばんは。いらっしゃいませんか」

口にしながら、われながら矛盾した呼びかけだと思った。いないなら、答えがあるはずがないのに。

廣田はジーンズの裾《すそ》をおりあげると、靴下をぬいでポケットにいれた。庭づたいにそろそろと歩きだす。覚悟していたとはいえ、山をなしたゴミ袋に行く手をふさがれ、楽な歩きではなかった。

どうにか居間らしい窓の前までいって、カーテンの隙間からなかをのぞいてみた。真っ暗だった。人の気配は感じない。

——まいったな。

首をふりながら玄関ポーチにもどり、ブーツの泥を落とした。裾をなおしていたとき、門で人影が動いた。懐中電灯の光が眼を射る。

「だれだ」

廣田は手で光をさえぎりながら、問い返した。

「すみません、松尾さんは留守なんでしょうか」

相手は答えず、黙って光を廣田の顔に当てている。たぶん泥棒と間違えているのだろう。そう考えて、廣田は門まででてみることにした。

黒っぽいスーツ姿の男がひとり、門のなかに立っていた。傘はない。だが、ライトをつけたままの白い乗用車が塀の前に停車して、ワイパーが動いている。運転席にも男がいるのがみえた。

「なにをしてた」

男は、警官がやるように廣田の顔に視線の支点を置いて全身をじろじろながめた。年は三十代なかば、肉のつきすぎた不機嫌そうな顔をしている。

「東京で入院中のこの家のご主人に頼まれて、奥さんの様子をみにきたんです。電話をかけても応答がないし、ひょっとしたら家のなかで倒れているんじゃないかとご主人が心配されましてね。失礼ですが、警察の方ですか？」

廣田は心にもない推測を口にしたが、男は答えなかった。だが、ご主人の、と廣田が口にした辺りで、心もち後ろに引いた。

「どこの人間だ」

「申し遅れましたが、廣田といいます。東京の製薬会社に勤めてるものなんですが」

廣田は名刺を一枚抜いて渡した。男は懐中電灯にかざして、読むと、舌打ちした。顔にあからさまな失望があった。

「プラスケミカル・ジャパン？　聞いたことねえな」

「外資系ですよ、本社はアメリカです」

「そんなやつがここでなにしてたんだ？」

廣田は、今説明しただろうが、といいそうになった。もう一度、くり返すかと思うと、疲れがどっとこみあげた。

「それは、こちらが聞きたいですよ。いったい奥さんとはどういう関係なんです？　松尾さんの奥さんは、どこにいるんですか」

「なにが奥さんだよ、開きなおるなよ。てめえが忍びこもうとしてたのを、おれはちゃんとみてるんだ。ふてえ野郎だ」

車から、男の仲間がでてきた。貧相な身体が流行遅れのイタリアン・スーツのなかで泳いでいる。年のころは四十代なかば、眉のうすい逆三角形のつるりとした顔に、イタチめいた小さな眼をしていた。

男はぶらぶらやってくると、「おい」とあごをしゃくった。

「だれだって？」

「東京の薬屋だっていってますがね」

「へえ」

年嵩《としかさ》の男の小さな眼が、廣田の全身を素早く動いた。口もとに薄い笑いが浮かんでいる。

なあるほどね、とつぶやいた。

「そうですか。東京からわざわざいらしたんですか。それはそれは。で、理事長のご容態は」

からかうような相手の口調に、廣田は苛立《いらだ》った。

「順調に回復されてますよ。自力で歩くことはまだ無理ですが、車椅子で毎日庭を散歩してます」

「ほほお、順調に回復ですか。そりゃめでたい。そのことを奥さんに知らせにきたんですか。ご苦労ですな、わざわざ東京から。ほほお、製薬会社の人ですか。いい薬があったらこっちに回してもらえませんかね。手数料は払いますよ」

男は汚い前歯をみせて笑った。

「少しばかり、モヒを都合つけてくれると助かるんですがね」

廣田は顔が強《こわ》ばるのを感じた。宮城をつれてくるべきだったと、後悔した。

「失礼ですが、お名前を教えていただけませんか」

「お名前ねえ。ふうむ、堅気の人は言葉が丁寧だねえ」

男はのけぞって廣田を見おろそうとしたが、実際には廣田のほうが背が高かったので、そっくり返るような姿勢でせせら笑った。

「関係ないことには、首を突っこまないほうがよろしいですよ」

「このまま奥さんと連絡が取れないようなら、警察に捜索願いをだすと、ご主人はおっしゃってましたが」

「ご主人ったって、旦那は妾《めかけ》と暮らしてんでしょ？　ええ？　そんな旦那に喜んで電話する女房なんていませんや」

「連絡をとる必要があるんですよ。法律的なことで。奥さんだって承知してるはずです」

「そんなものは、奥さんには必要ないでしょ。立派な顧問がついてるんだからね」

——顧問？

廣田の脳裏に、理事長の病室に積まれた名刺の山がひらめいた。あやしげな整理屋ども。しかし、研究所の敷地は妻の蓉子が所有している。研究所を手にいれたいなら、寝たきりの理事長より、蓉子に眼をつけるほうが自然だろう……。

廣田は車をみた。ナンバーを覚えようとしたのだ。しかし、若いほうの男が廣田の視線に気づいて、摑《つか》みかかってきた。

「なにやってんだよ、このやろ」

一瞬の迷いもない動作だった。

廣田の前髪を摑むと、力まかせに塀に打ちつけた。頭をかばう余裕はなかった。ゴッッ、と大きな音が脳の内部に響きわたって、思考が砕け散った。廣田は、うめき声をあげて塀を背にずるずるとくずおれた。

「おい、やめとけ」

だが、男はさらに向かってきた。無防備な腹部めがけて粘っこい蹴《け》りがとんでくる。肩口、腕とつづけざまに激痛が走った。

「おい」

突然、攻撃がやんだ。乱れた足音が遠ざかり、車のドアが閉まる音が響いた。顔の半分をまぶしく照らしていたライトが、すっと走りさってゆく。

「どうしたね、あんた」

うずくまっている廣田に、しわがれた声が話しかけた。温かい大きな手が肩をつかんで揺さぶった。

「大丈夫かの」

「はあ……」

廣田は頭の後ろを押さえ、立ちあがろうとした。ひざが笑い、這《は》いつくばりそうになって、あわてて相手の腕をつかんだ。

「こりゃ、いけん。救急車をよばにゃ」

「いや。大丈夫です。たいしてやられたわけじゃありませんから」

「ほんまに大丈夫かいの」

廣田はどうにか立ちあがって、礼をいった。四角ばった顔つきの老人が、心配そうにこちらをみていた。ラクダ色のポロシャツにウールのズボン、サンダルを引っかけている。

近所の人間らしい。

「近所の家のもんじゃがの。なんじゃったら歩けるようになるまで、あんた、うちで休んどられたら。頭ぁから血がでよるが」

廣田は固辞しようとした。しかし、指先を染めた自分の血をみて思い直した。

「すみません。休ませていただけますか」

「きんさい。よう歩けるかの」

廣田は二、三歩試しに歩いてみた。ふらついたが、手足に異常はなさそうだ。老人と肩を並べて、雨のなかを歩きだした。

老人の家は、十メートルばかり山に登った道沿いにあった。松尾の家とは道路をへだてた二階家で、傾斜地のため敷地は道路より三メートルほど低くなっており、玄関は二階に設けられている。鉢植えに囲まれたドアの横の表札には、塩谷。その隣に、町内会会長の木札がぶら下がっていた。

「あんた、災難でしたのう。留守の家をたずねてきて殴られてから」

「はあ。ご迷惑をおかけしました」

廣田はそっと頭の後ろにあてたアイスノンをはずして、痛みの中心に手を触れてみた。触ってわかるほどの大きなコブになっている。痛みはまだあるが、冷やしたおかげでかなり和《やわ》らいだ。

塩谷老人が心配そうにいった。

「病院にいかれたんがよかろうて。病院を教えてあげるけえ、すぐいきんさい」

老人はせかせかした手付きで新聞を引きよせると、指にツバをつけて当番病院を調べはじめた。義理と人情が骨の髄まで染みこんだ御仁のようだ。

廣田は、熱い茶をすすりながら部屋のなかをみまわした。

六畳ほどの居間兼ダイニングは、老人世帯らしく天井までぎっしりと箱物が積みあげられていた。革張りのソファセットの横には、椅子が四脚のテーブルセット。二匹の猫がテーブルの周囲を鳴きながら歩きまわっている。室内はむっとするほど暑く、猫臭かった。

「それで、東京の理事長先生に頼まれていらしたんですってね」

縮緬《ちりめん》人形のような小柄な夫人が、カレーを運んできた。

「夕飯、まだでしょう」

「いいえ。こんなことまでしていただいては」

「いいのよ。うちも理事長先生の容態が聞けてホッとしましたしね。東京では、おいそれとお見舞いにもいけませんから。世話をしてくれる人がいるから、理事長先生もよかったわ」

世話をしてくれる人。つまり、植松恭子が、松尾の付き添いをしていることを、かれらは知っているのだ。

廣田はありがたくカレーをご馳走になることにした。甘いカレーだが、味は悪くなかった。

「遠慮しないでおかわりしてちょうだいね。年をとると、脂っこいものは食べられないんだけど、カレーだけはときどき欲しくなるもんだから」

「ありがとうございます。ところで松尾さんのことは、昔からご存じなんですか」

夫人は麦茶のような薄いコーヒーをすすりながら、こっくりうなずいた。

「ええ、そうね。大先生《おお》のときから診てもらってましたからねえ。大先生てのは、蓉子さんのお父さんで、松尾病院っていって小さい診療所があったんです。患者さんが増えて狭くなったんで、大先生が今の研究所の敷地を買って、建て直したんですよ」

「じゃあ、昔は自宅で開業してたわけですか。研究所の土地は、それ以前はなにが建っていたんですか？」

「あそこも病院だったんじゃないかしら。なんていったかしら、大きな病院でしたよ。でもねえ、悪いことがつづいて、廃業するのを大先生が買い取ったの」

「理事長は婿養子という話でしたね」

「九大の先生をやっとられての」

塩谷老人は、口をはさむチャンスを窺《うかが》っていたらしい。強引に話に割りこんできた。

「九大をでて助手をやりよってのときに婿養子に入られたんよの。それが先代が亡くなったいうたら、たちまち看護婦とええ仲になっての。月の半分は東京におるわ、もどっても家には寄りつかんわいうようなことで」

「そんなに仲がわるかったんですか」

「そりゃ、あんた。よその女のとこに子どもをこしらえてから、あんたが奥さんじゃったら亭主を家には入らせるかの」

ちら、と自分の妻を盗みみて、老人は話をつづけた。

「離婚はむつかしいいうて別居しちょったけど、まあ形だけのことよの」

「じゃあ、どこから理事長は研究所に通ってたんですか」

「それもよの、あんた」

老人はひざを揃《そろ》えて身を乗りだしてきた。どうやらとっておきの話らしい。

「こんだぁ理事長先生は、奥さんには内緒でから寺町にマンションを買《こ》うちゃったわけよ。電車の停留所のすぐ前のライオンズ・マンションいうてあろうがの。それを研究所の金で買うたいうんじゃけ、奥さんにバレてえらい騒動になってから」

「どうして奥さんが怒るんです？」

「理事長先生は、自分の名義にしとったいうんじゃけえ」

老人は大仰に眼をむいてみせた。

「理事長先生はな、病院が苦しいときは奥さんの土地から別荘から、売り払っといて、うまいこといきだしたら、今度は自分のマンションを買いよる。奥さんにしてみりゃたまったもんじゃなかろ？　かりに理事長先生が先に死ぬいうようなことになりゃあ、東京の別宅さんとこの子どもと折半じゃけえの。我がたの土地は売られ、亭主はしたい放題で、堪忍袋の緒も切れるじゃろ」

「それはそうですね」

老人はいよいよ興奮してきたようだ。

「そう思てじゃろが？　ほいじゃけぇ奥さんが自分の名義に直させたのよ。ほんまじゃったら、別荘もみな買いもどさんと」

「なるほど」

「家つきのお嫁さんというのは、そういうものですよ」

夫が息継ぎのために言葉を切った一瞬の隙に、夫人が口をはさんできた。醒《さ》めた口調で、廣田の頭ごしに夫に反論する。

「理事長先生だって、ちゃんと面倒をみてもらっていたら、外に女の人をつくったりはしませんよ。蓉子ちゃんはお嬢さん育ちだから、結婚しても旦那さんの世話するでなし、働くでなし。病院の経理も、おイトコの喜善さんに任せっぱなしで、年中旅行だゴルフだといって……。なにせ、お母さんが八十幾つで亡くなるまで、自分で料理ひとつ作ったことがなかったという人ですからね」

「家政婦がおりゃ、作ることが要《い》らんよの。それにこまめに菓子じゃパイじゃ焼いて、分けてくれて。あんたも、うまいいうて誉めよったろうがいの。とにかくあの子は別嬪《べっぴん》さんでの、若い時分いうたら街を歩きよって十人が十人、ありゃいうてふり返りよったもんよの」

夫人の表情が眼にみえて固くなるのを、廣田はひやひやしながら見守った。あわてて話をまとめにかかった。

「それにしても行方がわからないのは心配ですね」

「そりゃもう」

夫婦は同じタイミングでうなずいた。

「警察に届けるように、あんたからも理事長先生にすすめといていただけますかの」

「たぶん、そうされるでしょう。あんな連中が張りついてるとなると、心配ですからね」

「車を止めて見張ってるんですよ。あの人たち」

「いつごろからきていたか、わかりませんか」

「そうねえ。一ヵ月くらい前からかしら」

夫人が唇をすぼめ、酸っぱい顔をした。

「夜も昼も。蓉子ちゃんの家を見張ってるんです。わたしね、ナンバーを控えて警察に知らせたことがあるんですよ。そしたら、一日か二日いなくなったけど、また戻ってくるの」

「ナンバーがわかりますか」

「ええ。この辺りに書き留めておいたから」

夫人は、電話台の下の箱を取りだし、なにやらメモ用紙で一杯の中身を探った。

「ええと、どれかしら」

夫が首をつっこんで、ぶつくさいった。

「なんで、おまえは、要るもんも要らんもんもみな、ひとところに仕舞いこむんじゃ。肝心なときに見当たったためしがなかろうが」

「あなたみたいになんでも捨ててたら、必要になったときに困るでしょうが」

老眼鏡をだし、一枚ずつより分けてようやく探しあてた。

「ああ、これこれ。品川ナンバーだったから」

廣田はメモ用紙を受けとって、自分の手帳に書きつけた。日産ブルーバード。品川か××―22。

岩崎に連絡すれば、会社と契約している調査機関が車の所有者を割りだしてくれるだろう。今夜のうちにでも知らせておかなければ。

「ところであのゴミはいつごろからあるんですか」

「ゴミ？　ああ、お庭のゴミね」

夫人がかわいらしく小首を傾《かし》げた。

「ああ、いつだったかしら。お正月をすぎたころじゃなかったかと思うんだけど」

「いや、暮れにはあったぞ」

「いえ。お正月のあとですよ。もっとあと。そうだわ、二月に入ったときよ」

夫人はきっぱりといった。

「一月の二十日にね、名古屋に嫁にいってるうちの娘のところに子どもが生まれてね、内祝いを届けにいったのよ。結婚するときに大層なお祝いをもらってましたからね。そのときは、蓉子ちゃんはちゃんと家にいましたよ。お掃除しているんだっていって、庭にゴミ袋が三つ四つでてましたけど。あんなにたくさんじゃなかったわ」

「じゃあ、そのあと、家にいらっしゃらなくなったんですね」

「そうねえ、二月くらいから、さっぱりみかけなくなったわ。ゴミをあんなにだして、どこに旅行にいったのかしら」

夫婦は、はじめて気がついたように顔をみあわせた。

「これまで、蓉子さんが、そんなふうにゴミをだして旅行にでかけたことはなかったんですね」

「ええ」

夫人は眉をよせて、幾分怒った顔つきになっている。長年、近所付き合いしてきた松尾蓉子のつれない態度に、傷ついたらしい。

「そういや、旅行の前なら必ず、うちにきて一言いうてじゃのに、おかしいいや、おかしいの」

「いなくなる前に、松尾さんのところにお客さんはなかったですか」

「どうじゃったかの」

「あんまりお客さんのこない家でしたからね」

廣田は思いきって聞いてみた。

「蓉子さんは、研究所の所長だった倉石先生と親しかったと聞いたんですが。指名手配になっている、あの先生です」

ふたりともキョトンとしているだけで、なんの手ごたえもない。廣田は無駄と思いつつ、質問を重ねた。

「倉石先生はよく家にきてましたか」

「倉石先生といっても、だれだか……。知ってる？　お父さん」

「いやわからんなあ」

「もしかして、よくバイクできてた人かしら」

ああ、と塩谷老人が顔をあげた。

「そういや、さっぱりしたなりの男ン人が、ときどきみえよったけれども。句会仲間だとか蓉子ちゃんはいうていいよったような」

廣田の質問の意味にようやく気がついて、塩谷老人が口をつぐんだ。夫婦して、横目づかいで廣田をちらちらとみている。廣田は笑いだしそうになるのをこらえた。正直な老人たちだった。

こほん、と咳払《せきばら》いすると、塩谷老人がいった。

「蓉子ちゃんは付き合いの広い人間での、友だちぎょうさんおって、そういううちのひとりじゃったんじゃろね」

「蓉子さんが、どちらに旅行されたか心当たりありませんか」

「さあ。ハワイか、この時期じゃったら、さあ、どこかのう。どこかといわれてもわしらには……」

塩谷老人の声は、自信なさそうに途切れてしまった。これ以上は無理だろう。

廣田は東京の理事長の入院先の病院の電話番号と病室を、大きな字でメモすると、破りとってテーブルに置いた。

松尾蓉子から連絡があったときは、こちらに知らせてくれ、と頼んで、塩谷家を辞去した。

廣田は、玄関の鍵が掛けられる音を聞いてから、そぼふる雨のなかを歩きだした。頭の後ろがズキズキと痛んだ。そっと手で触れると、コブはさらに大きくなっていた。

「まいった」

首をふりながら車に乗り込んでエンジンをかけ、しばらく走らせると、小道を使ってUターンした。

途中の自動販売機の前に車をとめて、もう一度、松尾邸へむかう。ハイエースが目立つことはわかっていたが、しかたない。

――はやくレンタカーを借りたほうがいいな。

そう思いながら、塩谷家の前を通りすぎた。あたりに車の姿がないことを確認してから、松尾家の門をそっとあけてなかに入った。

さきほどの連中が現れた理由はすぐわかった。庭との境界に赤外線の赤い光がみえた。侵入防止装置を取り付けて、見張っていたのだ。

廣田は慎重にまたいで、玄関に近づいた。

雨がひどくなったせいか、ゴミの腐臭はさほどでもない。ジーンズの裾を上までおりあげ、こんどは勝手口のほうから裏にまわった。こちらは大してゴミ袋はなかった。あいてる窓がないか一通り試したあと、なにげなく勝手口のノブを回すと簡単にひらいた。鍵がかかっていなかったらしい。

上がり口にブーツを脱ぎ、ペンライトで内部を照らした。洗濯機と乾燥機、戸棚。床はピンクのタイル張りで、洗面所のようだ。かなり広い。空のタオル掛けが眼を引いた。洗面台の上も空。歯磨きチューブはおろか、石鹸《せっけん》ひとつない。スリッパが一組残っていたから、それをはいて歩きだした。

家のなかは、全体にがらんとして乾いており、腐敗臭は感じられなかった。

廣田は首をひねった。夫人はゴミをすべて庭にだしてしまうことを、掃除、と称していたのだろうか。それともあのゴミには、他に理由があるのか。

階段下に電話帳が束ねておいてあったが、どれも去年の電話帳だった。

廣田はキッチンから捜索に取りかかった。家が高い塀に囲まれていたのは幸運だった。ペンライトを食器棚に置いて、手袋をはめた手で引き出しを次々とあけていった。なにかあるはずだと思った。

夫人の居所の手がかりになりそうなもの。個人の電話帳か、書類、あるいは固定資産税の納付通知書、残していないはずがない。

しかし、どの引き出しも中身は空だった。戸棚に入っていたのは輪ゴムにガムテープとゴミ袋だけ。食器棚をのぞいてみたが、ロイヤルドルトンに、ウェッジウッドといった高価なティーセットと、飾り皿が並んでいるだけで、ふだん使っているような茶碗や皿はまったく見あたらなかった。

――どういうことだ？

廣田は、胃の腑《ふ》がキュッと締め付けられるのを覚えた。

大型冷蔵庫のなかも念のためのぞいたが、見事なほど空っぽになっている。銅鍋のセットがひとそろい、それに銀のテーブルセット。調味料の類はひとつもなし。

廣田は、家中のドアを次々とあけていった。思ったとおりだった。箪笥《たんす》があっても中身がなかった。二階の寝室とおぼしい部屋ではさらに徹底していて、ベッドシーツまで剝《は》がされていた。もちろん写真も手紙も日記も本も、なにひとつ発見できなかった。

ここに至ってようやく廣田の鈍い頭にも事情が呑み込めた。夫人は逃げたのだ。あとで片付けにくるもののために、冷蔵庫の中身や洋服や私物をひとまとめにゴミとして庭にだし、家のなかは空っぽにしておいた。高価そうな家具と調理鍋を残したのは、家と一緒に売り払えると考えたからだろう。

——やられた。

廣田は呆然《ぼうぜん》と、外にでた。

雨が降りしきっていた。廣田は塩谷家の二階リビングの灯をながめ、今みたことについて問いただしたい衝動にかられた。

あのふたりが、空になった家の様子に気づかなかったはずがない。ただの旅行でないことぐらいわかっていたはずだ。承知のうえで、とぼけたふりをしてみせたのか。

廣田は舌打ちして車に駆け戻った。

「専務。松尾蓉子に逃げられました」

岩崎はまだ会社にいた。廣田は電話ボックスの外をちらちらみながら、声を落とした。夜目にも白く激しい雨足がアスファルトを叩いているのがみてとれた。人影はどこにもない。

「家のなかは空っぽでした」

「どういう意味だ？」

廣田は、植松恭子から聞かされた憶測について説明した。倉石と理事長の妻とのあいだを植松が疑っていたこと、廣田が家に確認にいったところ、家のなかが空っぽだったこと。

「理事長の女房が倉石と逃げたと、おまえはいうんだな」

「おそらくは――」

「バカいえ」

岩崎が吠《ほ》えた。

「そんな話は聞いてないぞ。しっかり家を調べたのか」

じゃあ、だれにどんな話を聞いたんですか――、喉《のど》まであがった質問を廣田は呑み込んだ。

「引っ越しにはみえませんでした。家具や高価なものは残して、ほかの洋服とか本とか瓶類は、ゴミ袋に仕分けして庭にだしてあるんです。書類の類《たぐい》はなしです。おまけに、妙な二人組の男が見張っていて殴られましたよ。車のナンバーだけはみたんで、調べてもらえませんか」

岩崎は二秒ほど黙っていた。今、岩崎の頭のなかをのぞけるなら、廣田は、皇居の堀を裸で泳いでもよかった。

「わかった。調べてやる。いえ」

廣田は老夫婦に聞いた車のナンバーをくり返した。

「東京の人間か」

「さあ……、整理屋か乗っ取り屋か……、そういう類だと思いましたが。松尾蓉子が研究所の土地をもってるのに眼をつけて、張ってるんじゃないかと。これは、やばいですよ」

「そんなことはどうでもいい。べつにうちは、乗っ取り屋の調べをしてるわけじゃないんだ。倉石をみつけたら、あとのことはどうでもいい」

「そうですね」

岩崎の声が急に半トーンほど下がった。

「それにしても、松尾蓉子ってのはいくつだ」

「さあ。理事長が六十五だから、六十一、二ってとこじゃないですか」

「倉石が五十七か。よく逃げる気になったな。この道ばかりはわからんもんだな」

ヒュー、と岩崎は年甲斐《としがい》もなく口笛をふいた。そのあとで急に立場を思いだしたらしく、

「しかし、不法侵入はいかん、不法侵入は」とつけ加えた。

「まあ、やっちまったことはしょうがないが、バレないように気をつけたんだろうな」

「バレても大丈夫ですよ」

ため息をつきながら、廣田はいった。

「裏の勝手口があきっぱなしになってました。鍵を壊して入ったんならともかく、ドアがあいてた場合は言い逃れできるんです。一応家族の同意ももらってますしね」

「ずいぶん詳しいな、おまえ。不法侵入で挙げられた経験でもあるのか」

「今のは冗談だと解釈することにしますよ、専務。ところで、ほかにも調べてもらいたい車のナンバーがあります。東京からこちらにくる途中、つけられました。これも品川ナン

バー、紺のベンツです」

「尾行か」

「尾行にしちゃ派手な車なんで妙なんですが。とにかく海老名《えびな》、箱根《はこね》、それから吹田のインターでみかけました。偶然だったかもしれませんが」

「運転してたのは、どんなやつだ」

「若い男のようでしたね。追い抜かせてナンバーだけは読みましたが。帽子をかぶって、サングラスをかけてた横顔がチラッとみえただけです。車にいたのは運転手ひとりでした」

「わかった、他になにかあるか」

「今のところはそれだけです」

「松尾蓉子の行方はどうだ？　つかめないか」

「そうですね……。研究所の事務長だった松尾喜善は、蓉子の従兄弟《いとこ》なんですよ。松尾家の別荘ぐらいは知ってるかもしれませんね」

「とにかくやってみてくれ。嗅《か》ぎまわって、マスコミに気づかれるなよ」

「了解」

　廣田は、受話器をおろしてため息をついた。ホテルにもどろうと思ったが、動くのが億劫《おっくう》で、しばらくそのままボックスのガラスにもたれていた。

　――昨日は何時間眠ったっけ。

　宮城と交替で車のなかで四時間の仮眠をとった。それだけだ。出発する前日は、家にもどったのが午前二時で、七時には起きて出社。この仕事を押し付けられてからロクに眠っていなかった。シンポジウムの日程も迫っているというのに。

そういえば、今日はまだ、自分の課に電話をいれてなかった、と思いだした。小松の報告書が遅れていた。他にもチェックしておかなければならない案件がある。

しかし、どうしても電話を掛ける気力がわいてこなかった。業務について考えただけで、肩にかかる重力が倍増しになった。

廣田は首をふって、スケジュール表を頭から追い払った。ガラスを洗う雨のとばりのむこうに、車のライトが次々とひらめいては消えてゆく。タイヤが水を切る音、にじむ街の光。

廣田は、ポケットから携帯電話を取りだした。業務連絡は緊急でないかぎり公衆電話を使うことにしていた。携帯電話は受信専門で、めったにこちらから掛けることはない。

スイッチをいれて暗記している番号を押した。眼を閉じてコール音を数える。一、二、三、四。受話器がはずれる音がした。

「……もしもし？」

すばやく切って、廣田は電話を握りしめた。

心臓が激しく打っていた。

彼女が気づくはずがない、おれだとわかるはずがない。こんな卑怯《ひきよう》な真似をする人間がおれだと、わかるわけがない。

しかし、廣田は自分を恥じた。肩でぶつかるようにドアを押して、よろめきながら雨のなかにでていった。

死体は腐ったベッドの足元に、入口に頭を向けた格好で仰向けになっていた。最初、女だと斑猫は思った。それから両足のあいだのペニスに気がついた。男だった。

斑猫は当惑して、男の身体をみおろした。懐中電灯の光を浴びた肌はまぶしいほど白い。薄い皮膚から透ける燐光《りんこう》のように青い静脈、ゆるく眼を閉じた顔、尖《とが》ったあごがのけぞり、なめらかな喉もとがあらわだ。喉の突起はごく小さい。

しなやかに伸びた細身の身体は、ペニスがついてなければ、女であってもおかしくなかった。もっとも性差は、一般に考えられているほど歴然としたものではない。衣服をとって体毛を落とし、性器を隠した姿勢で仰向けに寝ていれば、男も女も同じようにみえる。骨格から性別を判断するのがどれだけ難しいか、斑猫ははるか昔、大学の実習で学んでいた。

――二十二、三というところだな。

斑猫はそう踏んだ。

とにかく、あいつではない。あれは存在しない。地下に巣くうただの黒い気配にすぎず、肉も骨もない。

ここにあるのはただの死体。

男は若かった。黒く変色した新聞紙に投げだされた腕はみずみずしくしなやかで、かるく曲げられた指先や未熟な胸筋のあたりに、稚《おさな》い感じがあった。

斑猫は身をかがめて男の顔をのぞきこんだ。

「――おい」

とりあえず声をかけた。反応はない。当然だろう。こんな地下の冷えきった暗闇に、生きた人間が裸で寝転がっているはずがなかった。それなら、だれが死体をここに運びこんだのか。自分の意志できたのか。しかし、衣服はどこにも見あたらない。殺されたのかもしれない。

ふいに、斑猫は自分を押しつつむ底なしの闇を意識した。ドアの周囲に付けられた引っかき傷を思いだした。あわてて天井、床、ドアにくまなくライトを走らせる。黒黴《くろかび》の溜《た》まった部屋の隅、がらんどうのクロゼットの内部、新聞紙の一枚一枚にライトを当てた。天井一面に黒い手形がベタベタと押されている。いつごろ付けられたものだろう。死体がやったのでないのは確かだった。

斑猫はあらためて、ライトを死体の顔に当てた。なめらかな肌が光を反射する。

死体はほっそりした面立ちに、鼻梁《びりょう》の通った立体的な容貌をしていた。繊細なまぶたと鼻梁、唇はふっくらして女性的なやさしさがある。高く秀でた額の生え際は、細かなカールで縁どられていた。

斑猫は白い息を吐きながら、懐中電灯の光を少しずつ下へずらしていった。平らな胸、細い胴と縦長のへそ。斑猫は股間にライトを当てて、しばらく考えた。へそ下まで柔らかくカールしながら生い茂った体毛は、濃い栗色だった。体毛の中から腸の一部のようにだらりと伸びた器官も、日本人にしては長い。顔の造りからして、白人という可能性もあった。

斑猫は懐中電灯を左手に持ちかえて、死体にかがみこんだ。臭いは、ない。まだ。男はまぶたを閉じて、ふっくらした唇をかたく結び、眠っているかのようだ。

斑猫はまず肌に触れ、その氷のような冷たさに驚いた。背中の死斑は不明瞭で、全身は硬直している。おかしい、と思った。

死斑は、循環しなくなった血液が身体の下の部分の血管に集まる現象である。早いときは死後三十分くらいであらわれて、じわじわと皮膚組織に浸透する。体がこれだけ冷えているのなら、死斑はもっと明瞭に浮かび上がるのが自然だった。それともどこかの傷口から、大量に出血して、体内にほとんど血液が残っていないのかもしれない。

斑猫は、大昔に大学で習った法医学実習を思いだし、死体のまぶたに手をのばした。驚いたことに眼の表面は潤《うるお》っており、なめらかにまぶたが動いて灰色の虹彩《こうさい》が現れた。

斑猫は眼のなかをのぞきこんだ。レンズ体に軽い白濁がみられた。死んでいる。まちがいない。念をいれてもう一度、心拍をみてみたが、指先に触れる拍動はなかった。

――なぜ腐敗しない？

こんな綺麗な死体にお目にかかったのは、はじめてだった。無味無臭、清潔で色艶《いろつや》よく、表面には潤いがある。ありえない。死体がこんなに美しくあって、許されるはずがない。

斑猫は立ちあがって死体をみおろした。彼は混乱していた。眼の前の死体が、まばたきすれば消えてしまう幻影のような気がした。

しかし、いつまでたっても死体はそこにあり、消える気配はなかった。

斑猫は頭を切りかえた。死体がここにある理由はこの際無視して、死体が存在することの不利益について考えることにした。

放置するのは問題外だった。地下の気温は地表よりかなり低いが、腐敗をさけられるほどではない。すぐに腐りはじめて、二、三日で死体は膨張し、すさまじい有り様になるだろう。そうなる前に埋めてしまわなければ、腐臭でこの場所を気づかれる。あるいは大量に発生する昆虫で。

斑猫は、スニーカーのつま先で、二、三度床を蹴ってみた。土台はコンクリートで固められているようだ。埋めるとすれば、外の崖の途中だが、彼ひとりで死体を移動させるのは難しい。焼いてしまうのが後始末も楽だが、研究所の焼却炉を使えば、だれかにみつかる可能性があった。

――どうする？

処理の手順をあれこれ考えてみたが、いっこうに結論がでない。

とりあえず部屋をでて、ドアを閉じた。壁にはあの放射状の傷がある。間近にながめて釘のあとだと考えた。恐怖は感じなかった。部屋のなかに死体を置いたことで、虚《うつ》ろな空間は満たされ、吸引力を失ったのだ。

斑猫はそう解釈した。

8 PAST

斑猫は中南米の小国にいた。

トタン屋根を差しかけた採血小屋の内部は、蒸し風呂のような暑さだった。空気は溶けたバターのように皮膚に張りつき、まぶたの上に汗がたまって眼にしみた。信じられないほど巨大な蚊がバサバサと羽根を鳴らしてやってくる。マラリア原虫を唾液腺にたっぷりと仕込んだ死神の飛行編隊。虫よけスプレーは無力だった。殺虫剤を振りかけても効かず、踏み潰《つぶ》して殺した。もっと信じられないのは、こんな神に見放された土地にさえ、人間が暮らしていることだった。

彼は流れる汗に眼を塞がれながら、次々に子どもの腕に注射針を差しこんで血を吸いあげた。栄養不良で眼病をわずらった子供たち。ふくれた腹。油膜を張ったように底光りする眼が、彼の一挙一動をうかがっている。

彼は帰りたかった。なにもかも投げだして逃げだしたかった。熱い空気が肺を焼いて息をするのも苦しかった。

なぜこんな場所にいるのか。なぜおれは帰れないのか。

夜眠る前に明日は帰ろうと思い、朝になれば今日一日がんばってみようと考える。見渡すかぎり泥色の地面とジャングル、ぬかるみのなかを豚や山羊、鶏の糞にまみれて子どもらが走りまわっている。

なにもなかった。診療所も、サンプルを保存するための氷も。電線も。暑さだけだった。

彼は三十二歳。カリブ海に面した、巨大な塩湖のほとりにいた。この地方に特有の遺伝病の血液サンプルを採集するために、冷房のないホテルから二時間かけて集落へむかい、現地の人々の血を採血したあと、クーラーの氷が溶ける前に街にもどった。毎日がその繰り返しだった。働けるのは午前中のわずかな時間だけ。スタッフは熱射病にかかり、あるいはマラリアに倒れて櫛《くし》の歯が抜けるように帰国していった。

住民の状況は眼をおおいたくなるほど悲惨だった。小さな孤立した村は血の呪いにかかっていた。正常に生まれた子どもたちが、ある日発病し、長い時間をかけて人間であることの尊厳をひとつずつはぎ取られて廃人に変わってゆく。

調査チームは治療のため、と称して住民を集めたが、実際にできることはなにもなかった。住民たちを説得して採血するのは容易ではなく、訪れた保因者の家族が住む小屋のすさまじい有り様に、調査団はしばし言葉を失った。

それでも彼は踏みとどまった。サンプルを集めて欠陥遺伝子のある位置を特定し、塩基配列を解明することが病気の治療につながる、と信じていたのだ。当時も今も、遺伝子解析の有力な手がかりを与えてくれるヒントが遺伝病であることにかわりはない。

協力してくれる患者は、彼の眼の前で次々と発病し、死んでいった。人なつこく利発だった子どもが、みるも無惨に衰えるのをみるのは辛かった。神がなにもしないのなら、自分がなにかやらなければいけない。彼のような人間にも、使命を吹き込むほど、状況は切迫していたのだ。しかし、貴重な血液サンプルを抱えて帰国した彼を待っていたのは、残酷な結末だった。

『プロジェクトは成功した。スタッフを解雇して現地事務所を閉鎖したまえ』

——なぜ。

彼には理解できなかった。患者らはこうしているあいだも、次々と死んでゆく。治療法もわからないまま、なぜ成功といえるのか。

にもかかわらず、プロジェクトは成功だった。治療のために、彼は派遣されたのではなかった。スタッフの仕事はサンプルの採集であって治療ではなかった。補助金は哀れな現地人らの血液を集めるために、支給されたものだったのだから。

教授はいった。

『よかろう、かれらは病気だ。治療の必要がある。だが、だれがかれらの治療費を払うのかね』

クーデターに揺れる現地政府に援助を求めるのは、無駄なことだった。官僚化した赤十字はもとより、果敢な民間ボランティア団体でさえ、軍の護衛なしでは入れない奥地での活動には尻込みした。戦略的にゼロの地点に、アメリカ政府が注意を払うはずもなかった。

忘れられた土地に住む孤立した人々の血液採取に、世界中の研究機関と製薬会社が競って赴いた時期があった。遺伝子狩りである。各種の研究チームが世界各地の辺境に送りこまれ、ときには現地政府を抱きこんで少数民族の血を採集した。サンプルの収集は一刻を争うものだった。ジャングルの開発は急ピッチで進み、それまで孤立してひっそりと生きてきた小さな村の住民たちは、立《た》ち退《の》きを余儀なくされた。かれらが都市のスラムに追いやられて、混婚が進む前に、貴重な遺伝子型を確保しなければならなかった。

彼は中南米から東南アジア、アフリカへと旅だった。開発によって豊かな森を失い、あるいは失う寸前にある部族を説得し、血を集めるために。

ときには、スラム街にキャンプを張った。メキシコ・シティ。バンコク。マニラのスモーキーマウンティン。七〇年代後半、雨期のはじまる前に彼は、マニラに派遣された。

そのスラム街の一角に、二年前、ジャングルの開発で都会へ追いやられた部族が住んでいたのだ。彼は、部族の人々が街にでる前に収容されていた避難キャンプで、かれらの血液を採取したことがあった。その後、マニラに集団移住したと聞いて、追跡調査を行うためにやってきたのだ。

スラム街の部族民は、もはや二年前の途方にくれたジャングルの民ではなかった。都会と貧困がかれらを変えていた。変貌は血液のなかにも如実にあらわれ、いくつかの病気の抗体と抗原がみつかった。結核の感染者さえいた。

彼は呆然としながら、採血をつづけた。対照サンプルとして、現地民の何人かから血液を採った。

そのなかに、奇妙な男がいた。

『めずらしい血がほしいのかい、先生』

採血がおわったあと、男は奇妙な笑いを浮かべて、彼にささやいた。売血慣れしている、というのが彼の印象だった。売血常習者は質のよい提供者ではなかった。ほとんどが肝炎その他の病気に感染していた。

しかし、男は健康そうにみえた。衣服はこざっぱりして、高価な腕時計をはめていた。

男は情報を買わないかと持ちかけた。

『死ぬと水になる身体をした女はどうだい、先生』

『そりゃすばらしい。しかし、どうやって探せばいいんだい？　死ぬのを待つのかい？』

男は微笑して、一枚のカラー写真をみせた。十七、八とみえる美しい少女が写っていた。

『こいつが幾つにみえる？　先生。十六？　いいや、そんな年じゃない、これで孫《まご》も曾《ひ》孫もいる女だ。おれがその孫なんだから掛け値なしの事実だ。近所の女がちょいと頭にキちまって、魔女だといいはって刺した。そしたら祖母《ばあ》さんの身体は水みたいに溶けて流れちまった。それで人間でないことがわかったのさ』

彼は首をふり、男に写真を返した。信用しないのか、と男はすごんだ。

『なんならおれの家にくればいい。全員が証人だ』

彼は笑ってとりあわなかった。男は首をふりながら帰っていった。

その日の夕方、サンプルの整理を行っていた斑猫は、おかしなことに気がついた。

黄濁した血液サンプルがみつかったのだ。採取した血液中の血球の大部分が融解して、内容物が血清中に溶けだしていた。不思議なのは、細胞膜だけでなく、原形質、核にいたるまで断片となって、ちいさな粒に分離し、血清中をただよっていたことだった。典型的な細胞死の発現だが、こんな急速に、しかも多数の血球細胞にそれが起こった例はこれまでみたことがなかった。水のように流れる死体の話をした男から採血されたサンプルだった。

彼はあわてて男を探した。しかし、膨大な人間がひしめくスモーキーマウンティンの街で、名前を手がかりにたったひとりの男の行方をつきとめるのは不可能だった。

彼は、その血液サンプルを破損したものとして処理した。

9 NOW

仕事を命じられてからというもの、廣田は八方手を尽くして倉石の調査を行った。時間も人手も足りなかった。電話が頼りだった。

倉石の同僚、アシスタント、元看護師。関係者の電話番号は、出版社勤務の友人から手にいれた。全部の番号に問い合わせの電話をかけ、見込みのありそうな相手は直接足を運んでたずねた。

『普通の人でしたよ』

判で押したように答えは決まっていた。

『親しい人間ねえ。さあ、わからないなあ。そんなに話したこともなかったんで。すみませんね』

しかし希《まれ》には、それ以上のことまで喋《しゃべ》ってくれる関係者もいないではなかった。たとえば植松恭子のように。

倉石のふたりのアシスタントのうち、ひとりは結婚して大阪に住んでいた。廣田は週末、会いにいった。

『倉石先生って変わった人だったな。もしかしたら女性に興味がなかったのかもしれない。

親切にしてくれるんですよ、すごく。食事をご馳走してくれたり、遅くなったときはタクシーで家まで送ってくれたり。だけど、それだけ。ベタついてないの』

結婚三ヵ月め、専業主婦。旦那は出張中。話を聞いたあと飲みに誘い、あとはお定まりのコースでホテルにいった。当然のことながら寝たあとのほうが舌の滑りはよくなる。

『先生、五十七だったの？　へえ、四十くらいかと思ってた。ストーンズが日本にきたときにねえ、ロスで昔、コンサートをみたことがあったんだって話してたよ。やさしい人でさあ、結構あたし、憧れてたんだ……。でもダメだった。全然、ダメ。相手にしてもらえなくて諦《あきら》めちゃったよ。

あの火事、倉石先生がやったっていう人もいるけど、あたしはちがうと思うな。だって、自分の患者さんが入院してるのに火をつける医者なんていないでしょ。火事のあった日はね……、そうね研究室の掃除をしてたんじゃないかな。一週間前から片づけてたの。資料とか、試薬とか処理して棚をふいて。夕方には終わって鍵を閉めて帰ったよ。先生？

うん、いつも通りだった。辞める気だったんじゃないかと思ってた、あたし』

――どうして、倉石先生が辞めると思ったの？

『うーんとね、火事の一ヵ月くらい前に、倉石先生、理事長ともめたのよ。理事長に呼ばれて、すっごい暗い顔で研究室にもどってきたの。なんかね、理事長先生に、特別治療を禁止するっていわれたみたい。

法律違反だから、これ以上やるなとかいわれたんじゃない？　特別治療受けてた患者の家族が研究室にきて、先生に頼みこんでたから、あたしも、なんとなく聞いちゃったんだ。

特別病棟に経過のいい患者さんがいて、もう少しで治るとこだったらしいの。ガンの人なんだけど。息子さんがきて、なんとか治療を続けてくれって粘ってたの。先生も理事長先生のとこに掛け合いにいったけど、無理だったみたい。それで、先生、落ちこんじゃったの。

でもさあ、なんでいきなり中止しちゃったんだろ。あれで、すんごい料金をとってたんだよ、研究所。新しいパソコンとか、がんがん入れてたし。研究所の本館なんかホテルみたいじゃない。倉石先生なんて幽霊のでる旧館で研究して、オンボロのバイクにのって、毎日五百円のお弁当、食べてたのに。患者さんからお礼貰《もら》っても全部返しちゃうの。そういう人だったの。なんか淡々としてた』

——倉石先生の治療のことは知ってたの？

『そりゃあね。遺伝子治療ってやつでしょ。警察には知らなかったっていったけど、そばでみていれば、多少はわかるわよ。

ゲストハウスに末期の人とかくるでしょ。もう助からないって自分でわかってる人。そういう人たちって、口コミで先生の治療の評判を聞いてやってくるの。どんな治療でも受けますっていって。そういう人から同意書とって、先生は治療してたのよ。

うーん。効果がなかった人もいるよ。検査中に死んじゃった人とか……。お金もかかるし。それでも予約がいっぱいでさ。理事長先生もお金が必要だったから、法律違反を承知で黙認してたわけ。どうして急にやめちゃったんだろ。あたしにはわかんない』

——火事の日、いつもとちがうことはなかった？

『そうねえ……。七時にはうちに帰ってご飯を食べてたし。ムカついたことはイッコあったけど。不法駐車。職員用の駐車場にお客さんの車が止まりっぱなしになってて、出入口の近くだったから、すごい邪魔になったんだわ。ベンツよ、ベンツ。職員用のほうが本館に近いから、患者さんの家族がよく止めるのよ。金持ちってワガママな人が多いから。その車のことぐらいかな、憶《おぼ》えているの。

……火事のニュースは朝の五時に、友だちから電話がかかってきて知った。ギャーってな感じで、研究所にいったんだ。消防車がズラッと止まって近づけなかった。びっくりしちゃったよ。死んじゃった看護師のコ、友だちだったんだあ。先生が逃げたなんて信じられないな。え、先生って無資格だったの？　医学部でても、医者じゃなかったの？　へえ、知らなかった』

　無論、だれもが彼女のように語ってくれたわけではない。話してくれない関係者のほうが数としては多かった。同僚の医師や看護師らは起訴されるかどうかの瀬戸際で、面談はおろか電話も拒絶した。理事長にいたっては、意思の伝達そのものが不可能になっている。

「六十近い男と女が逃げるとしたら、どこだろうな」

　廣田は、レンタカーのトヨタで峠道をとばしながら、宮城に話しかけた。

　昨日の雨に洗われた新緑が眼にまばゆいほどだった。五分ほどまえに点滅信号をひとつ通過したきり、信号機はまったくない。廃屋らしい建物が道ばたの緑に埋もれている。

廣田は生き返った気分になった。

「東京大阪、それとも観光地かな。ヨソものが入っても怪しまれない場所で、土地勘のあるところだろうな」

宮城は一心不乱に弁当を平らげている最中で、うんともすんとも答えない。廣田はカローラの窓をおろして、風をいれた。

車は今朝トヨタレンタリースから借りだした。ハイエースは使い勝手のいい車だが、車高が高いため駐車場探しに苦労する。街の立体駐車場にはまず入れない。あちこち回ることを考えて、一週間契約で手ごろな普通車を借りることにしたのだ。

松尾蓉子の従兄弟で、研究所の事務長だった松尾喜善は、市の北部の新興住宅地に住んでいた。市中の子どもが遠足で出かけるより遠いところにある緑台住宅団地である。

事件のあと松尾は、同じ区内にある親族が経営する倉庫会社を手伝っていた。気むずかしそうな外見とは裏腹に親切な男で、廣田は、植松恭子の紹介で会いにいったのだが、労を厭《いと》わず研究所のなかまで案内してくれた。

彼は、ルミネ研究所が成功したのは、倉石のおかげだとはっきりいった。違法治療については認めなかったが、廣田が会った研究所の関係者のなかではダントツに内情に通じていた。

「倉石ねえ。おれが思うにハワイじゃねえか」

焼き肉弁当を食べ終えた宮城が、やっと口をひらいた。

「年寄りだからな。ハワイでなきゃ伊香保《いかほ》温泉」

道路沿いにあった観光看板をみて、思いついたにちがいない。

「おまえに聞いたおれがバカだったよ」

「今ごろ気がつくとは、あんたの頭も負けてないぜ。ンなことより、自分の心配をしなって。なんで、昨日、おれをつれていかなかったんだ?」

今朝から五回は繰り返された質問だった。

「説明したじゃないか。おまえは一応よその会社の人間だし、まだ食い足りないって顔してたからな。次は必ず同行していただきますよ」

本当は、人相風体の悪い宮城を連れていきたくなかっただけだが、当然、口にはださない。

「今日のジイサンってのも、ヤバイのかい」

「いいや、まっとうな市民だ。ルミネの事務長で、松尾蓉子の従兄弟に当たるのかな。あそこは同族経営だったからな。しぶちんで細かいことにうるさそうだが、人は悪くない。事務屋だ」

谷のむこうに対向車を認めて、廣田は速度を落とした。人家もまばらな山奥へ分け入ってゆくような印象を受けるが、実際には峠をおりた先に住宅地が広がっている。

「事務長には、うちが研究所の敷地を買うようなことをいってあるから、おまえも話をあわせろよ」

ふふん、と宮城が鼻で笑った。

「その話で引っかけたんだな。うちが買い取ったら、事務長待遇で雇うとかなんとかいったんだろ。この悪党」

「おれはなにもいってないぜ」

廣田はしらばっくれた。

道路の左手に渓流がみえてきた。窓をあけて風をいれていた宮城が、ふと、思いついたようにいった。

「そういや、昨日、ヘンな男が近づいてきたな。おれが飲んでたときに、いきなり隣に座って話しかけてくるんだ」

「昨日ってのは、昨日の夜のことか」

「そだよ。あんたが泥棒に入ってたころだな。おれはホテルにもどったんだけど、部屋にいると岩崎のオヤジがガンガン電話をかけてくるんで、うるさくてよ。また街にでて、居酒屋で飲んでたら、中年のオッサンがまとわりついてきて、奢《おご》るっていうんでゴチになったが、気色のわりい野郎だった」

廣田は運転しながら、ちら、と宮城の顔をみた。

「わざわざ近づいてきたのか」

「ああ。あいた席はいくらでもあるのに、おれの隣にきたんだ。バイトをしないかなんていうから、おれはまた、あの筋の人間かと思ったんだが、どうも様子がちがうんだよな」

廣田はくっくっと笑った。体格のいい宮城は、同性愛指向の男たちに受けがいいらしく、年に何度かは声をかけられる。

「身体が目当てじゃなかったのか」

「残念ながら。どうも、おれを酔っぱらわせて、仕事の話を聞きだすつもりだったらしい。あんまりミエすいてたから、適当にあわせて食うだけ食ってきたけどな」

その先は聞かなくてもわかった。宮城を酔いつぶすのは通常の人間には不可能といってもいい。ドブに酒を捨てるようなものだった。

「同業者か」

「いんや」

宮城は窓を全開にした。流れでた風に、青みをおびた黒い長髪がざんばらに乱れて日焼けした額のうえに流れる。

昨日の雨に洗われた新緑が、眼にやわらかだった。

「薬屋ならもちっと上品だぜ。薬の話をちょっとフッてみたけど、反応もなかったし」

「警官てことは？　どんな男だったんだ？」

「中年男だよ。職場のゴミみたいなショボくれた野郎。刑事ならもっとガタイがいい」

「おまえを丸め込んで、どうするつもりだったんだろうな」

「さあねえ。どこの人間か白状させるつもりで便所につれていったら、本当にゲロを吐きだしたんで面倒になって帰ったんだ。金だけ受けとって話にノッたふりしたほうがよかったかな」

「残念なことをしたな」

廣田は加速して、路肩に寄った軽トラを追い越した。バックミラーをのぞきながらアクセルを踏み込んだが、追ってくる車の姿はなかった。

宮城に近づいてきた男とは、なにものだろうか。昨日、松尾蓉子の家で張っていた連中か、それとも東京から尾行してきたベンツと、関係があるのかもしれない。

予定通り、車は一時間足らずで峠を越えて、団地に入った。道の左右にこぎれいな家が並んだ通りをぬけ、昔ながらの農家と田圃《たんぼ》がひろがる田園地帯を通過した。一度、道に迷ったことをのぞけば、ほぼ約束の時刻に松屋の働く倉庫会社についた。

青木倉庫は、箱庭のような新興住宅地をみおろす高台にあった。広い敷地に、低温倉庫と書かれた大きな倉庫が二棟並んでいる。門のすぐわきにあるプレハブの二階建てが、事務所になっているらしい。

廣田は、事務所をのぞいて松尾の姿をさがした。事終所にいたのは、Tシャツにジーンズ姿の若い女ひとりだった。

殺風景な事務所で、パソコンのキーボードを叩いている。

「ちょっとすみません」

廣田が声をかけると、女はふり返ったが、警戒心もあらわにこちらをみつめている。廣田が松尾の居場所をたずねると、黙って左を指さした、倉庫のほうで働いているということらしい。

質問したいことが二、三あったが、長居すると塩でも撒《ま》かれそうな雰囲気だった。廣田は礼をいって、早々に事務所を立ちさった。

すぐに、パチパチとキーボードを打つ音が聞こえてきた。建物から充分離れたところまできて、ふたりは顔をみあわせた。

「えらく親切なねえちゃんじゃないか」

「さあ、理由があるんだろ。日本語が話せないとか、話したくないとかさ」

松尾は、作業服姿でフォークリフトを運転していた。作業が一段落し、松尾が車をおりるまで待って、廣田は声をかけた。

「どうも、おひさしぶりです」

松尾は眼をすがめ、ああ、とうなずいた。

「時間通りだね、あんたがた。交替がちょっと遅れてるんでしばらく待ってくれないか」

やってきた交替とは、事務所にいた若い女だった。正面からみると、丸顔に、目尻のきりりと吊りあがった気の強そうな顔をしている。廣田らに冷たい一瞥《いちべつ》をくれると、松尾に小声で大丈夫なの、と聞いた。

「ああ。この人たちはいいんだ。一時ごろもどるから」

廣田は、松尾を外に連れだしながら、なんとなく背中に視線を感じてふり向いた。さきほどの若い女が、木組みのパレットの横から、廣田の顔を脳に刻みこむような眼差しで、みつめていた。

「娘でね」

砂利の上を歩きながら、松尾が弁解した。

「大学にかよっとりましてね。そっちの人は?」

「宮城です。下見につれてきたんですよ」

「ああ、そう。よろしく」

松尾は以前会ったときよりも、一回り痩せて縮んでいた。身体に合わない灰色の作業着を背中を丸めて着ている姿は、六十という年齢より、はるかに老けてみえた。

受刑者みたいだな、となんとなく廣田は考えた。上告中とはいえ、執行猶予の身なのだから、ある意味では当たっていないこともなかったのだが。

道路沿いにある和風レストランの座敷席に落ちつくと、廣田はたずねた。

「上告なさったそうですね。見込みはどうです？」

「さあねえ。どうなることやら」

松尾はしわびた口元をすぼめて、メニューに眼を落とした。

「いくらわたしが知らないっていったって、検察は自分らで話をこしらえるんですから。それを先につくって、おまえはこうした、ああしたという。しかしね、理屈にあわんでも現実はそうなんですから。いくら間近にいたって知らないものは知らないんです」

「特別治療の料金は、事務から請求したものじゃなかったんですか」

「とんでもない」

松尾の表情が険しくなった。

「特別治療のときは、中国から輸入した漢方薬を使うと、わたしは理事長から聞いてたんです。遺伝子治療がどうのこうのいってますが、そんなことは知らなかったですよ。保険適用外の高い薬を使って免疫療法をしますよ、どうしますか、と、医者が患者さんに聞いて同意が得られたらカルテにその旨を書く。事務はその処理をして請求書をだすだけですよ。金額は理事長がコースごとに決めてあったから、わたしらが考えることなんぞありゃしません」

「じゃあ、治療の内容を知っていたのは理事長と、倉石先生だけですか」

「さあね、何人が知ってたんだか。わたしみたいな事務屋にはわかりませんよ」

松尾はてんぷらの海老《えび》にかみついた。咀嚼《そしゃく》して飲みこんだあと、ぼそりといった。

「先生たちだって、どこから先が違反になるのかわかってなかったんじゃないですか？　眼の前にね、死にかけた人がいるわけですよ。なんとか助けようとするのが人情ってもんでしょ。実際に人が助かってんだから。それで違法だ犯罪だっていうんなら、わたしは法律のほうがまちがっとると思いますよ。そしたら、うちにきた患者さんのなかには、厚労省の官僚も警察のお偉いさんもいたわけですからね。助かったあとで、自分のことは口をつぐんで犯罪だって騒ぐんですから、どうなってるんでしょうね」

「理事長は火事の一ヵ月ほど前に、特別治療を打ち切るつもりだったと聞きましたが」

「打ち切る？　まさか」

松尾は錆《さ》びた笑いをもらした。湯のみを取りあげて茶をのぞきこんでから、ぐびりと飲む。痩せた首に突きでた喉仏が、電話のフックのように上下に動いた。

「研究所はね、特別治療でもってたんですよ。あれがなかったら、とてもじゃないがやっていけなかった。そのことは理事長もわかっとったはずです。いくら金持ち相手といっても、看護師と医者を昼も夜も待機させておくのは、とてつもなく金がかかるんです。やっていけるようになったのは、倉石先生がきてからですよ。それまで理事長は、本家の――、失礼、蓉子さんが持ってた財産を切り売りして急場をしのいできたんですよ。倉石先生が治療をはじめたときは、わたしらも正直いって、半信半疑でね。子宮ガンの患者さんでしたね、最初の人は。入ったときはもう顔がまっくろになってましてね。死人みたいだった。その人が自分の足で歩いて退院したんです。それからですよ。患者さんが大勢くるようになったのは」

「じゃあ治療打ち切りの連絡というのは、あなたのところに、なにもなかったわけですね」

松尾は思いをめぐらせるような眼つきになった。

「あれのことかな」

「あれ、というのは」

「理事長は、この治療法でもっと儲けるつもりだったらしいんですわ。どこかの会社と提携して、特許をとるようなことをいうてました。夢みたいなことをまた、いうとる、と思って、わたしは相手にしませんでしたが。本気だったのかもしれませんね」

「どこの会社ですか」

廣田は胸が騒ぐのを覚えた。思わず身をのりだした。

「知りません。あの人は大風呂敷を広げるクセがありましてな。だいたい倉石先生にその気がないのに、そんなことできるわけがないでしょ」

「その話はぼくも聞いてます。どうして倉石先生は、世間に公表されなかったんでしょうね。あんな画期的な治療法なのに。理由はご存じないですか」

「さあねえ。あの先生は隠居みたいなところがありましたからね。騒がれるのは、イヤだったのとちがいますか」

廣田は諦めて自分の食事を口にはこんだ。この点を攻めても松尾はなにもしゃべるまい。質問をかえることにした。

「ところで、その特別治療というのは、いくらぐらいかかるものなんですか」

「そりゃ人によっていろいろですよ」

澄ましていうと、松尾は刺身を食べはじめた。舌つづみを打ちながら美味《おい》しそうに食べている。

「わたしは刺身が好きでしてね。しかし、最近はとんとご無沙汰しております」

廣田は、松尾の食事がひととおり終わるまで、質問を控えることにした。二十分ほどで、廣田も松尾もほぼ食事を終えて、食べているのは宮城ひとりになった。三度めの追加注文である。松尾は宮城の食欲に眼を丸くしている。老眼鏡をかけ直して、宮城の図体と空の皿の大きさをつくづくと見比べた。

「いやあ、よう食べますな、あんた」

宮城は、どうも、というように頭を下げた。口のなかがいっぱいで答えるのが面倒くさいのだ。松尾は茶をすすりながら、しみじみといった。

「若いということはうらやましいですな。わたしみたいになったら、おしまいですわ。こんなことになって、娘には申し訳ないことをしたと思とります。年をとってからできた子で、まだ十九歳なんですわ。わたしが有罪になったりしたら、嫁にいくのにも差し支えるかもしれんと思うと、切なくて夜も眠れんのですわ」

廣田と宮城は、こうべを垂れて殊勝な顔をした。

松尾はやおら湯のみから眼をあげ、廣田をみた。

「廣田さん、お子さんは？」

「子どもはいません。結婚はしたんですが、わたしがふがいないものですから逃げられました」

「あなたみたいないい男が逃げられたということはないでしょう」

「言い訳してもしかたないんですが、結婚したのが仕事が一番忙しい時期でしてね。結婚式の翌日に出張で大阪に二泊三日。月の三分の一は出張です。それで海外出張から帰ってきたら、速達が会社に届いてましてね。なかに離婚届と返信封筒が入ってました。あれにはまいりました」

松尾の顔がほぐれた。

「そりゃあ、たいへんでしたな。で、そちらの人は？」

「彼も独身ですよ。こっちは女が寄ってこない口でね」

「そりゃないだろ」

松尾は笑った。いい年をした男ふたりが、女房子どももないというのを聞いて、多少気分が軽くなったらしい。

廣田は思いきって聞いてみた。

「理事長先生のように家をふたつも持って、奥さんはよく怒りませんでしたね」

「ああ。蓉子ちゃんはねえ――」

松尾はなにかいいかけて口をつぐみ、「しかたないからね」とつぶやいた。

「あの人は、普通の奥さんにはなれん人ですよ。旦那に家にいられるよりも、外で女こしらえて留守にしててくれたほうが、自分の好きなことができるから嬉しいといいよりましてね。ああなったのも巡りあわせでしょ。あの人では、病気の理事長先生の面倒は看《み》きらんから、どっちにとってもよかったとは思いますがね」

「今はどちらにいらっしゃるんでしょうか。自宅をたずねたら留守でしてね、近所の人が旅行にいったと教えてくれたんですが」

松尾は考えこむ表情になった。廣田の質問の意図に疑いを抱いたようにはみえなかった。

「旅行っていってもねえ、今の時期、ハワイかそれとも箱根か、さっぱり見当もつきませんよ。蓉子ちゃんは海外旅行が好きだから、また海外にいったのかもしれんね。その気になったらハワイに一ヵ月も二ヵ月も滞在することもあるし」

「見当がつきませんか」

「ええ、申し訳ありませんが」

松尾が腕時計に眼を落としたので、廣田は一時という約束を三十分以上も過ぎていたことに気がついた。店員を呼んで勘定をすませ店をでた。

車に乗りこむ前に、用意してきた土産の袋を差しだした。

「どうぞ。たいしたものではありませんが」

大きなショッピングバッグの中身は、仕立て券つきの高級スーツ地に、デパートの商品券や菓子折、松阪牛ステーキの注文書である。医者に使う土産セットをそのまま流用したのだが、松尾は中身をみて子どものようにうれしそうな顔になった。ひさしぶりに接待の味を思いだしたのだろう。

口のほうも多少、ゆるんできた。会社へもどる車のなかで、倉石と松尾蓉子との関係について話を持ってゆくと、松尾はああ、あれね、とつぶやいた。

「仲がよかったんですか」

「よかったって、あんた、二人とも五十すぎてんですよ。男と女って関係じゃないね」

「茶飲み友だちというところですか」

「そうはいってないよ。五十すぎたって、いろいろある人もいるからね」

なにか知っているようだ。廣田は、もうひと押しすることにした。

「聞いたときは驚きましたが、そういうことがあったんですね」

「だれに聞いたんだね」

「植松さんですよ。ほら、理事長の東京の別宅さん」

「ああ、あの人かね。やっぱり、女の人はみてるもんだね」

廣田と宮城は、ミラーのなかですばやく眼を見交わした。松尾は実は話したくてうずうずしていたらしい。

「なにかあったってわけじゃないんだけどね。蓉子ちゃんはめったに研究所にこないのに、なにが起きてるかみんな知っててね。どういう患者さんが入ったとか、今特別治療棟に何人いるとか、わたしにいうんですよ。おかしいなあとは思ってましたけど、日曜日に、用事があって古衛町にいったの。そしたら倉石先生がいるんだね。キッチンに座って新聞なんぞ読んでんだよ。ははーんて思ったねえ。警察には話さなかったけど、それから気をつけてみてると、やっぱりね、てことが、何度もあったね」

宮城が口笛を吹くように、くちびるを丸めるのが眼に入った。廣田はすばやく相棒の足を蹴飛ばして、松尾に調子をあわせた。

「そうすると、倉石先生の行方は、理事長の奥さんが知ってるかもしれませんね」

「どうかねえ」

松尾は関心なさそうにいった。土産袋をしっかりひざの上に抱えて、なかをのぞいている。

「理事長の別荘も、警察が探したはずだよ。家宅捜索が入ったんだから。倉石先生はとっくに亡くなったんじゃないかと思うね。だれも知らないようだけど、あの人は病気でね。薬で病気を抑えてるんだって、理事長から聞いたことがあるよ。だから大学をやめて民間に就職したんだって。結婚もせず家も買わなかったのはそのせいじゃないかね。覚悟してたようなとこはあったね、いつも」

10 NOW

　寺町は寺ばかりが五つも六つも並んだ町だった。えんえんと続く長い塀をみながら廣田はゆっくりと車を走らせた。マンションはすぐわかった。ライオンズ・マンション寺町。裏手は墓場で、周囲は寺。日当たり眺望とも最高の物件といえそうだ。

　塀の前に車をとめて、ふたりはマンションに入った。住所と部屋番号、入口のロックの解除ナンバーは、さきほど電話で植松恭子に教えてもらった。

　理事長が寝泊まりしていたという部屋は、五階の角部屋。５１０号室。表札はなし。

　廣田は呼び鈴を押し、ドアをノックした。

「松尾さん、いらっしゃいませんか」

　十分ほど待ってみたが、だれもでてこなかった。室内で人が動いているような気配もない。廣田は、五階の呼び鈴を端から押していった。隣の部屋の主婦が、１０号室には最近、だれも出入りしてないことを教えてくれた。

「あんたら、ローン会社の人？」

　スーツ姿の廣田をみて、取り立てにきた金融機関の人間だと思ったらしい。廣田は相手の誤解につけこむことにした。

「調査にきたものです。留守のあいだ、だれかに又貸ししている気配はありませんかね」

「さあ。でも、ときどきたずねてくる人はおったみたいよ。ほうね、松尾さんいうてんね。単身赴任いうのは知っとったけど。たまあに奥さんと娘さんがきとっちゃったし」

「たずねてくる人というのは、どういう？」

「どういうんかねえ、なんだかガラの悪い人たち」

　ドアの隙間で女は染めた髪をなでつけ、カーディガンの襟元を直した。小ジワの目立つ顔に、ファンデーションを塗りこんである。

「ドアノブをガチャガチャやって、あれも取り立て屋かしら。隣の人、どうされたの？」

「病気で入院されてるんですよ。ここは社宅として貸し出してるものなので、負債のほうは松尾さんとは関係はないんですが」

「ほうね」

　女は露骨にがっかりした表情になった。隣人が借金取りに追われていないと知って、残念らしい。

「ほうなんね。なんだ。いえね、お隣の郵便受けがいっぱいじゃったんで、どうされちゃったんかと思いよってね」

「そのガラの悪い人たちというのは、いつごろきたんですか」

「ほうねえ、先月もきたかな。お給料日の前ぐらい。いかつい人らで、男の二人組じゃったけど、すれちがうとき、鳥肌がたったわいね。恐ろしいわねいうて、マンションの奥さんらと話をしてたとこ。ま、きちんとした会社の人にはみえんかったけぇねえ」

廣田は、メモ帳にホテルの電話番号を書いて破りとると、ドアの隙間に差しいれた。

「もし、だれか出入りしている人間がいましたら、こちらにお知らせ願えませんか。ささやかですが謝礼をお払いします」

謝礼と聞いて、相手の眼に光がひらめいた。紙切れを受けとると、どうも、とつぶやいて、ドアを閉じた。

ほかの部屋はなんの収穫もなかった。ようやくでてきた505号室の老人はなにも知らないし、なにもみてない、興味もないといった口ぶりだった。

帰りまぎわ、ふたりは郵便ボックスをのぞいた。鍵はかかっておらず、投函口のすぐ下までチラシで埋まっている。宛名ちがいのDMをのぞくと郵便物はなかった。住所の変更届をすでにだしてあるのだろう。

「これからどうする？」

質問しながら、宮城の眼は近くの韓国風焼肉の看板にくぎ付けになっている。

「なあ、飯、食って帰らないか」

「早すぎるよ。食ったばかりだろうが。一度ホテルに戻ろう。宮城にちょい相談があるんだが……」

「じゃあ、どっかの店に入ろうぜ」

廣田は、毎度のことながら、宮城の底なしの食欲に途方もない疲労感をおぼえた。

「わかったよ。じゃあ、飯を食いながら話すことにしよう」

宮城は、喜々とした足どりで店に歩きだした。その背中をつかんで廣田が車へ引っぱりもどす。

「ホテルにもどってからだ。会社に連絡するのが先だろうが」

ぶつくさいう宮城を宥《なだ》めすかして、廣田はホテルにもどった。

ロビーに入り、まっすぐフロントにむかったとき、ベンチ型のソファに腰かけた中年の男が、あわてて立ちあがるのが眼に入った。

「あの、すみません。廣田さんでしょうか」

みたことのない顔だった。

あ、と宮城があごをなでた。

「あの野郎だぜ。昨日、おれにおごった親父ってのは」

男はしきりと頭を下げながら、ふたりににじり寄ってきた。どことなく臆病な野良犬が近づいてくるところを連想させる。への字に垂れた眉の、しょぼくれた顔をした中年男である。

宮城のたとえの正確さに、廣田はつい噴き出しそうになった。

「わたくし、佐伯《さえき》と申します」

男は遠慮深く宮城のほうにも一礼して、廣田に名刺をわたした。

向田大蔵事務所。秘書。

佐伯俊一。

「はあ。向田先生の秘書のかたですか」

「折入ってお話がありまして。お時間をいただけませんでしょうか」

ふたりは顔を見合わせた。血糖値が下がりきった宮城は、はや、うろんな眼付きになっている。廣田はあわてていった。

「これからわれわれは食事なんですが。ご一緒しませんか」

「はあ、それはありがたいですな」

男の様子からして話は長引きそうだった。店選びは宮城にまかせて、廣田はフロントに伝言が入っていないか確かめにいった。

ファックスが四件、電話メッセージが二件。ファックスは会社からで、電話のほうは、植松恭子からだった。

おそらく、松尾蓉子の件だろう。

廣田はメッセージ用紙をポケットに押し込み、外で待っている二人を追ってホテルをでた。

宮城のおすすめの店は、ホテルから歩いて五分ほどのところにあるステーキハウスだった。

「安い、うまい、でかい」

宮城の保証どおりに、プロレスラーの足裏ほどのステーキがでてきて、廣田は一気に食欲を失った。佐伯のほうはみかけによらず健啖家《けんたんか》のようで、せっせと口にはこんでいる。

「いやあ。地方にくると、どこも値段をまちがえてるんじゃないかと思うほど、安いですなあ。おまけにうまい」

「東京が高すぎるんだよ。たかが牛の肉にもったいつけやがって。肉はこうでなくちゃな」

宮城と佐伯は勝手に盛り上がっている。それはいいのだが、いつまでたっても佐伯は本論に入ろうとしない。

銀座の店がどうの、肉がどうのとうんちくを垂れるだけで、あっというまに三十分が過ぎてしまった。

「ところで、本論に入ってもらえませんか。わたしどもも、これから予定がありますので」

廣田が切りだすと、佐伯ははじめて気がついたように顔を赤らめた。

「いやあ申し訳ない。長年有権者の方を接待ばっかりしてますせいか、無駄話をしゃべりちらす癖がついてしまって。なにしろ、陳情でくる有権者というのは、みなさん、やってもらうのが当たり前と考えておられる方ばっかりでして」

放っておくと、この調子で延々と謝りつづけかねない。廣田は相手の話に割り込んだ。

「佐伯さんは、どこから、ホテルを聞いたのですか」

「ホテルですか。それはちょっとご勘弁願えませんか。プラスケミカルさんとうちとは、長年のお付き合いですし、そういうことでわかった、と――」

「わかりました。わたしどもがどういった業務で、こちらにきているかもご存じなんですか」

佐伯は誉められたかのように、表情を輝かせた。

「ええ、廣田さんが大事な御用でこられていることは、わたしも存じてます。そのことに関して、こちらの若い人からお願いしてもらおうと思いましてね、居酒屋でお近づきになったはいいんですが——」

廣田はいらいらしてきた。手つかずの肉の半分に、宮城がそっとフォークをのばしてくる。

アホ。廣田はその手をナイフの柄で叩き落として、佐伯の話に介入した。

「それでご相談の中身というのは」

「はあ、じつはうちの代議士のことなんですが」

急に佐伯はもじもじしはじめた。すでに空になった皿に眼を落とすと、パン屑《くず》をフォークで一ヵ所によせる。

ためらいがちに聞いてきた。

「あのう、廣田さんは、うちの代議士のことはご存じですよね？」

「ええまあ。ルミネ研究所に入院中だったことも、火事のあと行方不明になったことも」

「ああ、そこまでご存じで。さすがプラスケミカルの課長さんだ」

佐伯はホッとした顔になった。佐伯に説明させていれば、丸一日はかかっただろうと思うと、廣田はますますうんざりしてきた。

「その向田さんがどうかしたんですか」

「はあ、なんと申しますか、うちの代議士が行方不明になっておることと関係がありまして。どう説明すればいいのかわからんのですが」

「端的にいって、わたしどもに、なにをしてもらいたいんですか」

佐伯は驚いたように眼を見開いた。

「いいえ、あなた。なにをしてもらいたいなんて。そんなことは申しておりません。ただ——

——」

「ただ？」

廣田と宮城は思わず、つり込まれて、身を乗り出した。佐伯がポケットに手を突っこんだ。しかし、取りだしたのはハンカチだった。

汗をふきふき、

「非常に説明しづらいことなんですよ。ただ、うちの代議士のなんと申しますか、関係者がこれからご迷惑をかけるんじゃないかと思いまして」

「関係者というのは、だれです」

「それはわたしの口からはちょっと——」

廣田よりもさきに宮城が切れた。

「だから、はっきりいえといってるだろうが。このアンポンタン」

佐伯は恐怖のあまり椅子のなかで身をすくませた。

「ぐちゃぐちゃ馬のウンコみたいに話をかきまわしやがって、さっぱり要領をえないんだからな。説明できないなら、とっといっちまえ。ああ、うるせえ」

店内の注視を浴びていることに気づいて、廣田は、宮城の背中を叩いて座らせた。なにごとかとカウンターからでてきた店主に、眼顔で謝って、佐伯にむきなおる。

「佐伯さん。関係者とは、だれのことなんです？」

しかし、佐伯は蒼白《そうはく》な顔で汗をふいているだけで口をひらこうとしない。

「もし、その関係者がわたしどもに迷惑をかけてきたとして、どうしてもらいたいのです？」

「それは……、それはすぐうちの事務所に連絡をいただきたいのですよ」

「つまり、関係者というのは、向田氏の身内ということですか」

佐伯がまた石になった。廣田は、幾分かの同情をおぼえつつ話しかけた。

「申し訳ないのですが、あなたがいいたいことは、さっぱり理解できないのです。われわれは業務の一環として出張してきてるだけでしてね。この件が向田先生とどういう関係があるのか見当もつきません。もし、なにかお話があるのでしたら、会社を通していただけませんか。幸い向田先生とは長年お付き合いいただいてますし、社長のほうがわれわれよりも話がわかりやすいはずです」

廣田は、宮城に眼で合図した。伝票をつかんで席を立とうとしたとき、佐伯が顔をあげた。どこか粘りのある声で、

「わたしは、あなたがたの出張の目的を知ってます」

廣田は中腰のまま、動きをとめた。佐伯は、ペコリ、と頭を下げると、「すみません」といった。

「向田と無関係ってことはないと思いましてね。それで、お願いしたいのですよ」

「わかりました」

廣田は形だけ、うなずいてみせた。

「なにかわかったことがありましたら、お知らせしますよ」

「お願いします」

あらためてテーブルをみて気がついたのだが、廣田の皿はいつのまにか空になっていた。


「おう、廣田か。まだ生きてるか」

電話にでた岩崎は上機嫌だった。

「頭のほうはどうだ？　顔に傷なんぞ付けるんじゃねえぞ。うちの女子社員が全員やめちまうからな」

雷の前触れかと廣田は窓の外をみて、「どうも」といった。岩崎に気遣われると、なんだか重傷を負った気分になる。

「今にも倒れそうですよ。ところで車の持ち主はわかりましたか」

「ああ。おまえを殴った連中の車は、法人名義だ。品川の不動産会社が持ってた。もっとも、去年倒産しちまったそうだが」

岩崎が読みあげた名前を、廣田は手帳に書きとめた。新開不動産。社名に心あたりはまったくない。

「で、ベンツのほうは」

岩崎の返事はほんの少し、遅れた。

「千葉の向陽建設——といっても、おまえにはわからんだろうが、向田大蔵、例の死体が消えちまった代議士だ。あの向田の親族の会社だ。千葉の建設会社で品川ナンバーなのは、向田が自宅に置いて自分の専用車として使ってたからだ」

「向田ですか」

声が知らずと低くなった。

「どうした」

「じつはさっき、向田の秘書ってのと話してたんですよ。佐伯と名乗ってましたが、こいつが要領をえなくてね。向田の関係者がこちらに迷惑をかけてきたら、ぜひ知らせてほしいだの、なんだの。うるさくなって逃げだしたんですが。それで納得がいきましたよ。しかし、どうして尾行してきたりなんか」

「さあな」

岩崎は歯切れがわるい。

「火事の一周忌で、こっちへくるつもりだったのかもしれんぞ。それでどうだ？　松尾蓉子の行方はわかったか」

一周忌といっても、死体不明の向田はまだ葬儀もあげてもらっていないはずだ。

腑に落ちない気分で、廣田は、「全然」といった。

「事務長の松尾喜善。松尾蓉子の従兄弟ですが、昼に会ってきました。松尾蓉子の行方は知らないようです。海外旅行じゃないかなんていってましたが、怪しいと思いますね。それより倉石の病気のことはご存じですか」

「病気？　倉石は病気だったのか」

もし、これが演技とすれば、岩崎は相当な役者にちがいない。廣田は簡単に松尾から聞いたことを説明した。

「薬で発病を抑えこんでいるといってましたから、循環器系の疾患じゃないかと思います。大学をやめた理由も、アメリカから帰って、ルミネに入った理由もそれだと松尾はいってました。理事長から聞いたそうです。書類ではそのことに触れてませんでしたが、なぜです？」

岩崎は束の間、沈黙した。

咳払いしていった。

「おまえ、おれがわざと書き落としたと思ってるだろう」

「いえ。いくら専務でも調べればわかることを隠すとは思えませんから。本当にご存じないんですか」

沈黙のあと、流れてきた岩崎の声は一オクターブは低かった。

「おれを怒らせて喜んでるだろう。毎度、その手に乗ると思うなよ、バカ野郎が。倉石の病気の話は、初耳だよ。もう一度報告書を読んでみるが、一行もなかったはずだ。隠し通したんだろ。採用にあたって、個人のプライバシーに触れる質問はできないことになってるんだ。それで倉石は国に帰って、あんなチンケな老人ホームの付属研究所に勤めることにしたっていうんだな。それなら理屈は通るが、どうして自分の病気は治さなかったんだ？」

「治してるんじゃないですか、もう？　患者の身体で実験するような男が、自分を実験台にしなかったとは考えられませんね。倉石の特別治療ってのは、自分を治すためにはじめたものだったような気がしますね」

「なるほどな。で？　いま、ヤツはどこにいる？」

「今のは独り言ですか、専務」

特大のバカ野郎が、受話器のなかで炸裂《さくれつ》した。あらかじめ受話器から耳を離していた廣田は、ひい、ふう、と数えてから声をかけた。

「あんまり怒ると血圧があがりますよ。とにかくこれ以上、おかしなことがつづくんなら、手を引きたいんですが」

「手を引いてどうするんだ？」

「さあ」

その先は廣田も考えてなかった。

「お茶とお花でも教えて暮らしをたてますか。母親が師範だったもので免状を持ってるんです」

「そういえば、おまえは英検の一級も取ってたな」

「国連英検の一級と通訳英検の二級です。それに不動産鑑定士、情報処理の一級と理科教職とボイラー免許、特殊運転免許も持ってますよ。学生時代にどのくらい資格を取れるか凝ってた時期がありまして」

岩崎は沈黙した。

「専務？」

岩崎は、つくづく呆《あき》れはてたといった口調でいった。

「あのな、廣田。おれもこの業界、長いが、おまえみたいに阿呆な部下を持ったのははじめてだよ」

電話は切れた。

宮城はシャツにトランクス姿でベッドに腰かけて、カップラーメンをすすりながらアダルトビデオをみていた。

「いまの電話は岩崎か。えらくエキサイトさせてたじゃん。今ごろ頭の血管がブチ切れて死んでんじゃねえか」

「だったら嬉しいんだけどな」

廣田はベッドに腰をおろした。つぎに泊まるときは、壁のうすいホテルだけはやめておこうと心に誓った。

宮城の部屋は、たった一日で、足の踏み場がないほどの散らかりようだった。脱いだ衣服が部屋中に散らばり、新聞がベッドに放りだしてある。画面をちら、とみて、廣田はいった。

「千百円は自分で払えよ」

宮城は肩をすくめてビデオを切った。

「なんだい」

「東京にもどって調べものをしてくれないか。昨日の連中の車の所有者がわかったんだ。

品川の新開不動産」

「知らねえな」

「倒産してるそうだ。だから、車は差し押さえかなんかで、他のところに流れたんだろう。このなかで見覚えのある社名はないか」

ベッドの上に理事長の病室に置かれていた名刺を並べると、宮城はふん、と鼻を鳴らした。

ラーメンをベッドサイドテーブルに置いて、右端の名刺を指ではじいた。

「これはもう潰れてる。あんた、新聞みてねえのか。詐欺罪で告訴されたやつだ。三沢開発は、こっちの宅地建物研究所準備室とアタマがおんなじだ。ダミー会社ってやつだ。隣のふたつは知らん。大阪の業者は管轄外だ。これとこれも、おんなじ会社」

「なんで二種類も会社をつくって、話を持ちかけてくるんだ？」

「そうすりゃ手数料を二度抜きできるからさ。ぜんぶ調べるのか」

「いや。新開不動産をまず当たってくれ。そこから車がどう流れたか知りたい。そこの連中が松尾蓉子を押さえてる可能性があるんだ」

宮城は顔をあげ、廣田の顔を見透かすように眼をそばめた。

「おれに調べさせる理由はなんだい。会社は使えないってことか」

「そうだ。もし、こいつらがおれたちより先に倉石を張ってるとしたら、連中は倉石がプラスケミカルに接触してきたのとほぼ同じ時期に、倉石が研究所にもどってくるという情報を手にいれていたことになる。これはなにを意味する？」

「決まってる。話が上から漏れてるんだよ」

廣田は首をふった。

「その可能性もある。だが、同時に松尾蓉子にも倉石が連絡してたとしたらどうだ？　その松尾蓉子から話が漏れてるとしたら？　しかし、これはあくまで仮説で、連中が単に土地と建物を狙ってるだけって可能性もありえるんだ。むしろ、そっちのほうがありそうな話だ」

「どうかな」

宮城はにこりともせず、いった。本気になってきたらしく、高い眉骨の影になった双眸《そうぼう》が、野生の獣のような精気を放っている。

「もし連中が本当に松尾蓉子を押さえてるんなら、とっくに転売して逃げちまってるよ。理事会の承認があろうが印鑑がなかろうが、気にするような連中じゃねえんだから。それよか、おれはあの事務長のジイサンをもっと絞ったほうがいいと思うな」

「松尾喜善か」

「そう、松尾だよ。あの男は絶対なんか隠してるぜ。あんたがつつかなかったんで、おれも黙ってたけど」

「おれはなにも感じなかったが」

「おいおい、しっかりしてくれよ。理事長が特別治療をやめるつもりだったのを、松尾が知らないはずはないっていってたのは、あんただろ。もし理事長が、倉石の研究をどこかの企業に売り飛ばすとして、まっさきに相談するのは事務長の喜善だろうが。シラを切り通すのは、まだそのパイプから利益が見込めると踏んでたからじゃないか」

「あの男がそこまでやるかな」

「あんたは甘いよ」

甘い、といわれて、廣田は口をつぐんだ。

腹はたつが、この分野においては宮城のほうが詳しいのは認めざるをえない。

ややあって、いった。

「たしかにおれは、あのじいさんの意気消沈ぶりに同情して、見方が甘かったところはあるな」

「それに娘は美人だし」

廣田は、カウンターの内側からにらみつけてきた若い女の顔を思い浮かべた。あれが宮城の好みのタイプらしい。

「わかった。もう一度、あのじいさんに会いにいくよ。ところで、調べのほうだが、アテはあるのか」

「まあな」

宮城はうなずいた。眼は底光りする光をたたえたままだ。

「ものは相談だけどよ。情報を聞きだすにはそれ相応の謝礼が必要なんだ。手土産になりそうなものはないか」

「金でいいのか」

「金ねえ。それより、儲かる話のほうがいいな」

暗に開発中の新薬情報を漏らすよう要求されて、廣田は眉をよせた。一言、家族に、エイズの特効薬を開発中だといっただけで、手がうしろに回ることもありうる世界である。

しばらく思いをめぐらせたあと、廣田は口をひらいた。

「うちのはしゃべれないが、仮に平等製薬としとこう、その会社のだした新薬に関する話なら、大学病院で小耳にはさんだことがある」

「どんな話だ」

「平等製薬は、このあいだ前立腺ガンの治療薬の開発に成功したと発表した。臨床試験の結果も上々で、この分だとタイプA入り、つまりピカ新薬として審査期間が短縮されるのはまちがいない。株価も急上昇中だ。しかし、この新薬には重篤な副作用の噂があってな。ある大学病院に入院中の患者に、ホルモン剤と併用して投与したところ、二名が血栓を発症したというんだ。ひとりは手術で回復したが、もうひとりは術後死亡したそうだ。そんなわけで、おれは、うちの研究所で追試をやってもらった」

宮城は顔をよせ、息をひそめるようにしてささやいた。

「で、結果は?」

「かぎりなくクロに近い」

廣田は、アカゲザルに行った投与試験の結果を話した。アカゲザルは、ふたつの薬を連日投与された結果、ほぼ四日後に末梢血管に血栓が発生した。

「もちろん、早く結果をだそうとして通常では考えられないような量を投与したから、その結果ってことも考えられる。しかし、同じ病院でふたりの患者ってのは有意のデータだな。開発がいずれ軌道修正されるのは眼にみえている。おれはたぶん今週以内か少なくともあと二、三週のうちに発表されると踏んでる。平等製薬は去年、増資したばっかりだから、記者会見は早いはずだ。やるとしたら、たぶん金曜の午後、証券取引所がしまったあとだ。最低、あと二日の猶予があるってことだな」

それでいいか、と宮城に念押しすると、宮城はうなずいた。平等製薬ね、とつぶやいて忍び笑いをもらす。平等製薬がいまいちばんの高値をつけている平和製薬であることは、この業界に関わる人間ならだれでもわかることだった。

「蛇《じゃ》の道は蛇《へび》ってやつだな。で、いつからはじめればいい？」

「今日、これからすぐに東京にもどってくれ」

財布をあけて銀行系のカードをわたすと、宮城の顔がゆるんだ。

「いいのか？」

「ああ。使いすぎるなよ。こいつの限度額は一ヵ月五十万だからな。月曜までに返してくれ」

「暗唱番号は」

「だれが教えるか」

宮城は笑いながらカードを財布にしまいこんだ。もどってきたときには、限度額いっぱい使われているだろうが、廣田は気にしなかった。報酬の一部だと考えれば安いものだ。

「八時の便に予約をいれてある。楽勝でまにあうはずだ」

「サンキュ」

宮城は、さっそくシャツを床から拾いあげて裸の肩にはおった。背中は広く、筋肉が満ちて重かった。右の肩甲骨の上で、ふたつ首のドラゴンがうごめいている。七色の虹のなかを上昇する青いドラゴン。日本の伝統的な刺青《いれずみ》絵とは異なる欧米の手法で描かれた華麗なこの絵を、宮城は大学に入った年に肩にいれた。

なぜ宮城がそんなことをしたのか、廣田は知らない。ある日、下宿に遊びにいくと、宮城が肩に包帯を巻いていた。怪我をしたのか、と廣田がたずねると、笑って肌をみせてくれた。

——あのころからだったな。

宮城が変貌していったのは。

水泳部の後輩だったころの宮城は、しょっちゅう腹をすかせ、あたりかまわぬ大声でしゃべりちらす自己主張の強い少年だった。だが、今のような得体のしれない怒りを双眸に溜めることはなかった。

怠け者で暢気《のんき》で、練習にでてくるのはせいぜい週一回、にもかかわらず軽くレギュラーをものにし、インターハイのバタフライ決勝では、これまで賞には縁遠かった母校に初の入賞をもたらした。

当時プールのすみで、ひとり高飛び込みの練習をやっていた廣田には、宮城はまぶしい存在だった。たいして練習もしないのに試合では必ず勝ち、先輩だろうが顧問だろうが、呼び捨てにしてお構いなし。廣田も本当は自由形がやりたかったのだが、競泳では決して総体の予選を突破できないとわかって、中学三年になったとき、あまり人が選択しない飛び込みに転向した。

廣田は、どうしても総体に出場したかったのだ。選ばれなければ努力する意味はないと思っていた。夏も冬も毎日、練習を積み重ね、毎週末、宇都宮《うつのみや》まで通って専門のコーチの特訓を受けた。やっとの思いで、全国大会の出場権を手にいれたのは高校三年の夏。

宮城のように決勝に残ることはできなかったが、廣田は満足した。勝つ見込みのもとに目標をたて、努力すれば、必ず叶《かな》うとわかったのだ。その経験は無駄ではなかった。総体がきっかけではじまった宮城との付き合いも、世間知らずの優等生だった廣田には大いにプラスになった。

十五年たった今も、宮城はあいかわらず、人なつこく、ガラが悪く、食い意地が汚くて、いい加減だった。しかし、廣田が、よけいな気を遣わずに話ができる相手は宮城しかいなかった。その宮城にも、打ち明けられないことがあった。

上着に袖を通しながら、宮城は真顔で聞いた。

「ところであんた、ひとりで大丈夫か」

「なんとかなるさ」

廣田は笑って鼻をこすった。

「こんど、あの連中にばったりあったら、ただじゃすまないと思うぜ。気をつけろよ」

「ああ。せいぜいそうするよ」

たぶんね、と、廣田は口のなかでつけ加えて、部屋をでた。

アラン。

その名が、廣田にとって特別な意味を持っていた時期があった。世界の中心にその名があり、自分自身を太陽のまわりをめぐる脆弱な小惑星のように感じていた日々があった。

アラン・フェアフィールド。

彼と出会ったのは七年前、廣田がアメリカ本社で研修中のことだった。

プラスケミカルは社員教育に熱心なことで知られている。中でも有名なのは、各国の若手社員を選抜して本社に送りこむ、本社研修である。これと思う若手を、会長直属のスタッフルームに入れてマネジメントの現場に触れさせ、将来の幹部に育てあげると同時に、その能力のないものを叩きおとす、選別のためのシステムだった。

廣田はそのころ研究所の特許部に所属し、同期のなかでは一番早く研修にだされた。だれもが驚いた人事だった。廣田自身、面食らった。研究所には、国立大の大学院を修了した若手研究者がごろごろいたし、博士号を持っているものも珍しくなかった。廣田は勤めはじめて二年め、名前の通った国立大はでていたが、修士はとっておらず薬学部卒でもなかった。なぜ自分が選ばれたのか見当もつかなかった。

理由は研修の配属後にわかった。語学に堪能《たんのう》で、二十六歳以下の研究員ならだれでもよかったのだ。世界的な事業再編の動きを受けて、プラスケミカル社でも、経営の見直しがはかられていた。

製薬会社の利益を圧迫する、最大の要因は、莫大な研究費である。研究費削減策の一環として、マネジメントと研究開発の両方をみることができるスペシャリストの養成が急務となっていた。そこで、帰国子女で、学生時代に英検一級を取得していた研究員の廣田が、選ばれたのである。

結果は悲惨だった。廣田はいきなりアメリカ本社の特許部門に配属され、膨大にして難解なアメリカの特許システムを一から勉強するはめになった。

廣田はなんとかして仕事についていこうとした。寝る時間を削って文献を読み、レポートを書き、資料室で山のようなコピーをとった。夜は、地元の大学の夜間講座で経営学を学んだ。しかし、不慣れな法務の、それもビジネス英語の書類には、学生英語はものの見事に役にたたず、彼のレポートは毎日のように読まれることなく突き返された。

職場での眼にみえない差別も、廣田にはこたえた。多国籍企業プラスケミカルの中枢部は、完全な白人中心の世界だった。

廣田が日本人であることと関係があったのかどうかはわからないが、社員のなかには廣田とは口をきかない者もいた。白人の研修生が職場の内輪のパーティに招かれても、廣田は除かれた。ミーティングの時刻を一時間ずらして教えられ、だれもいない部屋で長時間待たされて、やっと気づいたこともあった。

こんなこともあるのだ、と思った。ここにいるかぎり、この仕打ちはつづくのだ。廣田は平手で頬を張られたような思いがした。とりわけ、彼の教育担当となった女性マネージャーは表面上は親切だったが、仕事のほうはろくに教えてくれなかった。廣田が食い下がると、とたんに冷淡になり、『いずれ帰国する人間なのだから邪魔をするな』と、面とむかっていい放った。

それでも廣田は踏みとどまった。

商社マンだった父親の仕事の関係で、小学生の一時期をアメリカですごした廣田は、黙っていればなにも与えられないこの国のシステムを肌で知っていた。仕事がないときは、親切な同僚に頼みこんで手伝わせてもらい、わからない書類はマネージャーの腕をつかんで説明を求めた。日本の閉鎖経済について議論をふっかけてきた同僚に、日本語まじりの経済論でやり返したこともあった。

しかし、邪魔者扱いはかわらなかった。三カ月後、自分と同じ部署の研修生がチームスタッフとして、ミーティングに参加することを許されたと聞いて、廣田の怒りが爆発した。なぜなのかとマネージャーを問いつめると、語学力の不足を理由にあげられた。

『あなたに説明している時間が惜しいのよ』

廣田はマネージャーの上の、部門責任者に直談判にいった。法務部門の部長は、アラン・フェアフィールド。アポイントなしで押し掛けた廣田を、おもしろそうにみやった。

『いつ、きみが抗議にくるかと思っていたよ』

フェアフィールドは、北欧系の氷のような怜悧《れいり》な容貌と、すらりとした長身の持ち主だった。会長みずからがJ&J社から引き抜いてきたという、全社的に名の売れた切れ者で、二十四階の重役室入りする日も間近いと噂されていた。

廣田の言い分を聞くと、フェアフィールドはすぐにマネージャーを呼び、説明をもとめた。彼女の釈明を聞いたあとで、廣田に謝罪するよう命じた。マネージャーが拒絶すると、差別主義的言動で処分せざるをえない、と圧力をかけた。

彼女は屈した。差別主義者の烙印《らくいん》は、アメリカ人がもっともおそれるものだった。彼女はかたちばかりの謝罪をすませると、部屋をでていった。以後、廣田とは、一切口をきかなかった。

廣田はいっとき勝利感を味わったが、現実にはたいした慰めにはならなかった。なるほど彼はミーティングに出席する権利を手にいれた。しかし、それがなんだというのか。仕事の中身はあいかわらずわからないし、マネージャーとの関係はこれ以上ないといえるほど悪化した。もはや研修を受けられるような状態ではなかった。

——いっそ、帰国するか。

考えていたとき、彼はフェアフィールドに呼びだされた。

『わたしのスタッフとして働かないか』

廣田には願ってもない申し出だった。法務部特許部門といってもほとんどの人間は、廣田が今いる部署とおなじく些末《さまつ》な法律事務に関わっているだけだった。特許ビジネスの最先端で、巨額の資金を動かせるのは、フェアフィールドらひとにぎりの人間である。その現場を経験するチャンスを差しだされたのだ。

——なぜ、おれに？

有頂天になりながらも、廣田はなにかがおかしいと感じた。廣田を受けいれる利点は、フェアフィールドにはなにもない。いくら職場で理不尽な扱いを受けたからといって、それを埋め合わせてやるほど、おひとよしの管理職がいないことは廣田も知っている。フェアフィールドのねらいはいったいなんなのか。

彼の予感は正しかった。

その夜、ともに食事をしたアップタウンのレストランで、廣田はフェアフィールドの好意がどういう種類のものか知った。食事をしながら、アラン・フェアフィールドは廣田に援助を申しでた。疑問の余地のない、明快な口調で。

来週には帰国しよう、いや辞表をだすしかない。そう考えるまでに追いつめられた廣田は、相手の申し出を受けいれた。逃げたくないのなら、選ぶしかなかった。

『日本人は愛についてどんな観念を持っている？』

レストランで、フェアフィールドはまったく仕事の話をしなかった。彼が知りたがったのは、廣田自身についてだった。

『われわれは恋人同士といえど、絶えず戦っている。愛の戦場で負ければ相手を失い、勝利しても失うことになる。日本人はどんな愛し方をするのか教えてくれないか』

『たぶん、世界中のどこの恋人たちもおなじだと思いますが』

廣田はとまどいながら答えた。相手の本心がうすうすみえてくるにつれ、冷汗がわきの下ににじみだした。

『ただ、あなたがたと異なるのは、われわれが曖昧《あいまい》を愛する民族だということです。勝ち負けをはっきりつけたがらない、議論を好まない、万一議論になった場合は、あっさり女性の勝ちをみとめてしまうのが男の美徳だと考える習慣がある。欠点は多いのですが、長つづきはすることはたしかですね』

『では男同士では？』

テーブルの下でフェアフィールドのひざが軽く触れてきた。探っているのだとわかった。廣田が席を立たなかったのはただただ、せっぱ詰まっていたからにすぎない。フェアフィールドがたったひとつの頼みの綱だった。

『よくわからないが、たぶんおなじだと思う。どちらかが女性の役割を受け持ちます』

『きみの肌は本当にきれいだ。瞳も、唇も、その髪も。このレストランにいるどの女よりも美しい。なぜ彼女がきみに辛くあたったか、わかってるかい？』

フェアフィールドはあのマネージャーの名を口にした。廣田が首をふると、彼は微笑して、テーブルに置いた廣田の手を軽く叩いた。

『きみが、自分に関心を持たないのが許せなかったからさ』

『まさか』

『いや。彼女はそのつもりだった。なぜなら、きみの配属先を決めるにあたって、自分が面倒をみると強硬に主張したのは彼女だったのだからね。正直いって、いつきみが彼女の罠《わな》に引っかかるかと、わたしはヒヤヒヤしていた。あいにく、きみはだれの関心にも気づかなかったようだが』

廣田は目眩《めまい》のするような嫌悪に襲われた。たしかに思いあたるふしはあった。最初のころ親切だったマネージャーが途中で突然、冷淡になったことや、その後の執拗《しつよう》ないやがらせ。ちょうど同じ時期に廣田が女性スタッフにハラスメント行為をしたという噂が職場に流れて、親切だった同僚らが冷たくなり、誤解を解くのに骨を折ったこと……。

噂を流した犯人が彼女ではないかと、うすうす考えたことはある。しかし、そんな下劣なことを本気で行う人間がいるとは思えず、思考の外に押しやっていた可能性だった。

『しかし、彼女は東洋人を嫌っていたのではありませんか』

『性的な嗜《し》好《こう》は、未知の要素によってかきたてられるものだ。彼女はこれまでにも、複数の研修生と関係を持っている。ああした女が、自分が容易に優位にたてる状況を好むとしても、不思議でもなんでもないと思うがね』

——では、あなたは？　あなた自身はぼくにどういう種類の関心を持っているのですか。

　脳裏に浮かんだ質問を、しかし、廣田は口にしなかった。容易に優位にたてる相手、ペットのような男。

　フェアフィールドも、口ではどういおうと、あのマネージャーと本質的におなじ人間なのだ。彼が本当に自分を対等にみなしているはずがない。

　廣田の心を読んだように、フェアフィールドがいった。

『彼女はただの恥知らずだよ。冷静に判断すれば、きみに自分がふさわしくないことは気づいたはずなんだがね』

『あなたからみて、わたしはどのような人間なのですか』

『賞賛を受けるに値する青年だ。知的で優雅、礼儀ただしく攻撃的でなおかつ美しい。うちの法務部にきみに太刀打ちできる男はいないね』

　赤面するほどあけすけな賞賛に、廣田は噴きだしそうになって、あわててうつむいた。フェアフィールドがもう一度、手を重ねてきた。今度ははずれない。廣田もあえてふり払おうとはしなかった。

廣田は異国で孤立し、友情に飢えていた。話し相手ができるのなら、たとえ性愛の対象としてみられても構わなかった。それに、男を対象に考えたことのない廣田からみても、アラン・フェアフィールドが抜群に魅力的な男であるのは事実だった。

太陽の輝きを思わせる淡い色の金髪、瞳に落ちかかる金色のまつげの影。彼は知性、力、支配力、魅力のすべてを身につけていた。廣田がいつか身につけたいと願う、すべての要素を。

――構うもんか、
廣田の内部で、声がささやいた。これは取引だ。彼はおれがゲイでないことを知っている。互いに必要なものを手にいれるのに、ちょっとした嫌悪がなんだというんだ？

廣田は負け犬になりたくなかった。無能の烙印を押され、アメリカ人の同僚らの哀れむような眼差しに見送られて、すごすご帰国するぐらいなら死んだほうがマシだと思った。自分を犬のように見下したあのマネージャーを見返してやりたかった。

たしかに今、自分は期待される能力の十分の一もそなえてない。だが、そんなことは当たり前ではないか。こちらは法律知識はないし、ビジネス英語で仕事をするのにも慣れていない。経営学修士《MBA》を持っているアメリカ人の同僚と同等に評価するのが、そもそもの誤りなのだから。

廣田は他人に負けたくなかった。人当たりのいい外面のおかげで、めったに気づかれないが、自分自身のプライドを維持するためなら、苦痛を苦痛と感じないようなところがあった。彼は、本気でアメリカ本社の基準にあう社員に這いあがるつもりだった。まさか研修の目的が、せいぜい会話力を身につけて、本社業務に親しんでくれればいい程度だったとは、夢にも思っていなかったのだ。

廣田はあまりに真面目すぎ、未熟すぎた。

フェアフィールドの手をそっと握りかえすと、ありったけの勇気をふるいおこして微笑した。

『ぼくがあなたのいうとおり、そんなに魅力的にみえるとしたら、アラン、あなたといるせいでしょう。あなた以上に魅力的な人間をぼくは知りません』

離婚したあと、部屋でひとり飲みながら、廣田はよくフェアフィールドのヨットを思いだした。

揺れるキャビン、夕暮れの甘い色に染まった海と海鳥の鳴き声を。

彼とすごした最初の週末、廣田はクルーザーの上でビールを飲みながら、揺れる波をながめ、これまで寝た女たちのこと、アランのことを考えた。こんな人生が自分を待っていたとは想像したこともなかった。

桟橋まで泳いでもどろう。いますぐ飛び込めば間に合う。遠ざかる港をみて幾度も考えたが決心がつかなかった。結局、廣田はクルーザーにとどまった。翌日も。その次の週末も。

溺《おぼ》れるつもりで飛び込めば、どんな水もやさしいものだと、その夜、彼は知った。窒息しかけて何度も顔をあげ、水を吐き、溺れかける。しかし、浮かんでいればいつかは慣れる。自分を包む水に慣れて、浮力に支えられることを当たり前と思うようになる。

裕福で洗練されたアラン、頭が切れて、冷酷で、嫉妬深く、支配的な恋人。アラン・フェアフィールド。欠点は多かったが、フェアフィールドは恋人としては誠実な人間だった。そのことだけは、廣田も認めざるをえない。彼はその気になれば一時だけの遊びとして廣田を利用することもできたのだから。たかが子会社からの研修生、有力なコネクションは一切持たない平社員を利用して捨てたところで、一片の良心の呵責《かしゃく》も感じることはあるまい。

アランがいなければ、廣田は半年ほどで尻尾《しっぽ》をまいて帰国していたろう。なんら得るものはなく、落後者として屈辱だけを土産にして。

廣田はアランをとおして、アメリカでの仕事のやり方を学んだ。審査にパスする書類の書き方、会議での発言、同僚の蹴落とし方。廣田がはじめてプレゼンテーションをするにあたっては、構成のすべてをチェックして、短く簡潔な表現にあらためさせた。同時に生活すべての面で惜しみなく援助し、廣田の外見を磨きあげた。

廣田は、自分はフェアフィールドを愛していると思った。セックスでさえ、彼の好意にたいして支払う報酬だと思うと、苦にはならなかった。

フェアフィールドは、社内的にはゲイであることを隠していたから、ふたりの関係は社内の人間には知られることはなかった。それも廣田には都合がよかった。

たぶんフェアフィールドは、廣田とその先もながく付き合いつづけるつもりだったのだろう。廣田の研修期間がおわりに近づくと、本社移籍の話を持ちだした。

そして研修の修了直前、廣田は教育担当官からアメリカ本社にとどまることを打診された。おそらくはフェアフィールドの根回しによるものだったにちがいない。しかし、彼は断わって帰国した。フェアフィールドの哀願をふり切って。

その後、廣田は学生時代のガールフレンドのひとりと結婚した。明るい性格の頭のいい女だった。うまくいくようにみえた結婚だったが、一年ももたなかった。

非は全面的に廣田にある。

『最後までだましとおすのが、ルールではないかね』

廣田が帰国する直前、フェアフィールドはいった。彼女も同じようなことばを口にした。

『わたしが好きだというのなら、好きなふりをしなさいよ』

かれらのいうとおりかもしれない。おれは、自分のやり方が正しいと信じてきた。愛は取引できるもので、気持ちはいつか忘れることができる。この世にたしかなものはなにもない、と。

だれがそれをまちがっていると指摘できるだろうか。

11 NOW

スタンダードナンバーが流れる暗い店内で、廣田はグラスを片手にぼんやり考えこんでいた。駅裏にあるライブハウスだった。客の入りは五割、そのほとんどが勤め帰りのＯＬとサラリーマンで、ステージから遠い後方の席についている。前のテーブルに座っていたのは廣田ひとりだった。

宮城が出発したあと、廣田は研究所を見回りにいった。別段変わった様子は見あたらなかった。カメラをチェックしてバッテリーとテープを交換し、ホテルにもどって岩崎に報告をすませると、あとはなにもやることがなかった。

出張先で、時間を持て余すのには慣れている。

ひとりで夕食を食べるのも慣れている。

廣田はテーブルに肘《ひじ》をついて、三分の一が空になったフォア・ローゼズをつくづくとながめた。いつのまに、こんなに飲んだのだろう？　おれひとりで？　首をふりながら瓶を摑《つか》み、氷がほとんど溶けてしまったグラスに注ぎいれる。

『次はなにが欲しい？　リーフ。なんでもくれてやる』

望みを叶《かな》えるかわりに、請願者の魂を要求する精霊の名はなんだったろう。あの悪魔の名は。フェアフィールド。フェアフィールドと自分。アランと、その囲われものの東洋人。

廣田は、職場での認知を望んで自分の身を売った。もう一度同じ局面に立たされたなら、同じことをするのはわかっていた。人は変わらない。いつも同じ過ちを繰り返す。仕事のためと割り切っていたつもりの関係が、自分の精神を深く蝕《むしば》んでいたとは、廣田はうかつにも気づかなかった。帰国後、昔のガールフレンドたちと交流を再開し、何人かと寝て、そのたびにもどかしい思いを味わったが、どこに原因があるのかはわからなかった。

満たされないのは、期待が大きすぎるせいだと考えた。

『あなた、わたしを本当に好きで結婚したの？』

彼女の問いかけが、記憶の深みから繰り返し廣田に呼びかける。

『好きだといってよ。いって！』

好きだった。

そう思っていた。だが、彼女はついに信じてくれなかった。

廣田はグラスをのぞいて、テーブルについた水の輪に人差し指をつけた。彼女の名を水滴で書いてみる。

ほかの女が相手ならうまくいくことも、美由紀だとスムーズにできなかった。彼女を抱くたび、廣田はフェアフィールドとの行為を思いだした。自分の指の動きにフェアフィールドをみた。自分の性器、体臭、髪、体毛。体の芯まで、あの男のやり方と体臭が染《し》みこんでいるようで、嘔吐《おうと》がこみあげた。

このままではきっと気づかれる。自分がどんな人間で、なにをやってきたか彼女に知られてしまう。廣田は、彼女に軽蔑《けいべつ》されることがなにより恐ろしかった。彼女の聡明さや明るさが好きだったから、自分の正体を知られたくなかった。

廣田は仕事に没頭して、家から遠ざかった。ビジネスホテルを泊まりあるき、何日も帰らなかった。そして職場から、ホテルから、接待の店から絶えず家に電話をいれた。

『すぐ帰るから』

しかし、彼は帰らなかった。帰れなかったのだ。

美由紀が去っていったとき、廣田はホッとすると同時に、底知れない寂寥感《せきりょうかん》を味わった。酒には溺《おぼ》れたくなかった。打ち明ける友だちもいなかった。仕事だけを頼りにやってきた。

だが、フェアフィールドはどうする？　同じ会社に勤めつづけるかぎり、あの男を避けて通ることはできない。いっそ、やめるか。いや、やめたら今度こそ、おれには何も残らない。

思考はおなじ場所を回りつづけ、酔いは深まってゆく。バンドがステージにあらわれ、乗りのいいナンバーを演奏しはじめた。客たちがテーブルのあいだで踊っている。

廣田は酔いに溶けてゆく頭で、曲名を思いだそうとした。

「なに、ひとりで飲んだくれてるのさ。ハンサムなおにいさん」

廣田はグラスを握ったまま、女をみあげた。その格好でぽかんと口をあけた。

黒光りするレザーと銀のチェーンに包まれて、それは背の高い、すこぶる見事な肢体の若い女が立っていた。

一八〇センチはゆうにある。種族でいえばアンドロイド系、細面の白い顔をサングラスで隠し、猛禽類《もうきんるい》のように立てて流した髪に金色のメッシュをいれている。喉《のど》もとには犬の首輪を思わせる鋲《びょう》の並んだ黒革のベルト。肩からはおったショート丈のボアつきジャケットは傷だらけの黒革で、足首までおおう黒いビニールコーティングされたジャンプスーツは、生つばのわきそうな曲線と量感で構成されていた。

「座っていいかい」

ああ、と廣田はつぶやいたが、声はのどに絡まってかすれた。するりと女の腰がテーブルと椅子のあいだにすべりこむ。

女にたずねた。

「なんの曲か知ってるか」

「『What's going on』。マービン・ゲイが歌ってたと思うけど」

廣田はうなずいた。たしかにその曲だった。教えてくれ、どうなるのか教えてくれ。父親に射殺されたソウル・シンガーのやるせない歌。

レザーの臭いと、かすかな白檀《びゃくだん》の香りを漂わせて、女がたずねた。

「ひとり?」

「さっきまではね」

廣田は、指をあげてウェイターを呼びとめると、新しいグラスを頼んだ。

「いっておくが、おれは絡み酒だ」

廣田はボトルを握ると、腰をおろした女のグラスになみなみとバーボンを注いだ。

「かまわないよ。あんたみたいないい男ならね」

「名前は？」

「好きなの、つけていいよ」

廣田は眉をよせた。キザなことをいう女だと思った。

「じゃあエンジェル」

「ありがとさん」

女はサングラスを外した。青白く輝く月のような美貌に、廣田は眼をみはった。エンジェルというよりはサタンの末裔《まつえい》めいた退廃が色濃い。暗がりで赤く光る唇、長いまつげに縁どられた魅惑的な瞳。革のジャンプスーツのジップは、胸のなかばまで引きおろされて、肉感的な白い隆起がのぞいている。

魅惑の谷間から無理やり視線を引きはがして、廣田は聞いた。

「おれはいい男か」

「自分でわかってるだろ。あんたみたいに面のいい男ははじめてみたよ。バレンタインのチョコレートは毎年、山ほどもらってんじゃないの」

「どうかな。今年きたのは石鹸《せっけん》ばっかりだった」

「どうして？」

「うん。新年会でね、資料部の女の子にどこのメーカーのシェーブローションを使ってるのかと聞かれたから、アラミスっていったんだ。そうしたら——」

「アラミスの石鹸がどっさり集まったわけね」

「そう。おれはチョコのほうが欲しかったんだけど。熊の石鹸ばっかり三十個もあってもなあ」

エンジェルは派手な笑い声をたてた。見事な歯並びの白い歯がみえた。義歯だろう、たぶん。

「女ってなに考えてるのかな。男が欲しいのは、チョコレートでも石鹸でもないのはわかってるくせに」

「だから、プレゼントしてるんだよ」

廣田は笑って首をふった。

「どうもわからないな」

本当にわからなかったのだ。女たちがなにを考えて、自分にものをくれるのかが。

廣田にとって、女はある日、通学路で待ち伏せていた名前も知らない女子校の生徒だった。手編みのセーターと手紙を廣田にわたし、逃げてゆく、それっきりの存在。その後の男女交際は大なり小なりこのパターンを踏んでいる。唯一友だちとして身近に残ったのが美由紀で、これまた一年ももたなかった。

「はっきりいって連敗つづきだな、おれの恋愛生活は。本当にもてたことがない」

「贅沢《ぜいたく》なことをいってるね。世の中の男どもに袋叩きにされるよ」

「ひとりでいいんだ。ひとりだけいればいい」

エンジェルはグラスごしに微笑《ほほえ》んだ。

「その気持ち、わからないでもないね。あたしの知り合いにも同じような男がいたから。あんまり簡単に女が手にはいるもんだから、ふり向いてくれない相手ばっかり追いかけて、結局ゲイになった。ストレートの男ばっかり好きになるのさ」

「それはまた暗い恋愛展望だな」

エンジェルは、グラスごしに挑戦的な眼差《まなざ》しをむけてきた。

「いっとくけど、あたしは女性専門。もっともあんたみたいな綺麗な男は別だけど、ふだんは女しか相手にしないんだ」

グラスを口に運ぼうとした廣田の手が、途中でとまった。

「妙な女専門もあったもんだな」

「あんたは自分がストレートだって、いつわかった?」

「男とはじめてキスしたときだな。それで自分が女好きとわかった」

「あたしもおんなじだよ」

廣田は相手のグラスに酒を継ぎ足した。エンジェルははやいピッチでグラスをあけた。つられて飲みすぎないよう用心しながらも、廣田も会話を楽しんでいた。これまでだれにも彼は自分の秘密を打ち明けたことはなかった。素面《しらふ》で、男とキスしたと話すには会社の屋上から飛び降りるぐらいの勇気が必要だったが、初対面の相手にそんな勇気は必要なかった。

エンジェルにたずねた。

「なにしにこの街にきたの？」

「そっちは？」

「仕事。いわゆる出張てやつ」

「なんの仕事してんの？」

「きみは？」

エンジェルは眉をつりあげて、グラスを口もとに運んだ。かなりの量が喉に消えてゆくのを廣田は見守った。

「モデルか」

ふふん。唇のはしに、すかした笑いが浮かぶ。

「背が高くてとびきり美人のレスビアンが、大金を稼げる仕事っていったら、おれにはあと二つしか思いつかないな」

「なに」

「プロのテニス・プレーヤー」

冷笑。

「セラピスト兼売春婦」

エンジェルはニコリともしなかった。

「貧困な想像力だねえ。努力は認めるけど」

ひょっとすると、これが彼女の最大級の誉《ほ》め言葉かもしれない、と廣田は自分をなぐさめた。

「おれは実戦向きの人間でね。なんなら確かめてみる？」

「ステキだこと。でも、あたしは男にテクは期待しないタチなんでね」

「口説くのはただの社交辞令だよ。それとも、まさか、主婦ってわけじゃあるまい？」

「だったらどうする？」

廣田は首をふった。冗談きついぜ。

「おいおい本気で主婦なのか。その格好で？　女どうしで結婚してるわけ？」

「亭主は男だよ。はっきりいって下司《げす》だね」

「で、その下司男の亭主は」

「行方不明。そいつを探しにきたわけよ」

廣田は笑った。目眩《めまい》がした。このアマゾネスが、逃げた夫を包丁をふりまわして追いかけている図が浮かんできた。

「おっかねえな」

「なに考えてるか知らないけど」

エンジェルの眼が細まって、獲物を搦《から》めとる銀色の蜘蛛《くも》の糸になった。

「これは単純に法律上の問題でね。あたしは亭主にはなんの恨みもない。探すのが義務だからここにきたのさ。それに死亡が確定されるまで七年も待てないからね」

最後の一言が本音のようだった。行方不明の場合、七年たたないと死亡が確定されず、それまで相続はお預けになるのだ。

廣田はにわかに好奇心がかきたてられた。

「亭主ってのはどんな仕事をしてたんだ」

エンジェルはふん、と肩をすくめた。

「いったろ、下司男だって」

「ああ」

「あんた、この世で最低の男がやる仕事ってのは、なんだと思う？」

「政治家」

「当たり」

廣田はあんぐり口をあけた。酒で混沌《こんとん》となった頭の中で、点と点が結ばれて線となり、ひとつの映像をつくった。佐伯。向田の関係者。宮城の一言が浮かんでくる。ワカイ女房ヲモラッタカラ。

やっと呑みこめた。

「——向田大蔵の女房か」

「ご明察、といいたいとこだが、はっきりいってあんた、鈍いよ」

廣田はすばやく周囲に眼を配った。さいわい両隣のテーブルはふたつともあいている。

声が届く範囲に客はいなかった。

「きみの車はベンツか。おれたちをつけてきたんだな？」

「あんたの運転が下手すぎるんだよ。東京からこっち、全部の渋滞に引っかかるつもりかと思ったよ」

ちぇ、と廣田は舌打ちした。

「珍しくモテたと思ったらこれだもんな」

エンジェルはにやっと笑った。ジャケットの内ポケットからセーラム・ライトを取りだし、火をつける。煙を吐きだすと、「相談があるのさ」と切りだした。

廣田はその先は聞きたくなかった。今すぐ立ちあがって、店をでてゆきたかった。しかし、そんな真似を許すような女でないことは眼をみればわかった。なにより好奇心に負けた。

「あたしは亭主の死体を探しにきた。骨を裁判所にもっていって裁判官にみせてやらなきゃならない。死体がないかぎり相続できないって銀行のアホンダラがいったんでね。ムカつくよ、ったく。向田が死んだのは確実なんだ。研究所に入ったときには全身にガンが転移して、肝臓が葡萄《ぶどう》の実みたくコブコブになってたから」

廣田の口のなかですっと酒の味が消えた。エンジェルはブーツをはいた脚を高々と組んで天井を仰いだ。

「あたしは医者の診断書まで提出してやった。余命三ヵ月ってやつをね。なのに認めないとぬかしやがる。死体がなきゃ死亡は確認できないんだと。おかしいと思わないかい？　火事で死ぬ前に死の宣告を受けてんだよ。なのに認めないんだ」

「ご同情申し上げるよ、それについては」

慎重にいってから、廣田はそろそろと切りだした。

「しかし、きみの禿《はげ》オヤジのご遺体を探すにあたって、ぼくはなんの力にもなれないと思うな。残念だけど」

「そうでもない」

エンジェルはあっさりいった。むらさきの煙がふうっと唇から吐きだされ、天井でうずまくニコチンの靄《もや》に吸収される。

「あたしはうちの亭主の死体を隠したのは倉石の仕業だと思ってる。たぶん火をつけたのもね。証拠隠滅ってやつ。見舞いにいったんだけど若返ってんだよ、うちの旦那。別人かと思うくらい。あれが世間にでたら大変だから、火をつけて死体を隠したんじゃないかと思うんだ。聞いた話じゃ、あんたたち、これから倉石に会うんだってね。あたしの頼みを聞いてくれるよう、あのジイサンを説得するのに協力してもらいたいのさ。もちろん謝礼は払うよ」

どう？ と、魅惑の瞳が廣田をのぞきこむ。光線の具合か緑がかってみえる。吸血鬼の瞳だ。廣田は首をふりかけた。いや、実際にそうしたのだ。

そのとき、エンジェルのはだけた胸もとに眼がいった。煙草を取りだそうとして開いたジャケットの襟が、そのままになっている。右胸の乳房の上のてのひらが吸いつきそうな真っ白な肌に、赤い蠍《さそり》が刺青《いれずみ》されていた。そしてガン・ホルダー。ポケットに納められているのは、アメリカで廣田も手にしたことのあるS&Wのオートマティックだった。

廣田は咳払《せきばら》いして、ぎこちなく足を組み替えた。

「協力ってのはわるくないね。もっとも、ぼくの一存では決められないんで、上司に相談しなきゃならないんだが」

「報告する必要はないよ。あんたとあたしだけが知ってりゃいいことだ」

「しかし、会社員てのはそうはいかないもんなんだ。上司の——」

エンジェルの右手がするりとジャケットの下にすべりこむのをみて、廣田は黙った。まさかこんな場所で。だが、万一ということもある……。

「タダとはいわないよ」

エンジェルが内ポケットから摑みだしたのは、クラフト紙の地味な封筒だった。慣れた手つきで、廣田の手元にすべりこませた。

「あけな」

廣田はいわれたとおり、なかをのぞいた。手の切れそうな札束がひとつ。帯封には百万とボールペンで走り書きしてある。

「倉石がみつかったら、この倍支払う。うちの禿の死体がでてきたら、もうひとつ。こいつは手付け」

廣田は封筒をテーブルにもどした。酔いはきれいさっぱり落ちていた。背もたれに身体を預け、人差し指を唇にあてて、テーブルのむこうの女をじっとみた。

醒《さ》めた眼でながめてみれば、ただの大柄な若い女だった。胸もとに刺青をいれ、銃らしいものを忍ばせている。

だが、彼女のいうことが事実だという保証はひとつもない。ジャケットの裏のオートマティックも偽物かもしれない。

みつめられて、エンジェルは居心地わるそうに椅子の上で身じろぎした。

「なに、みてんだよ」

「いやあ、みればみるほど美人だと思ってね。名前、教えてくれない？」

エンジェルは無視した。

「返事は？」

廣田も無視のお返しをしてやった。相手の白い顔を不安といらだちが交互によぎるのを見守った。彼女の左手の指にはさまれたタバコがかすかに震えている。

——なるほど。

少しばかり筋書きが読めた。あの大金、運転手のいないベンツ。なぜ、向田の秘書が彼女のあとを追ってきたか。

「あんた、亭主の事務所とはうまくいってないんだな」

エンジェルの蒼白《そうはく》な顔にはなんの表情もなかった。痛いところを廣田が衝《つ》いたのはまちがいない。

「こういうことは、だれにも知られずこっそりやるもんさ。なんたって外聞が悪いだろ」

ふうっと長い煙を吐き付けながら、エンジェルは廣田に挑戦的な眼差しをむけた。

「あんただって、よその会社には知られたくないことがいろいろあるんじゃないの？なんでも、世界中の製薬会社が倉石を探してるんだってね。整理券をもらって並ぶハメになりたくないなら、最初にあたしに知らせる、それだけさ」

「協力しないとはいってない」

「じゃあ、なに、もったいぶってんだよ」

「待てよ。こっちもいろいろと事情があるんだから」

ふてくされた顔のエンジェルをなだめて、廣田はグラスを口にはこんだ。時間稼ぎである。氷はあらかた溶けて、カルキ臭い水にかわっている。

「おれは、自分がどこでなにをするのか把握しておきたいだけだ。わからないまま使われるなんて御免だからな。あんたんとこのお家の事情はしらんが、あんたひとりで旦那を探すのはどう考えてもおかしい。まだ後ろ暗いことがありそうだな」

エンジェルは三本めの煙草に火をつけて、廣田の顔に吹き付けてきた。

「佐伯がきたんだね」

「ああ」

「あれはクズさ。行き場がないもんだから事務所にしがみついている。まともなのは、みな見切りをつけてでていった」

「後継者は決まってるのか」

「まあね、息子ってことになってるけどね」

エンジェルは美しい顔に侮蔑《ぶべつ》の笑いを浮かべた。

「こいつが坊ちゃん育ちで政治のイロハも知らない、向田の筆頭秘書に後援会を半分もっていかれても、ぼんやりしてるようなアマちゃんさ。だから、あたしが親父の死体を探して葬式ぐらいあげてやろうっていってるわけさ」

エンジェルは長い足を組み替え、廣田に視線をあわせた。

「協力する？」

「そうだな。研究所の裏庭で骨でもみつけたら、きみに連絡ぐらいはするが。とにかくこれは——」

廣田はテーブルのむこうに金を押しもどした。

「受け取れない」

エンジェルはふん、と笑った。

「こわいのかい」

「おれは律儀な性分でな、つい、もらったご祝儀分、働いてしまうから受け取りたくないんだよ。しかし、こうやって一緒に酒を飲んだよしみで、なにか耳にはさんだことがあればそっちに伝える。それでおしまい」

廣田はボトルを取りあげ、エンジェルのグラスの縁までたっぷりとウィスキーを注ぎいれた。

「こいつを空にしてしまおうじゃないか。二度と店にこれないかもしれないんだから」

エンジェルは首をふると、ようやくグラスに手をのばした。むっつりした顔でちびちびグラスをなめている。

「相手をまちがえたようだね、あたしは」

「そういうこと」

「あんたのツレに持ちかければよかった」

「そうすりゃいい。あいつなら金はきちんと受け取ってくれるよ。ただし受け取るだけだがな」

エンジェルはいっそう渋い顔になった。それからいかにも渋々といった顔で笑いだした。

少なくとも今夜はじめてみせた本物の笑い顔だった。

12 NOW

夕暮れの空は、路面電車の送電線で汚れていた。だらりと垂れた黒い送電線が、崩れそうな鉛色の空を支えている。

斑猫は路上駐車の車をよけながら、西へ自転車を走らせた。四車線の道路は橋のたもとで大きくひろがり、三叉路《さんさろ》と交差点の連続する広場のような複合交差点を経て、街の中心をつらぬく中央通りに合流する。あふれでた車が鋭くクラクションを放ち、人の流れが横断歩道をのろのろと進んでゆく。すすけたビルのあいまの、細い路地、買い物客、疲れた白っぽい顔の流れ。

生ぬるい排気ガスの風を切って走っていると、学生のころ毎日のように、自転車で恋人の下宿まで通った日々が思いだされた。学生が電話を持ってないのが当たり前の時代だった。連絡をとるには直接、足を運ぶしかなかった。

そして今、彼は過去の日々を、もう一度自分の足でなぞっている。

閉鎖された古い学生寮の角を曲がり、急勾配の坂を腰を浮かせて乗りきった。

街にもどってから、蓉子の家をのぞきにいくのははじめてだった。彼女と連絡をとる方法はほかになかった。蓉子の家の電話の留守録はオンになっていたが、まさか伝言を吹き込むわけにはいかない。

斑猫は一度、道をまちがえてひき返し、似たような路地をひとつずつのぞいていった。学生寮から数えてふたつめの角、いや三つめの角だったろうか。結局、三つめの角が正解だった。走るとほどなく、崖のように石組みの塀がそびえたつ暗い一角に行きあたった。ここまでくれば、蓉子の家はすぐそこだった。

石塀の上には、古い武家屋敷を改装した料亭がある。斑猫が斑猫になる前、理事長につれられて、月一、二度のペースで食事にきていた店だった。玄関前には車が三台駐車可能なスペースがあり、営業日は、たいてい客待ちの大型車でふさがっていた。

だが、その日は定休日で料亭に灯《あかり》はなかった。にもかかわらず、塀下の暗がりに、白い自家用車が一台とまっている。

通りすがりになにげなく車内をみて、斑猫はおや、と思った。

車内に人がいたのだ。男がふたり。灯を消した車のなかで、煙草をくゆらせている。赤い火口が、闇のなかで蛍のように光った。すれちがいざま、のぞきこんだ斑猫を助手席の男が白い眼で見返した。

なにくわぬ顔で車から遠ざかりながら、斑猫は、だれを待っている車なのかと考えた。料亭に用のある連中だろう。そう考えるのが普通だ。しかし、定休日にどんな客がくるというのか。この近辺で、見張りの対象となりそうな家は一軒しかない。

――警察？

蓉子の家は二ブロック先だったが、斑猫は角を左に曲がった。つぎの角をもう一度左へ。

一直線になった灰色のくだり坂が、黄昏《たそがれ》の底にほの白く光りながら伸びていた。

真夜中にもう一度、きてみよう。同じ道を。もし、あの車が同じ場所にとまっていたら、蓉子の家には近づかない。少なくとも当分のあいだは。

斑猫は直感を信じていた。直感こそ、彼をここまで守り導いてきた、ただひとつのものだった。


逃げなければならない――。

斑猫は強迫観念にとり憑《つ》かれた人間だった。移動すること。ひとつの場所にとどまらないこと。家から、学校から、今いるその場所から、逃げだすこと。それが彼の行動律だった。どんなに居心地のいい場所をみつけても、芯から落ちつくことができなかった。家はねぐらであり、友人と恋人はいずれ通りすぎてゆく相手で、仕事は食べるための手段だった。家族はとうに捨てた。

逃亡をつづけるものは、自分自身を偽る。彼は表向き、快活で、誠実な人間という仮面をつけて、だれにも内面には踏みこませなかった。その場その場で期待される自分自身の演技をし、その演技が破綻《はたん》する前に、次の場所へ移動した。もはや逃げる必要がなくなっても、どうやって暮らしていけばいいのかわからなくなっていた。逃げること自体が目的になってしまい、なぜ自分が逃げるのか、どこへ逃げようとしているのかも思いだせなかった。

『なぜ、家に帰らないの?』

蓉子に聞かれたことがあった。

夏のおわりの、だれもが秘密を語りはじめるような物憂い夕暮れどきだった。蚊を払いながら、ふたりは庭のベンチに腰をおろしていた。

『帰る家なんかないよ』

『妹さんは？』

『他人だ』

日本にもどって、二年めだった。あのときすでに、斑猫は研究所からの逃亡を考えていたのかもしれない。

『うちの病院は気に入ってる？』

『気に入ってる』

よかった、と蓉子は微笑んだ。

『ここは、老人ばかりでしょう。あなたが嫌気がさして辞めていくんじゃないかと心配してたの』

『辞めたりしない』

しかし、斑猫は逃げだしたかった。

研究所は、あまりに彼の生家に似ていたから。

斑猫は、老人と病人のなかで育った。一族はみな医者で、ルミネ研究所よりも規模の大きな外科病院を経営していた。

彼が生まれ育った家は、病棟の敷地に隣接し、毎朝血のついた脱脂綿やティッシュペーパーが塀横の草むらや芝生の上でみつかった。全寮制の中学に入って家をでるまで、彼は毎日病人をながめて過ごした。同級生はだれも彼の家に遊びにこなかった。

幼いころ、斑猫はすえた臭いのするベッドのあいだを足音を殺して歩き、カーテンの隙間から着替えをする老人の白髪まじりの恥部をのぞきみた。若い患者が入院してくると、絵本をもって遊びにいった。院長である親の権威を、その身に引きついだ斑猫をとがめる大人はいなかった。

彼は、みずからを無力な患者らを守る羊飼いにみたてて病棟の廊下を徘徊《はいかい》した。ここにいるのは、外の社会で暮らすことができない病んだ人々、行き場のない老人ばかり、この人たちをだれが守るのだ？

彼は一度、重体の患者につながれた点滴装置のスイッチを切ったことがあった。瀕死《ひんし》の患者への同情からだった。看護師らは知っていたはずだが、だれも父親には報告しなかった。父親は病院に君臨する暴君だった。

彼は二度とその遊びはしなかったが、生死にかかわる倫理について思い悩むことはなかった。いまでもその感覚は変わらない。相手に頼まれれば、ためらわずに殺す。おなじ屈託のなさで生かすこともできる。

その場その場を通過点とみなしている斑猫にとって、他者の存在はごく小さなものだった。家族でさえ。

八歳のとき妹が生まれた。両親は妹を溺愛《できあい》し、彼にはあいかわらず冷淡だった。妹を殺そうかと考えたが、眼の前のちっぽけな生き物に、自分自身の自由と引きかえにするほどの価値はないと判断してやめた。

結局、彼は、家をでて家族の問題にケリをつけた。

たいていの問題は、逃げれば片づくのだと知った。

斑猫は、ときどき時間という止まることのない列車で、移動をつづける自分を想像する。

世界の外側から、ガラスごしに人生をながめている自分を。

列車から逃げだす方法はあるのだろうか。

時間のレールから？

肉体が日ごとに老いるのであれば、なぜ意識もおなじ早さで終焉《しゅうえん》に向かわないのか。

自分という存在。意識の主体であるこの肉体。かけがえのない自分という肉体を失っても、なおも意識は存続するのだろうか。それを確かめるためには死ぬしかないが、斑猫は、答えを得ることに興味はなかった。ただ、存在したかった。快適な肉体にやどる『わたし』という意識として。

『もう一度、若いころに戻ってやり直したい』

蓉子が、関節の痛みに顔をしかめながらつぶやいた。草むらから、虫の声がわきあがった。

『二十歳のときのわたしを、あなたにみせてあげたかった。わたしは本当にきれいだったのよ』

『ああ、知ってる』

今でもきれいだとは、彼はいわなかった。

彼女のやつれた顔が、老いた手足が好きだったが、それ以上に蓉子の語る、彼女自身の幻影に恋をしていた。

色あせたアルバムの写真の彼女に。

『きっと、叶えてあげるよ』

斑猫は、いった。


廣田は、猛烈な喉の渇きで眼をさました。口の中が腫《は》れあがり、頭は、鉛を詰めこまれて東京湾に沈められた水死人並みに重かった。窓のまぶしさに涙がにじんだ。どうにか寝返りを打って毛布を顔の上に引っぱりあげ、あと、どのくらい寝ていられるかを考えた。

出勤する必要はない。ここはホテルで、おれは出張中だ。人に会う約束もないはず……たぶん。途方もなく気分が悪いのは、風邪をひいたか、二日酔いのせいだろう。

「……ふう」

ため息とともに毛布が、左から引っ張られた。背中ごしに、だれかの寝息が聞こえてくる。

眠気が、瞬時に消えた。よくみればベッドも、部屋の内装も、泊まったホテルのものではなかった。

あわててシーツから頭を引きはがし身体を起こすと、ゆうべの女が背中にぴたりと寄りそって眠っていた。エンジェル、と彼が名付けた女だ。白い無垢《むく》な横顔は、正真の天使像のように清らかに美しく、額と鼻の両わきはうっすらと汗で湿って、息は深かった。

毛布からのぞいた、すべすべした丸い肩には産毛《うぶげ》が残っていた。シーツの下になにも着ていないのは明白だった。

廣田は顔をこすった。少しずつ昨夜の記憶が、酒漬けの脳にしみだしてきた。

確か、三軒めでエンジェルがつぶれたのだった。酔いつぶれた彼女からホテルの名前を聞きだし、タクシーに乗せて送っていった。部屋の鍵をあけてベッドにおろし、倒れこんだ拍子に自分も寝てしまったらしい。

——不覚。

頭がぐらぐらした。とはいえ、それ以上のことをした記憶はないから、ほっとした部分もある。とにかく早く自分のホテルにもどらなければ。

衣服を探して部屋を見回すと、椅子の背にシャツとネクタイがひとまとめにかけてあった。夜中に一度、寝苦しさで目をさまし、トイレにいったから、そのとき脱いだにちがいない。シャツの掛け方は、自分の普段の手順どおりだった。

廣田はシーツの隙間から身体を抜きとるようにして、ベッドをおりた。エンジェルを起こさないよう、そろそろとシャツを着て、ズボンをはいた。彼女の黒いジャンプスーツとジャケットがデスクに放りなげてあった。バッグはみあたらない。銃も。クロゼットの中だろうか。

デスクの上に、ホテルの名入りの便箋が置いてあった。廣田が出張のたびに利用している、大通りに面したシティホテルだった。製薬メーカーは、ホテル業界の上得意だから、シーズン期間だろうと週末だろうと、予約が取れないことはない。今回も、同業者の研究会が行われると聞かなかったら、このホテルに部屋を取っていただろう……。

——いい部屋に泊まりやがって。

デラックスダブルの室内を一通り見回して、廣田は首をふった。そっと彼女の黒革のジャケットに手をのばし、ポケットを探って財布を抜きとった。黒のなめし革に鋲打ちされた重い財布。ベッドの寝息をうかがいながら、窓のそばで中身をあらためた。現金は二十万、航空券の領収書、キオスクのレシート。それにアメックスのゴールドカードと、ダイナース・カード。

クレジットカードの名義は、どちらも向田大蔵だった。向田はおおやけには死んでいないことになっているから、口座はまだ生きているのかもしれない。航空券の領収書にはムカイダ・アキとあった。向田晶。東京都港区白金台《しろかねだい》。してみると、女房というのは本当のことらしい。

——向田晶、か。

廣田は財布をジャケットにもどし、靴をはいた。ネクタイをスーツのポケットに丸めて押し込むと、静かに部屋をでた。

フロントの人間には顔をみられたくなかった。二階から階段を使って正面玄関へでた。早朝の閑散とした大通りでタクシーをひろい、なにげなく左手に目をやったとき、腕時計を忘れたことに気がついた。

「しまった」

引き返そうかとも思ったが、今更オートロックの部屋には入れない。エンジェルを起こして、腕時計を返してもらう気にはなれなかった。

結局廣田は、そのままタクシーで自分のホテルに戻った。

ホテル前で金を払ってタクシーをおりると、フロントは通らず直接、六階の自分の部屋へ向かった。鍵をあけようとしたとき、ドアの内側で電話が鳴りはじめた。だれからの電話かは見当がついていたから、無視して服を脱ぎ捨て、バスルームに入った。

シャワーをあびているあいだも、電話は、二度、鳴った。

廣田はゆっくりバスタブにつかり、髪を洗い、ひげを当たってから風呂をでた。四度めの電話でようやく受話器を取った。

「はい？」

「廣田か。どこにいたんだ？」

聞き慣れたダミ声がうとましい。

「ゆうべから、おれが何回掛けたと思ってんだ？」

「ホテルの部屋で寝てましたよ」

ウソではない。ホテルがちがうというだけだ。

「おいこら、ホテルのフロントに聞いたら八時すぎに外出したといってたぞ。遠出するときは連絡先を残しておけといったはずだ、忘れたのか。廣田。答えてみろ」

廣田は口をあけたまま、壁に眼をやった。めまいがした。

「専務、いま何時です？」

岩崎は、他人に電話を掛けるときには時刻を配慮すべきだとは考えたこともないにちがいない。しばらく時計を探すような物音がして、「六時十分だ」と答えた。

「六時十分ですか。さすがお年寄りは朝が早い。で、車の所有者はわかりましたか」

岩崎はしばらく無言だった。廣田は念のため、受話器を耳から遠ざけた。

「ふざけるな！」

音の割れた怒鳴り声がスピーカーをびりびりいわせた。二日酔いの頭には不向きな声である。

「留守にしていたんなら、留守だといえばいいんだ。人を小馬鹿にして、なに様だと思ってる！　廣田、すぐ帰ってこい！　てめえなんぞクビにしてやる！」

廣田はわめき散らす電話機を天井に向けて、十数えた。岩崎に気づかれる前に耳にもどし、専務、と呼びかける。岩崎が息継ぎのために黙ったところをみはからい、事情を説明した。

「ゆうべ向田大蔵の女房だと名乗る女が接触してきました。あの向田大蔵です。尾行してたことを認めたうえで、亭主の死体探しに協力してくれ、と持ちかけてきました。行方不明のままじゃ七年待たないと相続が開始されませんから、探すんだってのが理由です。おかしな女でしたが、本物かもしれないんで話を聞きました。例の秘書の一件もありますから。あそこの台所事情がどうなってるかご存じないですか」

ひぃふぅと岩崎の深呼吸が聞こえた。血圧のことでも思いだしたのだろう、と廣田は暇つぶしに考えた。

「どんな女だった？」

「美人です。年は二十代の後半、モデル並みの長身です」

「だったら、ちがうな。二代めのミセス向田は赤坂のクラブのママで、結婚したときが三十代後半とか聞いたから、いまは四十はすぎてる。おれも店にいったことがある。和風の美人だが、モデル並みとはちょっといえんな」

「しかし向田姓でしたよ、彼女。向田晶。水晶の晶です。ひょっとして娘ってことはありませんかね」

「向田には、息子ひとりしかいなかったんじゃないか。まあ、庶子ってこともあるが。あそこの事務所に知り合いがいるから、聞けばすぐわかる。調べてほしいのか」

「お願いします」

女のいうことを信用したわけではなかったが、まるきりのウソとも思えない節があった。廣田は、彼女が今回の取引について知っていたことを話した。

「それにしても、東京からつけてきたのなら、わたしの住所も当然知ってるわけですね。どこから漏れたんでしょう」

「まあ、向田の秘書にでも聞いたんだろ」

岩崎の返事は、なんとなく歯切れがわるい。

「うちの社長と向田は、菖蒲《しょうぶ》会って東大の同窓で五月生まれの財界人と政治家の会合をやってる仲間だもんで、昔から親しいんだ。向田を研究所に紹介したのも社長だしな。もちろん社長がしゃべるはずはないが、なにかの拍子で漏れたのかもしれん。やっこさんとこの秘書は、しょっちゅう社に顔をだしてたからな」

「そういうことですか」

「おれを責めるなよ。とにかく、聞いてみるから」

「フェアフィールドらはもう着きましたか」

「ああ。おまえさんのことを聞いてたぞ。会議を開きたいから東京に呼びもどせとさ。どうする?」

「会議ですか……」

廣田は電話しているときの癖で、手首に眼をやり、時計をなくしたことを思いだして舌打ちした。

「どうした」

「いえ。たいしたことじゃありません」

「今日はなにをする予定だ」

「できれば、もっと広く研究所の関係者に話を聞いてまわりたいんですが、マズイですかね」

「いまは駄目だ。他社に気づかれる」

「わかりました」

岩崎は二、三秒黙っていた。咳払いをひとつすると、「ひとつ忠告してやるが」と切りだした。

「理不尽だと思っても、頭を下げるのがサラリーマンだ。おまえは絶対に謝らないやつだが、この先も会社にいるつもりなら、それだけは覚えておけよ」

「ありがとうございます」

よくいうよ、おれを脅迫しといて。そう思いつつも、口にはしない。

電話は切れていた。

廣田は宮城に声をかけようとして、隣の部屋にいないことを思いだした。しばらくベッドに横になったあと、結局眠れず、起きあがってコーヒーをいれた。思いついてバッグから、昨日の分のビデオテープを取りだした。宮城がでかけたあと、研究所で回収してきたテープだった。

ハンディビデオにテープをセットし、二日酔いの頭をなだめながら、小さな画面に見入る。

十分足らずのテープにまず現れたのは、予想通り自分と宮城の姿だった。カメラをのぞきこみ、親指と人差し指でOKサインをだす宮城、その後ろに背中だけの自分。

廣田は早送りのボタンを押した。画面隅の数字をぞんざいにみながら、飛ばし見していたため、あやうくカウンターの数値を見逃すところだった。

23:10:15

あ、と思った。あわてて巻き戻した。

午後十一時十分。深夜の研究所に侵入した人間がいる。

廣田は眼を皿のようにして、暗い画面をにらんだ。ぼんやりと壁がみわけられる程度の暗いロビーが、五分間、静かに映しだされている。それだけだ。しかし、巻き戻して音量をあげると、かすかにバン、という音が聞こえた。

ドアの閉じる音だ。

玄関ドアだろうか？

――ちがうな。

廣田は画面をとめたまま、考えこんだ。玄関のドアはガラスドアで、ああいう音はたてない。では、部屋の扉かどこかの非常口ということになる。そこから先は現場で考えることにして、カセットを取り出して、研究棟のほうのテープをセットした。

こちらもまず冒頭に現れたのは、自分たちの映像だった。廣田は顔をしかめた。こんなテープを警察に入手されたりしたら、まずいことになる。テープを入れ換えるときは、注意しなければ。

侵入者は、廣田らが研究棟を立ち去った直後の午後六時十分より十分遅れて、カメラの視界を横切っていた。

黒い頭がいきなり画面の左隅に現れ、廊下の角を曲がって消えていった。つぎに、テープがまわったのは午後十一時五分。こんどは右下をちらりと頭と額の一部が横切っていった。もどりの映像にちがいない。時間的にはロビーの映像につながる。

廣田は、繰り返し最後の場面をみた。黒い頭と、額の一部。それだけだ。冒頭に映っていた宮城の頭の高さから考えて、宮城より十センチばかり低いようだ。

それにしても、こいつは電気も水道も途絶えた真っ暗な建物のなかで、五時間もなにをしていたのか。

ロビーのほうのテープに、行きの映像らしいものは映っていなかった。たぶん、研究棟の連絡通路のどこかにある非常口から建物に入って五時間すごし、そこからでてきて、本館ロビーのカメラのセンサー視野を横切ったと推測できる。

——ふむ。

廣田は冷えたコーヒーを飲みほすと、研究所の敷地図を取りだした。時間をチェックして、侵入者の経路を割りだした。

侵入者はおそらく廣田らが帰ったあと、研究棟のどこかの非常口から侵入し、研究棟の裏手の通路に消えていった。五時間後にその場所からでてきたにちがいない。通路の先には、物置と古いエレベーターが一基。そのどこに五時間も時間をつぶせる場所があったのか。

調べてみる価値はあった。

研究所の床は長いあいだ閉鎖されていたため、埃《ほこり》が分厚くたまっていた。床を調べれば、侵入者の目的地を割り出せるだろう。

身支度してでかけようとしたとき、電話が鳴った。

「すみません。廣田さんお願いします」

細くて若い女の声だった。

「わたくしですが。どちらさまでしょう」

廣田が名乗ると、相手は一瞬、黙っていた。好意的とはとても思えない種類の沈黙だった。

「わたし、松尾つかさといいます。松尾喜善の娘です」

「ああ——」

廣田は、昨日、倉庫の事務所で会った生真面目な白い顔を思い浮かべた。

「父がそちらにお邪魔してないでしょうか」

「松尾さんが？　いいえ。こちらにはみえてませんが」

「本当ですか？」

感度のいい探知計のように相手の声の目盛りが、ピン、と跳ね上がった。切りこむような声の調子にたじろぎながら、廣田は問い返した。

「どうしたんです？　松尾さんがどうかしたんですか」

「そんな心配そうなフリをするのはやめましょうよ」

むきだしの敵意に、身に覚えのない廣田はとまどった。

「父があなたのところにいるのは、わかってるんだから。昨日の三時すぎに、あなたに会いにいくといって家をでたんです。父をだしてください。正午までに父がもどってこなかったら警察に届けます」

廣田は頭を切りかえることにした。相手は興奮している若い女だ。下手に怒らせると、本当に警察に連絡するだろう。

彼は慎重にいった。

「松尾さんがぼくに会いにいくと、おっしゃったんですか？」

「そうよ。たしかにそういったわ」

「いいえ、お目にかかってません。このホテルに泊まっていることはお父さんに伝えましたが、昨日、お父さんはいらっしゃいませんでした。こちらに松尾さんからの電話も入ってません。メッセージもありませんでした。松尾さんは昨日のいつごろ、でかけられたんですか」

松尾の娘はしばらく答えなかった。突き上げるようなトーンで、「本当に知らないの？」と聞いてきた。

「知りません。松尾さんが、でかける前になんといったのか正確に教えてくれませんか」

こんどの沈黙は長かった。疑っている相手に情報を漏らしてしまっていいものか迷っているにちがいない。

「松尾さんは昨日の午後三時ごろでかけるといって、家にもどらなかった、そして外泊するという連絡もない、そういうことですね？」

返事はなかったが、廣田は構わずつづけた。

「松尾さんがそういうふうに、連絡なしに家をあけることはこれまでにありましたか」

「いいえ。お父さんがわたしになにもいわずに外泊したことなんて、一度もなかった」

「警察には届けましたか」

「これからいくつもりよ」

「心当たりの連絡先にも全部聞きましたね？」

「当たり前でしょ。本当は父の行く先を知ってるんじゃないですか。知ってるくせに、わざと聞いてるんでしょう。父は——、父は昨日、あなたたちとの昼食から帰ったあと、会社を早退したの。気分が悪いと社長には話してたけど、わたしには、気になることがあるからもう一度、あの人たちと話してみるっていったのよ。あなたがたのほかに、だれがいるっていうんですか」

廣田はその質問には答えなかった。反証はいくらでも浮かんだが答えるべきではないと思ったのだ。

かわりに聞いた。

「松尾さんがでかけるとき、なにを持っていたかわかりますか？」

「知りません」

「すぐそちらにいきます。自宅ですね」

松尾の娘は答えなかった。電話をたたきつけるような音がした。


松尾の家についたときには、正午近かった。熱気がアスファルトで透明な炎のように揺らいでいた。

山を切り開いた新興住宅地の一角に、松尾の家はあった。

建坪はおよそ三十坪ほど。ツーバイフォーの二階建ては、通りに並んだ同じ作りの家と、ほとんど見分けがつかなかった。

この家で、松尾は娘とふたりで暮らしていた。妻は十年前に病死し、ほかに子どもはいなかった。

「わたしはあなたを信用してませんから」

松尾の娘は、廣田を玄関から一歩もなかに入れまいとするかのように、ドアの前に立ちはだかった。青白く透けた顔に、うるんだ大きな眼の縁の赤さが痛々しかった。

「再就職の話を父に持ちかけたって聞いたけど、そんなのウソなんでしょ？ 六十になって、前とおなじ条件で雇ってくれる会社なんてないことは、わたしにだってわかります。これ以上、父を利用しないでください。もう充分、苦労してきたんだから」

廣田は車のボンネットに腰をあずけたまま、眼尻に涙を浮かべて、自分をにらみつける松尾の娘を見守った。不安と憤りの頂点にいる若い女をどう扱えばいいのか見当もつかなかった。すこし考えて、聞いた。

「つかささん。食事は、もう済みましたか」

松尾つかさは答えない。くぼんだ眼のせっぱ詰まった光り方をみれば、昼食どころか昨日の夕食を口にしたかどうかも怪しいところだった。

「食事しながら話しませんか。じつはぼくは朝からなにも食べてないので、腹が減ってましてね」

「そんなこと、わたしには関係ありません」

「では、コーヒー一杯だけ。お父さんのことでお話ししたいことがありますから」

相手の視線が、ちら、と左右にゆれた。迷っているようだ。

「父からいつ連絡がくるかわからないから、外にはでられません」

「留守番電話にしておきなさい。電話を抱えて悪い想像ばかりしてたんじゃあ身体によくないでしょう。たった一晩、連絡がこないだけで、そんなに取り乱してどうするんです？」

青白い顔にゆがみが走った。不安と心細さを表にだすまいと表情を必死に支えている子どもの顔だった。それをみて廣田は、彼女がだれかに保証してもらいたかったのだと悟った。たいしたことはない、おびえるようなことではないのだと。

「バッグを持ってきなさい。食事にいきましょう」

つかさは、猜疑心《さいぎしん》むきだしの顔でたずねた。

「あなたと一緒に？」

「そう。ぼくと一緒に。怖いですか」

いいながら廣田は、自分の台詞《せりふ》の滑稽《こっけい》さについ笑ってしまった。

「本当いうと、二日酔いで胃がムカムカしててね。和食の店を知りませんか。うんとうまいところ」

「二日酔いなの？」

「ああ、今朝の三時まで友だちと飲んでたから」

彼女は唇をとがらせ、廣田の顔をじっとみつめた。廣田の青ざめた顔と眼の下の隈《くま》を念入りにながめている。

生真面目な顔でうなずいた。

「じゃ、いきます」

松尾つかさが教えたうまい和食の店は、市内の料亭だった。生《い》け簀《す》料理が名物の高級店である。

「ここはよく父ときたんです」

メニューを繰りながら、つかさは言い訳したが、上目遣いに廣田をみあげた顔の表情から判断して、食事をしたのはせいぜい一、二度、と廣田は踏んだ。

「そういや、松尾さんは刺身が好きだと話してましたね」

「釣りが好きなんです、お父さん、よく大きな鯛《たい》を釣ってきてね、自分でさばいちゃうんです。あたしより上手なんだから」

つかさの声は尻つぼみに消えていった。遠慮がちに一品料理の欄をながめている。廣田は、コース料理のページをひらいて、どれがいいかと聞いた。

「いいんですか」

「意外に遠慮する人だね。さっきはずいぶん強気なことをいってたから、当然一番高いものを注文するとばかり思ってたんだが」

つかさはムキになった。

「べつにわたし、料理を値段で選んだりしません」

「そういうこと。うまい店を教えてくれ、と頼んだのはこちらだから、一番うまそうにみえるものを注文しなさい」

「接待費ででるの？」

廣田はふふっと笑った。

「まあ、でることもあるが、これは無理かな。しかし、おじさんは見た目ほど貧乏じゃないから、たかっても大丈夫だ」

「おじさんて、いくつですか？」

「三十。もうじき三十一」

「老けてもないのに、おじさんぶる男の人って、わたし、気持ちが悪いんですけど」

廣田は苦笑した。はっきりものをいう子だと思った。

「じゃあ、おじいさんとでも呼んでくれ。今朝は、おれより、八十歳の年寄りのほうがまだ元気じゃないかな」

やってきた仲居に注文を伝えて、廣田はひざをくずし、あぐらをかいた。

海側に窓のひらいた、風通しのいい和室だった。四畳半と狭いが、窓が大きくとられているため圧迫感はない。

最初の料理が運ばれてくると、つかさにたずねた。

「それでお父さんの失踪のことは、警察に届けたの？」

つかさは箸を握ったまま、うつむいて首をふった。顔に暗い陰りがふたたび差していた。

「親戚の人に相談したんです。そしたら、父は執行猶予《ゆうよ》中だから、捜索願いなんかだしたら駄目だって、いわれて……。でも……」

廣田は、執行猶予中の人間は、保護観察下に置かれることを思いだした。たしか長期の旅行には、事前の届け出が必要だったはずだ。

「松尾さんの意志で、姿を消したということは考えられない？」

「まさか」

つかさは怒った顔になった。

「そのときは必ず連絡してくれます。黙っていくはずがないです」

「そうだね」

つかさは皿に視線をもどしたが、料理には手をださず考えこんでいる。帰ろうかどうしようか迷っている表情だった。廣田は声をかけなかった。

無雑作なポニーテイルに、白のTシャツとジーンズ、少年のような潔さの下から女らしさがにじみだす年頃だった。最初に受けたきつい印象は、二重の眼の険しく思い詰めた光のせいで、造作だけを取ればむしろふっくらとやさしい輪郭をしていた。

背丈は、今の子にしては小柄なほうだろう。頭が小さく胴がくびれて腰が驚くほど高い。素肌は水のような透明感があって美しかった。

廣田は、つかさのTシャツの薄い生地を盛りあげている胸のふくらみから、眼をそらした。

――なるほど。

これが宮城の好みのタイプか、と思った。

眼の下に隈をつくり、外見にまったく手をかけなくとも、松尾つかさは美人だった。宮城にはみる目がある。

刺身の盛り合わせが運ばれてきた。廣田はあまり食べられなかったが、胃のむかつきはだいぶ治まった。つかさは結局、帰らないことに決めたらしく、急に元気になって箸を動かしはじめた。

「今朝はちゃんと食べたの？」

つかさは首をふった。

「入らなかったから」

「どんなときでも食べられるときに食べたほうがいい。ビタミンやタンパク質が欠乏すると、ホルモンバランスが狂って極端な行動を取る傾向がでてくるんだ。冷静に判断しようとしても感情に流されて自分をセーブできなくなる。食事は三食ちゃんととりなさい」

丸い大きな眼で、つかさは廣田をしばらく見上げていたが、やおら不満げに唇を尖《とが》らせた。

「そういう廣田さんはどうなんですか」

「おれ？　まじめに三食とってるよ」

「ああ、そうか。奥さんに作ってもらってるんですね。すみません」

廣田は受け流した。独身だと説明するのも下心ありと取られそうで、黙っていた。

一通り皿が空になると、廣田は質問を再開した。腹がくちくなったせいか、松尾の娘は、ずっとやわらかな表情になっていた。

「お父さんの行き先には、本当に心当たりないのかな」

「はい」

「市内の病院には当たってみた？」

彼女は一瞬、虚をつかれたような表情になった。持っていた湯のみが揺れて、茶が座卓にこぼれた。

「いいえ、まだ……」

「持病はなかったんですか」

「肝臓が悪いんです。入院するほどじゃないんだけど、食後はいつも薬を飲んでました」

「その薬をお父さんは、持って外出した？」

つかさは自信なさそうに首をふった。廣田の予想したとおりだった。松尾の娘は、系統だった探し方はしていないようだった。戻ってこないことに動転して、電話を待つのが精いっぱいだったのだろう。

「もっと、情報を整理したほうがよさそうだね。松尾さんは何時にでかけたのか、でかけたときの服装、交通手段は。タクシー？　電車？　それとも徒歩か。銀行の口座はもう調べた？」

「いいえ、そんなこと、考えもしなかった」

つぶやいて、つかさは顔をあげた。

「廣田さんは詳しいんですか、そういうこと」

「当たり前のことですよ。明日になっても連絡がないようなら、捜索願いをだしたほうがいいでしょう。そのときは親戚の人と一緒に警察にいきなさい。あなた、未成年でしょう？」

つかさは、納得いかないという表情になった。

「それじゃあ、廣田さんはなんのためにきたんですか」

「松尾さんがぼくにとって重要な人だからですよ。ぼくの仕事にとって、という意味ですが。

お父さんは、なにを知ってたの？」

廣田はつかさの顔をみつめた。またあの硬い透明な仮面のようなものが、表情をおおっていた。

「父はなにも知りません」

「かもしれない」

つかさは、なおもいい張った。

「あの事件と父は無関係です。だって父はいつも通りの事務の仕事をしてただけで、治療のことなんかこれっぽっちも知らなかったんです。お金だって、もらってたのは給料だけよ。給与明細をみせてあげてもいい。預金通帳だって。理事長に利用されたんです」

「しかし――」

「お父さんは無関係なんです！」

廣田は口をつぐむと空の皿を座卓の中央によせて、自分の前をあけた。皿をていねいに大きさの順に重ねながら、いった。

「そんなことは、ぼくにはどうでもいいことなんですよ」

つかさが息を呑むのがわかった。構わず廣田はつづけた。

「あなたのお父さんは、ルミネ研究所の実質的な経営者だった。六十名余りのスタッフとアルバイトに給与を支払い、入院患者に不都合がないよう問題を処理し、本来は理事長がやらなければならないことまで気を配って、研究所の経営が立ちゆくようにしていた。病院の経営というものは本来、良心的であればあるほど赤字になるものでね、とりわけルミネには研究所があったわけだから、普通のやり方で黒字になるはずがないんです。お父さんは誠実な人だったんでしょうが、赤字をださないために見逃したこともあると思います。それをあの人はだれにも話そうとしない。自分の利益になるように立ち回ることもしません。あなたの知っているお父さんというのは、そういう人なのでしょう？」

松尾の娘は無言だった。ふいにその顔がゆがみ、眼の縁から透明な涙が一筋こぼれ落ちた。

廣田はハンカチをポケットから取りだすと、テーブルごしに濡れた頬をふいてやった。男に涙をふかれたのは、はじめてだったのだろう。つかさが眼を見開いて自分をみつめているのを無視して、廣田は聞いた。

「お父さんは、何時ごろ家をでたの？」

「三時半ぐらいだと思います」

つかさはうつむいて、赤い顔を隠したまま、小さな声で答えた。両てのひらでそっと自分のジーンズの太股をなでると、もう一度、口のなかで繰り返した。

「うちにはいつも、三時くらいに郵便屋さんがくるんです。わたしが家に帰ったら、郵便物が玄関に置いてあったので、三時すぎにでていったんだと思います。父は、昨日、あなたたちとの昼食から戻ったあとで、急に帰るっていいだしたんです。『思いだしたことがあるから、あの人たちに話をせないかん』といって」

「あの人たち、というのは、わたしたちのことだとあなたは解釈したんですね」

念押しすると、つかさはなんとなく自信なげな表情になった。

「いえ、あの。父は正確には、あの人ら、といったんです。もしかしたら廣田さんたちのことじゃなかったかもしれない。お父さん、考えこみながらそういってたから。話が、ときどき飛ぶことがあるんです。独り言みたいに話してたから、ちがう人たちのことを考えていた可能性はあります」

あの人ら。廣田はメモ帳に書き留めた。土地ことばのニュアンスはわからないが、呼び方からして松尾が日ごろなじんでいた人間であったのだろう、と思った。

「お父さんの持ちもので、なくなったものはありませんか？」

つかさは、すぐには答えなかった。しばらくして、ない、といったが、すっきりしない口調だった。思い当たる節があるらしい。

「気になることがあるの？」

「物置の……、扉が開きっぱなしになってたんです、昨日。庭仕事の道具とか、掃除道具とか、古い雑誌が入れてあるんですけど。掃除道具の位置が変わってて……、もしかして、父があそこに入ってたものをなにか持っていったのかな、と思って」

「物置には、どんなものが置いてあったの？」

「さあ……。掃除道具のほかは、箱がたくさん積んでありましたけど。中身は本だろうと思って、あんまりみたこともなくて」

「そう――」

廣田は思案した。逮捕されたとき、松尾は当然、家宅捜索を受けたはずだった。帳簿類は研究所から押収されたが、特別病棟の患者のカルテはとうとうみつからずじまいだった。

松尾が秘かにカルテを自宅に隠し持っていた可能性はあるだろうか？　家宅捜索を逃れて？

「くどいようだけど、お父さんが連絡なしで外泊したことは、これまでに一度もなかったんですね」

つかさはうなずいた。

「父はどこにいったときも、必ず連絡をいれます。出張のときは必ずホテル名とスケジュールを書き残してくれたし、ふだんの日でも、帰宅時間が遅れるときは、電話をくれるんです。わたしが家にひとりだから、心配してるんです」

「なるほど。ところでお父さんは、車の運転は？」

「しますけど、車は置いてありました」

「あなたは？　車は運転するの？」

「いえ。免許は持ってません」

「じゃあ、ぼくの車で帰りに警察に寄りましょう。事故がなかったか調べてもらうんです」

松尾の娘はしばらく無言で、廣田の顔をみつめていた。やがて、こくん、とうなずいた。

「お願いします」

食事のあと、廣田は、つかさを連れて県警に寄った。相談窓口では管轄違いだといわれたが、松尾を病人といいくるめて、昨日から今朝にかけて、県内では彼の年齢に相当するような身元不明死体や重傷者がでていなかったことを確認した。

捜索願いはださなかった。とりあえず明日まで待つことにして、つかさを連れて警察署をでた。

「よかった」

つかさは車のなかで、ぽつんといった。

「やっぱり男の人が一緒だとちがうんですね。助かりました。廣田さんだってお忙しいのに」

「仕事だからね」

廣田は峠道を車を走らせながら、ちらちらバックミラーに眼をやった。どこかでみたような二人組を乗せた車が、市内からついてくる。料亭の駐車場にもとまっていたような気がした。偶然ならいいのだが。

「それより、親戚の人たちに連絡したほうがいいですよ。会社の人は、身内の人でしたよね、たしか。心配なさってるんじゃないですか」

「いいんです」

つかさは切って落とすような調子でいった。あごをひいて暮れかけた山をながめている。

後ろの車がスピードをあげて、廣田のカローラを追い越していった。スーツ姿の男がふたり。不安が廣田のなかで増幅した。

「あの人たちには迷惑はかけたくありませんから。わたしも父も、はっきりいって、あの人たちには迷惑な存在なんです。だから、なにも知らせないほうがいいんです」

廣田は、自分の意見は口にしないことにした。なんといっても父親の有罪判決で、この娘はずいぶん苦しんできたのだ。世間と身内に少々手厳しくなったところで、だれがとがめられるだろう？

「それに、お父さん、もう帰ってるかもしれないし」

「そうだね」

そうあって欲しいと思いながらも、廣田は気持ちのどこかでがっかりしている自分に気がついた。どうかしている。こんな子どもに。

「父は、あなたたちは研究所の買収にきたんだって話してましたけど。買収するんなら、なぜ、父に話を聞くんですか。蓉子さんでしょ、普通は。だって、父はなんの権限もないわけだし」

廣田は、つかさの横顔に眼を走らせた。相手の若さを刃《やいば》のように鋭く不可解なものに感じた。丸め込むのは難しそうだ。

「松尾蓉子さんの居所がわからないんです。今年の二月ごろ家をでていったあと、身内のかたのだれとも連絡を取ってない。一番近い親族といえば、あなたのお父さんだから、それで話を聞きにきたんですが」

「蓉子さん、家にいないんですか。知らなかった」

驚きようからして、ほんとうに知らなかったようだ。

「お父さんから聞いてなかったんですか」

「ええ。そういえば、今年の二月ぐらいに蓉子さんと連絡がとれない、へんだへんだってお父さんが——、父が騒いでたけど。ずっと家に帰ってないなんて知らなかった」

「居場所の見当はつかない？」

「全然」

廣田は思案した。できれば、松尾喜善の日記や記録の類《たぐい》を調べてみたかった。しかし、そこまで頼むのは厚かましいかもしれない。

自宅まで送りとどけたときには、五時をまわっていた。山間の街は日が暮れかかり、空の明るさとは裏腹に地上からはすでに影が消えている。

こんな夜をひとりで、空っぽの家で過ごすのは心細いことだろう。廣田は立ち去りがたい思いにかられた。

「それじゃ、どうも」

ちょっと、と廣田は呼びとめた。

「お父さんから電話が入ってないかどうかだけ、教えてほしいんだけど」

「はい」

廣田は待つあいだ携帯電話を取りだした。今日はまだ一度も宮城に連絡を取っていなかった。

いちいち経過報告をするような男ではないが、着いたことくらい知らせてもよさそうなものだった。

手元が暗かったため、廣田は門の外にでて、塀にもたれた。宮城の番号を呼びだした。

しかし、宮城は携帯を切っているらしい。一向に電話にでない。廣田は舌打ちして、電話をしまいこんだ。はじめて岩崎の気持ちを理解した。不出来な部下を持つと、自然にあんなふうにやかましくなるのだろう。

——ドン、

背後で、物が落ちるようなこもった音がした。

くぐもった小さな悲鳴が、家のなかから聞こえてくる。つかさの声だった。

廣田は走りだした。玄関ドアから飛びこんで、廊下をみまわす。リビングのドアが半開きになっていた。

「松尾さん？」

リビングをのぞきこんだ廣田の眼に、二人組の男に羽交い締めにされて、もがくつかさの姿がみえた。

「なにをしてる、放せ」

男たちは顔をあげた。一昨日、理事長の家の前でみた男たちだった。

若いほうが廣田に気づいて、つかさから手を放し、むかってきた。廣田はとっさに身を屈《かが》めると、廊下に敷かれたカーペットを両手でつかんで手前に引っ張った。

「わっ」

男が転倒する。廣田は一瞬の躊躇《ちゅうちょ》もなく手近にあった電話台を持ちあげて、倒れた男を殴りつけた。手かげんはしたつもりだったが、予想外に大きな音がして、廣田はたじろいだ。男が頭の後ろを抱えて横に転がる。

——ヤバ、

相手の傷を調べようとしたとき、つかさの悲鳴が聞こえた。

廣田は男を跳びこえてリビングに走った。

「廣田さん！」

廣田をみて、つかさは泣きそうな顔をした。つかさを押さえていた年配の男は、廣田よりも小柄だった。眉の薄いイタチのような顔が、醜悪にゆがんでいる。つかさの首に片腕をまわしてリビングの奥の部屋へ引きずりこもうとしていた。廣田は男の肩をつかんで、顔を殴った。一発、二発。右手の拳《こぶし》に痛みが走った。男を突き飛ばして、つかさを引っ張りだす。

「廣田さん、後ろ」

「逃げろ。窓だ、窓！」

つかさがふり返りながら、窓にむかって走りだした。年配の男があとを追う。男の背中をとらえようとしたとき、後頭部に衝撃がきた。がくん、と廣田の視界が下にぶれる。気がついたときには、カーペットにのびていた。

若いほうの男がのしかかっていた。

「なめた真似しくさって」

「舟木《ふなき》、女が先だ」

舟木と呼ばれた男は、廣田の髪をつかむと床に叩きつけた。頭蓋骨《ずがいこつ》がきしみ、眼のなかで暗闇が爆発した。運のいいことにカーペットの下は畳で気絶するほどではなかったが、かなりの衝撃だった。横倒しになった廣田の腹部に、革靴の蹴《け》りがつづけざまにきた。

「なにしてる、手伝え」

つかさの悲鳴が断続的に聞こえた。捕まったにちがいない。舟木の蹴りが止まり、自分から離れてゆくのを廣田は感じた。ふたりがかりで、彼女を捕らえてどうする気だろう。廣田は眼をあげた。ズボンの足が手の届くところにあった。夢中でつかんで、引き寄せた。

「うわっ」

舟木が倒れた。廣田は馬乗りになると顔を殴りつけた。殴りあいをしたのは生まれてはじめてで、無我夢中で拳を叩きつけた。傷の痛みは感じなかった。身体中が無感覚になっていた。舟木の手が眼をねらってつかみかかってくる。廣田は舟木の右の手首を捕らえると、こめかみに短い突きを二発いれた。

つかさの悲鳴が断続的に聞こえたが、そちらをみる余裕がなかった。

「なにやってる、舟木！」

ガシャン、と部屋のどこかで音がした。つかさの声が遠ざかってゆく。

顔をあげると、つかさの姿がなかった。逃げたようだ。年配の男が右手の甲を押さえて、割れた窓の外をみている。

「畜生、かみつきやがった」

「なにやってんだよ」

「人を呼んでるぞ。逃げるんだ。舟木」

男は、廣田の襟首をつかむと、舟木から引きはがした。

「人がくる」

しかし、舟木の血走った眼は廣田の顔に張りついたままだった。ひらいた口の端から粘りのあるよだれが一筋垂れている。

「この野郎、死ね」

廣田は反射的に両腕をあげて顔をブロックした。相手のパンチが雨のように腹、胸、頭部に炸裂《さくれつ》した。頭をかばいながら、廣田は手を前にのばし、相手の襟首をつかんだ。背後に倒れながら、舟木の頭を肩ごしに壁に叩きつける。

「やめろ。すぐ逃げるんだ」

相棒の命令は今の舟木には届かないようだった。人の顔とは思えないような、ピンク色の顔をしていた。眼を血走らせ、うおーっと叫びながら廣田を壁に押しつけた。

バン、

簞笥《たんす》が倒れ、倒れた家具につまずいて、また床に転がった。耳元でなにかが割れる音がした。

「舟木！」

廣田は相手の顔に頭突きをくらわせた。ぐわん、と骨の内側で音がした。舟木が歯をむきだして、廣田の頬を横なぐりに張る。廣田は反動をつけて押し返した。組みあったまま廊下の床に転がりでたとき、伸びてきた年嵩《としかさ》の男の手が、廣田の喉をつかみ強引に突き飛ばした。

「バカ野郎、はやく逃げるんだよ」

今では、廣田も表のざわめきを聞くことができた。だれかが玄関のドアを叩いている。

つかさが、呼び集めたにちがいない。

舟木は、獣のように口で息をしながら廣田をにらみつけていた。だが、それも一瞬で、身をひるがえし駆けだした。リビングの奥へ逃げてゆく。

廣田はふらつく足で床を踏みしめ、立ちあがった。視界がぶれ、頭がガンガンした。血の唾を廊下に吐いて、よろめきながらあとを追った。

松尾の娘のことが気がかりだった。逃げたと思うが、いま外にいたら危ない。

二人組は、台所の勝手口から逃げていた。廣田もつづいてでようとしたとき、車の発進音が聞こえた。白いセダンが、生け垣のむこうを猛スピードでバックする。左の路地で強引に方向転換して、ギュン、とタイヤを鳴らすと、フェンダーでコンクリート塀をこすりながら、路地をでていった。

「くそっ」

廣田はドアにもたれ、息をついだ。片手で眼をこすった。あちこちが焼けるように痛み、顔がぬるぬるした。鼻血だろうか。

「廣田さん、廣田さんどこですか」

家のなかからつかさの声が聞こえてきた。

「――こっち」

つかさの顔が、キッチンのドアの陰からのぞいた。廣田を一目みて、あ、と口に手をあてる。よほど凄い面相になっているらしい。

「だあれ？　つかさちゃん」

つかさの後ろから、半白の髪をした中年の女が顔をだした。こわごわ、こちらをのぞいている。

「この人、廣田さん。お父さんの知り合いなんです。助けてもらったのよ」

「そうなの」

近所の主婦のようだ。廣田は肩で息をしながら、頭を下げた。

「警察は呼びましたか？」

「それが電話が通じないの。壊れちゃったみたい」

そうではなく、電話線を切られたのだろう。それを聞いて主婦は確固とした顔つきになり、「うちから電話するわ」とでていった。

廣田は、携帯電話のことを思いだした。取りだそうとスーツの内ポケットに眼をやり、左の袖が落ちているのに気がついた。携帯電話もない。どこかで落としたようだ。

「そっちは怪我は？　ない？」

「はい。なんともないです」

つかさは流しでタオルを濡らすと、廣田のところに持ってきた。顔を一拭きしただけで、うんざりするほどの血でタオルが汚れた。

「額のところ、切れてます。病院にいかなきゃ」

「さっきの連中に見覚えはある？」

つかさは首をふった。唇が震えていた。

「あんな人たち、はじめて。本当に怖かった」

つかさの大きな眼の縁に、透明な固まりが盛りあがった。泣きだすかと思ったが、つかさは嗚咽《おえつ》を呑み込んだ。

「またくるかしら、あの人たち」

「大丈夫、車のナンバーもわかってるから、すぐ捕まるよ」

つかさは、しゃくりあげながら懸命に涙をこらえている。ゆらゆらと小さく前後に揺れる身体は、廣田にもたれかかるか、それとも遠ざかるか決めかねているかのようだった。

廣田はあえて慰めることはしなかった。

「ところで、ぼくの携帯がどこかに落ちてなかったかな」

「携帯電話？　小さくて黒い？」

「そう」

「廊下のところに、あったと思います」

廣田はタオルを傷口にあてて電話を探しにいった。最初に格闘になったリビングの入口の壁のそばに、電話機が転がっていた。壊れてはいないようだ。

つかさが、どこかぼんやりした口調でいった。

「お父さんと関係があるのかしら」

「わからない。でも、お父さんが帰ってくるまで、家にいないほうがいいだろうね」

つかさはうなずいた。また恐ろしさがこみあげてきたのか、今度は声をあげて泣きだした。抱きついてくるようなことはしないが、廣田の袖を片手でしっかり握りしめている。

その心細げな様子に廣田は胸が詰まった。

ポケットを探り、ほら、とハンカチをつかみだした。つかさは首をふって自分のハンカチを取りだし、小さく笑った。

「廣田さんて、面倒見いいんですね」

「どうかな」

本当は冷たいやつかもしれないよ――、と廣田は口にしかけて黙った。これ以上、この娘と関わることはできない。

じきに、通りのむこうから、パトカーの音が聞こえてきた。

13 NOW

ふたりは救急病院で手当てを受けたあと、待合室で制服警官に事情を聞かれた。警官は、松尾つかさが、ルミネ研究所の関係者の娘とは気づいていなかった。

「暴行目的で侵入したんでしょうかね」

実質的には誘拐未遂だったが、廣田は、おそらくは、と答えておいた。つかさの希望だった。つかさは、父親と事件との関連を警察には知られたくない、と考えていた。警官の質問のほとんどに首をふり、ときどき廣田におびえた眼差しをむけてきた。

――話さないで。

廣田は了解した。

彼女は、警察に父親の失踪の件が知られたら、父親に不利になると信じている。自分自身の身の安全よりも、父親が心配なのだ。

まちがっている、と廣田は思ったが、口出しはしなかった。彼女が自分で決めることだった。

実際、その夜は、考える時間はいやになるほどあった。病院の次は、県警で調書作成。モンタージュ写真の作成。婦女暴行の前歴者の顔写真カードの検索。長い夜になった。県警本部は深夜にも関わらずにぎわっていた。市内のどこかで殺人事件が起きたらしく、大勢のマスコミ関係者がロビーにたむろしていた。

廣田とつかさは、煙草の煙のたちこめる刑事課で、四時間待たされた。調書の順番を待っているあいだに、つかさが貧血を起こし、大学の友人に付き添われて帰っていった。廣田はしかたなくひとりで、警察に残った。

腹は減るし傷は痛むし、服といえばボロボロで、自分のほうが犯罪者になったような惨めな気分だった。ようやく担当刑事に呼ばれたのは午前二時。廣田が、かなり反権力的な気分になっていたことは否めない。

「お待たせして申し訳ありませんね」

廣田と同年輩の若い刑事は、申し訳なさそうにいった。

「ちょうど事件と重なってしまいまして。捜査本部が置かれると、まず会議ということになりますんで。ご迷惑をおかけします」

「殺人事件でも会議があるんですか」

「そうです。警察といえど役所にはかわりありませんし。まあ、一般の企業の会議とは、ずいぶんちがうでしょうが。なんせ、議題が殺人ですからね」

世間話で相手の気持ちをほぐすのも、刑事の技術のひとつにちがいない。廣田は苦笑した。

刑事の質問そのものは、先だって行われた二度の事情聴取の事実確認が中心だった。廣田はどの警察官にも、同じ話をしていたから突っ込まれた質問をされても困ることはなかった。

ウソをつけば、必ずどこかで話に食い違いがでてきて矛盾を衝かれる。つかさの調書とも、警察は当然付き合わせるだろうから、廣田は慎重に言葉をつないでいった。ウソはつかない。ごまかしもしない。ただ、話さないだけである。

松尾喜善は仕事上の知り合い、つかさとは昨日はじめて会った。彼女から昼間電話がかかってきたので食事に誘い、家に送り届けて帰ろうとしたとき、家のなかから悲鳴が聞こえた。彼女が二人組の男に襲われていた……。

二人組に面識があったことは、伏せておいた。出張の目的は当然、説明しなかった。暴行未遂事件なのだから、廣田の仕事とは関係ない。松尾喜善が現在、行方不明であることも――。

調書にサインをしたあと、廣田は好奇心にかられてたずねた。

「ところで、殺人事件というのは、どういう？」

「ああ、今日の夕方、港でね、射殺された男の死体が発見されたんですよ」

「今日ですか？」

「犯行は昨日の夜だったようですが。なにか思い当たる節でも？」

「殺された人は、どういった年齢ですか？」

「そうですね。二十代後半から三十代というところですか」

三十代と聞いたとたん、廣田は興味を失った。つかさの父親ではありえない。

「被害者は東京の不動産会社の人間なんですが、聞いたことはありませんか」

刑事が口にした名前と住所、会社名は、どれも廣田とは無縁のものだった。まったくない、と告げると、刑事はうなずいた。

「そうですか。じゃあまた、お願いすることがあると思いますが。よろしく」

「こちらこそ」

ようやく解放されたときには、ロビーにはひとりのマスコミ関係者も残っていなかった。廣田はくたくたの身体を引きずるようにして、タクシーを拾ってホテルにもどった。

フロント係を叩きおこして、キーをもらい、自室のベッドに倒れこんだ。

ベッドサイドのメッセージランプが、狂ったように点滅している。

「ああ、わかったよ」

廣田はつぶやいて上着をゴミ箱に放りこんだ。腰をおろしただけで眠りこけてしまいそうな疲労感に抵抗しながら、汗ばんだシャツを脱ぎ、汚れ具合をしらべた。錆《さび》色の血の染みが肩に散っていた。二度と使えない。

シャツをゴミ箱に押しこみ、受話器を肩にはさんでメッセージランプのボタンを押した。録音テープが回るのを待つ間に、バッグから下着の替えを取りだしてベッドに放る。カチリ、とテープに切り替わり、なじみのガラガラ声が聞こえてきた。

どこにいる。連絡しろ。連絡しろ。おれだ、あー、どうなってるんだ？　廣田？　カチリ。ピー。ええと松本です。課長、岩代《いわしろ》教授は十四日なら出席はＯＫだそうです。どうしましょうか、日程を変えましょうか……カチリ。

突然、硬く澄んだ声が流れでた。

あの、今日は本当にありがとうございました。また電話します。

廣田は首をふって受話器をもどした。そのままベッドに仰向けになって、しばらくうとうとしていたらしい。ノックの音で眼が覚めた。

「おれだよ」

廣田はよろめく足で、ドアをあけにいった。ホテルの浴衣《ゆかた》姿の宮城が廊下に立っていた。

「もうもどったのか」

「最終の新幹線だ。あんた、えらく遅かったじゃないか」

「いろいろあってな」

宮城は廣田の額のバンソウコウに気づくと、と眼をそばめた。

「やられたのか」

「善戦したんだ。誉めてくれよ」

ドアを閉じると、廣田は痛む首をひねりながら、松尾が消えたこと、松尾の家で襲われたことを話した。宮城は、とみれば冷蔵庫をあけてビールと摘《つま》みを取りだし、勝手に一杯やっている。

「それで松尾の娘を、二人組がさらっていこうとしたわけか」

「家に先回りして待ち伏せてたらしい。おれが帰ったと思ってでてきたんだろ」

廣田はテレビをつけて、深夜映画にチャンネルをあわせると、シャワーを浴びにいった。バスルームのドアを半開きにして、「そっちはどうだった？」と声をかけた。

金属のノズルからシュッと噴きだしたのは、水だった。廣田はあわてて脇によけ、湯に変わるのを待った。額のバンソウコウに触れて、痛みをたしかめる。全身の傷口に湯がしみて、ひりひりした。

「最初に新開不動産の社長んとこにいったんだが、夜逃げしてやがったんで、買い取り屋に聞いてみたわけよ」

「買い取り屋？」

廣田はホテルの白い石鹼を取って、アザだらけの腕に慎重に泡をなすりつけた。腰と脚に紫がかったアザがみつかった。額のアザは二日もすれば黄ばんだシミに変わるだろう。

シャワーの下で、幾度か右手を開いて握ってみた。無我夢中で殴りつけたのだ。よく指の骨が折れなかったものだと感心した。

「買い取り屋ってのは、わけありの車を扱うとこだ。ローンが焦げ付いた車を格安でヤクザに貸しだしたりする。知り合いの店の親父にあちこちに電話かけて聞いてもらったら、すぐにそのセダンを流した店がわかったんで、そこへいったんだ」

「しゃべったのか」

「いんや。たまたま留守だった」

宮城がふくみ笑いした。廣田にも筋書きは読めたが、わざと聞いた。

「それじゃあ話は聞けなかったろ」

「そうでもない。おれのために、帳簿を机の上に開いてだしといてくれてたからな」

「会いにいったのは、何時ごろだ？」

「そうだな。朝早くだな。二時ごろだ」

廣田は笑いながら、シャワーをとめて顔の水気をぬぐった。

バスタオルを取ってふり返ると、ビール片手にベッドに腰かけていた宮城と視線があった。いつのまにかベッドの端に移動して、廣田の後ろ姿をながめていたらしい。

「あいかわらずいいケツしてんな」

「おまえが、そんなにおれの尻の形に詳しいとは知らなかったよ。カードは?」

宮城は肩をすくめて、廣田のクレジット・カードを財布から抜きだし、ベッドに放った。

「まだ限度枠は残ってるぜ」

「そいつはありがたい。もう諦《あきら》めてたよ」

廣田は腰にタオルを巻いてビールを取りにいった。宮城は、電話のそばのメモ用紙になにか書き付けている。

「その帳簿を調べたら、たまたま前におれが世話になったブローカーんとこに流れてることがわかった。それで朝になって、その人のマンションにいったんだよ。あんたがくれたネタと交換に教えてくれたが、すぐ忘れろと注意された」

宮城はメモ用紙を破りとって、ふたつ折りにした。

「売り先はこれだ」

廣田はビールのプルトップを引きあけると、宮城の隣に腰をおろした。紙切れを受けとって、ひらいてみる。

——中島内規《ないき》。

「だれ？」

宮城は、しばらく廣田の顔に鋭い視線を据えていた。やがて口を開いたときには、声は聞き取りがたいほど低かった。

「正体はおれも知らん。いわゆる乗っ取り屋だな。かなり荒っぽい仕事をするって評判だ」

「やくざか」

「というより、マフィアに近いんじゃねえか」

廣田は冗談だと思って、笑いながら相棒の顔をみた。案に相違して、宮城は生真面目な表情をしている。

「去年の八月に、都銀の支店長が射殺された事件があったろ」

「犯人が自首してきたっていうあれか」

「そう。自首したやつは身代わりで、本当に殺《や》ったのは別の人間だっていう評判だったけどな」

宮城は缶ビールに口をつけると、低い声で話をつづけた。

「不良債権処理で恨みを買ったんじゃないかって、おれの知り合いの不動産屋のとこにも警察がきたそうだが、これが中島がらみの仕事だったという噂だ。なんでも中島んとこには、殺し専門の手下までいるらしい。あんた、気をつけたほうがいいぜ」

宮城はうっすらと笑った。

廣田は、にわかに部屋の温度が下がった気がして立ちあがった。バッグからパジャマを取りだし、着替えをはじめる。出張にはいつも自前のパジャマを持ってくるのだが、宮城ははじめてみたらしくポカンと口をあけている。

「あんた、そんなもんまで出張に持ってくるのか」

「浴衣は嫌いなんだよ。だれが着たかわからないし」

宮城は首をふりながら、ビールを飲んでいる。軽蔑にみちみちた口調で、「人間、何年一緒にいてもわからねえもんだな」とつぶやいた。

「とにかく、この支店長が別件の不正融資で送検されそうになった。取り調べを受けたらなにを吐くかわからない。それで口止めしたわけだ」

「おまえが車の一件を嗅《か》ぎまわったのは、気づかれたと思うか」

「さあな。まだだと思うが、わからんね」

「連中はなんで、松尾の娘をさらおうとしたんだろう」

廣田はもはやビールを飲む気にもなれず考えこんだ。狂犬のように歯をむき、襲いかかってきた舟木という男の顔が浮かんできた。廣田を摑み、蹴りつけた足の動きには、一瞬の躊躇もなかった。

「松尾の娘は今、どこにいるんだ？」

「友だちの家だ。ひとり暮らしの子だって話だが、アパートだと、襲われたらひとたまりもないだろうな」

「親父のほうも、その連中が押さえてるのか」

廣田は首をふった。

「わからないな。あの子も、自分が襲われる理由にはまったく心当たりがないと話してた。ひょっとしたらおれと一緒にいたことで、襲われたのかもしれん」

宮城はあっというまに二本めの缶を空にすると、瓶のクアーズを持ってきて栓を抜いた。

「親父の眼の前で痛めつけて、口を割らせるためじゃないか」

「いやなことをいうなよ。まだ子どもだぜ」

「子ども？」

宮城はせせら笑った。

「あんたの信じられないところは、その女をみる目のなさだな。離婚したときも思ったけどよ。あんな別嬪《べっぴん》、目に入らないとはどうかしてる」

廣田はその話題を無視した。

「しかし、なんでそんな手間をかけるんだ？　松尾は年寄りだ。ちょっと痛めつければ口を割る」

「じゃあ、ほかに目的があるんだろ」

「どんな？」

「知るか。とにかく早く片づけて東京に戻ろうぜ」

宮城は腰をあげると、ウィスキーのミニチュアボトルを冷蔵庫から取りだした。

「寝酒をもらっていくよ。あんたも一杯やったほうがいいぜ。ひどい顔をしてる」

ひとりになった廣田は、突然、頭がしびれるほど自分が疲労していることに気づいた。

ベッドに腰をおろし、電話機をながめた。いますぐ松尾つかさの泊まり先に電話をかけて、彼女の無事を確かめたかった。

……また電話します。

それが、「いつでもいいから、電話をください」のいい替えであることは廣田もわかっていた。たぶん待っている。いつでも。

しかし、廣田は電話しなかった。そうするかわりに、電話のコードを引き抜いて、ベッドに潜り込んだ。疲れ切っていた。おれには関係ない。関係のない娘なのだ。そう自分にいい聞かせ、泥のような眠りに落ちていった。

「居留守をつかうとは、いい根性をしてるな」

朝一番に聞く岩崎の声は、いつにも増して大きく聞こえた。むろん廣田の気のせいばかりではあるまい。

廣田は受話器を耳にあてたまま、ノートパソコンを窓辺に運んだ。会社のシステムにつながったままだが、差し支えあるまい。どうせ岩崎にはみえないのだから。

「自称向田夫人の正体は、わかりましたか?」

「その前にそっちの報告を聞こう。昨日はなにをやったんだ?」

「メールを送ったんですが、お読みにはならなかったようですね」

「口頭じゃいえないってことか。ちょっと待て」

受話器が、ゴトリと硬い表面に転がされる音がした。一旦声が遠ざかり、また電話口にもどってくる。

「ああ、これだな。朝からメールが二十だとよ。電子メールなんてもんを考えだしたバカを殺してやりたいよ。おまえのはこれか。ほほう、負傷したって？　鼻でも潰《つぶ》れたか」

「あまり無事とはいえませんね。鼻に保険でもかけてくださいよ。とにかく、これ以上はわたしの手には余ります」

「まあまあ、そういうな。あとちょっとだろ」

岩崎の猫なで声を聞いて、廣田は寒気を覚えた。怒鳴られたほうがまだ身体にはいい。

「現地で待機はしてますが、これ以上はなんにもやりませんからね」

「おれが、なにかやれといったか？　おまえさんが勝手に動いたんだろうが」

よくいうよ。廣田はげんなりしながらノートパソコンのキーを叩いて、メールボックスをあけた。

今朝のメールは六通。少ないほうだろう。五通めに、A. F.のイニシャルをみつけて、心臓がどくん、と大きく打った。

「ところで、廣田」

岩崎が聞いた。

「自称向田夫人てのは、なにものなんだ？」

「さあ、見当もつきませんが。身元確認できなかったんですか」

「あのな、廣田。おれは向田の女房と、秘書の両方に電話して聞いたんだよ。佐伯じゃあない。留守番の男だ。どっちも年や背格好に該当するような女に心当たりはないって、いってたぞ」

「なるほど。じゃあ、向田の死体を探しそうな人間は？　家族以外にはいないんですか」

「まあ待て。年と背格好に合う女に心当たりはないといっただけで、その名前の人物は存在してんだよ。実は向田の跡取り息子が晶《あきら》っていうんだ。そこから名前を拝借したのかもしれん」

「へえ晶ですか。政治家向きの名前って感じじゃないですけど」

「誠太郎とでもすりゃ、よかったのにな。ところで、その女、向田大蔵名義のカードを持ってたんだって？　どういう状況で財布までのぞけたのかはおれは深く追及はしないが、そのカードに関していやあ、一年前、向田の死体と一緒にどこかへ消えたもんだ。女房はカードの存在を知らなかったらしい。誰が持ってたのか知りたがってた」

廣田は電話機を肩にはさんだまま、窓の外をみつめた。白く曇った空が街の上をおおっていた。白檀と革のまじる女の体臭が思いだされた。

なにかが気になっていた。眼のすみに映っていながら、みえないものがある。

「警察に知らせたほうがいいんですかね」

「やめとけ」

ぴしゃりと岩崎がいった。

「向田の事務所はいま、秘書の独立だの派閥の解消だので、ゴタゴタやってる。首をつっこんでもロクなことにならねえぞ」

「そうですね」

廣田は視線をノートパソコンの液晶画面に落として、つぶやいた。部下の報告書が二通。

どちらも要返信。チェックチェック。

「息子が、親父の跡をついで出馬するんですか」

「向田晶か」

岩崎の声が俄然《がぜん》、元気になった。他人の不幸を語るとき、おおむね人の口は無責任に軽くなる。

「こいつは、筋金いりのお坊っちゃまってやつだな。親父が国際派にするつもりで、自分が昔留学したバークレーだかに留学させたんだが、さっぱりモノにならなかったらしい。性格はいいんだが、覇気がないってヤツだ。金ばっかり使って、いないほうがマシってのは、向田の女房の話だが、『再婚したときの結婚式にも顔をださなかった不義理な息子』だそうだから、点も辛くなるだろ」

「選挙にはでるんでしょうかね」

「そりゃ、いずれは立つだろ。しかし、地盤は秘書に半分もっていかれたし、親父の弔い合戦にするわけにもいかないから、厳しいな。真剣に死体を探してるのは晶と、給料も払ってもらえなくて泣いてる事務員ぐらいじゃないか。女房のほうは死体がでてこなきゃ相続税も払わずにすむって、金を使い放題だ」

がはははは、と岩崎が高笑いした。

「今年の秋あたりが衆院選挙だろうが、今回はうちも応援はできないな」

「なるほど」

つぶやいて、廣田は、三通めのメールをひらいた。社長からの社内通達だった。こんなものは掲示板にだせばいいのだ。舌打ちして飛ばした。広報からのお知らせ。営業部の岡崎浩氏が来月結婚することに……。廣田は乱暴にキーを叩いた。

「情報漏れのルートはわかりましたか」

「そいつはいま調べてる。おれは社長かと思ったんだが、社長は心当たりないそうだ。向田が行方不明になってからあそこの事務所とはいっさい連絡を取ってないとよ。考えてみりゃ当たり前だな」

五通め。フェアフィールド。わずか二行しか書かれてない。会いたい。金曜日。ホテルオークラ、ラウンジ。午後十時。ひざの裏から背中へ、全身へと痛いほどのおののきが走る。

岩崎がいった。

「ところでおまえの現地待機の件だがな。一度もどってこないか」

「もどる——？」

「そうだ。フェアフィールドがうるさくてな。一度どうしてもミーティングをやりたいっていい張るんだよ。明日はどうだ。帰れそうか」

「明日——。金曜ですね。何時から会議ですか」

「夕方だ。またすぐ現地入りってことになるが、構わないだろ？」

「ええ」

明日の夜、会議が終わってから、フェアフィールドはどんな話があるというのか……。

廣田は返信を書くかどうか迷った。わからない。自分に自信がない。

「じゃあ明日の午後五時に会議だ。少々遅れてもかまわん」

「はい」

電話のあと、廣田は部下からのふたつの報告書にじっくり眼を通して、返信した。どんな状態だろうと、脳は機械的に文章をひねりだしてキーボードに移し変えてゆく。廣田は、受話器をとって会社に電話をいれた。まだ報告書を提出していない山下に電話して、どうなっているのか問いただした。

フェアフィールドのことを考えながら、当たり前のように仕事をこなせる自分が不思議だった。結局のところ、廣田にとって情事が生活のすべてというわけではないのだ。

一時間かけて連絡事項を片づけてしまうと、廣田は机に肘をついてノートパソコンの画面をみつめた。

思いきって画面を消して、椅子の背にかけた革ジャケットをつかんだ。壁を一蹴りして宮城に声をかけた。

「でるぞ」

今日の作業予定は門のバリケードの撤去だった。

「夕飯、なにを食う？」

汚れた机を抱えあげながら、宮城が聞いた。

「ホテルのバイキング・ディナーってのはどうだ？　あの松尾の娘を誘ってさ。お友だちってのも連れてきてもらえば、二対二でちょうどいいじゃないか」

廣田は相手にしなかった。

「そんな時間はないね」

実際、今の廣田に夕食のことを考える余裕はなかった。明日の段取り。会議。フェアフィールドとの会見。考えるだけで、胃のなかに酸が溜《た》まってくるようだ。暢気《のんき》に飯の話をしている宮城が、腹立たしかった。

「いきたいなら、おまえが誘えよ。おれはパスだ。ほんとうに時間がないんだ」

「時間がなくったって飯は食うんだろ？　どうせ明日からまともに飯を食う時間もなくなるんだから、今日ぐらいはパーッといこうや」

廣田はため息をついて、机をバリケードから引っ張りだした。湿った地面から、小さな虫がわっと逃げてゆく。机を抱えあげて私道のわきへ運んだ。

「なあ、怒ったのかよ」

宮城が珍しく気遣う顔で寄ってきた。腰に手をあて、廣田の顔をのぞきこむ。半裸になった宮城の褐色の胸に、熱い汗のしずくが走っていた。廣田は顔をそむけた。

「心配ごとでもあるのか。今日、なんだかあんた、おかしいぜ」

「明日の段取りを考えていたんだ。わるかった」

「それならいいんだけどよ」

宮城は首をふって離れていった。そのむき出しの右肩の刺青にいっとき見入ったあと、廣田は最後の机を運んで植え込みの内側に並べた。全部のロッカーと机が視界に入る位置まで下がって、ダンガリーシャツの袖で汗をぬぐい、一息いれた。

十個ほどの机とロッカーが、私道に沿って並んでいる。これをまたバリケードに組み直すのは大変だろう。仕事のあとで、もどしておく必要があるかどうか事務長に聞いておかなければ。

――松尾はいないのだった。

廣田は、つかさの顔を思い浮かべた。今日はまだ一度も電話をかけていなかった。心配でないといえば嘘になるが、自分に出番がないことも承知していた。身内でもなければ友人でもなく、一回り近く年のちがう東京のサラリーマン。お節介をやいても滑稽なだけだろう。

おーい、と宮城が呼びかけた。

「門がひらいたけど。車はどうする？」

「なかにいれてくれ」

廣田は私道のわきに避けて、宮城がバックで車を門からいれるのをながめた。切り返し一発で、ハイエースが門から入ってくる。

入りきったところでゲートを閉じて、内側から鉄板をもとどおり立てかけておいた。

ブナの樹の下に宮城が車をとめて、おりてきた。流れおちる汗を首にかけた汚れタオルでぬぐい、車にあごをしゃくった。

「機材はどうするんだ、今日おろしておくのか」

「いや。車にのせたままにしておくよ。分析機たって試薬のキットと顕微鏡だけだし、必要になりそうなのはフリーザーぐらいだからな。物を受けとったら、筑波に直行だ。飛行機で運べるやつは常務が持って帰ってくれるが、マイナス八十度で要冷凍なんてこともないとは限らない」

宮城はいやな顔をした。

「また徹夜で運転かよ」

「あと三日だ。我慢してくれ」

廣田は、車の荷台からダッフルバッグを取りだして肩にかついだ。腕時計をみようとして、左手首が空なのを思いだし、舌打ちした。

早いとこ時計を買わなければ。

「これから、家捜《やさが》しか？」

「まあな。ビデオはおまえもみたろ？」

「どういう人間だと思う？」

「見当もつかんね。夕方入ってきて真夜中にでていくなんぞ、まともな目的で入ったんでないのは確かだが」

曇り空の下に、いまや見慣れた本館が鬱蒼《うっそう》とそびえていた。監視されている感覚は今日は感じないが、廣田がわざと意識しないようにしているせいもある。

「本社の言い分には、おかしな点が二、三ある」

正面玄関前のカメラからテープを外しながら、廣田は小声でいった。

「まず、現物をみないで五十億を支払うことに決まった経緯、次が、本社から送りこんだのが、おれと助手の二名だけって点だ。五十億だぜ。そんな金、どうやって経理処理する？　倉石が領収書を切ってくれるとでもいうのか。公になったらCEOが背任行為で株主から告訴されかねないんだぜ。おまけに競合はわんさかいる。倉石が戻れば警察だってでてくる。フェアフィールドの話が本当なら、何千億って利益の見込める研究だ。五十人からの精鋭部隊を送りこんでもおかしくないんだ」

「裏があるっていいたいのか」

「大いにな」

取り外したテープを宮城に放る。宮城は、手際よくハンディカメラにセットすると、映ってるぜ、と人差し指と親指で小さな丸を作った。

廣田は脚立をおりて、宮城の頭の背後から画面をのぞきこんだ。出だしに映っているのは、自分の顔だった。一昨日、ひとりできたときの幾分緊張した後ろ姿が画面を斜めに横ぎってゆく。

「テープをセットして帰るところだな。立派な手配写真になるぜ」

宮城がイヤなことをいった。

廣田はストップボタンを押してテープを取り出した。宮城がものいいたげな顔でながめている。

「じゃあ、あんたはどう思うんだ。おれたちの役割はなんなんだ」

廣田はテープを巻き戻すと、撮影された場面を消去した。取りだしてカメラにセットしながら、いった。

「囮《おとり》だよ。ほかに考えられるか?」

14 NOW

——ガラガラグワシャン……、

宿直室で仮眠を取っていた斑猫は、窓の外から聞こえてくる騒音で眼を覚ました。とっさに跳ねおきて毛布をクロゼットに押しこみ、リュックを拾いあげた。一瞬前までみていた夢は跡形もなかった。寝過ごした自分に腹を立てながら、部屋のなかを見回した。赤茶けた畳が縦並びに敷かれた三畳間だった。北側の窓から陽が高くなったことを知らせる白々しい光が差しこんでいる。

眠る前は気がつかなかったが、畳は泥水をかぶったような汚れ方だつた。土と埃で畳の目が埋まり、ダニやもっと小さな無数の細かな虫が這《は》っていた。斑猫は急に全身にかゆみをおぼえて衣服をはたいた。

昨夜は一晩中、研究所の地下で作業をした。夜のうちに外にでるつもりが、作業の目処《めど》がついたのが午前五時。ひと休みしようと本館の宿直室に潜りこみ、それきり泥のように眠ってしまったのだ。

——油断した、

彼は顔をこすった。古巣にもどったことで逃亡者の本能が麻痺《まひ》したにちがいない。逃げていたときは、決して熟睡することはなかった。眠っていても眼と耳は働いており、起きたいと考えた時刻になれば自然と眼が覚めた。眼を閉じれば、つねに瞼《まぶた》の内側で長針と短針が時を刻んでいたのだ。

斑猫はガラスに映らないよう頭を低くして窓に近づき、窓を細目に押しあけた。埃と錆で固まった窓は体重をかけても、それ以上は開かない。声の主は玄関のむこうにいるのだろう、姿はみえないが右手のほうから笑い声が響いた。

斑猫は耳をすませて、注意深く音を拾いあげた。

——バカ、……なに考えてるんだ。……あったってさ。

——いいじゃねえか。

世間話のようだ。たぶん男がふたり、どこかの作業員だろう。斑猫に聞かれているとも知らず、ぼそぼそと世間話をしている。

斑猫は今のうちに逃げだすことにした。忘れ物はないかと部屋をみまわし、床に残った自分の足跡を汚れたタオルで拭いて消した。

のどが渇きにひりついていた。コンビニで買ったペットボトルの水は昨日のうちに飲み干した。最後に固形物を胃にいれたのがいつだったか、いくら考えても思いだせない。

しかし斑猫は気にしなかった。外にさえでればいくらでも食べ物にありつくことができる。飢えも渇きも存在しない国だった。通りで人が殺されるのをみなくても済む国。子どもが子どものままでいられる至福の国。

斑猫は足音を殺して廊下にすべりでると、東階段へむかった。廊下の角のむこうにロビーと正面玄関の一部がのぞいている。じきにあの連中が入ってくるだろう。二階にあがってからもう一度、下におりて連絡通路にむかったほうがよさそうだ。

斑猫はロビーに背をむけて、階段までもどった。東階段は物置場になっていた。無用の書類やガラクタを詰めこんだダンボール箱が口をあけたまま、階段のそこかしこに放置されている。荷物をよけながら彼は二階にあがり、暗い廊下をのぞいた。だれもいなかった。

斑猫はできるかぎり静かに廊下を歩いた。夕暮れのように湿っぽく暗い廊下を急ぎ足で歩いていると、白衣を着て職員や患者のだれかれに挨拶しながら、この廊下を通りすぎた一年前の自分の姿が浮かんできた。なにもかもが二重写しにみえた。荒れた受付に、そこにはいない若い秘書がみえ、喫茶ホールに足を踏みいれれば談笑する同僚らの幻が、倒れたテーブルのあいだを浮遊した。

彼は横倒しになった椅子をまたいで窓に近づき、下をのぞいた。

ジーンズ姿の若い男がふたり、正面玄関に脚立をかけて取り付け工事のようなことを行っていた。車回しにメタルブルーの大型のワゴン車が止めてある。警察にはみえない。電気工事の人間にしては作業着を着ていない。

車。

斑猫はハッとした。車が所内に入っている。つまり連中はゲートのバリケードを撤去したのだ。

斑猫は眉をよせた。今や事態は悪化していた。所内で工事が行われるとなると予定が狂う。場所を移すにしても近場に彼が使える冷凍庫はなく、解凍した細胞を再凍結するリスクを冒すことになる。

——おまけに死体まである。

斑猫は窓の横に張りついたまま、じっと下をみた。

どうする？　リスク覚悟でもう一度凍結して運びだすか。だが、実験室と薬品は。処理に必要な薬品は予備がワンセットそろえてあるだけで、今ある分を使いきれば補充はもう不可能だ。協力者なしで、メーカーに注文するのも難しい。

彼は計画を放棄することを考えた。むろん思い過ごしという可能性もあった。連中が建物の補修にやってきたとはかぎらないのだから。万一、かれらが追っ手として建物全体の調査をはじめたとしても、チャンスは残されていた。地下室を発見される前に電源を落とせばいい。それですべてはおわりだった。

男たちが建物のなかに入るのがみえた。斑猫は足音を殺して廊下にもどった。ロビーの真上を通るとき、階段の吹き抜けを伝わって話し声が聞こえてきた。

「夕食はどうする？」

「またその話か。ひとりでいけよ。両手に花でいいじゃないか」

声高に話しながら、研究棟にむかっている。いや、ロビーで止まった。

斑猫は階段の上にうずくまって、階下の様子をうかがった。いったい、どこの連中だろう？　だれが仕事を依頼したのか。蓉子ではない。蓉子は、研究所は一年間、だれにも手を触れさせせないと約束した。彼女にはその権限がある。蓉子でないとしたら理事長だろうか。

男たちは会社の話をしていた。岩崎というのが上司のようで、片方の男が辛口の寸評を加えている。地元の人間ではなさそうだ。歯切れのいい標準語を使っていた。

うるさいだの、細かいだの、愚痴をこぼしたあと、ふいに倉石、と口にした。

斑猫の心臓がどくん、と鼓動をひとつ飛ばした。

「本社が、ずっと倉石を追っていた可能性はあるな――」

斑猫は腰をあげた。足裏に触れるカーペットの感触が突然、遠くなった気がした。恐怖とはこういうものだった、と思いだした。皮肉なことに一年間逃げつづけながら、彼は一度も追っ手の姿を目にしたことがなかった。これがはじめてだった。

階下からの声は、移動する話し手にあわせて遠ざかったり、かすれながらつづいている。

「……デイビスの研究所にいたときに、なにか造りだした。その後倉石が……研究所に入ったんで、本社は……」

デイビス。本社。繰り返して、ようやくもつれた糸の先の答えを引っ張りだした。

プラスケミカル。彼が一時期、所属していた研究所。しかし、なぜそこの社員がルミネの本館のなかにいるのか。どうやってこの場所を突き止めたのか。

ともあれ、かれらが警察でないというのはありがたかった。とりあえずは喜ぶべきだろう。プラスケミカル社ならば取引の可能性があった。そう、あの企業ならば。

いつのまにか彼は両膝に手をあて、身を屈めて今後の計画について考えていた。かれらの欲しいものはわかっている。地下室の冷蔵庫にある、彼の研究成果だ。それで時間稼ぎができるだろう。いましばらくは。そのとき斑猫は、とんでもないことを思いだした。

地下室の入口。

今朝がた実験室をでる前、疲れはてていたから、階段の出入口の穴を塞がないままできてしまったのだ。あのままではみつかってしまう。足跡を消して埃を散らし、エレベーターの箱を階下におろしておかなければ。

斑猫は前後左右をみまわしながら建物の端までいって、防火扉をあけた。裏の階段を、やわらかいボールが弾むような足どりで駆けおりる。

──カメラ。

二人組は壁に脚立をかけて防犯カメラをおろしていた。下にはモニターのようなものが置いてあった。

理由は考えるまでもない。無人の建物の内部にカメラを仕掛けるとしたら、それは獲物を捕らえるためにちがいない。自分を。だが、だれが知らせたのか。ここに帰ってくることは、蓉子しか知らないはずなのに。

それとも蓉子が知らせたのか。

そんなはずがない。しかし、それならなぜ、彼女はもどってこないのか。約束の期限は明後日だというのに。

斑猫は階段をおりて連絡通路に入った。ここも無人だった。黴《かび》くさい旧棟の廊下に入ると、無意識に小走りになった。急がなければ。

灰色のドアが窓を塞がれた暗い廊下の片方に並んでいる。彼は閉じたドアの前を次々と通りすぎた。ひたひたという自分の足音が、虚《うつ》ろな廊下のむこうから、はね返ってきた。

旧館の玄関ホールに入ると、背後を気にしながらエレベーターのドアにかけた南京錠《なんきんじょう》を外した。

蛇腹式の入口をひらくとき、カシャン、とかなりの音が響いた。本館までは聞こえるはずはなかったが、斑猫はあわてて周囲をみまわした。だれもこないことをたしかめて、ポケットからペンシル型の懐中電灯を取りだした。

穴は開いたままだった。やはり隠し忘れて、でてきてしまったのだ。

斑猫は安堵《あんど》と焦りで、どっと汗が流れるのを感じた。あれを閉じておかなければ。

もう一度、周囲をみまわし、シャフトにおりる。壁に立てかけた鉄板を手に取ったときだった。

背後で衣擦《きぬず》れの音がした。反射的にふり返った斑猫は、その姿勢で凍りついた。

「――ハイ」

エレベーターの入口に長身の女がいた。

黒革のライダースーツに身をつつみ、入口にもたれかかるようにして、内部をのぞきこんでいる。その髪は金色の筋が流れ、頬は青白く、唇はぽってりと厚く白っぽく乾いていた。

「その穴、なに」

知らない女だった。青白い顔に、生真面目さと投げやりな好奇心を浮かべて、斑猫をみおろしている。

「エレベーターの穴の底にまた、穴があいてるわけ？」

斑猫は答えなかった。手にした鉄板を黙って穴の入口に立てかけた。

ゆっくりと相手にむき直り、女の視線をとらえた。女がにらみ返してくる。斑猫の全身を下からねぶりあげるようにみた視線の使い方には、年期が入っていた。

「ここは立入禁止だ。表の表示はみなかったのか」

斑猫の問いかけに、女の片方の眉がつり上がった。

「あんた、管理人？」

「そういうこと。名前は？」

今度は女が黙りこむ番だった。一見年下にみえる斑猫の容姿と態度から、友好的な反応が返ってくるものと決めこんでいたのかもしれない。

「そうカリカリしなさんな」

女はエレベーターの入口に背中をもたせかけて、鋲打ちジャケットのポケットから煙草とジッポを取りだした。

「あんた、偉そうな口をきいてるけど、本当に管理人？　ひょっとして、そっちこそ不法侵入じゃないの？」

斑猫はポケットから鍵束を引っ張りだして、女にみせた。背中を冷たい汗が流れ落ちるのを感じた。もし、女が彼の身分について疑問を持ったとき、どう答えたらいいのだろう。彼はなにも知らなかった。管理事務所の名前くらい、調べておくのだったと後悔した。

「最近、忍びこむ人間が増えてね。大人なら落ちて怪我しようが、死のうが知ったことじゃないが、子どもだと責任問題だ。ちょっとそこをどいてもらえないか。立っていられると、外にでられない」

女が脇に寄って道をあけた。彼はわざと女を押しのけるようにして上にあがった。蛇腹を閉じて南京錠をかける。背後からかすかに白檀が匂った。革と白檀。かわった取り合わせだと思った。殺すか。いや。ずいぶんと体力がありそうな女だ。逃げ足も早いだろう。彼は、女の白いうなじに、両手の拳を握り合わせて叩き込む自分の姿を夢想した。死体はバスタブで硫酸湯。まさか。

女が吐き出した煙草の煙が、格子の間に蛇のように吸い込まれてゆく。地下へむかう風に引き寄せられているにちがいない。だが、女は、煙の行方に興味を持った様子はなかった。

斑猫に世間話をしかけてきた。

「ずいぶんと、ボロいエレベーターだね」

「大正のころのものだよ」

「上はどうなってるの？　階段はみかけなかったけど」

「封鎖されてるよ。なにもない」

二階は以前、資料室として利用されていたが、床の傷みが甚《はなは》だしいため、消防署の指示で封鎖された。階段の入口には防火シャッターがおりて、だれも二階にはのぼれない。

「あんた、ここで働いてたの？」

彼は汚れた手をはらうと、研究棟の内部を点検するような足どりで歩きだした。女が勝手にあとを追ってくる。

「地元の人間なの？」

「だったら？」

斑猫はふり暮らし？　彼女いる？」

「ひとり暮らし？　彼女いる？」

斑猫はふり返って女の顔をみた。

「ぼくが地元の人間で、ひとり暮らしのモテない男だとしたら、どうだっていうの？」

「不足してるものが、あるんじゃない？」

メンソールの煙が、あたたかい吐息のようにふわりと斑猫の顔を包んだ。

「金、部屋、車、女。どれ？」

斑猫は面食らった。

わけがわからず黙りこんでいると、女が人差し指で胸をついた。背は女のほうがかなり高かった。

「女は入り用かと聞いてるのさ」

彼はようやく呑み込んだ。

「——ああ、宿が必要なのか」

「察しがいいじゃない」

「金を支払うってことか？　どうして？」

斑猫は、眼の前の女を値踏みしたい衝動をこらえた。女は場数を踏んだ娼婦のように腰に片手をあて、斑猫が値をつけるのを待っている。

「厄介ごとを抱えてるんで、しばらく隠れたいのさ」

「警察沙汰ならごめんだな」

女はうっすら笑った。

「警察とは関係ないよ。男から逃げてるってだけさ。助けてもらえないかな」

アホらしい。なぜ、そんな見え透いたウソ話を持ちかけるのか。いったい、この女は何者なのか。

「場合によりますね」

そんな気はさらさらなかったが、斑猫はそそられたフリをした。どこかで撒《ま》かなければならない。だが、ここでは駄目だ。ロビーにいた二人組がきてしまう。早く外に連れださなくては。

彼は研究棟の東の非常口のドアに手をかけた。両開きになった裏口。死亡した患者が運びだされるドア。だが、間に合わなかった。

廊下のむこうの、光の点のような彼方から声がかかった。

「おーい」

ロビーに、監視カメラを取り付けていた能天気な連中だった。やってきたのだ。斑猫はなにくわぬ顔で、そちらにむき直った。

エンジェルの連れは、名乗らなかった。

ほっそりした少年のような身体に、だぶだぶの色あせたワークシャツとすり切れたアーミージャケットを着ていた。ジーンズのひざはほつれて穴があき、ナイキのスニーカーは乾いた泥の色だった。日焼けした顔のなかで、大きな眼が鏡の箔《はく》を張りつけたようなきらきらした光を放っていた。

——白く光るナイフの眼。

エンジェルの紹介を待ちながら、廣田はそんなことを考えた。覚醒剤でもやっているのだろうか、あの眼の異様な輝きは。

髪を長く伸ばしてうなじでまとめ、放出品のジャケットを着ていたが、コンバットマニアとは明らかにタイプがちがっていた。全体に妙に色あせて諦念《ていねん》したような俗世離れした空気がある。見た目どおりの人間ではなさそうだ。

彼はまず廣田に思案するような眼をむけたあと、宮城をじっくりながめてもう一度、廣田に視線をもどした。

「管理人だよ」

エンジェルの説明はそれだけだった。管理人と呼ばれた男は一言も発しない。エンジェルの背後に、影のように控えていることに決めたようだ。

「建物の？」

さあね、とエンジェルが肩をすくめた。ちら、と男のほうをみる。よく知らないのだろう。知り合って間がないのかもしれない。それにしては、ふたりのあいだにある種の了解が成立しているようにみえるのが、廣田は気になった。

宮城が肘でつついた。

「だれだよ」

「向田大蔵氏の奥方だ。向田エンジェルさん」

ひゅう、と宮城が口笛を吹く真似をした。エンジェルは慣れているのか、相手にせず、廣田に身体をむけている。

「なんか、みつかった？」

廣田はうなずいた。

「たいしたもんじゃないけどな。煙草とか足跡とか。しょっちゅう人が出入りしているようだな」

「入り放題だよ、ここは」

本当はちょっとした発見があった。研究棟に入ったすぐのホールに泥の足跡をみつけたのだ。まだ真新しい、埃をけちらした泥足の跡。たぶんスニーカーの足跡にちがいない。

廣田は、そっと「管理人」の汚れたスニーカーに眼をやった。痩せた顔に眼を移し、にこやかな顔でたずねた。

「どこから管理を委託されたんですか」

管理人は肩をすくめた。

「個人的に依頼されたんですよ。ここの所有者から。あなたがたは、どちらの人ですか」

「うちは調査でね。こちらを買う話が持ち上がったんで、きたんです。廣田と申します」

廣田がだした名刺を、男はためらいがちに受けとった。眼は廣田の顔に据えたまま、ちら、と名刺に視線を走らせて、ポケットにしまいこんだ。

「製薬会社のかたでしたか」

「プラスケミカル・ジャパンをご存じなんですか。こちらの従業員?」

「いえ」

男は首をふった。非常口のドアをあけて、外にでようとする。廣田は逃がすつもりはなかった。質問を畳み掛けた。

「個人的に依頼されたとおっしゃってましたが、それは理事長の奥さんのことですね。松尾蓉子さんとは親しいんですか」

「まあね。よく仕事を頼まれてましたから」

「失礼ですが、名前を教えていただけませんか」

男はまた、あのナイフのように切れ味の鋭い視線をむけてきた。廣田は微笑で受けとめた。

「理事長に確認を取りたいんです。教えてください」

相手の眼のなかに一瞬、火花のような怒りが閃《ひらめ》いたが、結局、口をひらいた。

「斑猫義昭」

「斑猫?　ほう変わった名前ですね」

男は答えない。腰まで伸びた草を分けながら歩きつづける。明るい場所でみると、変わった肌理《きめ》の肌をしていた。痩せた顔のなめらかな皮膚に、剃刀《かみそり》で切ったような無数の線が走っているのだ。

皺《しわ》かと思ったが、それにしては肌の艶《つや》は若い。

「ご存じですか」

相手から情報を引きだそうとして、廣田は話しかけた。

「研究所はいま、三つどもえの裁判の最中なんですよ」

「裁判のことなら知ってますよ」

斑猫はそっけない。廣田はあとを追いながらいった。

「民事裁判のことですよ。ルミネ研究所は現在、火災および不法投薬に関しては、投薬と患者複数の民事裁判を起こされてましてね。不法投薬による死亡事件に関しては、投薬と患者の死亡のあいだの因果関係がいまだ証明されてない。火災については、研究所側に重大な過失があったわけではないこともわかっている」


斑猫の足どりが、眼にみえてゆっくりになった。

「火災の原因は明らかになったんですか」

「今のところは、急激に火がまわったのは、ゲストハウスを建造した建築会社の手抜き工事のせいだといわれてます。それは消防署の検証でも指摘されてます。しかし、発火の原因ははっきりしてないんですよ。放火説がいちばん有力かな。そんなわけで、研究所側は建築費の残額の支払いを拒み、建築会社は裁判所に研究所の建物の財産保全請求をだして、その建築会社は、研究所と火事の被害者の双方から損害賠償を請求されているといった案《あん》配《ばい》ですよ。すごいでしょう」

「わたしには関係ないことですね」

「松尾蓉子さんには関係があるんです。ところが彼女、行方不明なんですよ。ご存じでした？」

これは効果があった。

斑猫は、ふっと内部に吸い込まれるような表情をみせた。一瞬止まるかと思われたが、いきなり足を早めた。

「最後に、松尾さんと連絡を取られたのはいつです？」

「それがなんだっていうんです？　あんたがたの仕事とは関係ない」

「とんでもない。彼女が土地の所有者なんですよ。どうしても会わなきゃいけないのに、どこにもいないんですからね。裁判もほったらかしですよ。捜索願いがだされるのは時間の問題でしょう。警察だって動きだす。なにしろ資産家ですから」

ふたたび、斑猫の視線が廣田の顔をかすめた。

その眼から心の動きは読みとれない。

中庭の真ん中、涸れた丸い噴水池の前にくると、斑猫は足を止めた。

「わかりました。では奥さんに、ご主人と連絡を取るよう話しておきますよ」

「お願いします」

廣田はなにくわぬ顔で持ちかけた。

「ところで、このあとのご予定は？　食事でも一緒にどうです？」

エンジェルと管理人のどちらともなく廣田はたずねた。エンジェルがわずかにためらいをみせる。

「あたしは――、そうだね。どうしようか」

「一緒にどうだい？」

エンジェルがなにか答える前に、すっと管理人が引いた。

「わたしはここで」

ちら、と廣田と管理人の顔をみくらべて、エンジェルが一歩、管理人のほうにもどる。

「あんたたち、明日も研究所にくるの？」

「まあね」

そんな余裕はないだろうが、とりあえず廣田は答えておいた。

「気がむいたら、あたしも顔出すよ。じゃあね」

歩きだしたふたりに、廣田は軽く手をふって背中を向けた。宮城に目配せする。

――つけるか？

宮城はポケットに手を突っ込み、本館に向かって歩きだした。同じくゆったりした歩調であとを追いながら、廣田はふり返った。斑猫と名乗った男と、視線がかちあった。研究棟の角を曲がりしな、こちらをみていた。剃刀のような鋭い視線を廣田にくれると、姿を消した。

とたんに宮城が走りだした。大柄な身体を猫科の生き物のように柔らかくはずませて、音を殺したふわふわした足どりで門へ向かう。廣田のほうは小走りに、管理人らが消えた建物の角を目指して走った。

草をかき分けて研究棟にたどりついたときは、エンジェルも斑猫も、姿を消していた。しかし、胸ほどもある高い草が踏みしだかれて、道ができている。研究棟を半周して、目指す先はゲストハウスの焼け跡。門とは反対方向だった。どこへいくつもりだろう？

廣田は研究棟に隠れながらあとをつけた。ふたりの頭が草むらにみえ隠れする。焼け跡を曲がって姿を消した。

――まずいな。

廣田は舌打ちした。裏庭はゲストハウスをすぎたあたりで急速に崖へと落ちこんでいる。あとを追うと、どうしても向こうから丸みえになる。

とにかく頭を落として焼け跡までいってみた。崩れた壁に身体を隠してフェンスまで近づき、あたりを見回した。

エンジェルと管理人は、どこにもいなかった。

廣田は腰に両手をあて、呆然《ぼうぜん》と空っぽの庭をながめた。水色のフェンスの背後は灌木《かんぼく》、その下は崖である。

フェンスを途中までよじのぼり、崖下に眼を凝らしたが、人影らしいものは見あたらない。

「おーい」

研究棟のほうから、宮城の声が聞こえた。こっちだ、と叫ぶと、しかめ面でやってきた。

「あいつらは?」

「消えたよ。たぶんどこかに抜け道があると思うんだが、さっぱりわからん」

「抜け道だあ?」

宮城はフェンスを軽々と乗り越えると、フェンス沿いに崖の上を調べはじめた。一〇センチほど塀の基礎部分が張りだしているだけで、歩く余地はないに等しい。宮城がふらつくたびに、廣田はひやりとした。

「道なんかないぜ」

「いいから、もどれ」

宮城は再びフェンスを乗り越えて敷地におりた。

「なにもんだろう、あの男。斑猫だなんて冗談いうない」

「薄っきみわるい野郎だったな。変質者とちがうか」

変質者というのはオーバーだと廣田は思ったが、宮城のいいたいことは理解できた。管理人と名乗った男は、世間で通用するどんな人間の範疇《はんちゅう》にも当てはまらなかった。真っ当な勤め人ではなく、裏稼業の人間でもなく、浮浪者にもみえない。

年の見当さえつかなかった。

「二十三、四かな、あの男」

宮城がつぶやくと、廣田は首をひねった。

「ちがうと思うな。もっと年を食ってると思うが」

「そうかあ。若かったぜ。研究棟でなにをやってたんだろう」

「足跡が残ってんじゃないか。廊下は埃だらけだし」

ふたりは顔をみあわせた。研究棟へもどりながら、自然と急ぎ足になる。

廣田は、監視カメラのテープに映っていた人影がさきほどの男であることを確信していた。空き家になった研究所に住みついているのだろうか。いや。あれは目的を持った人間の顔だった。理由があって出入りしているにちがいない。

研究棟の開けっぱなしのドアからなかに入ると、廊下に残った足跡をたどった。エンジェルと管理人の行程は、明瞭に埃だらけの床に印されていた。非常口で廣田らにみつかる前、かれらは研究棟と本館の連絡部分のホールにいたのだ。足跡は、まっすぐベニヤ板で封鎖されたエレベーターに向かっている。

泥のついた足跡からして、どうやらエレベーターのシャフトのなかにおりたらしい。

「剝《は》がしてみるか」

廣田は軍手をはめて、ベニヤ板をつかんだ。釘で打ちつけてあるのかと思えば、ただ立てかけてあるだけだった。蛇腹式の入口ごしにペンライトを当てた。床がなかった。

「箱はどこだ」

「上。二階にあげてあるんだ」

南京錠は、ペンチで引き剝がした。扉をあけてエレベーターのシャフトの底におりる。上階からぶら下がった箱を気にしながら、シャフト内部を探った。手間はかからなかった。すぐにかれらは穴の入口をふさいだ鉄板をみつけた。

「驚いたな、階段があるぞ」

「おりるか？」

「当たり前だろ？」

廣田は身を屈めて、丸く崩れた入口をくぐった。埃と黴のにおいのこもる真っ暗な階段が暗闇につづいている。

「先におれがおりる。おまえは、五分待って、おれが呼んだらきてくれ。こういう地下は、二酸化炭素が溜まってることがあるからな」

階段に残った泥の足跡を一瞥《いちべつ》して、「まあ、大丈夫だと思うが」とつけ加えた。

宮城が低い声でたずねた。

「あんたが倒れたときは、どうするんだ?」

「消防車を呼べ。駆けつけたりするなよ」

廣田は背後に手をひとふりすると、階段をゆっくりとおりはじめた。


「あんた、妙な道を知ってるんだね」

斑猫はその質問を無視した。ふたりは二号線に沿って、向かい風に顔をなぶられながら歩いていた。崖の抜け道をとおって大学病院の敷地をつっきり、国道まででた。

歩きながら、斑猫は矢継ぎ早に女に質問した。

「あのふたりとは、どういう知り合い?」

「一昨日知り合ったんだ。酒を飲んでてさ。薬屋だよ。薬屋。あんた、名刺もらったろ? それよか、あんたのほうがよっぽど怪しいと思うけどね」

「製薬会社のサラリーマンが、あんな場所でなにをしていたの?」

「調べてたって、いってたじゃん。なにを気にしてるわけ?」

斑猫が黙って背を向けると、女の舌打ちが聞こえた。斑猫についてきたことを後悔しているようだった。

もとより斑猫には、自分のねぐらに女を連れてゆく気はない。あの場から、連れ出す必要があったからそうしただけだった。

――プラスケミカルの廣田。

はじめて聞く名だった。しかし、男の、殺菌されたような清潔な表情にはなじみがあった。研究所に出入りしていた製薬会社のMRは、みなあんな顔をしていた。単色の世界しか知らない人間の、ひ弱で利口そうな顔つき。

「これからどうするのさ? 食事は?」

斑猫は答えない。そういえば、先ほどから胃が痛む。すこしは食べたほうがいいだろう。

「車を持っていると話してたな」

「ああ。使うかい?」

斑猫は足をとめた。

突然、あのふたりを研究所に残してきたことが気になった。かれらは馬鹿ではない。今ごろ、あの地下をみつけたかもしれない。

足をとめた斑猫を、女がいぶかしげにみた。

「どうしたんだい」

「いや……」

手遅れだ、いまさら。帰ってきたこと自体が誤りだったのだ。

斑猫はふたたび歩きだした。オレンジ色のタクシーが後方からやってくるのをみて、手をあげた。

「あれに乗るの」

「そうだ」

とまったタクシーに乗り込むと、女がすばやくあとにつづいた。小声でささやいた。

「あたしを置いていこうったって、そうはいかないよ」

「新幹線口まで」

彼らは新幹線口でタクシーをおりた。高架線に暗い山並みが迫り、平地とのわずかな隙間に古いビルが立ち並んでいる。迷路のような路地を斑猫は飛ぶような足どりで通り抜けていった。

「どこまで歩くの？」

あとを追いながら、女が文句をつけた。

「あたしを撒きたいんなら早めにいってくれよ。無駄足はイヤだからさ」

斑猫はふり返らない。ついてこれないなら、置いてゆくつもりだった。利用価値があるかどうかもわからない女。娼婦。

家はまばらになり、木立の密度が増していった。濡れたような石畳の坂道を彼はのぼりつづけた。途中、一度だけ足をとめて女が追いつくのを待った。気が変わったといいだすことを期待したのだ。しかし、女は短く礼をいっただけだった。猛々《たけだけ》しく美しい顔を上気させていたが、疲れた様子はみせない。

廣田は、この女を確かエンジェルと呼んでいた。向田エンジェル。

「いったろ？　あたしはふり切れないよ」

斑猫はうっすらと笑って、歩きだした。娼婦エンジェル。それともただの犯罪者か。彼女は、見知らぬ男に付いていくリスクを承知している。なにをされてもしかたがないと、わかっている。

連れていこうか。それとも放りだそうか。

背後から、車のアイドリング音が低く聞こえてくる。耳鳴りのように聴覚の底にこびりついた音だった。街に帰ってからずっとあのエンジン音が聞こえていた気がしていた。錯覚なのか事実なのか。たしかめる術《すべ》はない。

エンジェルが隣に並んで、ささやいた。

「後ろ。つけられてるよ」

「知ってる」

「あたしかもしれない」

「——とも、いえないな」

エンジェルの白眼が動いて、斑猫の顔をみつめた。

彼はそれ以上説明しなかった。角を曲がり、他人の敷地を通り抜けて、狭い路地に身体を押しこんだ。プラスチックのビールケースが壁のように積みあげられている。路地の奥で姿のみえない小動物が逃げる物音がした。

エンジェルがつづいて入ってきた。

「どこにいくんだい？」

「ここで解散しようじゃないか」

「冗談じゃないよ」

「逃げたほうが利口だ。あの連中はずっとわたしを追っている。一緒にくるとロクなことにはならないぞ」

エンジェルは、眼を細めた。じろじろと斑猫の全身に眼をやりながら、「なんであんたが追われるんだい」と聞いた。

「まさか指名手配でもかかってるとか？」

斑猫は答えなかった。相手の顔に浮かんだ表情で、答えを読みとったことがわかった。

エンジェルの双眸《そうぼう》がにわかに険しくなり、全身に緊張が走った。

斑猫は、相手が垣間《かいま》みせた、おびえに安心した。これで逃げだすだろう。誘いこんで殺す手間が省けたと思った。しかし、エンジェルはその場を動こうとはしなかった。

「あんた、なにやったわけ？　本名は？」

斑猫が答えないでいると、ふん、と鼻を鳴らした。

「まあいいさ。別段指名手配人なんてめずらしくもなし」

斑猫はエンジェルに背中を向けないようにして、外の様子をうかがった。

路上に黒い車が停車していた。斑猫がみている前ですうっとブレーキランプが消えた。

どこの組織の人間だろう。

「あんた、なにものだい？」

斑猫はエンジェルの顔をみつめた。汗ばんで赤みがかった細い顔を、彼のそれより数センチは高い位置にある、ぼってりと厚い唇を。

彼はゆっくり口をひらいた。

「なぜ、わたしについてくるんだね」

エンジェルの視線が一瞬、逃げ場を探すように左右にふれた。小便とドブのにおいのする暗い路地で、たがいの息遣いを聞きながら向かいあい、探りあう。

熟れた唇の端に、皮肉な笑いが浮かんだ。

「いったろ？　あたしは宿を探してるって。そいつがお尋ねものならなおよし」

「なぜ、研究所に忍びこんだ？」

「事件で有名になったところだからね。隠れ場所がみつかるかと思ったのさ」

そういったあとで女はうつむき、下唇をなめた。眼をあげると、低い声でいった。

「あたしは人を探してる」

「だれを」

「あたしの亭主。行方不明なんだよ。あの研究所の火事で死んだんじゃないかといわれてるけど、死体はでてこなかった。亭主の死体が必要なんだよ」

死体。

斑猫は動揺した。

「火事というのは一年前の火事のことだな。入院していたのか」

「そう。ゲストハウスの四階に入院してた」

「名前は」

「向田。向田大蔵。知らないの？　国会議員をやってたんだ」

斑猫はエンジェルから眼をそらすと、路地の出口をみつめた。細い隙間が午後の光に白く輝いている。向田大蔵。記憶が次々と引き出されてくる。たしか理事長の口ききで入院した患者だった。末期ガンで全身が悪液質に侵され、治癒の見込みはまったくなかった。

『医者には三ヵ月もてば奇跡だといわれましたよ』

斑猫に向かって、向田は幽鬼のように笑ってみせた。

『先生、どうぞ好きに使ってください。あの実験の話は知ってます。わたしは生きたい。なんとしても助かりたい。どんな辛い治療にも耐えてみせますよ』

医師の資格を持たない斑猫は、直接、患者の治療にあたることはできない。彼が患者と顔をあわせて会話するのは、入院直後に行うインフォームド・コンセントの一度きり、血液交換や骨髄の自家移植手術は医師が行い、彼はただ立ちあうだけだった。

しかし、向田は治療の実質的な責任者がだれであるか知っていた。同意書にサインをし、斑猫に頭を下げた。以後、不満を述べることはなかった。

言葉通り、彼は耐えぬいたのだ。そしてガンは縮小していった。肌の色が回復し、体重が徐々に増えて、このまま治癒するかと思われたとき——、火事が起きた。結局は死ぬ運命だったのだ。

そう斑猫は自分を納得させた。

しかし、死体が行方不明というのはどういう意味なのか。

「発見されなかったのか」

「ちがう。一回、みつかって病院に運ばれたあとで消えちまったんだ」

「なぜ」

「わからないから探してるんだよ。とにかく亭主の骨の欠片《かけら》でもみつけないことには、いつまでたっても未亡人にはなれないんでね」

斑猫は、にわかにこの女に興味がわいてきた。どこまで本当かはわからない。だが、向田の名は彼を引きつけた。死体。消えた死体。

しかし、そんなことがありうるのか。

彼はドブ板にそって路地を進みはじめた。うなじのうしろの毛が帯電したように逆立ち、ざわざわと風を感じている。

ふと、エンジェルがついてこないのに気づいて立ちどまった。

「どうした」

エンジェルは不思議そうに路地の入口に立っている。

「いってもいいのかい」

「そのつもりできたのだろう」

斑猫が歩きだすと、ひそやかな足音が追いかけてきた。路地から路地へ歩くあいだ、彼はずっと、背中によりそう温かな他人の気配を感じていた。

15 PAST

一九七五年。

徴候があらわれたのは、ウィスコンシン医科大学に移って五年めの秋だった。ある日、左足の親指が化膿《かのう》した。彼の足の親指の爪は内側に湾曲しているため、子どものころからよく腫れあがって赤くなった。しかし、化膿したのははじめてだった。薬をつけても効果はなく、抗生物質を飲んで一時はなおったが、すぐに同じ場所から腫れがでた。

斑猫は同僚に血液検査を依頼した。予感はあった。身体の異常は足の指だけではなかったのだ。検査結果を知らされても、彼は驚かなかった。

『戦場で弾にあたるようなものさ。名誉の負傷だ』

去年、肺ガンで手術を受けた同じ教室の男は、そんなことをいった。彼は六ヵ月後に転移が発見されて再入院したが、結局、手術中に死亡した。放射線技師のところには、娘しか生まれないというジョークさえあった。

運がわるかった。彼はそう考えた。

薬物療法を受けてガンは寛解した。斑猫は仕事に復帰し、体内でガン細胞を飼い慣らしながら、それと共存して生きてゆく方法があるという幻想を抱いた。

体内にはおよそ六十兆個の細胞がある。確率的には毎日、そのひとつないしふたつで、細胞分裂時のエラーがおこっていると考えて不思議ではない。そういった細胞がガン化しないのは、多層的なガン抑制のプログラムが働いているためである。

だが、ガン抑制プログラムそのものにエラーが生じた場合、細胞は歯止めのない増殖をはじめる。成長する腫瘍《しゅよう》のなかで突然変異が蓄積し、ある日、突然、ガン細胞へと変貌して全身に広がってゆくのだ。

彼はガン細胞に魅せられた。

ガン細胞は正常細胞とおなじく、多彩なリンホカイン・サイトカインを産出している。細胞を増殖させたり、免疫反応をコントロールするこれらの因子を産出するガン細胞は、その不死性によって研究には格好の素材だった。彼はみずからのT細胞を株種として、遺伝子を組み替えた異株をつくった。異種間のガン細胞で核を交換して、混合種を造りだすような「違法な」操作も行った。

ドーキンスは利己的遺伝子説によって、肉体とはDNAの乗り物にすぎないと説いた。しかし、肉体にとってみれば、DNAこそ道具である。肉体の設計図情報を満載したメモリーバンク。そこにみずから新しい情報を書き込んで、ひとつふたつの変更を加えることは不可能ではない。

子どもはなく、妻もいない斑猫にとって、ビーカーのなかのガン細胞は自分自身の分身だった。死を目前に控えた彼がこの世に残せるものは、ほかになかった。

彼は自分のガン細胞を、子どもとおなじように育てようと考えた。教育し、学習させて、その成長を見守る。ガン細胞に各種のリンホカインを作用させ、プラスミドDNAを挿入し、ときにはウィルスによってDNAを組み替えて経過を見守った。

むろん、遺伝子を組み込んだところで、それがまともに働く可能性はなきに等しい。しかし、なにもしなければ、自分は確実に死ぬだろう。死神は待ってくれない。

彼は日常業務のかたわら、根気強く作業を行った。寛解期のあいだ働き、再発の危険がでてくると長期の休暇をとって療養した。二度めの寛解期を迎えて、なおも彼は生きていた。

16 NOW

少年のころ、よく廣田は死体との遭遇を夢想した。草むらに横たわる腐乱死体、高層ビルの下で発見される自殺体。大手広告代理店に勤務していた友人は、早朝のトイレのなかで同僚が首を吊っているのを発見して会社をやめた。海外のリゾート地に新婚旅行にでかけて、溺死者《できししゃ》が海から引き上げられるのをみた知り合いもいた。

だが、廣田自身は一度も死体を間近でみたことがない。祖父母は九十をこえてまだかくしゃくとしており、叔父のひとりが亡くなったときは研修で海外にいて、帰国できなかった。

一度でいいから、生の死体をみたい。できれば事件になりそうなヤツを――、それが彼の暗い願望だった。

ゆえに地下の突き当たりの小部屋に、裸の男が横たわっているのを発見しても、廣田は驚かなかった。正直いって、夢のなかにいるような気分だったのだ。

「おい、死体だぞ」

宮城がわあっと悲鳴をあげて、一メートルほど飛びすさった。

「大丈夫だよ。死んでんだから、なにもしないさ」

「ホントに死んでるのか、おい。ゾンビってことないか」

ゾンビ。急に廣田はどきりとして、もう一度、死体にライトを当てた。光の中に、チョークを塗りたくったような蒼白《そうはく》な顔が浮かびあがった。宮城が廣田の後ろで、ゲロゲロとつぶやいた。

「だれが、こんなとこに死体なんか捨てやがったんだ」

「声がでかすぎるぞ、宮城」

廣田は息を止めるようにして、男の顔をのぞきこんだ。ありがたいことに、まだ腐敗のきざしはみえなかった。ウジがわいているかどうかは確かめたくもなかった。

チラッとみた限りでは、皮膚表面はかなり乾燥して、まぶたが眼球の表面に張りついているのがみてとれた。まちがいなく、死んでいる。

「さっきのヤツが殺して隠したのかもな。様子がおかしかったろ」

「警察に通報するのか」

廣田は相棒の顔をみつめた。

警察に通報する――、市民としての当然の義務である。しかし、今度ばかりは、良心の声に従うわけにはいかない。

ふたりのあいだの緊張が高まり、廣田は自分の権威がおびやかされるのを感じた。どこからともなく低いモーター音が聞こえてくる。

ためらった末、廣田は口をひらいた。

「警察には通報できないな。とにかく取引が無事に終わるまでは……」

引き返せない一歩を踏みだしたことを感じながら、同時に選択の余地がないことをうれしく思った。

「それから警察に匿名《とくめい》の電話をかけよう。ま、状況しだいだがな」

「その前に腐りだすんじゃねえか」

「ここは気温が低い。大丈夫、ドアを閉めておけば臭わないよ」

保証しながら、廣田は内心、さぞかしすごい臭いがするだろうなと考えた。死んだ男は若く、整った顔をしていた。中高《なかだか》の卵型の顔。生きていたときは恋人くらいいたのかもしれない。こんな場所にたったひとりで、捨て置かれるとは気の毒に。

ふたりは、かろうじて残った理性を総動員して、部屋の内部を調べた。床に張りついたぼろぼろに劣化した新聞紙からは、昭和初期の日付が読みとれた。入口のドアの鉄格子は錆《さび》で腐食し、得体のしれない黒い汚れがこびりついていた。どんな目的で使用された部屋なのか、想像するのもおぞましかった。

「早くでようぜ。なあ」

宮城は入口で、足踏みしている。

「こいつ、なんかの病気で死んだのかもしれないぜ？　感染したらどうするんだよ」

「死体から空気感染てことはないだろ」

とはいえ、廣田も死体に手を触れて、死因を確かめる気持ちはさらさらなかった。最後にもう一度、懐中電灯を男の顔に当てて、後ずさりで部屋をでた。ドアを閉じると、ふたりとも大きく深呼吸した。

「この部屋は、このままにしとこう」

廣田は、習慣で腕時計のない左手首に眼をおとし、いった。

「むこうの部屋を調べてみないか」


地下の空間は、意外なほど広く、複雑な構造になっていた。死体さえなければ、ふたりの探検気分は大いに盛りあがったことだろう。

天井の高い廊下は幅二メートル、長さは十メートルあまり。広い廊下の左右にはドアが並んでいる。右手のふたつの小部屋は空っぽで、左の部屋は、古ぼけた机と椅子が積み重ねてあった。突き当たりが、死体のあった小部屋である。

「そういや、前に研究所をみにきたとき、事務長の松尾がこぼしてたな」

他の部屋を調べながら、廣田は相棒に話しかけた。声をだしていないと、気味が悪くていたたまれなかったのだ。

「理事長はケチだって。改装するのは客にみえるところだけで、研究棟の建物は、大正に建てられた病棟をそのまま転用してるんだとかいってたよ。二階は床の傷みがひどくて、封鎖されてるらしい」

「そういや二階へあがる階段をみなかったな」

「ロッカーだの、机だのが、積んであった場所があったろ。あの後ろじゃないか。理事長の家の近所に塩谷ってジイサンがいるんだが、この研究所は、松尾病院が買い取る前も病院だったと話してた。病院の種類は聞かなかったけど、あちこち格子が入ってるところをみると、想像はつくな」

「じゃあなにか、この地下室は座敷牢みたいなもんか？」

「地下に座敷牢か。できすぎだな」

適当なことをしゃべりながら、廣田は、天井から床まで嘗《な》めるようにライトを走らせた。おぼろな光に浮かびあがる漆喰《しっくい》塗りの天井のカーブはなめらかで染《し》みひとつなく、上階と同じ大正のころの建築様式を、建てられた当時のままに保っていた。おそらくはこの地下部分は建物と一緒に造られ、その後、早い時期に閉鎖されたのだろう。

階段の入口は壁を造って封鎖したのだろうが、エレベーターシャフトに面した壁の一部が、なんらかの原因で、おそらくは本館の建て増し工事の影響ではないかと廣田は推測したが、崩れて穴があいたにちがいない。

「で、何年ぐらい、ここは閉鎖されてたんだよ」

「おれに聞くな」

広い廊下の中央にたたずんでいると、頭上から巨大な闇がのしかかってくるような圧迫感があった。

地下が閉鎖されたのは、松尾家によって買収される前だったのか、それとも買収後に改装されたのか。どちらにしても、研究所のスタッフのほとんどは、地下にこんな空間があることは気づかずにいたにちがいない。

それをたまたま、この場所にきた自分たちが発見した。果たして偶然だろうか？

毎日、この研究棟で働いていた倉石は、足元に広がる闇の領域についてどの程度、気づいていたのか……。

「なあ、タイミングがよすぎると思わないか」

「なにが？」

「おれたちが、ここをみつけたことだよ。研究所の人間は、この場所のことを本当に知らなかったのかな」

「知ってたって、利用価値なんかないだろ。それよかおれは、腹が減ったよ」

宮城はぶつくさいいながら、汚れタオルでドアノブの指紋を拭きとった。

「モーターの振動が空《す》きっ腹に響くぜ」

「しかたないヤツだな」

不機嫌な顔で座りこんだ宮城をみて、廣田は引きあげることにした。これ以上捜索しても実りはなさそうだし、こんな気味の悪い場所には長居しないほうがいい。

階段へと歩きだしたとき、閃《ひらめ》くものがあった。彼は階段の下で立ちどまった。

どうしてドアが振動しているのか？

研究所は閉鎖中で、当然電気ガス水道すべてが止められている。それなのに、なぜ今、モーターの音が聞こえるのか。

「おい、モーターの音、今も聞こえるな？　どこにあるんだ？」

宮城はあん、と顔をあげた。たちまちその面が引き締まる。

「上にゃモーターの動いてる部屋なんぞなかったぞ」

「地下のどっかに隠してあるんだ。探せ」

隠し部屋はじきにみつかった。階段の横、一見、壁と見分けのつかない板戸が部屋の入口になっていた。

宮城が板戸をはずすと、暗幕があらわれた。ペンライトでそっと裾《すそ》を持ち上げ、内部をうかがう。紫外線ライト特有の青ざめた蛍光色が廣田の眼を射た。

「殺菌灯か」

入口を手探りしてスイッチを探したが、みつからない。廣田はペンライトの光で床を照らした。廃虚のような古い部屋に殺菌灯を取り付けるとしたら、面倒な配線の手間をかけるはずがない。コードは床にころがしてあるはずだ、そう考えたのだ。案の定、柱の横にぶらさがったスイッチがみつかった。

殺菌灯を消して、もう一度、押してみる。いきなり眼の前が真っ白になった。蛍光灯に切り替わったのだ。暗い地下に慣れた眼に、蛍光灯の清潔な白さは痛いほどだった。片手で左眼をおさえて彼は、部屋のなかをのぞきこんだ。

ステンレスの大きな流し台がまず眼に入った。壁に沿ってシンチレーター、ステンレスの業務用冷凍庫と冷蔵庫がならんでいる。倒立顕微鏡が廣田の眼をひいた。

「驚いたな。実験室だ」

脇からのぞきこんだ宮城が、なんだこりゃ、と声を漏らした。

「あの野郎、いったいなにもんだ？　死体集めて、実験室をこしらえて。フランケンシュタインかよ」

廣田は実験室のなかを見回し、だれもいないことを確かめてから、おそるおそる足を踏みいれた。

部屋の空気は、生あたたかく濡れていた。冷凍庫の冷却機から発生する熱のせいだろう。たえまないモーター音が、空気のなかに緊張感を作りだしている。牢獄を連想させる灰色の壁、黒ずんですりへった寄木細工《よせぎざいく》の床。廣田は、壁沿いに置かれた機械をひとつずつみていった。恒温槽、冷却遠心分離機、小型冷蔵庫、小型冷凍庫、分光分析機。

部屋の中央には、地階の物置から運んできたとおぼしいスチールデスクが二台設置されて、身動きのとれない狭苦しさだった。デスクの上の簡易型クリーンベンチの前に、かろうじて一メートル四方ほどの空間が確保されているが、デスクと機材のあいだはすれちがう幅もない。

宮城は部屋の反対側の流しを調べている。流しの下をあけて大型のポリタンクが詰めこまれているのをみつけた。

「水みたいだな。水道は使えないのか」

「洗浄用の蒸留水だろ。しかし、どこから電源を取ってきたのかな。電気代を払ってるとは思えないが」

「払ってんじゃねえのか？　建物の電源は切られてる、とおれらが勝手に思いこんでるだけで実際に試したわけじゃなし。電源室を調べてみりゃわかるはずだ」

「そうだな」

廣田は、すすけた天井をみあげた。梁《はり》の崩れからのぞいた鉄骨に、殺菌灯と丸い電球型の蛍光ライトが、太い針金で固定されていた。落ちなければいい、という程度の、雑な取り付けだった。

おなじ人間の手によると思われる作業のあとは、ほかにも幾つか発見できた。木枠にステンレスを張った流しの縁の不揃《ふぞろ》いな釘目、ビールケースを伏せて並べた冷蔵庫の台座。たぶん、大工仕事があまり得意でない人間が、ひとりでこつこつと作業して部屋を整えたのだろう。床にもコードがのたくり、うっかりすると、引っかけて転びそうになる。

流しの横に滅菌器があった。廣田はそっと表面のステンレスに手を触れてみたが、温《ぬく》もりはなかった。使ったのはずいぶん前のようだ。ジャケットの袖で指紋を消して、流しの前を離れた。

「あけてもいいか」

宮城が冷蔵庫にあごをしゃくった。

「まさかドカンといくことはないと思うけどよ」

「どうかな。ここ三日ほどまさかの連続だ。気をつけろよ」

宮城が冷蔵庫の前面から身体をはずして、ドアをあけた。なにも起こらない。廣田はなかをのぞきこんだ。

庫内灯に照らされた内部にはフラスコやマイクロプレートが整然と並んでいた。下段の、三分の一ほど液体が入ったフラスコは、たぶん培養液だろう。上段に置かれたビーカーとマイクロプレートには手を触れる気にもなれなかった。なにが入っているか知れたもんじゃない。

隣の上蓋《うわぶた》式の冷凍庫には鍵がかかっていた。設定温度マイナス二十六度以下。

「あけてみるか」

廣田がうなずくと、宮城は、鍵を取り付けた蝶番《ちょうつがい》部分にドライバーを差し込み、引きはがした。

廣田は白い冷気のただよう庫内に目を凝らした。中身はわずかだった。冷凍保存用のパックが三点、ほかにはなにもない。

「どう思う?」

宮城の問いに、廣田は肩をすくめた。

「取引の話は、嘘じゃなかったってことだな」

「こいつが五十億なのか。倉石はここに隠したわけだな。じゃあ、あの管理人てのはなんなんだよ」

「共犯か、それともおれたちと同じものを探してるか、どっちかだ。どっちにしても、これがあったから、倉石はこの研究所を指定したわけだ」

廣田は冷凍パックをひとつ取りだすと、ラベルの表面についた霜を指でぬぐってそこに書かれた数字を読んだ。油性マジックで保存日の日付が書き込んである。1996・5・×。

「零下二十度程度じゃ、血液は一年しかもたない。長期に保存するんなら零下八十度は必要だな。賞味期限ぎりぎりってことだ」

ふたりは黙然と、冷凍庫をながめた。容器の外壁に水滴が張りついている。

宮城が居心地わるそうに身動きした。

「で、次にどうする？」

「物だけあっても、役には立たないよ。どこかに書類かパソコンがあるはずだ。あの男、手ぶらだったからな。探そう」

あらためて家捜《やさが》しし、電気コードをたどって作業台の下に押しこんであったラップトップパソコンを見つけだした。ＩＢＭ製。一世代前の型で、かなり重量がある。

早速起動させてみたが、文書はどれもプロテクトがかかっていた。

「バックアップを取って、あとで解読するか。外付けハードディスク、余分を持ってきてたよな。確か」

宮城はすぐには答えなかった。「どうした？」と廣田がうながすと、渋々口をひらいた。

「バックアップ取って、どうするんだ？　パソの本体は置いていくのか？」

「持っていっちゃまずいだろ。倉石本人とはまだコンタクト取れてないわけだし、あの男と倉石の関係もわかっちゃいないんだから」

「おれだったら、待ち伏せをかけるな。あの管理人をふんづかまえて倉石の居場所を吐かせる」

「なるほど。いい考えだ」

しかし、と廣田は宮城に質問を返した。

「だれがこんな場所で一晩中、待ち伏せするんだ？　おまえか？　おれか？」

宮城は答えない。顔にはでかでかと、まっぴら御免と書いてある。廣田はうなずいた。

「ちょいと、提案があるんだがな——」

暗く閉ざされた地下の穴のなかで、ふたりの男は顔を寄せあった。やがて宮城が眉を寄せて頭をのけぞらせ、「そりゃまずいんじゃないの」と漏らした。

「だって汚いぜ」

「こんな仕事に汚いも綺麗もあるか。さっさと片づけて東京に帰るんだ。おれもおまえも命あっての会社勤めってもんだからな」


斑猫は、エンジェルを自分の隠れ家に連れていった。

途中の店で、夕食を買いこみ、路面電車に乗って七つめの電停でおりた。路地の両側には、寺の長い塀がつづいている。ひとけのない道のどこからか、かすかに線香のにおいがただよってきた。伽藍《がらん》のむこうで空は夕暮れの薔薇《ばら》色に染まり、ひょろながい身体つきをした中学生の一群が、自転車でふたりを追い越していった。

エンジェルが聞いた。

「友だちの家にいくのかい?」

「松尾孝は知ってるでしょう。研究所の理事長のマンションがこの近くにあるんですよ」

寺の横の六階建てのマンションに入ると、斑猫はエレベーターに乗った。510号室。ドアにはさんでおいた水道のメーター表はでたときのままだった。

連れに眼でうながし、なかに入る。

「洗面所は廊下の突き当たり。水はでますが、ガスが止められているから湯はわきません。

湯がほしいときは、電気コンロでわかしてください。冷蔵庫は使えます」

部屋は、木とニスの、閉め切られていた部屋特有のにおいがした。廊下にはうっすらと埃《ほこり》の膜がはっている。

斑猫は女を和室に通した。畳のほかはなにもない八畳の部屋だった。窓の横の壁の下には、セブンイレブンの袋が三つ。カーテンのない窓ガラスの外は、夜の色に近い。

「布団は？」

「押し入れのなかに一組。あなたが使うといい」

「あんたは」

「わたしは毛布を使います」

「ンなことしなくったって、一緒に寝ればいいじゃん」

「なんというか、そのー、同性は苦手でね」

部屋のなかをじろじろ眺めていたエンジェルの動きが、一瞬にして凝固した。ふり返った顔には表情がなかった。装われた仮面の性が消えて、その下の本来の猛々《たけだけ》しい本性がむき出しになっていた。

射抜くような眼で斑猫をみつめたあと、エンジェルは首をふりながら壁にもたれた。ジャケットから煙草を取りだし、唇にくわえて、ジッポで火をつける。

「なんでわかった？」

「腰。女性の骨盤はもっとひらいてますからね。背中からみると、よくわかるんです。手術は海外で？」

「まあね。大金をかけたよ」

エンジェルは、深く煙草の煙を吸い込んだ。

「一目でみやぶったのは、あんたがはじめてだ。今日会った薬屋なんて、おなじベッドで寝たのにまだ気がついてないからね。まあ、やったわけじゃないけど」

くっくと喉《のど》の奥で笑い声が転がる。

「向田大蔵とはどういう関係？　妻ということはないでしょう」

「息子だよ。向田晶が名前」

エンジェルはベランダの窓をあけると、火のついた煙草を外に投げすて、窓を閉じた。ジャケットを脱いで畳に投げる。

次に彼女がとる行動は、斑猫にも予想できた。エンジェルはパンツのジッパーに手を置き、斑猫の眼を充分に意識した動作で下まで引きおろすと、薄い果物の皮をめくるような手付きで尻の丸みからはぎ取った。

黒い皮はみるまに曲線の下へと追いやられ、青白く傷つきやすい皮膚の領域が広がった。左足からパンツをひっこぬきながら、彼女、いや——、彼は自嘲《じちょう》ぎみに笑った。

「息子を政治家にするのが親父の夢だった。高校は地元、大学は早稲田《わせだ》の政経、当然、雄弁会だ。留学も二年ばかししたけど、ただの箔《はく》づけだね」

エンジェルは脱いだ革のパンツを足で蹴《け》りとばした。胸の上の赤い蠍《さそり》をひとなでして、タンクトップを脱ぎにかかった。

「女になったのは去年だよ。やっと身体になじんできたとこ。帰ってきたら親父は死んでる上に、行方不明だから驚いたね。死ぬことはわかってたから、それを見越して手術費用をあてこんでたんで、まいっちゃったよ。まさか行方不明とはね」

「だから父親を探してるのか」

「そういうこと」

みて、と、いってエンジェルは斑猫の前にきた。

筋肉質の長身を黒のブラジャーとパンティが、わずかにおおっている。広い肩、くびれた胴と引き締まった平らな腹、ブラジャーを突き上げる圧倒的な白い肉の量感に斑猫はみとれた。見事な肢体だった。左の乳房の上で蠍が赤く燃えている。胸の谷間の切れこみはくっきりと深く、筋肉が充実した太股は長くたくましい。腰骨に引っかかった小さな黒い布地を押しあげた硬質の造形は、同性である斑猫が惚《ほ》れぼれとするような長さと大きさを備えていた。

エンジェルはブラジャーを外し、パンティを脱いだ。あますところなく斑猫の視界にさらす。ほこらしげなその双眸《そうぼう》は、斑猫の顔にあらわれる感嘆とおどろきを貪欲《どんよく》に吸収した。

「なかなかのもんだろう?」

「ああ」

斑猫はかろうじて答えた。言葉が喉に引っかかって、うまくでてこなかった。エンジェルの外性器の下に付随しているはずの睾丸《こうがん》のふくらみはどこにもなく、かわりに女性器そっくりの亀裂が肛門へと伸びていたのだ。

くすんだ色と、皮膚下の脂肪層でふっくらと盛りあがった外陰唇、隙間から処女のような恥じらいをみせて僅《わず》かにピンクをのぞかせた内陰唇。縮れ毛のまといつく風情にいたるまで、本物そっくりに構築されている。

勃起した性器をいとおしげに長い指で愛撫《あいぶ》しながら、エンジェルがささやいた。

「そっくりなのは外側だけじゃない。触りたい？」

斑猫は、いや、と首をふった。

本当は手を伸ばし、ひだの内側へと指を潜りこませてみたかった。造花の花びらを押しひろげて、中心の形状を確かめずにはいられない子どもっぽい衝動が彼を捉《とら》えていた。しかし、斑猫は人工の膣《ちつ》がただの傷口にすぎないことを知っていた。それを維持するためには、日々、苦痛を忍んで傷口を広げなければならないことも。

それでも斑猫は、感嘆した。相反する自然がひとつの身体に同時に存在する不思議に、彼は素直に感動していた。

やっと視線をはずして、すばらしい、とつぶやいた。

「見事な仕事だな。こんなものはみたことがない」

「どっちも本物みたいだろ」

にわかに疑問が芽生えて、斑猫は聞いた。

「本物なのか」

エンジェルはニヤッと笑った。

「さあね。とにかく喜んでもらえて、うれしいよ」

エンジェルは下着を身につけると、タンクトップをかぶって革のパンツをはいた。

「あんたを誘惑するのは難しそうだね」

「充分誘惑している。客がわたしひとりで申し訳ないくらいだ」

斑猫は食料品の袋をあけると、弁当をとってエンジェルにわたした。箸を割り、缶飲料のプルトップをひきあけて飲む。

エンジェルが聞いた。

「あんた、医者？」

「いや。研究所で働いていたけど、医者ではないよ」

「あそこで本当はなにをやってたのさ」

「宿は貸した。相手のことを詮索しないのがルールだと思うね」

「そうだね。わるかったよ」

エンジェルは肩をすくめて、食べ物にもどった。

「でも、自分の話をするのは構わないだろ？」

斑猫が黙っていると、エンジェルはジャケットからライターを取りだした。煙草に火をつけようとして、斑猫が食べていることに気づき、ライターをポケットにもどした。

「なんていうか、今の身体には慣れてないんだよ。外から女を演《や》ってる感じ。わかる？」

「想像はつくよ」

「サオを残したのはそれもあってさ。残ってるほうが、なんていうか女をうまく演れそうじゃん？　理想の女っての。元が男だからさ」

斑猫はうなずくだけにとどめた。

「ところで、なぜ、女になろうとしたか聞いていいかな」

「なぜ？　なぜかってね」

エンジェルはもう一度煙草とライターを取りだすと、斑猫に笑いかけた。はっとするほど、深みのある微笑だった。煙草に火をつけて吸い込み、煙を天井に吐きだした。

「あたしは、男だったときにやりたいことは全部やった人間なんだ。次になんになるか考えたときに、やり残したのは女になることだけだった。転生っての？　そういうの、あるじゃん？　今の人生はまさしくそれ。向田晶の記憶を持ったまま全然別の女として生きてるわけ。そりゃ男とは勝手がちがうから失敗もあるけどね、例えば靴直すときとかさ。でも、全体にそんなに違和感はないね。ルールがわかってるから。イヤになりゃまたもどるし、タマはついてないけど、テストステロンを打てばいいんだし」

「しかし、父親の財産が必要なわけだ」

「あんたは不満？」

大きな半月の笑みを浮かべて、エンジェルが斑猫を横目でみた。今度の微笑には、剃刀《かみそり》を含んだような薄ら寒いものがあった。

「まさか」

「あたしは金を手にいれるよ」

エンジェルは鼻を鳴らすと、壁にもたれて長い足を胸もとに引きよせた。頬骨の高い蒼白な顔に、かすかに血の色がのぼっている。

「だけど、そう簡単にはいかないのさ。親父が死んだとなると、尻に火がつく連中がいてね。あたしの邪魔をする。親父の後妻なんざ、親父が生きてたときにゃ見舞いにもこなかったくせに、家の名義を丸ごと自分のものにしやがった。あたしの相続分まで金を使い放題さ。事務所の連中も似たようなもんだね。あいつら全員ぶち殺してやりたいね」

「しかし、なぜ、そんなことをわたしに話す?」

「あんたは、あたしが摑《つか》んだ最初の手がかりだから」

「手がかりというのは?」

エンジェルは微笑《ほほえ》んだ。切れながい双眸がきらきらと輝いている。男でも女でもない生き物の肌は一寸《ちょっと》きめが粗く、頰の肉は立体的に殺《そ》げていた。

「だって、あんたは追われてる。つまりどこの組織にも所属してないってことだろ? だとしたら倉石の仲間だってことだ。ひょっとしたら倉石本人かもね。ちがうかい?」

斑猫は声をださずに笑った。なぜかしら彼は楽しい気分になってきた。

エンジェルの言い分は、分刻みに変わってゆく。最初は女房といい、つぎに息子といい、女とみせて事実は男でも女でもない。この次、なにをいいだすか見当もつかなかった。

「たいした直感だな。もしわたしが倉石本人として、きみの父上の遺体など知らないといえば、どうする気だね」

「そのときは組むさ。あたしは金が手にはいればいいんだ。どこの製薬会社に売るにしても、代理人がいたほうが都合がいいだろ?」

「今度は売りこみか。断われば?」

「そんときはあんたを売るよ」

斑猫は首をふりながらゴミを流しに運んだ。エンジェルが追ってきた。

「あんたは倉石じゃないの?」

「わたしがそんな年寄りにみえるかい?」

「親父みたいに若返った可能性もあるじゃないか。それともなにかい、偶然、あそこを通りかかったっていうの? そりゃないだろ」

「残念ながらその通りなんだ」

斑猫は快活にいった。

「わたしは倉石じゃないよ」

「じゃあ、あそこでなにをしてたんだ」

「話したとおりのことだよ。建物の管理だ」

「あんたは追われているっていったね。だれに追われてるんだい」

斑猫は手を洗って蛇口を閉めた。

「知らないんだよ。単にわたしが研究所からでてきたから追われている。そんな気がするね」

17 PAST

斑猫が、破損品として処理したサンプルについて考えはじめたのは、東南アジアでの調査を終えて二カ月が過ぎてからだった。予感があった。すこしずつ、引き潮のように身体の衰えがはじまっていた。じきに二度めの寛解期は終わるだろう。この次発病すれば助からないかもしれない。

死への恐怖はこれまでも斑猫を襲ったが、生の終わりが近づきつつあることを今回ほど強く意識したことはなかった。高い塔の上から緩慢に落下してゆく自分、次第に近づく地面をみつめながら、身動きもできず、悲鳴もあげられず、ただ恐怖に凍りつくばかりの自分……。悪夢は夜ごとやってきた。斑猫はしばしば悲鳴をあげながら、汗まみれで跳び起きた。眠るのがおそろしかった。

不安から逃れるには研究に没頭するほかなく、斑猫は、スモーキーマウンティンで出会った男から採取した二〇〇ccの血液を小分けにして、徹底的な分析にかかった。

男の血球細胞が採血後、ただちに溶解をはじめた理由は見当がついていた。アポトーシスである。

細胞死《アポトーシス》。

生物の死とは、簡潔にいえば呼吸停止を意味する。酸素の供給が断たれることで、からだを構成する細胞もまた死んでゆく。

一般に生体がダメージを被《こうむ》ると、細胞内のミトコンドリアがまず打撃を受けてエネルギーの生産がとまる。生きた細胞は、外部に対して高い濃度の細胞液で満たされているため、エネルギーが供給されなくなると、浸透圧によって外の水分がどんどん入ってきて、細胞は膨張し、最終的には破裂して死んでしまう。

これは細胞の壊死《えし》であって、このとき核内のDNAは損傷を被らない。死滅した時点の形状で残っている。

ところが細胞の死滅に伴い、核がほぼ同じ長さに断片化される場合がある。エンドヌクレアーゼという酵素が、DNAを細切れに切ってしまうのだ。こうして死んだ細胞の核をゲル電気泳動にかけてみると、独特のはしご状の泳動パターンがあらわれることから、細胞壊死とは区別して、細胞死と呼んでいる。細胞死した細胞は核にいたるまで細切れにされ、周囲の細胞にただちに吸収されて、再利用されるのである。

細胞死は、その過程が、遺伝的にあらかじめ定められているか否かによって、プログラム細胞死とアポトーシスに分けられる。

プログラム細胞死とは、オタマジャクシの尾の消失や昆虫の変態のように、遺伝的に決められたプログラムに従って細胞が死をむかえ、順次本体に吸収されていく現象を指し、細胞の自殺を意味するアポトーシスとは、異なるものと定義されている。

アポトーシスとは、エラーの生じた細胞――、修正不可能な細胞を消去するための生体の最後の安全装置として機能している、いわば細胞の自爆装置である。

プログラム細胞死と、アポトーシス。どちらにしても、生体を存続させるための、もっとも効率のいい細胞の殺し方であることに変わりはない。

プログラム細胞死やアポトーシスが生じることによって、生体は自らの細胞が持っていたタンパク質やミネラル分を残さず吸収して、再利用することが可能になるのだから。

斑猫は男の血液サンプルから、核DNAを抽出して、ゲル電気泳動にかけてみた。思ったとおりはしご状の泳動パターンがみられた。

では、なにがこの細胞死の引き金になったのだろう？

溶血性貧血や溶血性連鎖球菌に感染していたのなら、重度の黄疸《おうだん》にかかっているのが普通である。しかし、男は健康体にみえた。白眼の部分など青みがかってみえるほどきれいに澄んでいた。実際、どんな重度の自己免疫性の溶血性貧血であっても、赤血球のみならず白血球やリンパ球まで溶解することはない。

斑猫は、サンプル中のエンドヌクレアーゼの活性を調べた。この酵素はふだんは不活性の状態で細胞内に存在しているが、細胞死のシグナルが遺伝子よりだされると、活性化してDNAを切断する。

サンプルから抽出されたエンドヌクレアーゼを細胞に作用させて、アポトーシスを再現させることは、技術的にはかなりの困難があった。そのため彼はほとんど期待せずにその実験を行った。実際、高速液体クロマトグラフィーによってサンプルから分離されたエンドヌクレアーゼは、ヒト脾臓《ひぞう》細胞にはまったく働かず、ラットの核細胞においても、わずかに有意と認められる効果があがったにすぎなかった。

ここに至って、彼は血液採取そのものに手違いがあった可能性を考えはじめた。たまたま化学物質に汚染された注射器かチューブを使ってしまったのだろう、と。しかし、いくら分析機にかけても血球すべてを破壊しそうな化学物質の存在はみとめられなかった。彼は最後に残された可能性、遺伝子そのものにようやく眼をむけた。

サンプル中にわずかに存在する無傷の細胞から核を抽出し、酵素で処理したのち、プラスミドに組み込んでヒト胚性ガン腫《しゅ》細胞に取り込ませた。効果は期待していなかった。病気が再発するまでの単なる時間潰《つぶ》し。恐怖を忘れさせてくれるのなら、どんな見込みのない研究でもよかったのだ。いや、見込みがないほど彼にはありがたかった。研究の結果をみるまで生き延びる可能性がなくても、諦《あきら》めがつく。

しかし、実験開始後ただちに組み替えガン腫細胞のひとつで、異変が起きた。エンドヌクレアーゼが活性化し、移植された細胞のみならず周囲のガン腫細胞を細胞死させたのである。

斑猫は驚嘆した。

あの男がなにものにせよ、その遺伝子は男のいったことを信じるならば、不老不死へつながる秘密の鍵を隠しているにちがいない。

しかし、細胞死にいたるシステムを突き止めるにはあまりに時間がなかった。このような研究は大勢のスタッフと、莫大な資金、それに長期の集中的な時間を必要とした。そのどれも彼にはなかった。仕事のあいまに自分の研究をしているような今の状態で、一体なにができるだろう？

斑猫は大学をやめて、民間のバイオ工学研究所に移った。その研究所で、最近、組み替え率が従来の二倍というベクターが作りだされたニュースを聞いたからだった。

彼は、新しいベクターを使って、ふたたび私的な遺伝子組み替え実験を開始した。自分の身体からリンパ球を取りだし、健康な遺伝子を組み込んだ後、培養して体内にもどした。同時に、あの男のリンパ球細胞を培養し、ベクターとして使用するレトロウィルスへ組み込む作業を並行して行った。

ある夜、研究所での実験中、彼は試験管内で、奇妙な現象が起きていることに気がついた。

遺伝子組み替え体をつくるには、目的遺伝子とともに、標識遺伝子と呼ばれるマーカーを同時に組み込むのが一般的である。マーカーには、おおむね特定の抗生物質に耐性をもつ遺伝子が選ばれる。組み替え作業後、細胞を薬剤処理すれば、組み替えが成功した細胞のみが生き残り、ほかは死滅するため、選別は容易になる。

その作業過程で、斑猫はあきらかに組み替えが失敗した細胞でありながら、抗生物質に耐性を示すものを発見したのである。偶然とは思えない確率で、遺伝子が「自然に」組み替えられることを知って、彼は興奮した。

おそらくは、標識遺伝子のなにかが男の遺伝子情報と結びついて、遺伝子の組み替えを促進したにちがいない。

組み替えの引き金となる酵素までは突き止めたが、その先の、遺伝子の塩基配列や場所を特定する時間的猶予《ゆうよ》はなかった。

斑猫は、匿名で手術を受けるために休暇を取り、国境を越えてメキシコへ渡った。ラボを借りて、体内から取りだした自らの幹細胞を培養し、組み替えた細胞をふたたび移植した。

『セニョール、あんたは頭がおかしい』

メキシコの医師はそういったが、斑猫は強行した。

検査結果をみながら、彼はすこしずつ治療をすすめた。一年たったが、彼は発病しなかった。二年すぎても、まだ寛解期にいた。

——成功だ、
斑猫は信じた。

骨髄は造血能力を維持しているし、貧血はおこらない。身体のガンは縮小した。あの男の遺伝子の不思議な働きを完全に解明することはできなくても、治療は可能なのだ。

この遺伝子治療には奇妙な副産物があることがわかった。皮膚が若返ってゆくのである。組み込んだ遺伝子には、老化の一因であるコラーゲン結合を減少させる働きがあるらしい。それればかりではなく、細胞分裂のたびに短くなる遺伝子両端のテロメアを修復し、老化をストップさせる機能も持ち合わせている可能性があった。

とはいえ、彼の年齢そのものを逆行させたわけではない。表面はいくら若々しくとも遺伝子にカウントされた細胞分裂の回数は、年齢分の加算が終わっている。いつか彼は死ぬだろう。それは一般の人間の寿命よりも遠い日だろうが、死因が老衰であることにはかわりない。

いつか彼も死ぬ。

だが、老いることはないのだ。

18 NOW

廣田と宮城は、地下の冷凍庫で発見した血漿《けっしょう》パックを回収――、より正確には偽物とすり替えることに決めた。ただし、問題がふたつあった。

すり替える血漿パックの偽物を、どこで手にいれるかという問題と、もう一点。しばらく荷を現地に置くとして、冷凍設備が必要なのだが、そのためのディープフリーザーを用意しなければならないのだ。

血漿は、市内の生物研究所に問い合わせて在庫があることを確認したが、ディープフリーザーとなると皆目見当がつかなかった。自社の研究所には持ち帰りたくないし、かといってそこらの病院に冷凍庫を貸してくれ、と頼むわけにもいかない。

廣田は電子手帳を検索して、高校時代の同級生の名を探しあてた。H大学病理学研究室勤務。

「ビンゴ」

早速大学病院に電話をかけると、あちこちたらい回しにされて、ようやく佐波《さなみ》がでてきた。ぶっきらぼうな声で、「あー佐波です」

「よう、おれだ。廣田だ」

どこの廣田か説明する必要はなかった。ぶはっ、と噴き出す声がした。

「なんだ、いきなり。生きてたのか、おまえ」

「生きてたよ」

「離婚したあと廃人同様だって聞いたが、達者でなによりだ。こっちにきてるのか」

「ああ、出張中でさ。どうだ？　今日の夜はあいてないか」

「今日？　ああ、七時以降なら大丈夫だ。一杯やるか？」

一通り挨拶が終わったあと、佐波が、やや改まった口調でたずねた。

「で、電話したのはどういう用件なんだ？　まさか居酒屋の前の狸《たぬき》をみて、急におれを思いだしたわけじゃなかろ」

廣田は笑った。学生のころ、佐波は、狸に似た顔つきからポン太と呼ばれていたのだ。

「それも少しはあるが、実は急な出張で、ディープフリーザーの手配が間に合わなくてさ。物は小さいんだが、まだ一週間ばかり仕事の予定が詰まってるんで持って帰るわけにいかない。預かってもらえないか」

「どういう品だ？」

「凍結血漿のパックだ。二点」

「そのくらいなら大丈夫だ。持ってこいよ」

「助かる」

「で、中身はなんだ？」

「ギラン・バレー症候群。研究所の人間に頼まれて、Y医科大ででた患者の血漿をもらってきた。しかし、本当に頼んでいいのか。迷惑をかけることにならないか」

「ああ、大丈夫。おれが助手になった話は聞いたろ？　冷蔵庫の管理も仕事だから」

「そいつはありがたい」

六時に運びこむ約束を取り付けて、廣田は電話を切った。

早速車をだして、備品の調達にでかけた。生物研究所で、血漿パックを手にいれ、クーラーボックスに詰めこめるだけのドライアイスを買い入れた。研究所に戻ったのは五時。車を入れて廣田はふたたびゲートを閉じた。クーラーボックスをおろし、事務所で作業をしている宮城の様子をみにいった。

宮城は、机が雑然と放置された部屋の真ん中に新聞紙を敷いて、仰向けに寝ころがっていた。足元には、地下でみつけたパソコンと、外付けハードディスク。

「作業は終わったのか？」

「ああ」

宮城は天井をみながら、なにやら考えこんでいる。

「なあ、このまま東京に戻らねえか？　明日の昼には筑波に着けるぜ。それで仕事は終わりだろ？」

「そう簡単にはいかないよ」

たしかに、得体の知れない凍結パックは手にはいった。なにかを培養中のフラスコとデータも。

しかし、それが目的の品だという確証はないし、会社に手渡したところで廣田の立場がよくなるわけでもない。

「起きろ。日が暮れる」

宮城はしぶしぶ体を起こした。パソコンを拾いあげてクーラーボックスを受けとった。日がかたむき、研究棟の内部は一段と暗くなっていた。足音が廊下に反響して、むこうからだれかが近づいてくるような錯覚をおぼえる。

エレベーターシャフトがみえてきたとき、廣田は小声で相棒にたずねた。

「おまえ、金持ちになりたくないか」

宮城の驚いた顔に視線を据えたまま、小さく笑ってみせた。

「おれはふだん、欲はかかないことにしてる。でも無欲ってわけじゃない。棚ボタのチャンスがあれば、一生黙ってるぐらい覚悟はある。おまえに聞くけど、欲はある？」

宮城の双眸が底光りしたが、すぐには答えず箱を抱えて、エレベーターシャフトの底の階段から地下におりた。二重になった光の輪のなかに、すり減った暗色の石段が浮かびあがった。地下へおりる階段。死体の横たわる秘密の地下室。まるで墓泥棒だな、と廣田は小声でつぶやいた。

「おれは一生逃げまわる人生は御免だな」

ひどくのろのろした口調で、宮城がいった。

「勝算はあるのか」

「五分五分だよ。確実なものなんてないさ、そりゃ」

廣田は、はじめて石段がコンクリートではなく角の丸くちびた御影石《みかげいし》でできていることに気がついた。壁は灰色の綿埃が張りついていたが、ざらついた質感からして、たぶん同じ材質だろう。御影石の石段、御影石の壁。ここは墓なのかもしれない。

「あんたが企んでるのは金の横取りか」

「いいや」

廣田は低い声で説明した。

「金は本社から直接、銀行に振り込まれる。途中で横取りするのは無理だ。そんなことは考えちゃいないよ」

宮城はそれきり黙った。五十億を抱いて、リオのカーニバルみたいな格好の美女に囲まれている夢でもみていたのだろうと思い、廣田は放っておいた。

死体の小部屋をチラッとみて実験室に入る。パソコンを隠し場所にしまいこみ、冷凍庫の中身をあらためた。

「おれたちがやったって、すぐわかるんじゃねえか。あいつ」

「だろうな」

持ち去るものは凍結血漿のパック二点と、培養中の細胞の一部。酵素と薬品のサンプルを少々。フラスコの中身がヒト細胞であることは確かめておいた。

冷蔵庫の持ち主は、おそらく血漿パックのすり替えにすぐ気がつくだろう。すり替えが原因で倉石との取引が失敗に終わり、自分が責任を問われる可能性もあった。しかし、今や失敗は問題ではなくなった。

「やつが、中身をすり替えたのがおれたちだと目星をつけて、取り返しにきてくれれば好都合だ。捕まえて正体を吐かせるさ。気づいた時点で逃げだして倉石との取引が潰れたときは、おれたちも黙ってりゃいいことだ」

「そのときに、この分捕り品を会社に提出するわけか」

「いいや」

廣田が重ねて否定すると、宮城は驚いたようだった。作業の手を止め、まじまじと廣田の顔を見返した。

「さっきのは本気でいってたのか？　まさか、他社に売るわけじゃあるまい？」

「黙ってる、といった意味がわかってないんだな？　おまえは」

廣田は微笑した。青ざめた蛍光灯の下で爽《さわ》やかに笑うのは無理としても、冴えた笑いの質は宮城にも読みとれたようだった。

「ケースバイケースってこと。だれにも気づかれず、これを隠匿できたとしよう。そのときはおれたちにもチャンスがある。金持ちになるチャンスがな」

「具体的にどうやるんだ？」

「おれとしては、自分で会社を作って売りだすことを考えてる。他社に売ったところで、足元みられて買いたたかれるのがオチだ。もちろん日本じゃない。アメリカにいたあいだ、おれはビジネスのやり方を教わった。会社の起こし方や金の集め方、法務手続き、全部、あそこで仕込まれた。今だってベンチャー企業を作るぐらいのコネと知識はあるが、どうせならでっかく儲《もう》けたいじゃないか。ある程度実績をあげたところで売り払えば、一生働かなくてもすむぐらいの金は入ってくるだろう。合法的にな。おれも、おまえも、女房子供はないし、家を背負う必要はない。資金はおれが準備する。どうだ、やらないか？」

宮城は廣田の顔に眼を据えたままだった。無表情だが、気持ちが大きく動いていることは廣田にもわかった。暗い水面から光がのぼってくるように双眸に輝きがあらわれ、ふいに宮城は破顔した。

「そいつはいいな。しかし、あんたは会社に未練はないのか。エリートコースだろ」

「頭打ちのエリートだ。今度の仕事で、おれは潰されるよ」

「資金てのは具体的にはどうするんだ？」

「遺産の前渡しでもらった金が多少あるし、マンションを売ってもかまわない」

「マンションねえ……。それよか同窓生から出資金を募るってのはどうだ？　金持ちの坊っちゃん揃いだから、一口百万なら乗ってくるヤツもいるだろ」

宮城にしては、いい案だった。ふたりがでた学校は私立の進学校で、資産家の子弟が多かった。宮城もやさぐれているが、生家はかなり大きな建築業者である。

「それ、いけるかもしれんな」

「あんたが社長ってことなら、うちの強欲親父も金をだすよ。なんたって、あんたは信用絶大だもんな」

ふたりは作業にかかった。培養フラスコからサンプルをとり、チューブを密封した。ゴム手袋をはめた手で手際よく処理していく。フリーザーの中身もクーラーに移しかえた。

——会社をつくる。

その思いを廣田は、長いあいだ意識の下に眠らせていた。大学を卒業し、今の会社に就職する時点ですでに考えていたのかもしれない。あるいは、フェアフィールドの生き方を目《ま》の当たりにしたとき芽生えた野心だったのか。すべて投資と割り切ったからこそ、自分を売ることもできた。あの経験は、決して会社人としての軌道上の人生を全《まっと》うするためのものではなかった。

「これでおしまいだな」

最後に、壊した冷凍庫の錠前を同じ形のものに取り替えて、ふたりは立ちあがった。クーラーボックスを抱えて地下をでてゆく前に、廣田は、ペンライトをふって突き当たりの小部屋を照らしだした。

暗闇のむこう、天井まで広がったぼんやりした光の輪のなかで、傷だらけの金属のドアがテラテラと輝いていた。

古びた金属製のドアにしては異常な光り方だと、廣田はなんとなく思った。ドア表面がまるで水を浴びたように濡れそぼってみえる。

なぜだろう？　あのドアのむこうには、死体ではなく、なにかすばらしいもの、これまでみたことのないような光輝にあふれるものが隠されている気がする。おれが、ずっと求めていたものが。

あそこにはなにかがある。

あのドアのむこうには――。

廣田は、首をふってその予感を払い落とした。

「いいのか」

ものいいたげな眼差《まなざ》しを、宮城がむけてきた。廣田はうなずいて、視線をドアからもぎ離した。

「放っておくさ。どうせただの死体だ」

斑猫は夢をみていた。海の夢だった。すべての海の夢とおなじようにセクシャルな隠喩《いんゆ》にみちみちて揺らめき、あたたかく、不安なまでに殺風景な浜辺につながっていた。強烈な太陽の陽ざしに焼かれながら、彼はサーフボードに腹ばいになって波間をただよった。

「マグレブの海よ」

傍《かたわ》らに浮かんでいた女がささやいた。マグレブ。砂漠と痩せた海岸、岩だらけの浜を洗う、あたたかな波。

褐色の肌をした少年が、波打ち際で笑っている。陽ざしに脱色された髪は金色で、丸い額は鏡のように輝いている。

沖合いで、海の背中が盛り上がり、みたことがないほど大きなうねりにかわった。波がやってくる。きらきらと光る飛沫《しぶき》にとりまかれた、なめらかで官能的な水の丘。みるまに近づき、斑猫を呑みこんで消化し、熱いうねりとなって彼を浜辺にはこんでゆく。下腹が波の表面でこすられ、突き上げるような快感が広がった。浜辺が急速に近づいてきた。濡れた砂の粒と、浜辺に横たわる女の眼をみひらいた顔、ペディキュアされた赤い足の爪。それらすべてが拡大され、視野一面に広がった。彼は傾いたボードにしがみついて、加速に耐えた。逃げることもボードをコントロールすることもできなかった。ずっしりとした重量が腰をはさみこんでいる。下半身がざらついた海底で激しくこすられ、快感が加速された。

あえぎ、泣く女の声。身体をこすりあげる波が柔らかな人の肌にかわった。どこまでもあいまいな肌の境界を、快楽のオイルにまみれて滑り落ちてゆく。

彼は腰と腹部にかかる重量を意識した。リズミカルな動きと、おぼろな闇で上下する白い身体を。ふわふわしたおぼろな快感が現実の質量となって落ちてきた。

彼は意識的に身体を動かしはじめた。相手のリズムにあわせ、突きあげる。どこまでも柔らかい襞《ひだ》の奥に潜りこみ、突きあげ、絞りこみ、潜りつづける。はじめて女と寝た夜を思いだした。永遠につづくように思われたあの夜を。彼女に手をふり、明け方の町を歩きだした。あの至福の朝――。

のぼりつめて息があがり、それでもまだ彼は踏みとどまっていた。手放したくなかった。抱きしめていたかった。彼は自分の声を聞いた。光りまばゆい風船がひらいた指の隙間をすりぬけて、一斉に綾の空に散ってゆく。全身を束ねていた神経が一気に制御を失い、白い光がまぶたの裏側に広がるのを感じた。

「ああ」

彼はまばゆい快感のなかに弾けた。愛に似た感覚が心を満たし、つないだ部分から相手に流れこむのを感じた。身体を押さえつけていた重みがふいにはずれて、傍らに横たわった。

斑猫は手をのせて彼女の汗ばんだ背中をなでた。隣にいる女がだれなのかどうでもよかった。ただ愛しいと思った。

そのまま彼は眠りに落ちた。夢もなく。

斑猫は毛布だけの寝床から、そっと起きあがった。部屋のなかは真っ暗だった。カーテンのない窓から青白い街灯の光が差しこみ、空っぽのエンジェルの寝床を照らしている。いつのまにでていったのか。物音は聞こえなかった。

彼は台所に立つと、蛇口から細く水をだして顔を洗い、静かに歯を磨いた。時刻はわからなかった。ぼんやりと午前三時ぐらいだろうと考えた。外からさらさらと雨の音が聞こえてくる。

あれはなんだったのか――。

斑猫は、夢のような記憶の残滓《ざんし》を拾い集めて検証した。わけがわからなかった。確かに女の感触だった。今となっては遠い記憶だけが頼りだが、女以外のなにものでもなかったと思った。濡れて柔らかく、温かく締めつけてきた繊細な粘膜。その後の一瞬の空白。エンジェルはやはり女なのか。それともちょっとしたトリックで、そう思いこまされただけなのか。

窓に顔を近づけ、ガラスごしに降りしきる雨をながめた。

暗闇を、細い銀線のようなものが流れている。強い降りではないようだが、空気中に散った水の粒子が街灯をかすませ、夜を深くしていた。彼は、パーカをシャツの上にはおって外にでた。

廊下に並んだどのドアにも、朝刊は差し込まれていなかった。彼は、非常灯が点《とも》る長い廊下の向こうを透かしみてから、歩きだした。

東西に長いマンションに、エレベーターは二基。近いほうのエレベーターホールの非常階段をおりた。

半階分おりたところで、彼は足をとめた。踊り場に、フィルター付きの煙草の吸いがらが散らばっていた。煙のにおいが残っている。ひとつの映像が意識をかすめた。闇のなかで点った赤い火。車のなかにいた男たち。

彼はしばらく吸いがらをながめて、また階段をおりはじめた。照明の落ちた玄関ホールを通りすぎて、建物の角を曲がった。呼びとめる声はなかった。監視されているときの、うなじの毛が毛羽立つような感覚もない。夜明け近い空気は、あくまで澄み切って軽かった。

マンションの裏手にある、駐車場とは名ばかりの狭いスペースは、昨夜と同じように二台の乗用車と路上駐車のワゴン車に占領されていた。車と塀のあいだの細い通路に、自転車が、てんでにとめてある。

彼の赤いサイクリング車は、車のテールと塀に挟まれるような格好で濡れそぼっていた。鍵を掛けてないにも関わらず、まだ盗まれもせずそこにあるのをみて、彼は微笑した。自転車を引っ張りだすと、サドルの水をてのひらでぬぐって腰をのせた。

考えることは、いろいろとあった。

だれかがあそこにいた。見張っていた。そいつはどこにいったのか。エンジェルは――

――？

　父親の死体を、探しにいったのだろうか？

　死体ならひとつ余っていた。欲しいなら、いつでもくれてやろう。

　斑猫は地下の死体のことを考えた。最初にみつけてから四十八時間以上が経過している。地下の室温がいくら低いといっても、腐敗は相当に進行しているはずだった。皮膚は黒ずみ腹部は体内の腐敗ガスで膨れあがって、猛烈な悪臭を発散しているだろう。地下での作業は辛いものになるにちがいない……。

　雨が眼のなかに流れこんできた。彼は風にあおられそうなフードを手で押さえて、電車通りを南へ折れた。すぐやむ雨であるのはわかっていた。歩道には人通りがほとんどない。雨混じりの風には、明け方の冴えたにおいがあった。

　自転車が二号線に入ったころ、雨がやんだ。車の往来の激しい路上はみるまに乾きはじめた。

　斑猫はスピードをあげて、橋をわたった。風は追い風。自転車が小気味よく夜を切りさいてゆく。シャー。なにも考えずとも身体が道を選択し、足がそれに従った。潰れた外車屋の横を左へ、二ブロック。また左に折れて病院。しかし、病院の通用口は閉じていた。彼は、病院横を通りすぎた。

　ささやかな住宅街は電話帳ほどの厚みしかなく、すぐに山の裾野を走る道にゆきあたった。右折し、崖下に回りこんで道ばたに自転車をとめた。フードの紐をあごの下で結んで、懐中電灯をポケットから取りだした。

急傾斜の小道はぬかるんで、泥水が小さな流れを作っていた。覚悟を決めて、慎重に登りはじめた。道は濡れた土と、踏みしだかれる草のにおいがした。樹々は闇のなかにひっそりと佇《たたず》み、ライトが当たる瞬間だけ化石のような姿をあらわした。

途中一度、立ちどまって息を整えた。ワゴン車が一台、崖下の道を通りすぎていった。通りすぎるまで懐中電灯は消しておいた。

辺りが静まってから、ふたたび登りはじめた。

フェンスについたときには、ひざから下はずぶ濡れだった。斑猫は懐中電灯を消して、ポケットにしまいこんだ。荒い息を吐きながらフェンスに足をかけ、よじのぼって乗り越えた。カシャン。がらんとした裏庭に、金属音がこだました。

暗い空の下に、真っ黒な建物が物いわぬ巨人のように並んでいた。右端の建物にむかって、斑猫は濡れた草をかき分け歩きだした。

未明の透明な風が、斑猫の心を通り抜けていった。気味わるさはなかった。ここは彼の場所であり、帰る場所だった。もし幽霊が存在するならば、今もっともそれに近い在在は自分だと考えた。死人の名前をかたり、他人の顔でもどってきた人間、過去を殺した人間。

呼吸の音が遠い。研究棟の正面玄関を手探りで探りあて、鍵を差しこんだ。

ひんやりした空気が顔を包んだ。黴《かび》くささはさほどでもない。ここのにおいに慣れてしまったせいだろう。懐中電灯をつけると、白漆喰の汚れた壁の質感が眼の前に迫ってきた。

彼は足元を照らしながら歩きだした。

ひたひたひた——。

濡れた足音がこだまで返ってくる。建物のどこかでささやきのような声がした。風の音、彼はそう思った。風の音でなければ、古い建物が湿気でふくれあがり、身をよじったのだと。

しかし、湿っぽい空気のなかに、かすかにほんの一筋混じりこんだ香料は、外の風が気まぐれに運びこんだものではなかった。斑猫は記憶をたぐりわけた。ラベンダー。安っぽい整髪料の成分。見捨てられた研究所の内部に、何者かが侵入しているのだ。

彼は、その場で逃げだすこともできた。本能が命じるままに足をとめ、そっと引き返して、自転車で街を逃げだすこともできたはずだった。しかし、斑猫は逃げるかわりに、さらに進んだ。エレベーターの扉に懐中電灯の光を当てた。

扉は開きっぱなしになっていた。

左によせられた蛇腹式のドア、がらんとした黒い空間が懐中電灯の光を吸い込んだ。斑猫の内部も、空虚な暗闇に吸い込まれてゆく気がした。この扉は閉じていたはずだった。閉じるために昼間、危険を冒して研究棟にもどったのだ。だれが侵入したのか。まさか、あの二人組か。それともエンジェル？

彼は近づきかけた。一歩、二歩。ふたたび、あの香料のにおいを嗅《か》いだ。

瞬間、ロッカーの陰から黒い風のようなものが襲ってきた。

あっ、と叫んだ気がする。とっさに懐中電灯を握った左手で顔をかばった。音をたてて、懐中電灯がどこかへとんでいった。肘《ひじ》に焼け付くような痛みがきた。顔が、腕が、殴りつけられ、左の顔面の感覚が失せた。足がよろけた。沈んでゆく顔の上を、骨よりも硬いものが、皮膚と肉を薄く切りさいていった。

斑猫は床を転がり、眼についたダンボールとおぼしい黒い固まりの横に這《は》いこんだ。頬に火がついたような痛みがあった。切られたのだろうか。どのくらいの傷だろうか。

相手の姿を確認する余裕もない。

キン、
足の横に、金属の棒が叩きつけられる。金くさい臭いが広がった。

「――おい、こっちだ。きてくれ」

バタバタと廊下の向こうから足音が近づいてくる。天井を黄色い光の輪がかけめぐった。

斑猫は弾《はじ》かれたように身を起こし、ホールに並んだガラクタの隙間めがけて走りこんだ。ロッカー、椅子、ダンボール箱。手にふれるものを叩き落とし、後ろに投げつける。硬いもの、金属のもの、軽いものばかりだったが、大量の埃がたまっていた。眼が痛み、鼻と口のなかに砂が入ってきた。眼をつむって泳ぐように片手をのばしながら、ホールの出口を目指した。すぐ後ろから悪態をつく声が聞こえてくる。

「やりやがったな」

廊下から鋭い光がきた。相棒があらわれたのだ。斑猫は涙にかすんだ眼をこじあけると、身を屈《かが》めて一直線に廊下の男めがけてぶつかっていった。

まさか向かってくるとは思いもしなかったのだろう。相手は無防備だった。体当たりすると、ワッ、と声をあげてひっくり返った。加速のついた身体が、一緒に左に倒れかけるのをこらえて、斑猫は走りだした。涙でかすんで、廊下がよくみえなかった。

夜が明けてきたのか、青白い光が廊下のそこここに溜まっている。壁を左手でたどって逃げながら、斑猫は必死に前方に目を凝らした。ぼんやりと、廊下の角とドアの輪郭が見分けられた。本館への連絡通路にいるのだとわかった。すこし廊下をもどって左にいけば、庭への出口がある。だが、危険を冒して引き返す気にはなれなかった。

外に逃げるより本館へ入ったほうが、簡単に追っ手をふり切れると考えた。本館には隠れ場所がいくらでもある。出口も。非常口から本館へ入れば。追われるものの窮余の策で、そう考えた。

襲ってきた連中の心当たりは、ない。おそらく、街に入った時点から付け回していたやつらだろう。警察ではないのは確かだが、正体を探りだす余裕はとてもなかった。今は逃げるしかなかった。

ピシッ、天井のあたりで小石のようなものが跳ねた。パン。背後で、乾いた音が響く。落下した窓ガラスが床で砕けて、すさまじい音をたてた。斑猫は凍り付いた。銃だ。相手は銃を持っている。

壁に張り付いて、背後から迫るライトをみつめた。まだやつらは自分の姿を捕捉《ほそく》してないようだが、じきにみつかる。この距離では、簡単に標的になってしまう。早く本館に逃げこまなければ。

それがまずい選択であったことは、行く手をふさいだ黒い人影をみたときに悟った。三人めがいたのだ。

斑猫はふり返った。背後から、バタバタと足音が迫ってくる。荒い息づかい。前にも、ひとり。逃げられない。強行突破してみるか、もう一度。

「伏せろ！」

前からきた人影が、聞き憶《おぼ》えのあるしゃがれ声で命じた。斑猫はとっさに壁に向かって転がった。

エンジェルだった。非常口のそばにある高窓から、夜明けのほのかな光が差しこんでいる。暗闇からあらわれたエンジェルの青白い顔は、大理石のように冷ややかだった。

彼女は両手で銃を握っていた。長い両足をひらき、肘をまっすぐ前にのばして身体の中心で銃を構えている。トリガーにかけられた右手の指が絞られるのを斑猫はみた。オートマティックのS&W。

パンパンパン、

発射音が、空洞のような建物内に響きわたった。斑猫は頭をかばってうずくまった。火薬のにおいが辺りにたちこめた。斑猫はすばやく頭をあげて弾丸の行方を追った。ひとりが悲鳴を引きながらつんのめるように壁にもたれて、座りこむのがみえた。右肩を身体の下に巻き込むように、倒れこむ。右手に握られた銃が男の身体の下で、暴発した。二度、身体が跳ねあがって音が止《や》んだ。

片方はすでに壁を背に座りこんで、両手をあげている。

「待て。撃つな、撃たんといてっ」

エンジェルは銃のねらいをつけたまま、風のように斑猫の横を通り過ぎた。黒革に包まれた身体から、硝煙と、革と、酸っぱい汗がにおった。

エンジェルは廊下に転がった男の身体を蹴ってひっくり返すと、銃を拾いあげた。ノーズの短いリボルバーだった。両手に銃を握って、もうひとりの男のほうへ向かう。

「やめてくれ！　やめて！」

男のあげた悲鳴で、斑猫の頭がようやく働きはじめた。エンジェルがなにをするつもりか気がついた。

おい、と声をかけた。

「殺すな。そいつに聞きたいことがあるんだ」

エンジェルは、男にしばらく照準をあわせたまま考えこんでいたが、やがておろした。

斑猫をふり返った顔は、薄く笑っていた。

「じゃあ、見逃せっていうのかい？」

「話の内容次第だ」

男は両手を精いっぱい高くあげ、全身で息をしている。エンジェルを刺激するのが恐ろしくて動けないのだ。眼線は彼女の手元に張りついたままだった。

斑猫は、倒れたほうの男をみにいった。

薄明かりのなかでも、死んでいることがわかった。顔の右半分がなかった。ちぎれた肉の断片と脳の中身が壁に張りついている。

男とエンジェルの距離は、六、七メートルはあったはずだ。この暗さで大した腕だと思った。

一瞬のためらいもみせずに、人を射殺した。

斑猫は死体のそばを離れると、もうひとりの男に近づいた。男はまだひざをついて両手を差しあげた姿勢で、震えている。

「おまえも銃を持ってるのか」

男はぶるぶると首をふった。

眉の垂れた気弱そうな顔にびっしりと汗がたまっていた。年のころは三十前、華奢《きやしゃ》な体格から、斑猫が体当たりをくれた男と知れた。

斑猫は、すばやく男の身体に手をまわして所持品を調べた。男がいったとおり銃は持っていなかった。

本籍が大阪の運転免許証に、擦り切れた黒革の財布。現金二万円と、五、六歳の男の子と母親らしい若い女の写真が二枚。それに梅田《うめだ》—芦屋《あしや》間の定期券。携帯電話に、潰れた煙草の空き箱。

左足を痙攣《けいれん》させていた。調べてみると、弾が一発ひざの上を貫通している。斑猫は男のネクタイをほどいて、手早く止血した。

「警察か」

「ち、ちがう、おれはなんも知らんっ。社長にいわれて、きただけや。大阪で不動産屋の営業やってる岩淵《いわぶち》いいますねん」

男は両手を差しあげたまま、おいおい泣きだした。

「頼みます、助けてください……。おれ、ただのサラリーマンです。拳銃なんか、みたこともさわったこともない。社長に、ちょっといって手伝うてこい、っていわれて……。お願いします。殺さんといて」

男は脂汗と涙で濡れた犬のような顔で、ふたりを見上げた。精一杯伸ばした両手がぶるぶる震えている。

エンジェルが面倒くさそうにたずねた。

「あたしのあとをつけて、このお兄さんを襲った理由は？」

ごくり、と男の喉仏《のどぼとけ》が上下した。

「襲ったやなんて……。おれは、あ、あのマンションからでてきた人間のあとをつけろ、ていわれただけで……。一昨日、こっちにきたんです。松尾ちゅう家の前で張ってたら、舟木の携帯に電話が入って……。509号室の女が、510号室に人がおる、ていうから、おれら、マンションの前で待っとったら、あんたが――」

男はもう一度、エンジェルに視線をもどし、唾を呑み込んだ。

「その、でてきよったから、あとをつけてきたんです」

斑猫は、傍らの、彫像のように冷たいエンジェルの横顔をチラリとみた。淡い青ざめた夜明けの光のなかで、彫りの深い顔の表情が瞬時に様相を変えてゆく。

斑猫は死体のほうに、あごをしゃくって聞いた。

「舟木って、あれ？」

男は何度もうなずいた。

「そうです……、中島内規の手下で……、堅気やないのは薄々知っとったけど」

どっと新しい涙が男の眼に盛り上がった。死んでいった仲間を悼《いた》んでの涙とは思えなかった。いてぇよ、と泣き声を漏らした。

「会社はどこ」

「う、梅田です。サンコウいいます」

「手伝いの内容は？」

「せやから、手伝いや、としか聞いてへんのです」

男の声が涙と苦痛でかすれた。

「中島さんは、社長が世話になった人で、ヤバいことはないというとったから……」

「だれを見張れといわれたんだ？」

「この病院の理事長の家と、マンションと……、それから研究所です。倉石を探せ、いわれました」

エンジェルの視線が、自分の横顔に注がれるのを意識したが、斑猫は無視した。

「われわれをどこへ連れていくつもりだった？」

男の喉仏がまた、上下に動いた。

「谷元さんが借りた家が、港のほうにあって……。そこへ連れていけ、いわれただけで。あとは知らん」

「谷元が仲間か。他には？」

「ほ、他のやつは……。理事長の家の前で張っとったんやけど、なんや連絡がとれんなって」

「仲間は何人？」

「三人か……、四人で。よう知りません」

「倉石を捕まえてどうする気だったの？」

「さあ……」

いいながら、男の視線が右に逃げるのを斑猫は見逃さなかった。

「全部話せば、解放してやるよ」

男の顔を絶望がかすめた。信じられないにちがいない。しゃべれば殺されると思いこんでいる。斑猫自身、どうするか決めかねていた。殺すか、それとも見逃すか。

「だったら今すぐ連れていってください。病院の前なら話します」

「今話せ。これ以上、痛い目にあいたくないだろう」

男の眼が、せわしなく斑猫とエンジェルのあいだを行き来した。斑猫よりもエンジェルに据えた視線のほうが長かった。彼女の薄笑いからなにかを察したのだろう。眼を閉じて、ああ、と小さくうなずいた。色あせた唇がわなないた。

「――舟木から聞いたのは、大金が倉石にかかっとるいう話でした。倉石をうまいこと消せば、三億、それも土地建物を抜いた金額が、支払われるとかいうんです。どこからでる金かは知りません。舟木も知らんかったと思います」

斑猫は男の胸ぐらをつかんだ。

「なぜ倉石を消したら金になる？」

男は首をふった。その先は本当に知らないようだった。白っぽく血の気の失せた顔がゆがんで、また泣きはじめた。

「わかりません。おれが知っとるのはこれだけです。おれ……、子どもがおるんです。五って。来月には次のが生まれるし、死ねんのです……お願いします、助けてください。一生黙ってます」

斑猫は、エンジェルをふり返った。エンジェルは黙って銃を持ちあげた。男の頭に狙いをつけようとするのを、斑猫は手首をつかんで、押しとどめた。

「命乞いする男を殺すのは、後味がわるい」

「あんたはいいかもしれないけど、あたしは殺したとこをみられたからね」

「だ、だれにもいいません！」

男がふり絞るような声で叫んだ。

「一生口にフタしてます。死……死んだんは、おれの知らんやつです。黙ってるから、殺さんといてください、お願いします」

土下座して咽《むせ》び泣く男を前に、エンジェルも殺気をそがれたようだった。銃をおろすと、ため息をついて肩をすくめた。

「どうするのよ」

「放っておいていいんじゃないか」

医者にいって手当てを受ければ、弾傷であることはすぐバレる。男に、警察に問いつめられて、持ち堪《こた》えるほどの気力はあるまい。

斑猫は、男の免許証をみせながら、いった。

「あんたの家はわかってる。なにかあれば、あんたが全部吐いたと中島に電話することもできる」

男の顔がみるまに蒼白になった。

「しゃべるなよ」

引っ張り起こして、立たせた。

「車はどこに止めた?」

「も、門の外です」

「舟木は、殺しが専門なのか」

男はすぐには答えなかった。悪寒に歯をカタカタと鳴らしながら、「わかりません」といった。

「……けど、そうかもしれません。気味のわるいヤツやった」

斑猫は男の右肩に身体を入れて、研究棟から連れだした。一足ごとに悲鳴をあげる男を研究所の外の車まで運んでゆく。門の外に、黒いレンタカーが止まっていた。運転席に座らせてシートベルトをかけた。

「運転できるな」

ルームライトの乏しい光でも、男が蒼白になっていることはわかった。運転できるような状態ではなかった。しかし、うなずいた。

「いけます。大丈夫です」
二、三度と、エンジンが空回りしたあと、車は跳ねるように動きだした。のろのろと這うようなスピードで坂をくだってゆく。ヘッドライトがついてなかった。
エンジェルが笑った。

「あいつ、どこまでもつと思う？」

斑猫は答えなかった。考えなければならないことが多すぎた。

建物に引き返しながら、エンジェルに声をかけた。

「エレベーターシャフトの扉をあけたのは、あんたか」

「あれ？　あれは最初からあいてたのよ」

斑猫には信じられなかった。鋭く見返すと、エンジェルは鼻で笑った。

「薬屋の仕業じゃないの？　あんたがあんなとこでウロウロしてたら、だれでももうイッペン調べてみようと思うわよ。あたしもそう思ってきたんだけど、懐中電灯がなかったからね。車に取りにもどったら、あんたが逃げてるとこに鉢合わせしたのよ」

「尾行には気づいてたんだろ？」

「まいたつもりだったんだけどね」

見え透いた言い訳だったが、斑猫は問いつめなかった。

たぶん、彼女は最初から所内で二人組を片づけるつもりだったにちがいない。銃を撃つ仕草には一欠片《ひとかけら》の迷いもみちれなかった。殺す意志だけが漲《みなぎ》っていた。

しかし、なぜなのか。

なぜ、あのふたりを殺そうと考えたのか。正体もわからない尾行者を、問いつめることなく簡単に消してしまおうとした。邪魔――？　それともほかに理由があるのか。

車のクラクションが山の下ではじまった。長い、いつまでも途切れることのない車の悲鳴。耳ざわりな音だった。

「気絶したのかしら」

エンジェルが楽しそうにつぶやく。

斑猫は足を速めた。あの男が発見されれば、いつまでもここにいるわけにはいかない。

研究棟のなかに入り、エレベーターシャフトに向かいながら、彼はたずねた。

「もし、わたしが倉石だったら売る、と、きみはいったな。それはあの男がいった大金というのに、関係があるらしい。どうなってるのか、教えてもらえないか」

「あんたは倉石？」

斑猫はその質問を無視した。

「きみが話すなら、わたしも話す。今まで自分を追っているのは警察だとばかり思ってた。なぜ、あんな連中がでてくる？」

エンジェルのバカにしたような笑い声で、彼女が斑猫の話をまるで信じていないことがわかった。

「あたしが聞いたのは、あんたがある製薬会社と取引するって話だけよ。自分の研究内容を一切合切売るかわりに、五十億。場所はこの研究所。研究を売る引き換えに、どっかのタックス・ヘイヴンの国にある銀行口座に払い込めって、インターネットでメールを送ってきたんだって。そのうちの三億が、あんたの消し賃みたいね」

斑猫は黙りこんだ。

彼は、そんな取引のことは知らなかった。企業に話を持ちかけたことはなかったし、そもそも売りわたすことができるような性質の研究ではなかったのだ。

「だから、あんたは戻ってきたんでしょ」

「それは――」

ちがう――、と答えようとして、斑猫は口をつぐんだ。彼が帰ってくることを知っていたのは、たったひとりしかいなかった。蓉子。彼女が、自分を売るはずがなかった。冷たい予感が水のように胸の一点から全身に広がった。

「あの製薬会社の二人組が、どこのホテルに泊まっているか知っているかね」

エンジェルが皮肉な笑みを唇の端に浮かべた。

「聞いてどうすンの？　銃で脅しあげてしゃべらせるかい？」

斑猫は答えなかった。ほのかに明るくなった廊下を、せっぱ詰まった眼でみまわした。

空は明けはじめていた。曙光《しょこう》が、板を打ちわすれた高い窓から差しこみ、見捨てられた建物の壁や床の荒れたさまを克明に浮かびあがらせた。廊下の隅に、死んだ男が壊れた人形のように転がっている。

「急がないとな」

斑猫は死体を指さした。

「どう片づけるつもりだったのかね？」

「さあね。埋めるか海に捨てようって思ってたんだ。ここに放置しておいたら、あんたは困る？」

斑猫は、エンジェルの無慈悲な顔をみつめた。明るい光のなかで、青白い肌に浮いたソバカスまではっきりみてとれる。丈高い、残酷な天使。

小鼻の張った太い鼻梁《びりょう》と厚みのある唇が、やや男性らしさを残しているものの、くっきりした大きな眼と薄い眉、殺げた頬には性別の手がかりはない。短く刈られた髪をみているうちに、斑猫はふと、特別病棟にいたエンジェルの父親のことを思いだした。骨に皮が張りつかんばかりに痩せた、幽鬼のような老人。骸骨そのままになった顔のなかで眼ばかりが光っていた。生きたい。生き延びたい。おれはまだしたいことがあるのだと、いった。

「向田の息子か。一度会ったことがあるはずだ」

エンジェルがたじろいだ。薄笑いが口元に凍りついた。

「いかにもわたしは倉石だ。一年前まで、きみの父親を担当していた。理事長が特別治療の打ち切りを決めて、向田さんの遺伝子治療を中止することになったとき、向田の息子と名乗る男が抗議にやってきた。旧館の廊下でわたしを待ちぶせていた」

『父を見捨てるつもりですか』

倉石先生、と、切迫した声で呼びかけてきた色白の若い男。温室育ちらしい、壊れもののような繊細さと、権力に慣れ親しんだ傲岸《ごうがん》な精神を持ちあわせていた。最初、涙ながらに治療の存続を訴えてラチがあかないと悟ると、こんどは圧力を掛けてきた。

そうだ。あの顔と声は、はっきりおぼえている。

「あれは、本当にきみだったのか？」

エンジェルは眼をそらさなかった。挑戦的に笑った。頬に鋭い赤みが差している。

「やっと思いだした？　先生。あれはあたしさ。偽物のあたし。今のあたしが本当の自分だよ」

「あのとき、わたしになんと話したかおぼえているかね」

「おぼえてるよ。治療を打ち切られたら、困るっていったのさ。ルミネを追い出されたら、また家で面倒みなきゃならないからね。あたしはアメリカで手術を受けるつもりだったし、当分、親父には生きてて欲しかったのさ」

斑猫はまだ、エンジェルの顔をみつめていた。たしかに話の内容はエンジェルのいったとおりだった。骨格にも、記憶と共通するものがある。しかし、斑猫は、あのとき、本心からこの男は父親に生きていてもらいたいのだと感じたのだ。だから、理事長にもかけあってみた。無駄だったが。

ところが、一週間して、今度は父親の向田自身が電話をかけてきて、治療は継続しなくてもいい、といった。息子と父親の間で話し合いがついたのだろうか。それとも――。

「わかった」

斑猫は、眼をそらせた。

「とにかくこの死体を片づけよう」

ふたりは、死体の手足を摑んでエレベーターシャフトへと運んだ。階段の上から死体を投げ落とし、そのあとを追う。

地下の研究室を一目みて、エンジェルは「参ったね」とつぶやいた。

「ここであんた、なにしてたんだい」

「冷凍庫を置いていた。研究成果をすべて破棄するのは忍びなかったからね。もう一度取りにもどってこようと思っていた」

「やっぱり売るつもりだったんじゃないか」

「売るために残したのではないよ」

階段の下にくの字にねじれた死体を摑んで、血と脳漿を引きながら奥へ引っ張りこむ。突き当たりの小部屋のドアをあける前に、彼は忠告した。

「この中にもうひとつ死体がある。それはわたしとは無関係だ。なぜ、これがここにあったかは知らないし、わけもわからない」

「どういう意味」

答えず、斑猫はドアをあけた。

しかし、そこに死体はなかった。部屋のなかは空だった。

19 NOW

手にいれたものを岩崎に報告せず、事態を傍観することに決めたとき、廣田は自分が決定的に会社を裏切ったのだとは少しも考えなかった。

会社への忠誠心がないとはいえない。誠意がないわけでもない。

プラスケミカルという組織のルールが、自分のそれに重なりあう限りにおいて、廣田は誠実な社員だった。連日の残業、週末を犠牲にしての接待。彼はがむしゃらに働いた。会社は彼と利益を分けあう共犯者であって、それ以上のものではなかった。共犯者である会社にたいして、裏切りはいわば当然の権利だった。

研究所の地下で倉石が残したサンプルを手にいれたあと、廣田はこれが自分になにをもたらすかについて、考えた。

なるほど、血漿サンプルのもたらす成果はプラスケミカル・ジャパンの純益を幾分か押しあげ、本社であるプラスケミカル社に利益を与えるかもしれない。生み出された製品が世界的なヒットになる可能性も、確かにあった。

しかし、その利益が廣田自身を潤《うるお》すことは決してないのだ。しばらくの間は出世に有利に働いたとしても、いずれは非合法な取引の責任を被《かぶ》って、彼は処分されることになるだろう。

それが見抜ける程度には、廣田は組織というものを知っていた。

七年前、研修で送り込まれたアメリカ本社の中枢部で、廣田は利潤の追求の名のもとに行われる血みどろのパワーゲームを目の当たりにした。トップが交替するごとに経営方針は賽《さい》の目のように変化し、部門の廃止とともに大量の首切りが行われる。幹部といえど安泰ではなかった。

『われわれが、なぜ、ああもしょっちゅう買収を仕掛けるのか理由を知ってるかね？』

廣田の庇護者であったフェアフィールドは、自嘲たっぷりに廣田に説明した。

『アメリカ企業の幹部は揃って高給取りだ。かれらをリストラするには、合併がもっとも簡単なのだ』

フェアフィールドは、廣田の組織への無邪気な信頼をひとつずつ叩き潰していった。生き延びること、すべてを自分のために利用すること。それができる人間だけが生き残れるのだといった。

三年後、廣田がフェアフィールドのもとを去ったのは、まさしく師の教えの結果に外《ほか》ならなかった。留《とど》まれば自分がどうなるか、廣田にはわかった。三年間で廣田はフェアフィールドが意図した以上に成長していたのだ。

おれは、おれのやり方で、このゲームを勝ち抜く。

決して負け犬にはならない。

そう考えることで廣田は屈辱を意志にすり替え、劣等感を過去に置き去りにした。上昇し、もっと力を手にいれる。今よりもっと、上へ。より大きな裏切りへ向かって。

フェアフィールドと別れてから、彼は、境界を見極めようとしても手がかりさえない灰色の波打ち際を、直感だけを頼りにわたってきた。今のところ羅針盤は狂っていない。彼はうまくやっていた。

しばらくはこのまま、進めるだろう。今しばらくは。

そして、もう一度、崖の上から飛ばねばならない日がきたのだ。


岩崎への報告を終えて、廣田は電話ボックスをでた。こめかみから汗の滴《しずく》が流れおちた。夕方のなまぬるい風が、陽ざしに焼けた駐車場からやってくる。

彼は宮城を探した。宮城は、自動販売機の前で缶コーヒーを飲んでいた。廣田に気づくと、手にした缶をゴミ箱に放りこみクーラーボックスを左肩に担ぎあげた。互いの合流地点めざして、ゆっくり歩道を歩きだす。廣田は車道をわたって、宮城のあとを追った。

ミニスカートをはいた女子学生がふたり、宮城とすれちがいざま振り返るのがみえた。眼を丸くしていた。彼女らがささやきあう声まで、廣田には想像できた。

……今の人、なんかスッゴイよね。

……芸能人かなあ。わかんない。

宮城の肩までの長髪、威圧的な長身に浅黒く日焼けした精悍《せいかん》な面貌。サングラスをかけ、ラフな麻のジャケットにジーンズ姿でのし歩く姿は、堅気とも玄人《くろうと》とも、みえなかった。しいてあげればプロレスラー。そういえばパンクラスによく似た選手がいたはずだ。

廣田の眼の前にくると、宮城はサングラスをはずして、しかめ面をみせた。廣田を一発殴る真似をする。

「なにニヤニヤ笑ってんだよ」

「べつに」

廣田は笑いながら、肩を並べて歩きだした。

宮城が聞いた。

「岩崎の親父になんていった?」

「定例報告だけだ。明日、帰りますってな」

「悪党」

「ぬかしてろ」

廣田は軽い高揚感に包まれていた。引き返せない一歩を踏みだしたためというより、夕暮れのけだるい熱気と風のせいだった。一日が終わる。今日が無事に終わる。祝杯をあげたくなるような気分だった。

「ビアガーデン、やってないかな」

「佐波が知ってるんじゃないか。聞いてみようぜ」

正面玄関の自動ドアを通りぬけ、外来が終了した無人の待合室を抜けて、研究棟へ向かう。廣田は通路の仕切りのドアを支えて、点滴を満載した看護師のキャリーを通した。

「どうも」と礼をいった看護師に、にっこり笑いかける。

宮城が皮肉った。

「愛想ふりまくだけなら、タダってことか」

「どういう意味だ？」

べつに、と宮城は襟のなかに手をいれて首をかいた。

「昔から思ってたけど、あんたみたいに見かけと中身に落差のある人間はいねえよ。ほら、高校のとき、あんたに、なんで飛び込みに転向したのか聞いたこと、あったろ？」

廣田はゆっくりふり返った。身体を包む温かな空気はまだ消えてはいない。だが、冷気が間近に迫ってきたことは感じられた。宮城を見据えて、つぶやくようにいった。

「さあ──、思いだせないな。おれは、なんて答えたんだ？」

「インハイにでるためだって、いったんだよ。あれには驚いたね。それまであんたは、そういう下賤《げせん》な欲望とは無縁のお人だと思ってたからさ。とにかく綺麗だったし」

宮城は眉をよせると、眼のチラつきを払うように頭をふった。

「まあ、マジで眼がさめるようだったぜ。高校の二年にもなりゃ、だれでもヒゲは生えるし、ゴツゴツしてくるじゃん。遺伝子がどうちがえば、あんたみたいになるのか、おれにはさっぱり解《げ》せなかったね。真夏のさなかに汗もかかねえような顔をして、ケンカはしない、部のだれとでもうまくやっている」

「確かにおまえは言葉遣いが最低で、部内でしょっちゅうもめ事を起こしてたな」

「るせぇな。最後まで聞けよ。これからまとめなんだから。そんなわけで、佳人廣田にも人並みの欲望があると知って、おれは安心したのよ」

廣田は暗い笑いを浮かべた。

窓の向こうに、病棟に挟まれるようにして五角形の変わった建物が建っていた。おそらくは大講義室だろう。講義室の横から白衣姿の男があらわれ、うつむき顔で足早に窓の外を通りすぎていった。

「おれは学生のとき、ずっとおまえが嫌いだったよ」

宮城が、首をねじ曲げて自分をみつめるのが感じられた。廣田はふり返って、「知らなかったろ?」といった。

「全然気がつかなかった。あんたとは気があうと思ってたよ」

そうだろうな、と廣田は胸のなかでつぶやいた。おまえはそういうヤツだったからな。まわりのことなんか頓着しないんだ。

「おれはケンカが嫌いだったから、やらなかったわけじゃない。できなかったんだ。怖くて。おまえみたいに、地のままで人に好かれるような人間じゃなかったからね。最初はうまくいっても、そのうち離れてしまう、どの友だちも。人の気持ちをつなぎ止めることができない」

宮城はけげんそうに眉をよせた。

「しかし、あんたはモテるだろ。男にも女にも」

「そういってくれるから、おまえとは今でも付き合ってられるんだ。おれは十一のときアメリカから帰ってきて、卒業するまで二年間、クラスの人間と一緒に学校から帰ったことがなかった。帰国子女だってことは隠してたよ。当然。なのに、いつまでたってもひとりなんだ。どういえばいいのかな、自分の捨て方がわからないんだ。

おまえは、馬鹿やって、すぐ腹を立ててだれかに迷惑をかけてるだろ。なのにだれもおまえを見捨てないんだよな。いつでもみんなの中心にいる。羨《うらや》ましかったね」

「いってくれるじゃねえか」

宮城は鼻の穴をふくらませた。腹を立てたのだ。日焼けした顔が紅潮している。人差し指で自分の胸を指さして、「おれはな、どん底まで落ちたんだぜ。そこんとこ、忘れないでくれよな」といった。

「傷害でアゲられて会社を首になったとたん、女も友だちもゴキブリみたいに逃げていったよ。親にまで見捨てられて、路頭に迷ったんだ。いい加減なことをいうなよ」

「けど、おまえはだれが離れていこうが気にしないだろ」

「してるよ」

「いや。してない」

廣田はムキになっていいつのった。自分を子どものように感じたが、今この瞬間を逃せば一生口にできないことはわかっていた。そして、廣田はしゃべってしまいたかったのだ。

「ムカつくだけで、すぐ忘れるだろ。本質的には平気なんだよ」

「だから、どうだっていうんだよ。だいたい、なんでこんなとこで、いい年した男ふたりが、中学生のホームルームみたいな議論をしなきゃならないんだ。あんた、今日はおかしいぜ」

「学生のときの話をはじめたのは、おまえが先だろ」

廣田は先を続けようとして一寸《ちょっと》、ためらった。昔の話を蒸し返したところで、なんの益もない。

しかし。

「おまえがおれの人生を変えたんだ」

口にだすと、赤面するほど青臭く気恥ずかしい台詞《せりふ》だった。さすがに相手の顔をみてしゃべる勇気はなかったから、廣田は窓の外をながめるふりをした。

「おれが水泳をはじめたのは、七歳のときだ。アメリカでも泳いでた。選手としちゃあ大したことはなかったけど、そう悪くもなかった。おれは自惚《うぬぼ》れてたんだ。自分に。いつかオリンピック級の選手になれるかもしれないってね。子どものときの自信ほどアテにならないものはないよ。

中学の三年間、毎日部に通って練習した。冬場は強化トレーニングもやった。それで試合では一度も勝てなかった。一度もだ。ところが、おまえはさぼりまくって、最初から選手だ。ああ、おれも、おまえになりたかったよ。偉そうにプールサイドに寝そべって、友だちに手をふってみたかったね。もし、おれが勝者だったら、おまえみたいに、ありのままの自分で勝負できるんじゃないかと思ったんだよ。自分に愛想をつかしてたんだ。

だから、おれはやりたくもない飛び込みに変わって、毎週、宇都宮のスイミング・スクールまで通って、コーチにはやめたほうがいいといわれながら、練習した。バカみたいにな」

『時間と金の無駄遣いだな』

あのときのコーチの台詞。肺腑《はいふ》をえぐるような一言一言が、屈辱感の苦い味とともに、廣田の耳に甦《よみがえ》った。

『どうしてもというなら指導するが、これだけはいっておくよ。才能がないとはいわないが、まあ十人並みだな。きみは容姿がいいから、有利なことは確かだけどね……』

「べつにおれはトップなんて目指しちゃなかった。インハイにでられればよかった。それで、なんとか三年めにインハイにでられたときは、躍りだすぐらいうれしかった。おまえは当たり前みたいな顔をしてたけど。おれにとっちゃ人生で一番嬉しいことだったんだ。大学に受かったときよりも、何倍も嬉しかった」

宮城は当たり前といわれたことを否定しなかった。事実、そう考えていたにちがいない。分別臭い顔でいった。

「あんた、がんばったんだな」

「いつだって、おれはがんばってるよ」

廣田はむっつりと歩きだした。羞恥《しゅうち》で頰が熱かった。無意識に足が早まった。

宮城が、非常識なほど能天気なことを聞いてきた。

「それで、あんた、いいことがあったわけ？」

「なにが」

「だから、そんだけ努力して、インハイにでて、なにかいいことがあったのか？」

廣田は呆《あき》れて足をとめると、自分よりやや高い位置にある相棒の顔をみつめた。

宮城は興味しんしんの表情で、答えを待っている。

バカ野郎が、と廣田は口のなかでつぶやいた。この頑丈な横っ面を一発殴ってやりたい。

「──ああ、あったよ」

さっさと歩きだしながら、廣田はいった。

「自信がついたよ。決まってるだろ、バカ野郎」

廣田のかつての同級生、佐波友彦は、分子生物学教室の研究室で待っていた。廣田につづいて宮城が入ってきたのをみて眼を丸くしたあと、ブッと噴きだした。

「なんだ宮城まで一緒か。おまえら、まだつるんでるのか」

「系列会社なんだよ。どうだ、嫁さんは元気か？」

「まあな」

佐波は、照れた顔になった。去年の秋に結婚して、まだ一年もたってなかった。

「来月生まれる予定なんで、風船みたいになってる。ハネムーンベビーってやつだな。今は里帰りしてるから心おきなく飲めるぞ」

「そいつはめでたい」

廣田は担いでいたクーラーを床におろし、窓枠に腰をのせた。佐波は、学生のころから体重に恵まれた男だったが、結婚してからまた一段と肥えて、数年前、廣田の結婚式に出席したときより、確実に二〇パーセントは容積がアップしていた。

「宮城はどうなんだ？　もう結婚したか」

「まだまだ。いまだに女をとっつかまえられねえ。男子校なんぞいくもんじゃねえな」

男三人は急に深刻な顔になってうなずいた。

かれらの母校は進学校としては有名だったが、近隣の女子校とさしたる交流もなく、質実剛健の学風のもとに、まことに侘《わび》しく虚《むな》しい生活を生徒に強いた。今、当時の友人らと飲むと、きまって男子校の弊害が話題になる。

「廣田は一年で離婚、おれが見合い二十五回でやっと結婚。で、宮城がまだか。お互い三十にもなって情けねえな。で、廣田はなんで別れたんだ？　女でもこしらえたのか」

「そんな暇があったら逃げられてない。出張から帰ったら会社に一ヵ月前の日付の速達が届いていて、中身が離婚届だ。あれには参った」

バカだなあ、と宮城と佐波が口をそろえて笑った。佐波は露骨にうれしそうな顔をしている。

離婚の前後の生ぐさい事情については、佐波も想像はしているだろうが、三人ともそれには触れなかった。

佐波がクーラーをあけて、いった。

「それで、これが頼まれものか。ヤバイもんじゃないだろうな」

「うちの会社は麻薬関係は扱ってないよ。残念ながら」

廣田は、クーラーの蓋をひらいてドライアイスで包んだ冷凍保存用のパックをみせた。どれどれ、と佐波が巨体を揺らしてのぞきこむ。

「二点か、ああこのサイズなら大丈夫だ。零下八十度でいいんだな。ラベルが書いてないが」

「サインペンを貸してくれ」

廣田はペンを借りて、ラベルの霜をてのひらで払うと、今日の日付と佐波の名前、病名を書きこんだ。ラベルは空白だったが、隅に小さく一年前の日付と、K1、2とナンバリングされた数字が入っている。倉石が付けたものだろう。

佐波がたずねた。

「Kってのはなんだ」

「データ番号。研究所用の1、2。凝った名前をつけると、データの読みだしするときに忘れてしまうからな」

「それは、おれもよくやる」

佐波は覚えのある顔でうなずいた。

「で、今夜はどうする？　あいてるんだろ？」

「ああ、そりゃもちろん――」

そのとき、廣田のベルトで携帯電話が鳴りだした。

「ちょっと失礼」

廣田は窓辺に寄って電話を耳にあてた。

震える声が、廣田を呼んだ。

「……ごめんなさい？　廣田さんですか」

つかさだった。

「どうしました？」

「あの人たち。アパートの前にいるんです。学校から帰ってきたら、いて……、どうしたらいいかわかんなくて」

「今、どこにいるの」

吉島《よしじま》一丁目の交差点――、つかさがいう住所を廣田は頭に刻みつけた。電話を耳にあてたまま佐波に聞いた。

「おい、ここから吉島一丁目までどのくらいかかる?」

「すぐだな。信号待ちして十五分てとこだ。どうかしたのか」

「女の子を拾ってこなきゃならなくなったんだ。おまえんとこの学生だ」

「なんだ、もう引っかけたのか。悪い野郎だな。いってこい。おれは九時まで残ってるから、電話してくれや。荷物はディープフリーザーにいれといてやるよ」

「恩にきるよ」

廣田は電話の向こうのつかさに話しかけた。

「十五分ぐらいで、そっちに着く。車はわかるね。青のハイエースだから。そのあたりに目印になりそうな店はない?」

「ええと、近くにレストランがあります。なんだっけ、すかいらーくです」

「じゃあ、そこの駐車場で十五分後。みつからないようにね」

廣田は宮城に合図して、部屋をでた。廊下を足早に通りぬけながら、小声でいった。

「松尾の娘だ。避難先の友だちのアパートの前で、連中が待ち伏せしているといってる」

宮城はにやっとした。

「じゃあいよいよ、犯人どもにお目にかかれるわけか」

「間に合えばいいんだがな」

街は暮れかけていた。太陽はしずみ、西の方角にかすかな紅が消え残っている。窓から湿った風が流れこんできた。

廣田は、渋滞のはじまりかけた国道に車を割りこませた。

十五分もかからなかった。実際には十二、三分といったところだろう。吉島一丁目の交差点の右手に、つかさの話していたレストランの看板がみつかった。廣田はウィンカーをだして、ハイエースを店舗と平行にのびた駐車場の中ほどにいれた。

車を止めると同時に、運転席の窓に、髪を揺らしながらつかさが駆け寄ってきた。白い顔と白いシャツが、黄昏《たそがれ》のなかで発光しているようにみえた。

「廣田さん――」

廣田は運転席からおりると、つかさを乗り込ませた。宮城がリアシートに移って、助手席に座らせた。

「友だちはどうしたの？」

「エミちゃんは、バイトからまだ帰ってないんです。どうしましょうか、電話したほうがいいかな」

「そうしなさい。今晩は部屋に帰らないほうがいいだろう」

廣田は駐車場に立って、辺りを見回した。空の闇が濃い。街は夕方の慌ただしさに包まれて、拍子抜けするほど平和にみえた。不審な人影はどこにも見当たらなかった。

運転席に乗り込んでドアをロックした。

「連中はまだアパートの前で見張ってるの？」

「だと思います」

廣田は、「どうする？」と宮城に声をかけた。

「捕まえてみるか」

「そうだなあ。しかし素手ってのはなんだな。銃を持ってるかもしれない」

「だったらまずいな」

つかさは、おびえた表情でふたりのやりとりを見守っている。廣田は、携帯電話を渡して、通話の方法を教えた。

「友だちに連絡しなさい。それから、迎えにきてくれそうな人、いない？　泊めてくれそうな友だちとか親戚とかは？」

つかさの眼が、大きく見開かれた。黒眼の部分が空洞のようだった。たぶん、次になにをすればいいのか、考えてなかったにちがいない。廣田さえ呼べばなんとかしてくれると思っていたのだろう。

つかさは伏し目になって、小さな声でいった。

「ええと、だれか探します。ひとり暮らしの子とか結構近くに住んでるから」

「ひとり暮らしか。家族と一緒にいる人のほうがいいんだけど」

「たぶん、いると思うから……。探せば。すみません」

廣田は車をだしながら、いった。

「まあ――、とりあえずホテルにいこうか。少し休んで、どうするかゆっくり考えればいい」

流れる車の半分がライトをつけていた。同様にライトをつけながら、廣田は、綺麗だな、とぼんやり思った。この夜でも夕方でもない霞《かす》むような時間帯が、街は一番美しい。

そんなことを考えたのは、助手席の若い女の気配のためかもしれない。結婚前、よく美由紀とドライブにでかけた。東京へと向かう夕暮れの東名高速を飛ばしながら、どこまでも伸びるハイウェイライトの美しさにため息をついたものだった。

『こんな景色、二度とみられないかもね』

あの日、彼女が口にした通りになってしまった。

つかさは助手席で、電話をかけている。友だちに申し訳なさそうに事情を話す声が漏れ聞こえた。

「……ウン、わたしは大丈夫だから。ほら、あの人、東京からきた廣田さんて人と一緒。あはは、そんなことないって。だから、心配しないで。……ウン、気をつけてね。また連絡するから」

電話を切ったあと、「ありがとうございました」といって、廣田に電話を返してきた。

「廣田さんたちは、このあと、どうなさるんですか」

「そうね……。きみをホテルに送って、もう一度、さっきの場所に戻ろうかと思ってるんだが。あいつらがまだいるようなら、警察に通報できるし」

「危ないんじゃないですか」

「そうもいってられないからね」

「もしかして、お父さんのためですか」

運転しながら、廣田は片頰で笑った。

「いや、ちがうよ。純粋に自分の仕事のためだな。それより必要なものがあるんじゃない？　コンビニに寄ってもいいよ」

「じゃあ……、ちょっとだけ、いいですか」

廣田は、眼についたコンビニの駐車場に車をいれた。「護衛に」宮城がつかさと一緒に店に入ってゆくのをながめたあと、廣田は、携帯電話を取りだした。

少し遅れるから、そう佐波に連絡するつもりだったのだが、電話口にでた佐波は、声がうわずっていた。

「すまん廣田。陣痛がきたんだと」

「奥さんか」

「ああ。いきなりだよ。今すぐでれば、最終の新幹線に間に合うんだ。いっていいかな」

「当たり前だ」

激励の文句を考えているうちに、佐波は電話を切ってしまった。これから駅に出発するのだろう。

——子どもか。

思いがけず、妬《ねた》ましさが胸を刺した。自分が、だれかの父親になり、小さな温かい身体を自身の一部のように抱きしめる日は永遠にこないような気がした。

廣田は、自分はごく平凡な人間だという自覚を持っていた。人生に多大なものを要求したことはない。望んでいたのは、ささやかな充足感にすぎなかったのに、いつのまにか離婚し、こうして犯罪の片棒を担いでいる。どこで選択を誤ったのか。

――運命ってやつか。

店から、宮城とつかさが連れだって戻ってきた。廣田は胸のなかの思いを押しやり、ドアをあけた。

ホテルのフロントには、廣田あてのメッセージが二通届いていた。

岩崎に、佐伯俊一。岩崎のほうは『早く連絡しろ』の一行。その後ろの名前は、しばらく思いだせなかった。

――佐伯？

『ぜひお会いして話したいことがあります』

手書きの文字だ。ホテルで待っていたらしい。廣田は思いだした。向田事務所からきた秘書の名前だった。ホテルの名と電話番号。それにルームナンバー。

廣田はフロントの女性に聞いてみた。

「どのくらい、この人、待ってましたか」

「さあ、わたくしは先ほど交替したばかりですので……」

そういったあとで、フロント係の若い女性は意外な熱意をみせた。

「担当のものに聞いてみましょうか。まだ帰ってないと思いますから」

「いや。結構です。どうも」

メッセージの時刻は五時五十分。そのころ廣田らは大学病院にいた。話とは、たぶんエンジェルのことだろう。しかし、廣田のほうには佐伯に話すことはない。

廣田は、メッセージカードを指先でもてあそびながら、宮城らのところに戻った。宮城が手元をのぞきこんできた。

「だれ？」

「岩崎大将と、一昨日のゴミ男」

「ゴミ男って、ああ、あれか。で、どうしたって？」

「お電話ちょーだい、だって」

つかさがプッと噴き出した。

「いつもそんなふうに、おふたりでしゃべってるんですか」

「まさか」

廣田が打ち消すと、宮城がしたり顔でいった。

「お嬢さん、こいつの外見にだまされちゃいけない。廣田ってのは悪いヤツなんだから」

「そうなの？」

「マジよ、独身のくせして妻帯者みたいな顔して女の子を口説くわ、携帯電話の番号は、かわいい子ならどんどん教えて、上司には内緒にしてるんだからな。ひどいと思わないか」

「おれの私生活をみてきたようにいうな。それに上司に教えないのは自衛のためだ。四六時中掛けてこられちゃ仕事にならん」

「つかさちゃん、宮城君のほうがよっぽどイィ男だと思うだろ。廣田なんかより、ずーーっと優しいいし、誠実だし、スタミナもあるし、あっちのテクも……」

「バカ」

歩きながら宮城の頭の後ろを一発殴ったとき、つかさが思いがけないことをいいだした。

「あのう、わたしもこのホテルに泊まっちゃいけませんか」

男ふたりは顔を見合わせた。互いの顔に不謹慎な考えを読みとって、あわてて眼をそむける。つかさは、フロントをふり返った。

「ここ、あんまり高くないし。二、三日だったらなんとかなるから、お父さんが帰ってくるまで、待ってみようかな、と思って。廣田さんや宮城さんがいれば心強いし。迷惑でしょうか」

「いや。そういうことはないけど」

廣田は、笑う狼のような宮城を牽制しつつ、いった。

「しかし、おれは明日から二日ほど東京に戻るんだけど」

不意うちを食らったように、え、とつかさは顔をあげた。

「廣田さん、いないんですか」

「ああ、会議があってね」

「そうですか……」

つかさは沈んだ表情になった。

「大丈夫。宮城は残しておくから」

「おれに任しておきなよ。ばっちり護衛してあげるから」

「おまえが一番危ないんだよ」

幸いシーズンオフの平日ということで、シングルを三日分確保することができた。もっとも同じ階というわけにはいかず、明日東京に戻る予定の廣田が、つかさと部屋を交換して、宮城とつかさが隣り合わせの部屋に入ることになった。

廣田が荷物をまとめて廊下にでるのと入れ替わりに、つかさが部屋に入った。

「じゃあ、七時半に飯にしよう」

つかさが小首を傾《かし》げた。

「食事って……。でかけないんですか？」

「とりあえず、きみの安全は確保できたわけだし。今後のことを打ち合わせておいたほうがいい。警察に通報するかどうかも含めて」

警察の名前をだしたとたん、つかさは怯《ひる》んだ表情になった。こっくりうなずいた。

「十分後に下で」

廣田はつかさに微笑みかけて、ドアを閉じた。廊下を歩きだしたときには、笑いは跡形もなく消えていた。

部屋にいない宮城を探して、ロビーをひとわたり調べ、思いついて四階の自動販売機のコーナーへいってみた。案の定、宮城はビールの自動販売機前で、つまみを片手にちびちびやっていた。

おい、と廣田は声をかけた。

「予定が変わった。佐波は奥さんが陣痛で、名古屋に飛んでいったよ。今夜は飲み会はなしだ。下で飯を食う。ロビーに七時三十分集合だ」

「で、連中を捕まえるのはどうなった？　これからアパートにいくんだろ？」

廣田は、なんだそれ、といった表情をした。

「だれがそんな危ない真似をするか。あれは——」

と、一段と声をおとし、「彼女を納得させるためにいったの」とささやいた。

「佐波と引き合わせるのはマズイだろ。やっぱり。どこで話が漏れるか知れたもんじゃないし」

「じゃあ、あの子を独りでほっといて、自分は佐波と飲みにいくつもりだったのか」

「当たり前だろ」

あっけにとられている宮城を置いて、廣田はさっさとエレベーターに乗り込んだ。「外道《げどう》」と背中に投げつけられたが、屁でもなかった。


ホテル一階のレストランで宮城らと食事をすませたあと、廣田はホロ酔い加減で部屋に戻った。シャワーを浴びて髪を洗い、歯を磨くあいだ、彼は考えつづけた。食事の最中に、突然浮かんできたその思いつきを、どうしても頭から振り払うことができなかった。

電話を持って廣田はベッドに腰をおろした。

まず外線の0。市外局番、局番、4ケタの番号。

二回の呼び出し音のあと、受話器が外れた。

「はい、英田《はなだ》です」

彼女の声。ふくらみのある明るい声。ひとりではないのかもしれない。家族、或いは恋人と一緒か。

「もしもし、廣田です。こんばんは」

美由紀が息を呑みこんだのが、わかった。同じ明るい調子で、返してきた。

「わあ、びっくり……。元気でした？」

「ええ、なんとか。話しても大丈夫かな？」

「平気よ。ずいぶん長い間、声を聞いてなかったな。葉司さんは、今もあの会社にいらっしゃるの？」

「そう。まだ、います」

美由紀はふふ、と笑った。過去を織り込むような笑い方だった。

「どこから？　出張先？」

「当たり」

「急にどうしたんです？　出張先で暇を持て余して、わたしのことを思いだしたとか？」

廣田は電話口で、微笑した。どんなに腹を立てている相手にも、話の継ぎ穂を与えてくれる女だった。美由紀は。

「ん――、電話を掛ける勇気が溜まるのを待ってた。すぐ切られてしまいそうで、なかなか掛けられなくてね。さっきまで友だちと飲んでたんですよ。それで酒の力を借りて……。迷惑だった?」

「ほんとに? 葉司さんが電話を掛けられないなんて、信じられないな。NTTの回し者みたいにしょっちゅう電話してたのに。今、新幹線おりたとか、宿についたとか、いちいち報告して……」

小さく美由紀が笑った。思いだしたのだろう。廣田があまりに頻繁に家に電話を掛けてくるので、外出できない、とぼやいていたころのことを。

「今もあんなふうにだれかに電話を掛けているの?」

「まさか。今は電話から逃げ回ってますよ。それで美由紀さんはどう? 変わりないですか」

「そうね。うちのほうは別に……。あ、そうそう、わたし、正社員になったんです。これまで契約社員だったんだけど、ちゃんとボーナスが貰《もら》えるようになりました。中途採用では、はじめてのケースなんですって」

「それはすごい。おめでとう」

廣田は心からいった。美由紀は、大学を卒業して就職した企業を、結婚を機にやめていた。離婚したての、とりたてて資格のない女が、再就職することがどれだけ難しいかは、廣田にも想像できた。

「本当によかったね」

「それがいいことばかりじゃないの。このあいだ所長に呼ばれたの、パートのまとめをやってくれって。社員が苦情をいってくる窓口になって、パートの人たちにはわたしが注意しなきゃいけないっていう、いわば憎まれ役ね。売り上げのことも今までいわれなかったけど、急にノルマがついちゃって。胃が痛いわ」

「職場のクッション役か。中間管理職の悲哀をたっぷり味わってみるのも、いいんじゃない？」

「だったら、管理職並みのお給料がほしいわ。すごく安いの……、あら、ごめんなさい。わたしばっかり。用があったんでしょう？」

「いや、大したことじゃない」

廣田は唇をなめて潤した。受話器を握る手が汗ばんでくる。

「一度会えないかなと思って」美由紀さんの近況も知りたいし」

「ふふ、急にこわいわね。なにか話でもあるの？

「いや、なにも。会いたいだけ、なんて簡単な理由じゃ駄目かな」

美由紀はすぐに答えなかった。

「そうね。どうしようかな」

「来週の金曜の夜、七時に銀座というのは、どうかな。場所は和光《わこう》前の喫茶店」

独身時代、よく待ち合わせに使っていた店だった。露骨すぎたか――、と廣田は口にしたあとで後悔したが、美由紀のほうは拘《こだわ》りのない口調でいった。

「あの店。まだあるのかしら」

「あったよ。先月、前を通ったときには」

コンコン、ノックの音が聞こえた。廣田は受話器を握りしめたまま、ドアをふり返り、軽く舌打ちした。

「どうしたの？」

「いや、だれかきたみたいだ。ちょっと失礼」

電話機を片手にぶら下げて、覗《のぞ》き窓をみにいった。長い髪をたらした小柄な人影が眼に映った。つかさだった。

——なんだ？

廣田はドアをあけると、「待って」と声をかけた。

「電話中なんで」

つかさが、こくりとうなずいた。

廣田は、また電話に戻った。

「それでどうかな、二十二日」

「七時に銀座ね。わかったわ。大丈夫だと思うけど、前の日にもう一度、電話してくれる？」

「ああ」

おやすみ、といって廣田は電話を切った。即答してくれなかったことで、幾分不安はあったが、すぐに電話を切られなかっただけでも収穫だった。

ドアをあけて、つかさを通した。

「ごめんなさい、邪魔して」

「ああ、まあ……、どうしたの」

つかさがもじもじしているので、ようやく廣田は自分が風呂あがりで、パジャマの下しか身につけてなかったことを思いだした。

「ちょっと待って」

バスルームに一時退避して、ジーンズにはき替えた。Tシャツをかぶりながら部屋に戻ると、つかさに声をかけた。

「どうかしたの？」

「ちょっと明日のことでご相談があって……」

顔を合わせた瞬間、廣田はおや、と思った。いつもの彼女とどことなく印象が異なっていたのだ。

唇。つかさの唇が濡れたように赤く輝いていた。ひと捌《は》けの色彩が加わっただけで、白くあどけない顔立ちが急になまめいてみえ、廣田は視線を外せなくなった。

「それ、化粧しているの？　口が赤いけど」

つかさが、パッと両手の指で口元を押さえた。

「リップなんです。さっきコンビニで買った……。変ですか」

「いや。素っぴんしかみたことがなかったから、珍しいなと思って」

廣田は冷蔵庫をあけて、「ビール？　それともペリエにしようか」と聞いた。

「あの、ビールをお願いします」

「ビールでいいの？　下じゃほとんど飲まなかったけど」

「喉、渇いちゃったから」

彼女がそういった時点で、廣田は気づくべきだったのだ。しかし、かすかな疑念を置き去りにして、つかさに缶ビールをわたした。彼女には椅子をすすめ、自分はベッドに腰をおろして、生徒指導の教師ならこうするだろう、という見立てのもとに、相手の話を聞く態勢になった。

「わたし、東京にいこうと思ってます」

廣田はうなずいただけで、口は挟まなかった。

「実は父の行き先に一件だけ心当たりがあるんです。でも、それを確かめるにはいろいろ聞いてみなきゃいけないし、電話じゃあ本当のことはわからない気がして……。どうしてもいってみたいんです」

「それは理事長のことだね」

つかさは丸い眼を大きく見開いた。

「そうです。廣田さんもそう思ってたんですか」

「考えなくても、わかるよ」

廣田は座りなおすと、長い足を胴に引き寄せた。

「とりあえず、きみがどうしても東京にいかなきゃ、って考える根拠を説明してくれないか」

つかさはうなずいた。

「植松さん――、理事長先生の愛人さんのことを、父は普段は植松さんと呼んでるんですけど、ときどき、あの人ら、って呼び方をすることがあるんです。父がそういったときは、蓉子さんとは関係ない、理事長側の人たちって意味です。だから、急いで家をでていったのは、電話では話せないことを植松さんに相談するためだったんじゃないかと思うんです」

「植松さんには電話してみたの？」

つかさは首をふった。

「どうして？」

「あの人、本当のことは話してくれないと思います」

「なぜ。そんなふうにはみえなかったが」

つかさは黙りこんだ。固い横顔から、植松恭子への不快感が透けてみえた。しかし、なぜだろう。廣田はいぶかしんだ。

愛人という存在への反感だけではなさそうだ。

「植松さんがどうかしたのかい。お父さんは、彼女のことをずいぶん頼りにしてたんじゃないの？」

「だってそうしないと、経営にいろいろ口をはさんでくるから、あの人」

つかさは、上目遣いに廣田をみあげると、両足を椅子の上にあげてあぐらをかいた。行儀はよろしくないが、すこぶる愛らしい仕草である。

「父から聞いたことしか、わたしは知らないんだけど。植松さんて、すごーくやり手だって話なの。法人の財産とか職員の給与とか、あの人、理事長先生の愛人てだけで、権限がないのに口だししてくるんです。経理も父がみてるのに、いっぱい介入してきたんですよね」

「例えばどんな？」

「うーん、急には具体的な話は思いつかないけど。会計監査を入れるとかいったり、公認会計士さんを急にクビにしたり、本当に困っちゃうんです。研究所でも問題になってたんです。彼女が備品をうるさくチェックして、看護師さんたちに出入録をつけろなんて命令したりして」

「会計士をクビにしたというのは、いつ」

「去年、じゃなくて一昨年か。事件のちょっと前だったかな。それで自分の知り合いの会計士をつれてきちゃったの」

「どうして？」

「知らない。脱税隠しじゃないかなあ。前からいた会計士さんが理事も務めてたんだけど、やめさせて、自分が理事になろうとしたもんだから蓉子さんが怒っちゃったの。結局、理事は諦めたみたいだけど、理事長先生が倒れてからは、あの人が研究所の代表みたいなものよね。研究所の建物とか土地って、昔の松尾病院のもので蓉子さんの名義になってるんだけど、そのうち、それも全部取られちゃうとか、お父さん、心配してた」

「そんなことがあったのか」

同情した顔でうなずきながら、廣田は、会計士を調べて裏を取っておかなければ、と頭に書き留めた。

つかさがいうような確執が、事務長の松尾と植松恭子の間に存在していたことに関しては、半信半疑だった。もし本当に敵味方同士であったなら、植松は、事務長の松尾に廣田を紹介するような便宜を計ったりしないだろうし、松尾も受けなかったはずである。

なるほど、逮捕された病院経営者のいる医療法人で、内紛が発生しないわけはないが、つかさが決めつけるほど、事務長サイドと植松恭子は反目しあっているようにはみえなかった。

まだ、廣田の知らない事情があるのだろう。ひょっとすると、それは事務長の側の一方的な理由なのかもしれない。

――それにしても、女だな。

廣田は内心、呆れていた。子どもだとばかり思っていたが、やはり女で、噂話には滅法つかさは詳しかった。娘を独力で育てあげた植松恭子も、彼女の話のなかでは、ただの強欲な愛人のおばさんになりはててしまう。

つかさはいつのまにかビール缶を空にしていた。二本めを冷蔵庫から取り出すと、「いい？」と聞いた。頰から耳にかけての透けるような薄い皮膚が、酔いに染まっている。

「大丈夫か」

「これくらい平気です。わたし」

今度は、椅子の背もたれを前に腰をおろすと、あごを椅子の背にのせて、陰険な眼差しを向けてきた。

「廣田さんは植松さんの味方なんですか」

「おれはだれの味方もしない。会社の利益優先で動いているだけだから」

「だったら、わたしの肩を持つより、植松さんについたほうがずっとトクですよね。父はもう事務長じゃないし、執行猶予つきの前科一犯で、お金もないし」

「おいおい絡むなよ。絡み酒だったのか」

「絡みますよ。だって、廣田さんてば冷たいんだもん」

廣田は苦笑した。「それで？」と先をうながした。

「おれに相談したいのは、どういうこと？　東京に一緒にいきたいってことなの？」

つかさは、据わり気味の眼を廣田に向けたまま、ちびちびビールを飲んでいる。

「廣田さんて独身だったんですね」

「ああ」

「宮城さんがいってた。廣田さんは昔から堅物で、仕事のやりすぎで奥さんに逃げられちゃったって。すごーくモテるのに、別れた奥さんに未練たらたらだから、彼女もいないんだって。本当？」

廣田は、腹のなかで宮城をののしった。

「概《おおむ》ね正しいね」

「わたしには、全然、興味ないですか」

「あるよ、そりゃ。おれも男だし」

「でも手をだしてくれない」

「手をだしてほしかったの？　そいつは知らなかったな」

つかさは拗《す》ねたように唇を尖《とが》らせた。

「最初は廣田さんのこと嫌いだったんです。でも、あんなに親切にされたら、だれだってホロッとしちゃうじゃないですか。なのに『明日から東京に戻るから、あとはご勝手に』なんて、ガックリしますよ。そんなつもりないなら、優しくしないでよっていいたくなります」

「ああ、ごめん。未成年だから遠慮してたんだけど。あと三年もしたら喜んで相手になるよ」

つかさが丸い眼でにらんだ。

「わたし、もうじき二十です」

「それは失礼」

「きょうビのサラリーマンは、中学生とだって平気で寝ちゃうんですよ。廣田さんは若い子が好きじゃないんだ。ふーん」

「まあ、どっちかというと、そうかもしれない」

「だから植松さんの肩を持つのね」

「持ってないよ」

廣田は苦笑した。

「おれはカラダだけってのが駄目でね、話が合わないとどうしても好きになれない。だから、あんまり年下ってのはちょっとね」

つかさは蔑《さげす》むような眼付きになった。

「ずいぶん常識的ですこと」

「つまらない男だろ?」

つかさは立ち上がると、缶ビール片手にやってきて、ベッドの端に腰をおろした。細い足を組み合わせて、思いきり背中を反《そ》らせると、首をのけぞらせて廣田の顔をのぞいた。

「どこからみても、廣田さんてハンサムね。ほんとに綺麗な顔してる」

廣田は、居心地が悪くなり、心もち壁のほうに退いた。

「そりゃどうも」

「ナルシスト?」

「多少はね」

つかさは首を戻したが、濡れたような眼はまだ廣田の顔に張りついたままだった。

「聞いてもいい? 男でそんな綺麗な顔をしているって、どんな感じがするものなんですか」

廣田はすぐには答えなかった。

そんな質問をされたのは、生まれてはじめてだったのである。羨ましがられた経験は数え切れないほどあっても、自分自身を対象化して評価することを求めてきた人間はこれまでいなかった。

「そうね。とまどってる、というのがおれ自身の自己評価にもっとも近いな」

「三十年も自分の顔と付き合ってるのに?」

「そう、三十一年。おれは外見が精神を規定し、精神が外見に影響を及ぼす、という説を信奉しているけど、それを自分に当てはめて考えたことがない。要は面倒くさいんだな。男の場合は、女の人みたいに容姿が商品価値を持つことは少ないし、それこそタレントみたいに存在自体が商品でないかぎり、なかなかドライに割り切れるもんじゃない。おれはそこまで自分を客体化できてない」

「でも、綺麗な顔でトクしたことは多いでしょ。美形に生んでもらってよかった、って思ってません？」

廣田は苦笑しながら、ビールに口をつけた。妙な展開になってきたな、と思ったが、つかさの質問はなかなか鋭いところを突いてくるので、廣田も本気にならざるをえなかった。

「男と容姿の関係はもっと緊張をはらんでいるよ。女性よりも、容貌に裏切られる時期が早くくるし、外見に固着しすぎると、ロクなことがない。平凡なサラリーマンなら、人生の収支決算は、綺麗な顔より平凡だけど感じのいい顔のほうが、ずっとプラスが多い。女性に好まれる点でも、おれにとっちゃ相手が外見だけに引かれて近づいてきたのか、トータルで自分という人間を好ましく思ってくれたのか判断がつかないから、好きだといわれても、まずそこを疑ってしまう」

「わたしは、わたしの顔が好きだといわれたら、うれしいけどな」

つかさは、ゴロン、と仰向けにベッドに倒れた。洗いたての艶《つや》やかな髪がベッドカバーの上に広がった。

「廣田さん、本当は自分の顔が嫌いなんじゃない？」

「たぶんね。きみはおれの顔が好きなのか」

つかさは無言で、廣田の眼をみあげた。沈黙と視線は、言葉よりも雄弁だった。

ゆっくりと赤い唇が動いた。

「好き。ものすごく、好き。理屈抜きで。最初に会ったとき、廣田さん、全然わたしのほうをみなかったでしょう。そのとき、すごく悔しかった。自分のなかにそんな自惚れがあるなんて知らなかった。廣田さんて、なんていうか、普通の綺麗な顔の人とちがうの。普通は、いくら整ってても、中身がみえるじゃない？　本の見出しみたいに、顔に長所と欠点が書いてあるの。けど、廣田さんにはそういうのがない。綺麗で冴えてる顔があって、閉じてるのよ。鍵のかかったドアみたいに」

「鍵のかかったドア？」

廣田は微笑した。

肘をついて半身を起こしながら、つかさが畳み掛けた。

「本当はどういう人なの？　やさしいの？　冷たいの？　それとも人でなし？」

廣田は考えこんだ。つかさが喜びそうな答えは思いつかなかった。

「たぶん全部当てはまる」

「それでもいい。キスして」

廣田は、いつのまにか息が触れ合うところまでつかさがにじり寄っていることに、はじめて気がついた。真剣な、小さな顔だった。つかさは息を詰めるようにして、廣田をみつめている。胸の隆起が息づかいとともに上下し、大きな瞳が潤んだ光を溜めて輝いた。

廣田はなにも考えずに身を屈めると、濡れて半びらきになった唇を吸った。吸いつくような柔らかな感触に引かれて、もう一度、顔を重ねた。

キスをくり返しながら彼は細い肩を抱き、胸のなかに引きこんだ。つかさは、かすかに震えていた。眼を閉じて、顔をあおむけ、触れ合った唇に全身の神経を集中させている。

廣田は一時、顔を離すと、幼い子どものように、はかない感じのする小さなあごに見入った。耳の下に指をすべらせて、「自分の部屋にもどりなさい」とささやいた。

「ここにいると、抱いてしまうよ」

つかさの喉が鳴るのが聞こえた。眼を閉じると、廣田の肩に柔らかく倒れこんできた。

「いい……、大好き」

廣田はしなやかな細い身体を抱きしめて、その甘く未熟な感触を味わった。美由紀の顔を思い浮かべることはしなかった。視界の底は熱く盛りあがり、男としての力がみずみずしく全身にあふれだす感覚に、彼は酔った。長い間、忘れていた。指と指をからませ、肌で肌をこすり、濡れた粘膜を探りあう瞬間の愉悦を。本能はより敏感な皮膚をもとめて接触を広げ、彼女はやがて声をあげて乱れはじめた。

あらかたの衣服を脱がせたあと、つかさが未経験だということを知っても廣田は驚かなかった。手足を絡めたまま、「どうする？」と聞いた。

「やめておく？　それとも最後までやってみる？」

つかさは立てた両脚の間に廣田の腕をはさみこんだ姿勢で、黙りこくっている。そむけた顔が首まで紅潮していることは、おぼろなフットライトでもみてとることができた。

「やめてほしい?」

一押しすると、つかさの首がかすかに振られた。

――いや。

「いい子だ」

廣田は小さく微笑すると、作業にもどった。未経験の相手ははじめてではなかったから、手順はわかっていた。相手の未熟な反応のひとつひとつが新鮮で心躍った。

快楽にしなる細い身体が紅潮し、肌が汗ばんで吸いつくような感触を帯びてきた。頃よしとみて、そっとつかさの髪をなでて、身体をずらせた。素直な脚を持ちあげ、熱い一点を触れあわせると、抵抗する肉体にむかって、ゆっくりと力を絞りこんだ。深みへ。彼女の中心へと、彼は自分自身を駆り立てていった。


廣田は、飛び込み用のプールの底に横たわっていた。

冷たく重い水が全身を包んでいる。背中にあたる固いコンクリートの床。もうじき息が切れる。

廣田は、青い水のむこうでチラチラと輝く光のリボンをみながら、あそこが覚醒の水面だと思った。

浮上せよ。光を浴びよ。清新な空気で肺を満たし、真理の光を浴びるのだ。

彼はゆっくりと身体を立てると、水面を目指して泳ぎはじめた。水はあちらこちらで渦をまき、もつれて脚を絡めとった。

答えはあそこにある。

手の届く場所にあって、銀色に輝き、きらめいている。

幻の水面が目覚めとともに消えてしまうことは知っていた。だが、それはつねに彼のなかにあった。浮上せよ、と。

夜明け。はるか遠くの水面が銀色に輝いている。

「——さん。廣田さん、起きて」

頬に触れる指の感触で、彼は眼を覚ました。

青ざめた夜明けの光のなかに、白っぽい女の顔が浮かんでいた。だれだったろう？エンジェル？　美由紀？

「だれかがドアの外にいるの」

廣田はぱっちり眼をあけた。起きあがってつかさの腕をつかむと、ドアをみつめた。

しばらくは、なんの音も聞こえなかった。自分と彼女の息づかいだけだった。カーテンの隙間が白っぽく光ってみえた。

廣田は立ちあがると、ドアの脇に身をよせて廊下の気配を探った。衣擦《きぬず》れときしみ音がかすかに聞こえてくる。

「だれだ？」

返事は少し遅れた。

「あたしよ。エンジェル」

女にしてはやや低いハスキィな声は、確かに彼女のものだった。

「話があるのよ。あけてくんない？」

廣田は、つかさをふり返った。ベッドに浅く腰かけて、やりとりを見守っている。合図ひとつでクロゼットに飛び込みそうな緊張が顔にあった。

廣田は、チェーンを掛けてドアを細目にひらいた。廊下に立つエンジェルは素顔だった。化粧の取れた顔は荒々しくシャープな輪郭がむき出しにされて、別人のようだった。

「ひとりか？」

「そうでもない。あんたに聞きたいことがあってきたのよ」

「五分待ってくれ。外にでるから」

ドアを閉じて着替えをはじめると、つかさが不安そうな顔でにじりよってきた。息づかいだけで、「だれ」と問いかける。

「知り合いだ。心配しないで」

サマーウールの生《き》なりのセーターにジーンズ、ポケットには財布と携帯電話。思いついて携帯を取りだすと、こんなこともあろうかと持ってきた小型のマイクロレコーダーを携帯のケースのなかにねじ込んだ。

「宮城にはエンジェルがきたって話しといてくれ」

「わかった。でも……」

廣田は、携帯電話を片手に握って、部屋のなかをみられないようにドアから滑りでた。オートロックがカチリと掛かる音がした。

「連れってのは斑猫か？」

エンジェルはなにもいわなかった。答えるのが億劫《おっくう》なようだった。間近でみると、眼の下の薄い皮膚が黒ずんで、針で刻んだような細かな線が口の両端に浮かびあがっている。ひどく疲れているようだ。眠っていないのだろうか。

斑猫は非常口の横にいた。壁にもたれ、両手の指をジーンズのポケットにかけて窓の外をながめていた。エンジェルに負けず劣らずくたびれきった顔つきだった。左頬と鼻に、引っかかれたような赤い斜線が走っている。傷口は、まだ生々しい。

「こんな朝早くに呼び出して、申し訳ない」

斑猫は廣田をみて、微笑もうとした。悪意のまったく感じられない透明な微笑だった。眼差しは廣田を通りぬけて、夜明けの青い大気にむけられている。

「あなたとお連れの人が昨日、手にいれたもののことできたんじゃないんです。教えてもらいたいことがあって。構いませんか」

廣田は軽く眉をよせてみせた。相手があの窃盗に気づいているとは予想していたが、取り戻しにきたのでないとは意外だった。だが、自分たちがすり替えたと、認めるつもりは、断じてなかった。

斑猫の顔には怒りも苛立《いらだ》ちも見当たらない。廣田はたずねた。

「なぜわたしの部屋番号がわかったんですか？」

「フロントの端末で」

「でかける前に相棒を起こしてきたいんですがね」

「彼は駄目だ。あなたひとりできてほしい」

廣田はたちまち警戒した。

「なぜ、宮城がいちゃあ不都合なことでも？」

「情報源を絞る必要があるんです。とりあえず、あなたひとりに話して感想を聞きたい。その上で、あなたが宮城氏に伝えるかどうか決める」

廣田は、斑猫をみた。それからエンジェルを。どちらも、疲労の隈《くま》の浮きでた憔悴《しょうすい》しきった顔をしていた。

――昨夜、なにかあったんだな。

実験室が荒らされた以上に、深刻な事態が生じたにちがいない。廣田は腹を決めた。

「じゃあ、わたしの車で。下の駐車場にとめてあるから」

地下駐車場におりる前、廣田はホールの自動販売機で、目覚まし用に缶コーヒーを三本買った。後ろをむいた隙に、レコーダーのスイッチを入れた。

エレベーターのなかで、エンジェルがたずねた。

「部屋にだれかいたの？」

「いや」

「あらそう。あたしは女を連れこんでるから、部屋に入れなかったのかと思ったんだけど」

「このホテルは壁が紙みたいに薄っぺらいんです。密談には不向きでね」

減ってゆく階数表示をながめながら、廣田はエンジェルの銃のことを考えた。白檀《びゃくだん》はもう香らない。すっぱい汗と、焦げ臭いにおいがする。なぜエンジェルはこの男と行動を共にしているのか。

地下駐車場はガラ空きだった。廣田はハイエースのロックを開けて、ふたりを後ろの席に座らせた。自分は運転席に腰をおろし、シートのあいだから斑猫の顔をながめる体勢をとった。

当然、ドアロックは外して、いつでも逃げ出せるようにした。

斑猫は、缶コーヒーを受けとって、礼をいった。そのまま両手のあいだで転がしている。温もりをとっているのだと廣田が気づくまで、やや時間がかかった。

「寒い？　ヒーターをかけましょうか」

「いや、このままで構いません。ありがとう」

斑猫はようやく顔をあげ、廣田をみた。

「あなたの会社と、倉石藤一との取引について詳しく話してくれませんか」

「話してもいいですが、理由が知りたいですね。そもそもあなたは倉石とどういう関係なんです？」

「本人です」

ぽつり、と唇からこぼれ落ちたような言葉だった。廣田は笑った。

「本人？　倉石本人てこと？」

「そう。本人」

斑猫はニコリともしない。疲れた眼をしばたたかせ、うなずいた。

「地下に置いた研究用のサンプルはみたでしょう？　ほかには手をつけずにサンプルだけを盗んでいった手際のよさは、知識がなければできることではないですよ。わたしが戻ってきたのは、あれを処分するためです。予定ではあとひとり治療して、あの――、サンプルをすべて破棄するつもりでした。そのために帰ったんです。研究所の付近に監視の人間がいるのは気がついてましたが、警察だとばかり思ってた。わたしはあなたの会社に、いかなる取引も申し出てない。どこの製薬会社に対しても同じです。五十億とはどういう意味なのか説明してもらえませんか」

廣田は信じなかった。一言一句たりと。

しかし、斑猫の疲れた声にはなにかがあった。事実を話している人間だけが発する、明確な論理が声のなかに感じられた。

廣田は、失礼、とつぶやいてシートごしに斑猫の顔をみつめた。

小振りに整った目鼻が、面長の顔に行儀よく並んでいる。切れ長の双眸に、まっすぐな鼻梁、うすい唇の線。平凡ながらも、強靭《きょうじん》な知性と明晰《めいせき》さを感じさせる容貌だった。瞳の澄んだ光には、一生のあいだ思考をつづけてきた人間特有の怜悧《れいり》な輝きがあった。

肌から日焼けを奪い、引き締まった頬に肉をつけてあごをゆるませ、後ろでしばった髪を刈りあげたならば、まさしく写真でみた倉石藤一の顔になるだろう。

――倉石。

廣田は息を吸い込んだ。

「――ちょっと失礼」

つぶやいて手をのばし、おそるおそる斑猫の頬をなでた。

「その傷は今朝？」

「そう。ちょっと揉《も》めごとがありましてね」

斑猫の頬の、なめらかな感触は自分と同じ若い男のものだった。

「本当に倉石博士ですか」

「若返ったようにみえるでしょう」

斑猫はちょっと笑った。

「そうみえるだけで、細胞レベルでは、あいかわらずわたしは五十代です。わたしには持病がありましてね。学生時代、研究のために大量の放射線をあびたことが原因で発病したのです。三十五でした。三十代の後半から、わたしは自分のために自分自身を対象に研究していたようなものです」

斑猫は淡々とした声で、自分の骨髄細胞中の白血病細胞を死滅させる薬剤の研究を行ったあと、遺伝子組み替えに活路をみいだした経緯を話していった。

ときおり日本語の訳語が思いだせなくなるらしく、英語で言い替える。廣田は、早口に語られる専門用語の流れからAML、ALL、BMTといった用語を拾いだしていった。

彼が二度めの発病から生還したのが三十七のとき。今度、入院すれば助からない予感はあった。

「骨髄移植もいよいよ無理とわかって、できることは、ひとつしかなかった。自分の正常遺伝子を組み込む方法をそれまでは研究していたのですが、それをすっぱり諦めて、異常細胞を殺す誘因を細胞に導入することにしたのですよ」

「細胞死ですか」

「そう」

斑猫はかすかに微笑んだ。隣でエンジェルが吐きだした煙草の煙が、ゆっくりと顔の前を横切った。

「その研究は成功しました。おかげで、いまだにわたしは生き延びている。この治療法には、予想もしなかった副次的な効果がありました。皮膚の老化の一因であるコラーゲン結合を減少させ、表面的に若返らせるんです。これはテロメラーゼ・サイクル、わたしはそう名付けてますが、細胞分裂をカウントする染色体末端のテロメアを、活性化すると同時に抑制する働きによって、古くなった細胞が代謝されるためのようです。しかし、トータルでみて身体そのものが若返ったわけではなく、単に老化がストップしているというにすぎません。多少寿命は延びるでしょうが、そのくらいです」

廣田は口をあけて、斑猫の顔をみつめていた。彼はまだ心底から、斑猫が倉石だという話を信じたわけではなかった。

しかし、その確信は今や揺らいでいた。

「つまり年を取らない、ということですか」

「いずれは死ぬけれど、外見はおそらくは今の状態のまま。そう思ってください」

廣田は黙りこんだ。眼の前の男が本物である可能性を再び自分自身に問いかけた。

否――、と、でた。

信じる信じないではなく、斑猫と名乗るこの男のいうことを一度認めてしまえば、自分自身のこれまでの常識が根底から覆《くつがえ》される危険に気づいたのだ。

廣田は懐疑と受容の間で、揺れた。迷いながら斑猫にたずねた。

「もし、あなたが倉石博士と仮定するのなら、ひとつだけ確認しておきたいんですが……」

「どうぞ？」

「倉石博士は——」

その名を口にするのは、やはり抵抗があった。

「ルミネ研究所の火災に、なんらかの責任がありますか？」

斑猫の疲れた顔に、あるかなきかの微笑が浮かんだ。

「斑猫でいいですよ。いいえ、火事が起きたとき、わたしは蓉子——、いや理事長宅にいました。特別治療が打ち切りになったんで、資料を彼女の家に持ちこんで整理してたんです。研究所では燃やせない記録とか、フロッピィとか……。夜勤の看護師から火事の連絡が入って急いでいってみましたが、どうしようもなかった」

「あなたが逃亡に際して、データその他をすべて廃棄したのは、特別治療が打ち切られたことが原因なんですか」

「いいえ。逃亡の計画をたてたのは、火事の一年以上前です。外見の変化をごまかすのが限界にきてましたし、ほかにも理由はありました。何者かがわたしの個人ファイルに侵入してデータをコピーしていたんです。研究室の資料をだれかが読んでいる、という疑いは前前からありましたが、確信したのは火事の一年前でした。セキュリティには気をつけていたんですがね」

「だれが盗んでいたんですか」

「証拠を握ったわけではありませんから」

斑猫は軽く肩をすくめてみせた。

「しかし、わたしの研究データを盗んで、利益に変えられる人間はそう多くはいません。それでデータを、すべて廃棄することにしたんです。火事はわたしとは無関係ですが、逃亡のきっかけにはなりました。このことに関しては信じていただくしかないのですが」

廣田はうなずいた。

どれも夢のような話だと思いながら、眼の前の男の途方もない物語を信じたがっている自分に気がついた。

「わかりました。どうしてもこのことは確認しておきたかったので……。研究の話題に戻りますが、なぜ、あなたはその研究を公にしなかったんですか」

「できないんですよ。倫理的な理由と無関係に、純粋に法律的な問題からね。わたしがその研究を行ったのは一九八〇年から一九八七年までの七年間、その間、わたしはプラスケミカル社を含めた三つの企業研究所で働きました。各社に帰属する遺伝子や組み替え方法、機材等をわたしは無許可で使用してます。この研究所で行った人体実験のことはいわずもがなです。無理ですね、発表することはできません」

しかし、と斑猫は廣田の眼をみながら、言葉をつないだ。

「治療法を公開することは可能です、もちろん。例えば、どこかの製薬会社に治療法を売り払う、ルミネのような私設の療養所で治療をつづける、といった方法もあります。この治療を必要としている患者が大勢いることはわかってます。子どもの患者だけでも救えれば、と考えたこともある。しかし、純粋な治療以外の目的に応用されるケースのほうがはるかに多いでしょう。とりわけアメリカではね。そうなるには時期尚早だと思ったのです。十億の人々が飢餓のさなかにあるあいだは、公表しない。パンドラの箱は閉じたままにしておけ、と」

車内に沈黙がおりた。

夜が明けたのだろう。陽のささない地下にも地上の騒音がかすかに伝わってくる。エレベーターが開き、泊まり客とは思えない作業着姿の男がバンをバックでだして、駐車場からでていった。

「率直に答えてくださって、感謝します」

廣田の声は、自分のものとは思えないほどかすれていた。

「あなたがおっしゃったことは、わたしが上司から聞かされた内容と一部合致する部分もありますが、ずいぶんと異なってます。わたしは、あなたが自分で売り込んできた、と説明を受けました。売り値は五十億、口座は指定、場所はルミネ研究所で日時は火事のちょうど一年後。しかし、あなたはそんな売却話を持ちかけた覚えはないんですね？」

「まったくね」

「あなたから話を聞いた第三者が、介在しているとは思いませんか」

「いえ。わたしがここに帰ってくることを知ってるのは、たったひとりです。彼女はしゃべらない。治療を受けなければなりませんからね」

「それは松尾蓉子さんのこと?」

斑猫はうなずいた。廣田が、彼女の名を口にだしても別段驚いた顔もみせなかった。

「じゃあ彼女から漏れたのかもしれない」

たぶん、と斑猫は暗い表情でうなずいた。

「わたしが心配しているのは、そのことなのです」

20　NOW

結局のところ廣田に残された選択肢とは、なにを信じるかではなく、だれを裏切るかに尽きた。死体があり、嘘つきがそこら中にいて、罠《わな》が口をあけている。警察が動きだして、すべてが明るみにでたら自分はいったいどうなるのか。

——この男も……。

廣田は、ちら、と隣席の男を盗みみた。

斑猫は、薄汚れたカーキ色のシャツにジーンズ姿で座席におさまり、通路から顔をそむけた姿勢で眼を閉じている。

頬の傷は乾いて黒ずみ、くぼんだ目元は疲労の色が濃い。だが、五十代にはみえなかった。はえ際で縮れた褐色の髪には艶があり、あごの線は若々しくシャープだった。

彼は何者なのか。本当に倉石なのか。すべての関係者を裏切りながら、自分自身を裏切らなかった男か。

今回、話を聞いた関係者のなかで、廣田は、一番途方もない話をしたこの男がもっとも信用できると思った。倉石かもしれないし、倉石でないかもしれない。狂っていることだけは事実だろう。地球を二周し、すりきれたパスポートをポケットに、老いた恋人のためにもどってきた、というのだから。

斑猫の話を録音したカセットテープは、頭上の物入れのアタッシュケースに納まっている。むろん、本人には録音したことは知らせていない。

廣田が斑猫の航空運賃を支払ったのは、当たり前だが、彼を岩崎のところに連れていくためだった。とはいえ、斑猫に同行を無理強いできないこともわかっていた。最低でもテープがあれば、岩崎に説明することができる。

——われながら抜け目ない。

廣田は自嘲した。

『廣田さんて、冷たいんだ』

つかさの涙声が思いだされた。

東京にはつれていけない、と廣田がいったとき、つかさは頭までシーツをかぶって泣いた。湿った声で廣田をなじった。泣くとは思わなかったから廣田は驚いた。

『わたしのこと邪魔なんでしょ？　だから、つれていきたくないんだ。そうなんでしょ？』

図星だった。

東京に帰れば、会議と仕事で一日拘束される。つかさに振り回されたくなかった。部屋まで押しかけてこられてはたまらない、とも思った。

結局なんの約束もせずに、ホテルをでた。つかさに住所も教えなかった。知りたいなら宮城に聞けばいいと思ったのだ。

腕のなかには、まだ明け方抱きしめた細い肢体の余韻がたゆたっている。恋ではない。もっと単純で肉体的な欲望。その証拠に、機体が東京に近づくにつれて、エロチックな彼女のイメージは遠ざかっていった。

廣田は新聞をひらいた。平和製薬が昨日、新薬の副作用に関して開いた記者会見のニュースを読んでいたとき、斑猫が眼をあけて紙面をのぞきこんでいることに気がついた。

「なにか気になる記事でも？」

斑猫はうなずいた。

しばらく熱心に紙面をながめていたが、やがて座席に体をもどして眼をつむった。羽田《はねだ》につくまで、その姿勢のままだった。

「研究所で人を殺しました」

空港の長い連絡通路を歩きながら、斑猫が低い声でいった。

廣田は驚いて足をとめた。

「だれを？」

「わたしをつけていた二人組の片方を。その男は銃を持ってました。向田晶《エンジェル》が自分の銃で撃ったんです」

なるほど、と廣田はつぶやいた。気を取り直して、歩きだした。

車のなかで話していたときは、エンジェルが同席していたから殺人の件については黙っていたのだろう。

「あなたを助けるために、そうしたんですか？　彼女……いや彼は」

「状況はそうですね」

コンコースの分岐点にゲートの数字が表示され、しだいに数は若くなってゆく。

「詳しく話してくれませんか」

斑猫は響きのない低い声で、松尾のマンションに向田晶を泊めたこと、彼女のあとをつけて研究所に侵入した二人組に襲われたことを淡々と説明した。

「ひとりは即死です。もうひとりは太股を貫通させました。かなりの腕ですね、彼女」

「どう処理したんです？」

「地下に隠して、助かったほうは逃がしました。彼女は不満だったようですが」

廣田は、エンジェルが持っていた銃を思いだした。ジャケットの裏側に差しこまれていたのは、S&Wのオートマティック。アメリカ時代、試射したことがあったから、使い勝手のよさは知っていた。

「彼女……が、銃を持ってるのをみたことがあります。なんのために持ち歩いてるのかは聞けませんでしたが」

「そうね。目的があるのかもしれません。自衛のため以外に」

「つまり、だれかを狙っているということ？」

「さあ――、どっちにせよ、あなたでもわたしでもないのは確かなようですが。とにかく注意したほうがいい」

低い声で、斑猫はつけ加えた。

「あれは嘘をつきます。しゃべりすぎる人間は大抵、自己顕示欲が強く、そのためにボロをだしやすいのですが、向田は意図的にこちらを混乱させている。結果として、わたしは彼女に助けてもらいましたが、ひょっとすると、最初から殺す必要のある相手だったのかもしれません。わかりませんが」

廣田はその情報を頭に書き留めると、たずねた。

「それで……、その二人組はどこの人間です？」

「中島内規という名前に、心当たりは？」

「あります。理事長の松尾の家の前で、張ってた連中の車を調べたら、その名前がでてきました」

廣田は斑猫の眼の中をのぞきこみ、情報を与えても安全と判断した。説明をつづけた。

「中島は、赤坂に事務所を構えるブローカーという話です。その筋では大物という噂でね。暴力団や海外の連中とも関係が深いらしい。理由はわからないが、事務長の松尾喜善の娘をさらおうとしてました」

「ああ、つかさちゃんね」

斑猫は一時考えこんだあと、乾いた口調で、殺さなかったほうの男が漏らした情報について話した。三億、倉石の抹殺、土地建物を抜いた謝礼……なにかを隠している口調ではなかった。いくつかの名前には、廣田も心当たりがあった。

「そういう連中なら、後始末しないほうがよかったかもしれませんね」

斑猫はうなずいた。

「そうです。今考えると、失敗でした。警察犬をつれてくればすぐ発見されるでしょうし、放置しておけば、同業者の抗争事件ということで、カタがついたかもしれない」

「あるいはもっとまずい事態になったかも。かれら、あなたを狙ったわけですね」

「おそらくは」

到着出口に通じるエレベーターは眼の前だった。廣田が先におりた。下へと運ばれながら、事件が明るみにでたときの影響について、もう一度考えた。

襲ってきたという二人組は、理事長宅の前で張っていた男たちか、その仲間だろう。逃がしたひとりが口を割れば、研究所は徹底的に捜索されることになる。彼と宮城が出入りしていたことは、すぐに突き止められる。そうなれば取引どころではなかった。

カウンターを通過し、足を早めながら廣田は小声で聞いた。

「あなたの研究室は?」

「すべて廃棄しました。残ってるのは、あなたが持ち去ったサンプルだけです」

捨てることにためらいはなかったのか――、廣田は隣にいる男にたずねたかった。しかし、口からでたのはちがう質問だった。

「それで、向田晶は?」

「さあ……、どこへいったのやら。見当もつきませんね」

エンジェルこと向田晶は、ホテルでかれらが打ち合わせをしている間に、いつのまにか姿を消した。そのときは単なる気まぐれだと思って、気にしなかったのだが、今にしてみれば、彼女のすべての行動が怪しく思える。

警察が介入してきたときのことを考えて、廣田は顔をしかめた。

「それにしても、どうやって、あの女……いや、向田と知り合ったんです？」

斑猫は暗い笑いを浮かべた。

「実をいうと、昨日、研究所ではじめて会ったんですよ。あのエレベーターの前でね。向田の息子だといってますが、わたしには確信が持てない」

「疑っておられるんですね？」

「そう。むろん、もっとも疑わしい人物は、わたし自身ですが」

廣田はコメントをはさまなかった。

羽田からモノレールに乗り、浜松町《はままつちょう》でタクシーを拾った。運転手の耳を気にしながら、今後のことをいくつか取り決めた。

上司に会わないか、という廣田の誘いは予想どおり拒絶された。

「今はまだね……。事態が変われば考えるでしょうが」

「これから、どちらへ？」

「蓉子を探す心当たりがあるんです。また連絡します」

斑猫は八重洲《やえす》口でタクシーをおりた。

カーキ色のシャツに、ジーンズといった地味ななりが、たちまち雑踏に溶けこむ。廣田はあっというまに彼の背中を見失った。

――あいつ、消えるつもりだろうか。

廣田はそう思った。それでいいのだという気もした。

「大塚へ回ってください」

自宅への道順を告げて、彼はアタッシュケースをひらいた。ノートパソコンの電源をいれ、メールを読みはじめた。

廣田の知るフェアフィールドは、大胆な見せかけとは裏腹に、九九パーセントの勝率まで確信しない限り、金を賭《か》けない男だった。

ブロンドで丈高い、戦う神々の末裔《まつえい》。フェアフィールドは運を当てにせず、勝つために情報を集め、周到に作戦を練った。負ければ落ちるしかない巨大企業の垂直の崖をのぼりつめるには、単に完全なだけでは駄目で、完全さをいかにアピールできるかにかかっていた。

重要な会議が近づくと、フェアフィールドは廣田を討論相手にみたててプレゼンテーションのシミュレーションを行った。書斎のドアを締め切り、あるいは人気のない岬の上で、何時間も、ときには数日をかけて、一つのテーマをめぐる反論の可能性を徹底的に検証した。廣田が疲れきって音《ね》をあげても、フェアフィールドは諦めなかった。勝つことへの彼の執念は、当時、まだ学生気分を引きずっていた廣田の理解をこえていた。

だが、今ならわかる。

これは生き残りゲームなのだと。

――フェアフィールドはどんな勝算があって、日本にきたのか……。

ひさしぶりに自宅のシャワールームで頭を洗いながら、廣田が考えていたのは、そのことだった。斑猫が何者であってもかまわない。倉石であろうと、なかろうと、おれにはどうでもいいことだ。

廣田にとって重要なのは、真相の究明ではなく、まして真実でもなかった。会社の上層部が求めている『事実』を探しだして、連中にみせてやればいいのだ。万一、斑猫の話が偽りでないなら、倉石との取引の可能性は、ゼロになる。あるいは、あらかじめ用意された失敗なのかもしれない。

では、そのとき、よりよい失敗とはどんな形であることが望ましいのか。フェアフィールドの利益と、自分の上司である岩崎の思惑は、果たして合致しているのか。

——そこに、おれの活路があるわけだ。

シャワーを止めて、廣田は髪の滴を両手で切った。

バスタオルで顔と髪をぬぐい、濡れた腰に巻きつけて歯を磨き、ヒゲをあたった。洗面台に置いた時計をみた。会議まであと二時間。額の傷はカサブタになっていた。前髪を垂らして隠すことにした。

つかさの声が、ふっと耳元に甦《よみがえ》った。

『男の人で、そんなに綺麗って、どんな感じがするものなの？』

正直いえば、と廣田はひとりごちた。

「そう悪いもんじゃないよ」

廣田は体形を維持するために、かなりの時間と労力をつぎ込んでいた。寝る前のスクワット、週二度は、スポーツクラブで水泳。煙草は吸わない。酒は定量。

学生時代、水泳部に所属していたのは、自分の痩せた体に不満があったからで、ナルシシズムへの後ろめたさはアメリカ研修で吹っ切れた。実際、ハードスケジュールを乗り切ってこられたのは、この自己管理能力のおかげだった。

だから、容姿を誉《ほ》められても当たり前、と内心思っている。それでも疑問形の賛辞のほうが、強く印象に残るのも事実で、大学のときの同級生がいった一言は、いまだに忘れられない。

『きみなら、鏡をみながらマスターベーションできるでしょう？』

廣田は、無理だ、と答えた。嘘だった。

新しい下着を身につけて、フェアフィールドとの対面を頭におきながら、クロゼットのなかを物色した。あれこれ迷い、結局、初夏らしい白とブルーのストライプのシャツと、買ったばかりの麻混紡のスーツを選んだ。ネクタイはスーツと同じブランドでスーツよりやや暗いブルー。

家をでる前に、ベランダにだした猫のトイレを掃除し、自動給餌装置の中身を入れ替えた。玄関をでた時点で腕時計がなかったことを思いだし、もう一度部屋にもどった。

クロゼットの引き出しに入っていた時計の中で動いていたのは、スポーツウォッチと、自動巻きのロレックスのクロノメーターだけ。クロノメーターは、フェアフィールドから誕生日に贈られたもので、今日は使いたくなかった。黒のスポーツウォッチを手首に巻いて外にでた。

通りでタクシーを拾い、会議の一時間前に会社についた。

「あれ、課長」

開発課のフロアを通りぬけると、部下が驚いた顔をした。

「月曜もどりじゃなかったんですか」

「会議だ」

廣田は低いパーティションで仕切られた開発課を抜けて、自分の部屋に入った。広くはないが、上にガラスのはいった仕切りで囲まれて、一応、独立した部屋になっている。

デスクの横の未決箱には、書類が詰め込まれていた。

うんざりしながらコーヒーメーカーで、仕事はじめの一杯をいれてデスクに運び、受話器を取った。

岩崎の内線番号を押していたとき、開発課の小松と山下がやってきた。どちらも書類を抱えている。

「課長、S32のプロトコルがあがってきました。眼を通していただけませんか」

「来週の研究会のことなんですけど。S大の尾島教授が急に都合がわるくなったそうです」

「ちょっと待て」

廣田は片手をあげて、部下を制した。

「すぐ会議なんだ。今日、時間が取れるようならみるから」

「わかりました」

「で……」

次はだれ、と振り返ると、戸口のところに列ができていた。これではキリがない。

廣田は、「電話」と手をふって全員外に追いだした。ドアを閉じて岩崎に直通の内線電話をかけた。

最初のコールが鳴りおわらないうちに、岩崎がでた。

「廣田です。もどりました」

「遅いじゃねえか。十時着なら、とっくについてるはずだぞ。風呂でも入ってたのか」

「はあ、入ってました」

受話器を耳から遠ざけても、馬鹿野郎という罵声《ばせい》はよく聞こえた。相手が息継ぎしている隙に、廣田はいった。

「専務、三十分ほど時間もらえませんか。説明したいことがありますので」

「なんかあったのか」

「ありました」

「どうせロクでもねえことだろ。あのな、おれは来客中だぞ。銀行さんがきてんだ」

「追い返してください」

絶句した岩崎に、「今から、そちらにいきます」といって受話器を置いた。

コーヒーを飲みほし、稟議書《りんぎしょ》の束をめくりながらオフィスを横切って、エレベーターホールにむかった。ホール出口のドアの読み取り機に、IDカードをすべらせてフロアにでた。

プラスケミカル・ジャパンは、数社が入居するインテリジェント・ビルの二十階から二十六階までを占めている。各フロアごとにオートロックのドアがあり、社内であっても、階がちがうとIDカードがなければ出入りできない。面倒臭いことこの上ないが、防犯上いたしかたないことだった。

エレベーターを待っていたとき、学術調査課の田代課長がやってきた。

廣田は、どうも、と頭をさげた。

「やあ、出張中だと聞いたけど。もう帰ったの？」

「ええ。とんぼ返りですが」

田代はポケットに片手をいれ、廣田のスーツとネクタイをこちらが赤面しそうな熱心さで、ながめている。

「そのスーツ、どこのブランド？」

「デパートのバーゲン品ですよ。なんだったかな、ドイツのブランドだったと思うけど」

「ふぅん、いいじゃない」

田代は、廣田が着ているスーツやネクタイと似たものを、ちょくちょく身につけている。手本にしているのだろうが、自分のパロディをみるようで、会うたび廣田は複雑な気分になった。今日、田代が締めているネクタイも、なんとなく見覚えがある。

「廣田くんが着ると、なんでも似合うから……。ところで、きみ開発部の次期部長に決まったんだってね。おめでとう」

寝耳に水だった。

「なんですか、それ」

「だって内定したんだろ？」

エレベーターがやってきた。年の若い廣田が先に乗りこみ、開ボタンを押して、階数を聞いた。

「なんだ聞いてないの？」

「なにかのまちがいですよ。年数からいって、わたしが候補にあがるはずがないでしょう」

「でも、きみは特別だから」

田代は、二十二階でおりた。

廣田は首をひねりながら次の階でおりて、岩崎の部屋へむかった。

岩崎は、案に相違して上機嫌で待っていた。

「おい、色男。融資が流れたら、てめえのせいだぞ」

「社長もいたんですか？」

「社長はフェアフィールドのお供で、昨日から筑波にいってるよ。会議にはもどってくる予定だが、三十分は遅れるな」

「なるほど」

「話せ」

「二十階にいきませんか」

二十階には、資料室と倉庫しかない。岩崎は、秘書と自分を仕切るパーティションに眼をやった。秘書の女性はそこにいる気配もみせなかったが、当然、耳は澄ませているだろう。

「わかった。いくか」

エレベーターのなかではどちらも無言だった。

薄暗いフロアでおりてオートロックをあけ、先に岩崎を通した。この先は、権限がなければ入れない部屋が並んでいる。

廣田は第二資料室の前で足をとめ、自分のカードを読み取り機にかけて、パスワードを打ちこんだ。念のため、他の部屋と奥の倉庫ものぞいて人がいないことを確かめた。

「やけに用心深いな」

「あまり楽しい話ではありませんので」

「話してみろ。案外気にいるかもしれん」

廣田は身を屈めると、岩崎の耳元で「向田晶が、人を殺しました」とささやいた。

「研究所で。今朝がたそうです」

岩崎の返事はない。顔に大きく、ウソだろ、と書いてあった。

廣田は収納棚にもたれると、斑猫から聞いた話をざっと説明した。研究所で、未明、向田晶が二人組の男を撃ち、ひとりを殺し、片方に重傷を負わせたこと。斑猫が倉石だと名乗ったこと。

「彼は、今回の取引に関してはまったく関与してないし、知らないといいました。ついでに中島内規の手下によれば、倉石殺しの報酬は三億だそうです」

廣田は、ポケットからレコーダーを取りだし、早回しにした録音を聞かせた。

岩崎は耳を傾けて録音に集中していたが、顔は半信半疑のままだった。テープが終わると、うなり声を発した。

「こいつが倉石だっていう証拠はあるのか？」

「この録音の一部を、倉石の知り合いに聞いてもらうことはできます。まあ、最後の手段ですが。一応指紋を取れそうな缶コーヒーの空き缶を拾ってきましたが、これも警察に提出して調べてもらうしかありませんね。斑猫は、見た目、二十四、五です。顔は倉石の写真によく似ていました。本人でなければ近親者かもしれません」

「倉石には息子はいないはずだ。残ってる身内も女ばっかりだし」

ふむ、と岩崎は腕を組んだ。まだ疑いはあるようだが、廣田の話を真面目に検討する気にはなったらしい。

「それで、殺された中島の手下はどうしたんだ？」

「斑猫によれば、死体は研究所のなかに隠したそうです。逃がした男は今は大学病院に収容されて、意識不明です。大学病院に電話して確認しました。回復すれば研究所は捜索されるでしょうし、わたしも事情聴取される可能性はありますね」

「そりゃまずいな。向田晶は、今どこだ？」

「さあ、ホテルまでは一緒にいたんですが、電話をしてる間に消えてしまったんです。それより、斑猫の話、どう思いますか？　わたしは、本当のことをいってる気がします。万一、本物の倉石なら、うちとの取引と無関係だってのは、とんでもない事態ですよ。所内で殺人が行われた以上、手をひくべきだと思いますね」

岩崎はすぐには答えなかった。鼻の横をかきながら、「おれが決めることじゃねえからな」といった。

「で、その自称倉石の斑猫とやらはどこにいるんだ？」

「松尾蓉子を探しにいきました」

「なんで押さえておかないんだ？」

「無理ですよ」

「だらしねえヤツだな。スタンガンぐらいどうして持っていかねえんだ？」

岩崎の口調は、いかにも残念そうである。

「で、どんな男だった？　つまり、おまえの印象ではってことだが」

「世捨て人ってとこですかね。あれは金も脅しもききませんよ。帰国することは、松尾蓉子にしか話してないといってました。おそらく中島が、蓉子を押さえているんでしょう。こいつが今回の偽取引を企んだのかもしれない。だから、倉石本人を消す必要があるとすれば、筋は通ってます」

岩崎は黙っている。廣田は言葉をつないだ。

「しかし、連中はなにをもって取引材料にするつもりなんでしょう。金を支払う前に、こちらが調べることはわかってるはずです。データか、治療薬の現物か、どちらかを持ってるのかもしれません」

「もうひとつあるだろう」

岩崎がぼそり、といった。顔が強《こわ》ばっていた。

「本人だよ」

「倉石を？　殺して、どうやって？」

「治療が成功して、若返ったんだろ？　おまえの話を信用すりゃあだが。事件の前はどうごまかしてたかはわからんが、倉石が若くなってることに気づいた人間が他にいたのかもしれん。治療の最高の見本があるとすりゃ本人だ。新鮮な死体なら手間もはぶけるしな」

廣田は、「冗談でしょ？」とつぶやいた。殺人。解剖。想像しただけで、胸の底から汚水がわきだすような嫌悪にかられた。

「バレたら会社が吹き飛びますよ」

「だから、おまえは小物だっていうんだ。うちはそれくらいやる会社なんだよ。現物をみせない限り、本社の幹部連中は、納得なんぞしねえんだ。もう、いい。おまえは外れろ。研究所はおれがいく。おまえは、その斑猫とやらを探せ」

廣田はまじまじと、上司の渋みのきいた顔をみおろした。今すぐひざまずいて神と岩崎に感謝を捧げるべきだとわかっていたが、実際には怒りがこみあげてきた。

「どうしてです？　今さら外すくらいなら、最初から押しつけないでくださいよ」

「てめえを入れたのは、フェアフィールドのオファーがあったからだ」

岩崎は面倒臭そうにいって、背中を向けた。

「交換条件として、来年おまえを本社に送ってマネジメント研修を受けさせる話ができてる。うちとしては、汚れ仕事はさせたくなかったんだが、放っておきゃ廣田は辞めちまうだろって、社長がいうんでな。安心しろ、研修受けて日本に帰りゃ、副社長、その二年後には社長だ。うれしいだろ」

　廣田には悪い冗談としか思えなかった。暗闇で腐った床を踏み抜いたら、頭の上でくす玉が割れたような感じだった。

　そっと首の横をなでると、「説明してもらえませんか」といった。

「いった通りの話だよ」

「どうして、わたしが本社の研修を受けなきゃならないんです？　まさか、プラスケミカルの日本撤退の可能性を見越して？」

「というより、本社の世界戦略に取り残されないためだな。今年度中に、うちはランク九位か十位あたりの企業、たぶんLファーマシーと合併することになるだろ。そしたら、本社二十四階にもアジア系が進出してくる。中国人は優秀だからな。日本だけが出遅れるわけにゃいかねえんだ」

　つい、廣田はいってしまった。

「もっと、マシな幹部候補はいないんですか」

　岩崎は目玉をくるりと裏返して、天井をみた。

「ああ、おれも残念だよ。てめえみたいな阿呆しか手持ちがないんだからな。だいたい資格修得が趣味だからって、研修のついでに経営学修士《MBA》なんか取ったりする馬鹿がどこにいる？　そんなことをやるから、選ばれたりするんじゃねえか」

「あれは、趣味で取ったわけじゃありませんよ」

廣田は憮然《ぶぜん》としていった。

右も左もわからなかった研修の一年め、強烈な疎外感から少しでも逃れようとしてビジネススクールの夜間コースに通ったのだ。名門大学のビジネススクールは手が届かなかったから、基本的なプレゼンテーションとレポートの書き方を教えてくれる地元の州立大を選んだ。確かに修士号にはちがいないが、キャリアというほどではない。

「専務のＭＢＡとは格がちがいます」

「確かにおれは、ハーバードのビジネス・スクールに留学して金ピカのを取ったよ。前の会社の丸抱えでな。プラスケミカルに入って本社研修にもいったが、学生みたいに毎日レポートを書いておしまいだ。おまえは、阿呆な上に生意気だが、がむしゃらな点は評価できる。いいか、よく聞けよ。二度といわねえからな。

もう、選別の第二段階に入ってんだよ、廣田。世界中の子会社で、今、三十歳から三十五歳までの幹部候補生の絞りこみをやってる。おまえはアジア地域では、トップグループの五人以内に残ってるはずだ。そのなかのトップが最初にオーストラリアか、日本、シンガポールのローカルエリアの社長に据えられる。そこで業績をあげれば、今度は本社の役員室入りだ。それが本社コースの王道だ。今のままでもおまえは日本支社の社長は確実だ。が、その先、つまり本社役員までいくには、フェアフィールドの後押しが必要なんだよ」

今度は、廣田は黙って聞いていたが、半分も本気にしてなかった。自分の能力はわかっていたし、だいたい社長の器でないことは先刻承知だった。

頭にきたのは、岩崎の「辞めさせるつもりはない」という台詞だった。

「脱サラなんか考えてるんなら、覚悟しとくんだな。伊豆の別荘でいったこたあ、脅しじゃねえんだ」

「はあ」

「別におれは、おまえにCEOになれとは、いってない。しかし、死んでも本社の役員室に入れよ。わかったな」

廣田は、あいまいにうなずいた。

「よし」

岩崎は、腕時計をみた。

「五分前か。そろそろいくか」

ドアに向かいかけて、岩崎はふり返った。

「ところで、おまえ、昇進の話は聞いたか？」

「わたしのですか？」

いえ、と首をふりかけて、学術調査課の田代の話を思いだした。

「もしかして、開発部の部長に内定したとかいう……」

「耳が早いな。今月末に内示がでる。マネジメント研修は、部長級以上と決まってるんで、昇格させることにしたんだ」

廣田はぽかん、と口をあけた。

では、今の話は冗談ではなかったのだ。

おれが、幹部候補生だと？

——冗談キツィよ。

「おい、廣田。早くこい」

気がつくと、岩崎はもうエレベーターに乗り込んでいた。廣田はあわててドアをロックしてあとを追った。


斑猫は、大船《おおふな》で電車を各駅停車に乗り換えた。疲労がピークに達して、目をあけておくのもおっくうだった。

頭を吹き飛ばされた死体の、血と脱糞《だっぷん》の臭気が鼻孔によみがえった。壁にこびりついた肉片、むき出しの骨が濡れて光っていた。死体と銃。骨。硝煙に血に、脱糞。泣きだした男。死体のズボンをつかんで地下へおろしながら、わけもなく足が震え、階段を踏みはずしそうになった。培養槽から取りだした細胞を浄化槽に流しこんだときのなま温かい感触……。昨日から今朝にかけての出来事が、脳裏にフラッシュバックする。

斑猫は、疲れていた。

今少し気力が残っていれば、電車をおりて、ホームに寝転がっていただろう。

日本に帰る前は、疲労を感じたことなどなかったのに。

埃っぽい街道を何日も歩き、野宿した。雨水で喉をうるおしても、街の屋台で蠅《はえ》のたかる皿にかじりついても、病むことはなかった。いつでも体は軽く、頭は冴えていたのだ。

ひょっとすると、時間切れがせまっているのかもしれない。あの細胞の効き目には、有効期限があるのだろうか……。

——いつまで？

ふいに、窓の外が濃い緑に染まった。電車が郊外にでたのだ。風のあいまに、ときおり警報機の音が混じった。

斑猫は腕組みして、流れる景色に見入った。家々の軒が線路に迫り、また木立に隠されて、電車は街に入る。

ぎっしりと集まった一戸建ての屋根には、空が黒くみえるほどアンテナが林立し、庭には洗濯ものがひるがえっていた。ここもアジアなのだと思った。豊かで瑞々《みずみず》しい街。水田地帯に点在する農家。苛酷《かこく》な環境に磨かれた均整は、微塵《みじん》もなく、ただ、ゆるく、明るい。

斑猫は、ポケットの小銭を気にしながら、逗子《ずし》の駅をおりた。駅構内の公衆電話から、蓉子のマンションにかけてみたが、応答はない。

タクシーを拾って、「偕成園《かいせいえん》」と告げた。運転手は物もいわずに車を発進させた。

斑猫は眠らないよう、眼をあけて景色をながめた。ヨットの浮かんだ海はすでに夏の色だった。眠気は鈍い頭痛にかわっていた。

「お客さん、偕成園にだれが入ってるの？」

偕成園が、シルバーマンションだと承知しているらしい。

斑猫は微笑んだ。

「親戚が入ってる。たまには見舞いにいかないと」

「それがいいやね。年寄りは客だけが楽しみだからさ」

タクシーはガソリンスタンドの角で左折して、住宅街をしばらく走ったあと、山道に入った。二車線の道路が切り通しの崖下で大きく左にカーブしている。曲がり角の山側に、山肌を切り開いて造成された白い大きな建物があった。芝生の前庭が広がり、建物の窓ガラスが、山肌を背景に陽ざしに輝いていた。

『偕成園コミュニティセンター』。矢印のついた案内板の前で斑猫はタクシーをおりた。

偕成園は私立の老人専用マンションだった。全館個室で、サウナ完備。寝たきりになれば、山の麓にある併設の病院で、終身看護が受けられる。入居金、権利金は夫婦ものなら軽く一億をこえる。

蓉子が購入したのは二年前だった。軽井沢《かるいざわ》の別荘を売って、夫婦用の2LDKの部屋を買ったのだ。海をみおろす場所に住むのが彼女の夢で、知り合いのだれもいない土地で、ふたりきりで最後の時間を過ごしたいといった。

日本をでる前、蓉子は、こちらの部屋で待ってるから、といった。もし、いないとしたら——、あとはどこを探せばいいのか。

建物は真新しく、玄関のドアは開かれていたが、人の気配がほとんど感じられなかった。玄関のガラス扉に、灰色のテープが貼られたままなのが、どことなく侘しい。

ゲートを抜けたところで作業者を着た老人とすれちがったが、振り返りもしなかった。

斑猫は車椅子用のスロープをゆっくりのぼって、ロビーに入った。ホールに公衆電話があった。

斑猫は一階で止まっていたエレベーターに乗りこんだ。廣田の携帯電話に掛けてみようかと思ったが、やめた。

『あなたの研究は、会社には必要ないんです』

廣田は明解にいった。

狭苦しい車内で、顔を突き合わせて缶コーヒーを飲みながら、斑猫が考えていたのは、しかし、ちがうことだった。なんと綺麗な男だろうと感心していたのだ。廣田の緻密《ちみつ》に整った容貌は、人種にも性別にもとらわれていなかった。斑猫の話を即座に理解して、今回の取引は、会社にとっても自分にとっても、利益につながらないと告げた。

『製薬会社がうるおう薬とは、もっと局所的で効き目がおだやかで、一定の病気にだけ効くような薬です。それはご存知ですよね？　あのサンプルは、いわば最終兵器だ。持たないほうが人類のためになります……』

相手を信用したわけではない。ただ、ほかに選択肢がなかったというだけのこと。

斑猫には味方が必要だった。表だって動けない以上、手助けしてくれる人間をどうしても探さなければならなかった。

研究所の旧館ではじめて廣田に会ったとき、会話が違和感なく成立したことに、斑猫は強い印象を受けた。

立場の異なる者どうしが手を組んで成果をあげるには、互いの情報をどれだけ正確に交換できるかに掛かっている。廣田と彼のあいだには薬という共通の地盤があり、利害は一致しないまでも、生き残りを目指している点では共通していた。

温室育ちの甘さは気になったが、廣田は頭が切れて、呑み込みが早かった。開発部の課長は馬鹿では務まらない。

廣田は、斑猫の研究室から持ち去った血漿サンプルに関しては、まだ上司には報告していない、といった。

『わたし自身の保険ですから。なにしろあれ以外に、あなたの存在を証明するものがない』

斑猫は、了解した。

実際、おそかれはやかれ警察の捜査がはじまることを考えれば、廣田に預けておくほうが安全だった。諦めもついた。

今日、蓉子のマンションを探して収穫がなければ、廣田の自宅へ向かうことになっている。まさか、向こうが東京駅で、黙って自分をいかせるとは思ってなかったから、斑猫はかなり驚いていた。

——あの男、本気で、今回の取引が失敗すればいいと考えている……。

得体のしれない深みをたたえた廣田の大きな双眸と、柔らかな声を思いだしながら、斑猫はエレベーターで六階にのぼった。蓉子の部屋は、廊下の行き止まりの601号室。表札はない。

一応チャイムを押したが、応答がないことは予期していた。カードキーを差し込んで注意深く、しずかにドアを引きあけた。

建材のニスと接着剤のにおいが鼻についた。

薄暗い玄関には、車椅子が置かれている。

――蓉子？

斑猫は玄関を見回し、通常より低い位置にある車椅子の使用者用のスイッチを押した。灯《あかり》をつけると、どこもかしこもうっすらと埃におおわれていることがみてとれた。

車椅子の背もたれも埃を被っている。蓉子が使っていたひざかけが、きちんと畳んでのせてあった。

靴箱をのぞくと、上段に彼女の靴が二足、中段にサンダルとスリッパが並べてあった。靴があったからといって、きた証拠にはならないが、不吉な兆候だった。暗い予感が胸を刺した。

彼は洗面所のスイッチを入れて、トイレと風呂場をのぞいた。どちらも、以前きたときのままだった。バスタブは乾ききって、青い蓋が外されていた。

和室の六畳間の押入では、中型のスーツケースが二個みつかった。斑猫はスーツケースを引きだして、なかをみた。どちらにも蓉子の冬物衣類と化粧品が入っていた。

リビングとキッチンはひっそりとしていた。シンクは乾いて、食器棚には、二人分の食器が並んでいる。

最後に寝室をのぞいたが、他の部屋と同じだった。人が使った形跡のない、青いサテンのカバーをかけたシングルのベッドがふたつ、それに彼女のドレッサー。カーテンは閉まっている。

クロゼットには、冬物のコートとスーツの上下、靴箱がきちんと並んでいた。引き出しのなかには、これまた真新しい下着と靴下。ドレッサーの引き出しには、ブローチと腕時計が入っていた。

斑猫は、大きなカメオのブローチを摘《つま》みあげて考え込んだ。イタリアでの学会の土産に、彼が買ってきたものだった。値は張ったが、目利きの蓉子に誉められて、嬉しかったことを憶えている。

このブローチは、蓉子の気に入りだった。旅行には必ず持参した。使わなくても家に置いてでかけることはなかった。

彼女は果たしてここにきたのだろうか？　それなら、なぜ部屋を使ったあとがないのか。

斑猫は、洗面所に取ってかえした。

サウナがあったことを思いだしたのだ。

風呂場のドアをあけ、入口からはみえない位置にある簡易サウナの覗き窓に顔を当てた。

蓉子は、そこにいた。

斑猫はドアを引きあけ、呆然《ぼうぜん》と、小さく萎《しな》びた下着姿の死体をみおろした。彼の恋人はベンチに腰かけ、左の壁によりかかるようにして死んでいた。足元に、空になったグラスが転がっている。白髪まじりの髪は焼けこげて、うつむいた顔にかぶさり、顔はみえなかった。

斑猫は、吸い込まれるように床に腰を落とした。

震える手をのばして、そっと彼女の髪をなでた。指が触れると、パラパラと、細い糸のような焼けた髪が落ちた。皮膚は黒く変色し、乾ききって、骨のような腕が肩からぶらさがり、膝に置かれていた。顔を近づけると、異臭が鋭く迫ってきた。焦げくささと、古い死体の嘔吐《おうと》を誘う臭気が。

どのくらい彼女は、ここにいたのだろう？

身体を入念に調べたが、外傷らしいものはなかった。転がっていたグラスの内側は白く濁り、液体のあとが残っていた。

自殺なのか。事故なのか。

涙はでなかった。まだ。

彼は、洗面台の下からバスタオルを一枚持ってきた。乾ききって脆《もろ》くなった死体に巻きつけ、そっと抱きあげて、寝室に運んだ。

彼女が自分のベッド、と決めていた壁側のシングルベッドに寝かせた。

「だれがやったんだ？」

斑猫は言葉を切り、空中に拡散してしまった彼女の意識から返答がくるのを待った。きっと、この部屋のどこかにいるはずだと思った。約束を果たさずに、黙って彼女が逝ってしまうはずがなかった。

「蓉子？」

声が虚《うつ》ろに、暗い部屋に響いた。

斑猫は、彼女のために日本に帰ってきた。危険を冒して。地球を二周りして。ただ彼女に会うために。

起きてくれ、蓉子。ぼくらの約束はどうなったのだ？

斑猫は、死体の、虚ろな双眸をみつめた。なにをしようと、二度とその肉体が応《こた》えることはないとは、とうてい信じられなかった。自分をみつめ、自分の話を聞いてくれる人間が、もういないということが、どうしても納得できなかった。

過去と未来が、砂のように体中から流れだしていった。

斑猫は、もう一度、呼びかけた。

「蓉子」

21 NOW

会議は、一時間半足らずで終わった。

廣田が報告し、テープの内容を岩崎が通訳した。出席者は八名、報告書も八部。会議が終わり次第、報告書は廃棄されることになっている。

ルミネ研究所で未明に銃撃戦が行われ、負傷した男が大学病院に収容された事実は、現地のMRによって確認済みだった。MRからの電話によれば、男は、現在、入院先の病院で、警察の厳重な監視下に置かれているという。

この状況下で、幹部役員が現地入りできるはずがなかった。

「それでは、新たな情報が入るまで東京で待機する、ということで、よろしいでしょうか」

出席者全員の了解を求めながら、岩崎の視線はフェアフィールドひとりに向けられている。

「それから、斑猫と名乗る男が倉石である可能性ですが——。ハウスマン博士？」

フェアフィールドの隣で、テーブルに肘《ひじ》をついて白い顎《あご》ヒゲを摘《つま》んでいた男が、気のない表情で顔をあげた。

「あなたは倉石と面識がありましたね？」

ハウスマンは、痩せた肩をすくめた。

「確かに顔をあわせたことはある。十年以上前にね。しかし、彼が日本語で話しているのは聞いたことがない。わかるわけがないよ」

「声紋分析は行えないの？」

フェアフィールドに同行してきた女性弁護士が、低く錆《さ》びたアルトで質問した。

「無理ですよ。倉石の写真を探すのも大変だったんですから。ビデオも録音テープもなにもない」

弁護士はうなずいたが、猛禽《もうきん》のような眼と戦闘的な表情は変わらない。

――ポイント稼ぎだな。

廣田はひとり、テーブルから離れたプロジェクターの後ろの椅子に座って、出席者の顔をぼんやりながめた。

部屋の中央に、楕円型の模造大理石のテーブルが置かれている。窓側の奥から、デイビス研究所所長のハウスマン、隣に上級副社長のフェアフィールド。

前回、フェアフィールドと来日した弁護士のダグラスは、今日はふたりおいたテーブルの一番向こうの端に座っている。くたびれたスーツに陰気な顔をして、発言することも、発言を求められることもない。

もっとも活発に質問してくるのは、本社が契約している法律事務所から派遣された四十代の女性弁護士で、男性のアシスタントを一名、同行していた。

日本側の出席者は、社長の清水と岩崎、それに廣田の三名のみだった。日本側の役員は岩崎と社長以外、だれも出席していなかった。今回の取引について知らされているのは、社内でも数名のみだった。廣田にしても、報告のために出席しているだけで、意志決定には一切関与できない。いいたいことは山ほどあるのだが、だれの賛同も得られないとわかっていたから、せいぜいおとなしくしていた。

廣田の席からは、フェアフィールドの白い横顔と貴族的な指が、よくみえた。岩崎の説明の合間合間に弁護士と相談しながら、質問を投げてくる。

斑猫という男の外見、斑猫が倉石だとして、日本にもどってきた目的はなにか。中島内規という男の背後関係はどうなっているのか。倉石と松尾蓉子との愛人関係は立証できるのか……。

中島内規については、岩崎がくわしい調査を行っていた。その点では、岩崎は抜かりない。

今回、中島は、ルミネ研究所の建物を目当てに動いているのではないか、というのが、岩崎の見立てだった。

中島の本業はブローカーで、これまでも病院の乗っ取りや買収を幾度も手がけて、逮捕された前歴がある。ルミネ研究所のようないわくつきの病院は、中島のような男には狙い目だろう。訴訟を起こされて、買い手もつかず、空き家のまま放置されているのだから。

「ああいったブローカーは病院の代表権を持ってる人間に接近して、委任状を取るのが、常套《じょうとう》手段なんです。ところが理事長の松尾孝は入院中だし、妻で理事会のメンバーの蓉子は行方不明、同じく倉石はご存知のとおり海外逃亡、事務長の松尾喜善も行方不明。で、理事はもう一名いるんですが、これが以前は、つまり事件以前は会計士の平松という人物だったんですが、理事長の入院後に中島の知り合いのブローカーにかわってるんです。どうやら一銭も使わずに、中島の一味はルミネを乗っ取るつもりのようですね。事務長の松尾喜善を押さえているのも、この連中でしょう」

フェアフィールドは、不快そうに眼を細めた。

「つまり、かれらはわれわれの取引とは無関係と？」

「その可能性はあります」

——よくいうぜ。

廣田は呆《あき》れはてて、岩崎の厚顔な横顔をみやった。

倉石の新鮮な死体があればてっとり早い、と岩崎がいったのは、つい先刻なのだ。中島のグループのことなど、一言も触れなかったではないか。

波立つ気持ちを鎮めて、醒《さ》めた頭で今の情報について考えてみた。なるほど、と思った。単なる病院乗っ取りグループが絡んでいるとすれば、確かにこれまでのことの辻褄《つじつま》はあう。中島らのグループと、プラスケミカルの『取引』がたまたま同時期に鉢合わせしてしまった、ということかもしれない。かれらが倉石を狙う目的も、治療法とはまったく無関係だとも考えられた。

たとえ関連があるとしても、乗っ取りを目的としたほうが、筋は通っていた。それなち、かれらが、つかさの父親をつれ去ったとしても、不自然ではないだろう……。

――だから、あいつら倉石を狙ったわけか。

理事会のメンバーは五人。そのうちの過半数、つまり松尾蓉子、つかさの父親の松尾喜善、それから中島が送りこんだ理事の三名の委任状を取ることができれば、理事会を牛耳《ぎゅうじ》るのは簡単だった。倉石さえもどってこなければ、警察の注意を引くことなく、乗っ取りをすすめられる。

廣田は、中島の手下に殴られたことを思いだし、急にばかばかしくなった。

「もちろん、これは仮説のひとつですが」

岩崎が横目でこちらをみたので、廣田は真面目な顔を取りつくろった。

「中島と、うちに取引を持ちかけてきた人物が、つながってる可能性も、当然あります」

「それはわかったが、倉石はどこにいるのだ？　われわれの目的は、倉石を確保することだったはずだが」

岩崎はハウスマンに向かって片手をあげてみせた。

「倉石は、愛人の松尾蓉子を探しているのです。そのため、彼は、廣田に協力を求めました。テープで聞いたとおり、斑猫が倉石だとして、彼の協力を得たいなら、金より、松尾蓉子を無事に保護するほうが効果があるでしょう」

アメリカ側のテーブルに、冷ややかな空気がながれた。岩崎のやり方を生ぬるいと考えていることは、廣田にもわかった。

――倉石の死体を欲しているのは、中島じゃなく、この連中ってわけか。

ハウスマンとフェアフィールドの冷酷な眼をみれば、かれらが求めるものが、決して会社の利益ではないことがわかってくる。

すべて自身の利益のため。

若返りの治療法を、自分が手にいれること。世界を変えるような画期的な治療薬を自分が開発すること。それだけがすべてなのだ。

そう考えてみれば、資料室で岩崎がいったヨタ話も、幾分かの真実が含まれているのかもしれない。

「廣田くん」

社長の清水が、語尾にアクセントを置いた声で呼びかけた。

「なぜ、その男が倉石とわかった時点で、なんとかしようとは考えなかったのかね。たとえば拘束するとか、尾行をつけるとか」

七対の眼が、一斉に廣田に注がれた。

「はい。まったく考えませんでした」

答えながら、廣田は無意識に傷をかくした前髪をなでた。

「今回の取引は、彼からの申し出が前提となってます。それも元々プラスケミカルに所属する権利を買い戻す、ということですから、警察への告知義務違反ではありますが、犯罪ではない。実際、彼に面会して、倉石本人だとは到底わたしには信じられませんでした。ですから、逃亡幇助《ほうじょ》には当たらない、そう判断したんです。しかし、彼を拘束するとなれば、単なる犯罪です。拒絶する権利があります」

室内は、水を打ったように静まりかえった。

しばらくして、社長が咳払いした。

「なるほど。よくわかったよ、廣田くん。気にしないでくれ」

「はい」

廣田は眼を宙に向けて、岩崎の視線をそらした。

斑猫を拘束する、という話題は、岩崎でさえ慎重に避けていたし、アメリカ側のだれひとりとして明言しなかった。どんな場合も非合法であってはならないのだ。たとえ現実に、会社が反社会的な営利行為を行っていたとしても。

プラスケミカル社は収益の四割近くを、アフリカ・南米の発展途上国に依存している。それらの国で、先進国で販売中止になった副作用の強い薬を大量に販売し、なんら法的制裁を受けることなく大きな利益をあげていた。しかし、法で裁かれない以上、犯罪ではない。贈収賄も、関連機関への寄付や研究費の名目がつけば司法の網をくぐることが可能だった。

企業のモラルとは、法に合わせて成立している。その点で個人の良心とは立脚点が異なっている。人がおのれの良心に合わせて振る舞いを身につけるのだとしたら、企業は、服に合わせて体を切りきざむ。

今の清水の失言は、フェアフィールドの印象に刻まれたにちがいない。そう思ったが、さすがに岩崎の表情をうかがう勇気はなかった。

ふと、強い視線を感じて、廣田は顔をあげた。ダグラスがこちらをみていた。すぐ眼をそらしたが、笑っていたような気がした。

――なんだ？　あいつ。

「では、解散ということで。よろしいですか」岩崎が気まずい空気を締めくくって、会議は終わった。


「てめぇも大したタマだな」

食事のあいだ、岩崎はひどく機嫌がわるかった。

会社ビルの屋上階にある和食レストランで、ふたりは弁当を食べていた。廣田は懐石弁当で、岩崎はトンカツ弁当。

個室だったが、一応人の耳をはばかって、ふたりは低い声で話をしていた。

「専務には負けますよ。きれいに騙《だま》されました」

「阿呆。あれは、警告だよ警告。本気でおれはいったんだよ。それよりおまえ、どうして上司より高い弁当を注文するんだ。ちったぁ遠慮しろ」

「専務こそ、塩分と脂肪は控えたほうがいいですよ。血圧、高いんでしょ？」

廣田は、さっと右に移動して、罵声《ばせい》とともに飛んできた唾飛沫《しぶき》をよけた。

「ったく、てめえは。自分の会社の社長をコケにして、そんなにうれしいか」

「あの程度で潰《つぶ》れますか？」

「時期が悪い」

トンカツを二口で平らげると、岩崎はせかせかと味噌汁を飲みほし、漬物をかじった。音をたてて茶をすすり、飯をかきこんでいる。廣田は、卒中で突然死する中高年の症例見本を目《ま》の当たりにしている気がした。

あっというまに食べ終えると、岩崎は味噌汁臭いゲップをして爪楊枝で歯をせせった。

「もともと、あの人は発言力がないからな。銀行からの出向だしよ。一度舶来品の社長がきてみろ。おれたちなんぞ即、現地採用扱いになっちまうぞ」

「まさか」

「何年、外資系に勤めてんだよ。アタマが替われば、体制なんて全部ひっくり返るんだぞ。昨日までの正社員が今日から全員契約社員になる可能性もあるんだ。清水さんには、できるだけ長く社長をやってもらわなきゃ困るんだよ」

廣田は食べる手を止めて、なめし革そこのけに頑丈そうな上司の顔をながめた。どこまで岩崎が本気でいってるのか見当がつかなかった。

「どうして専務ご自身が、社長にならないんです？」

「おれは、本社の役員に嫌われてるから社長にはなれねえよ。たびたび指示を無視してきたからな」

「それなのに、わたしをそこに送りこむわけですか？」

「うれしいだろ」

「会社を辞めさせてください」

「駄目だ」

「ちょっといってみただけですよ」

廣田は食事に専念した。今ごろ、フェアフィールド一行はホテルにもどって休息しているはずだった。岩崎は七時に浅草《あさくさ》の料亭に合流する予定ということで、酒に備えて胃袋に脂肪分を溜《た》めこむつもりらしい。

「かれら、ずっとフォーシーズンズに滞在するんですか？」

「まあな。スイートのあるホテルじゃなきゃ駄目なんだとよ。やっこさんは恋人連れだしな」

「恋人？」

廣田は聞き間違いだと思った。

「ほら、ダグラス・ホールズだよ。弁護士っていってたが、あの男、法律を知らないんじゃないかって気がするんだ。どうも弁護士臭くない。やっこさんのコレだろ」

気がつくと、下顎が落ちていた。あわてて廣田は口を閉じた。

「へえ、恋人、ですか」

「フェアフィールドがゲイだってのは、有名な話だ。外にでるときは一応、女の『婚約者』を連れていくが、モデルみたいな派手な中国系の美人でお飾り用らしい。本命の恋人も中国系だそうだ。アジア系が好みなんだとよ。そういやダグラスも、アジアの入った顔をしてなかったか？」

廣田の返事を待たずに、岩崎はベルトにつけたケースから電話を取りだした。食後の一服がわりに会社にかけている。

「あ、岩崎だ。山中部長は帰社したか？　まだ？　帰ったら電話いれろといってくれ」

廣田にむかって、「おまえも合流するか」と聞く。

「いえ。わたしは……。仕事が残ってますから、また社のほうにもどります」

「そうか。気がむいたらこいや」

岩崎は座卓に両手をついて立ちあがった。戸口に手をかけたとき、思いだしたようにふり返った。

「あのな、おまえがどう考えてるかは知らんが、おれはフェアフィールドに媚《こ》びるつもりはないし、社長になりたいわけでもない。おまえを自分の替わりにするつもりもない。楽しく正しく働くのが好きなだけだ。だから、おまえとフェアフィールドの間になにかあったとしても、おれは聞かん。しかし、三年、持ちこたえたんだ。今度も切り抜けてみろ」

廣田は、目の前でドアが開いて閉じるのを、ぼんやりみていた。

爆弾が炸裂《さくれつ》したようなものだった。全身と頭の中身が吹き飛ばされて空っぽになった。動けなかった。

岩崎が知っていた。自分がフェアフィールドの庇護を受けていたこと。抱かれていたこと。同じ家に住み、彼が買い与えた服を着て、彼の車を運転していた日々を。

最初から岩崎は承知していたのだ。

――まいった……。

廣田は、座卓に肘をついて頭を抱えた。

虚脱と、猛烈な羞恥《しゅうち》。それから怒りがやってきた。頭の後ろを抱えこんで、座卓につっ伏した。

苦い笑いがこみあげてくる。

──なるほど。だから、おれを使ったわけか……。

廣田とフェアフィールドの関係を計算に入れて、岩崎は廣田を課長に引きあげ、本社コースに押しこんだ。フェアフィールドが今後、失脚しようが会長まで上りつめようが、岩崎にはどうでもいいことにちがいない。

「とんでもない親父だぜ、畜生」

さりぎわの岩崎の芝居がかった台詞《せりふ》を思いだして、廣田はひとり笑った。いきおいよく頭をあげると、携帯電話を取りだし、宮城のナンバーを押した。

取引中止になった以上、宮城を広島に待機させておく理由はどこにもなかった。早いとこホテルをチェックアウトして、戻ってこいと伝えなければ。

車をどうするかの問題もある。研究所で死体が発見されれば、検問が行われるだろう。あのハイエースが所内に入ってゆくのを目撃した近所の人間がいるかもしれない。

廣田は腕時計をみながら、コール音を数えた。二回、三回、四回……。でない。

──なにやってんだ、あいつは。

今度は、ホテルにかけた。フロントに部屋番号と名前を伝えて、二十回、コール音を聞いたところで、またフロントに切り替わった。

「ルームキー持参で、外出されたようです」

「それじゃあ、伝言を。『チェックアウトして戻ってこい　廣田』で」

切ろうとしたとき、つかさのことを思いだした。

「松尾つかささんをお願いします」

「松尾さまですね。そのお客さまでしたら、チェックアウトされました」

え、と声が漏れた。

「チェックアウトは何時ごろだったんでしょう」

「午前九時ちょうどです」

廣田と斑猫をのせた飛行機が離陸したころだ。

「本人がチェックアウトしたんでしょうか。確認できませんか」

「さあ……、わたくしでは、わかりかねますが」

廣田は礼をいって電話を切った。

ためしに松尾家にかけてみたが、留守番電話の応答を聞いてすぐ切った。

——無事かな。

とにかく宮城と連絡を取らなければ。

携帯電話をケースにおさめて、店をでようとした。携帯電話が鳴りはじめた。

「廣田さんですか」

斑猫だった。

22 NOW

若返りは、斑猫にとっては自然なことだった。老いるよりもはるかに抵抗がない。たぶん、だれにとってもそうだろう。

毎朝のぞきこむ鏡のなかの自分の顔。疲労し、張りが失せ、皮膚の艶《つや》はなくなり、頬はゆるんで口の両わきには深い溝が刻まれている。しかし、幻想は消えない。今日は疲れているだけだと。一晩眠れば元通りの自分を取り戻せると思いこむ。そうとも一週間ゆっくり休めば。あるいは一ヵ月、一年……。そして、ある日、突然、気がつくのだ。もう時間は戻らないことを。

老いてゆく自分を発見した瞬間の驚きは、だれもが通る道だとわかっていても、なお受け入れがたい。

十四歳のころ、斑猫は、自分は百歳の老人より老いていると思っていた。通学路の並木からふり注ぐ陽ざしは目映《まばゆ》く、路上の汚物やゴミまでが色鮮やかに網膜に焼き付けられる世界の中で、彼ひとりが化石のように乾いていた。

しかし、人生を楽しんでいる十四歳の少年が、この世のどこに存在するのか。

『おかしいな。おれ、ちっとも生きてる気がしないんだ』

学校からの帰り道、友人がいった。

『死んでもこんな感じかな』

少年は十五歳で死んでいった。

あれから四十年がすぎたが、友人のつぶやきは、いまだ斑猫の中で木霊《こだま》しつづける。

『死んでもこんな感じかな』

蓉子の亡骸《なきがら》を前にして、斑猫が考えていたのは十五歳で死んだ友人のことだった。あのころの斑猫は、友人の死をどう悲しめばいいかわからなかった。置いていかれた思いだけがあった。乾いた眼で、棺《ひつぎ》を見送り、どうしておれは泣けないんだろう、といぶかった。

そして今、彼はあのときと同じように、蓉子を前にして途方に暮れている。

――だれかに知らせなければ。

ぼんやり考えたが、身体が動かなかった。

足元から夕闇が這《は》いのぼってくる。暗い水のように、じわじわと壁を浸し、ベッドをおおう。彼は凍えて、空腹だった。体中が空っぽだった。

いつのまに、こんなに暗くなってしまったのか。

今、いったい何時なのか。

壁時計のコードは抜かれたままになっていた。以前、彼と蓉子がここを立ち去るとき、蓉子がコードを抜いていたことをぼんやり思いだした。

『次にくるのは、ずっとずっと先だものね』

あれは三月、斑猫はまだ厚手のコートを着ていた。学会と偽って東京に出張し、新横浜の駅で蓉子と落ちあった。蓉子が購入したばかりのマンションの部屋を二人でみにいったのだ。夫婦という触れ込みだった。

部屋は買ったばかりで、なにもなかった。斑猫が搬入業者に指図して、ベッドや家具を運びこみ、掃除をし、食事を作った。蓉子を子どものように抱いて風呂に入れてやった。

家族を捨て子どもを持たなかった彼にとって、親身になって他人の世話をするのははじめての経験だった。人間には愛情をかけたいという基本欲求があり、それを満たしてくれる対象が必要なのだと、そのとき知った。

——蓉子がひとりで、このマンションにきたはずがない。

麻痺《まひ》していた感覚が、ひとつの事実を支えに、ゆっくりと立ちあがった。彼は夢から醒めたような思いで、ベッドの上の遺体をみつめた。

蓉子は、黄昏《たそがれ》に染まったシーツの真ん中に、枯れ枝のように黒く捻《ね》じれた無惨な姿をさらしている。抱えおろしたときには臭気でむせるようだったが、今はなにも感じない。鼻が効かなくなったのだろう。遺体の細部は今はもう影に呑まれて、シーツのくぼみに溜まった闇と同化していた。夜の気配が濃くなるにつれ、そこにあるのが物体だという実感が増してきた。

警察に知らせるのが、今、必要な手順だということはわかっていた。できれば自分自身で解剖を行い、死因を突きとめたかったが、そんなことが不可能であるのも承知していた。警察と関わることはできない。かといって、蓉子をこのまま放置もしたくない。

斑猫は、蓉子が死んだことを知っていたが、感情レベルで受け入れたわけではなかった。

彼女なしで過ごす未来、彼女のいない世界について考えてみたが、それが大層侘《わび》しいものであることは理解できても、寂しさがどんなものか想像できなかった。

——おれは、ひとりぼっちだ。

そう自分にいい聞かせてみた。だが、嗚咽《おえつ》は乾いたまま喉にこびりついている。あまりに長い間ひとりで過ごし、だれのためにも泣かずに生きてきたため、彼は、悲しみ方を忘れてしまったのだった。

斑猫はそっと寝室をでた。

居間の壁をさぐり、スイッチを押した。灯《あかり》をつけるのは危険だという考えは浮かばなかった。斑猫の本能は、感情と一緒に深い場所で眠っていた。

蛍光灯の清潔な光が、涙がにじむほど眩《まぶ》しかった。光が黄色がかってみえる。ビタミンが欠乏しているにちがいない。

彼は、サイドボードに立ててある電話の子機をみつけて、手にとった。

理事長の東京の家の電話番号は、いまだに思いだすことができた。局番と、下4ケタが同じ数字の繰り返しというゴロのいい番号だった。「酔っぱらっても忘れないからな」と理事長が自慢していた。

斑猫は電話の向こうに呼びかけた。舌がもつれる感じがあった。

「もしもし?」

「はい」

「植松さんの……、おたくですか」

「そうですが？」

子どもっぽさの残る、若い女の声だった。理事長の娘の碧《みどり》だと見当がついた。今年、高校一年生のはずだ。

「理事長……、松尾先生はおられますか」

「あのう、どちらさまですか？」

「植松《うえまつ》さんのおたくですね？　お父さん、おられますか」

「父は、入院中ですけど」

「お母さんは？　植松さん、おられますか」

碧は黙りこんだ。無理もない、だれかも名乗らない電話に答えるのは、気味が悪かろう。

「では、病院の名前と電話番号を教えていただけますか。理事長に連絡したいことがありますので」

しかし、碧は電話を切ってしまった。

おかしな電話が掛かってきたら、そうしろと、母親に教えられたのかもしれない。斑猫は目尻をこすりながら、子機を耳から離した。

「入院か……」

理事長が入院していると知っても、驚きはなかった。元々血圧が高かったし、自宅の荒れようから見当はついていた。どの程度、悪いのだろうか。

——次はだれに掛けようか……。

斑猫は子機を握ったまま、記憶の名簿を繰っていった。だれかに蓉子の死を知らせたかったが、どの顔も色あせた写真のように淡かった。彼の妹、妹の夫。かつての同僚ら、患者、病院のスタッフ。アパートの住人ら……。みな彼とは関わりのない人生を歩いていた。義理も借りもない人々。蓉子の死を知らせて、なんの役にたつのか。

蓉子は存在しない。斑猫と倉石であった自分をつないでいたのは、蓉子だった。その輪が消えた今、彼は生後一年の赤ん坊と同じ心もとなさで、夕闇の世界に取り残されている。

体を動かすと、腕や衣服から、ふわっと異臭がたちのぼるのを意識した。

長時間、ベッドのそばに座っていたから、臭気が染《し》みついてしまったのかもしれない。線香がいる、とぼんやり思った。死体の臭いを消すにはあれが一番いい。供養にもなるだろう……。

彼はポケットからメモ用紙を取りだすと、廣田の携帯に電話した。

「ああ。あなたですか」

廣田の、柔らかく耳元をなでるようなバリトンの声を聞いて、斑猫ははじめて、自分がどれだけ、この男に好意を感じていたか気がついた。

「今、どちらにいらっしゃるんですか？」

「逗子です。蓉子のマンションがあるんです」

「どうでしたか」

「駄目でした。死んでました」

電話の向こうが束の間、沈黙に落ちこんだ。ややあって、ささやくような声で、「一度切ります、出先なので」といった。

「五分後に掛けなおしていただけますか」

斑猫は電話を切ると、その場で三百数えた。

掛けなおすと、先ほどよりも声がクリアに聞こえた。

「ビルの屋上にでてるんです。先ほどの話なんですけど、松尾蓉子さん亡くなられたんですか？　どこで？」

「マンションが逗子の近くにあるんです。蓉子が老後用に買った……。その部屋のサウナで……みつけました。一ヵ月以上はたってると思います」

「それで、死因は？」

「さあ、みた限りでは不明です。外傷はありませんでした」

答えながら、斑猫はサウナの床に転がっていたコップを思いだした。あの中にはなにが入っていたのか。自殺だったのか。そうだとしたら、なぜサウナで……。

「警察にはもう？」

「まだです」

廣田が低い声でいった。

「すぐにその場を離れたほうがいい。どこかに触りましたか？」

「ええ……、しかし、以前から出入りしてましたから。わたしの指紋を今更拭き取るまでもないでしょう」

「そうですね」

「警察に通報すべきだと思いますか」

「すぐにする必要はないんじゃないですか。亡くなってずいぶんたってるんでしょう」

「ええ」

「近くまで迎えにいきましょうか」

「いや……、大丈夫。申し訳ない、頭が混乱してるんです……。わかりました。部屋をでます」

斑猫は電話を切ろうとした。そのとき、ふっと思いついたことがあった。

「理事長の入院している病院をご存知ないですか」

「松尾孝さんですか？　ええ。知ってます。今いいましょうか」

「お願いします」

斑猫は急いでメモになるものを探した。サイドボードにちびた鉛筆が転がっているのをみつけ、廣田の電話番号の下に、病院名と電話番号を書き付けた。

「面会時間は八時までかな。新小岩の駅から十分ぐらいの場所で、ちょっとわかりにくいかもしれない。とにかく今夜は、うちにきて休んでください。疲れてるんじゃありませんか？　ぼくひとりなので、何時でも大丈夫ですから」

「それはどうも」

電話を切った。

部屋の沈黙が迫ってきた。

斑猫は寝室に戻って鏡台の引き出しをあけた。女物のロレックスを取りだして腕に巻き、財布から札を抜いた。電話の時報で時刻を合わせた。

とりあえず一度東京に戻ろう、と思った。秩序だてて行動することが、今の自分には必要なのだ。他にすることはなかった。

死体のことが、斑猫の頭に引っかかっていた。

冷えきった新鮮な死体。地下に放置されていた若い男……。

車両の隅の席に腰かけ、電車の騒音を聞きながら死体について思いをめぐらした。実際、考えることはいろいろあった。

死亡直後にしては、あの死体の体温低下は早すぎた。角膜の白濁や死斑はごく軽微だった。死んで間もない体だったのか、あるいは死亡直後に凍結されたのかもしれない。

それにしても、だれが彼をあそこに運びこんだのか？　どこに持ち去ったのか。

あの男の周囲に衣服はなかった。自分から地下におりたとは考えられない。斑猫が地下におりる前、エレベーターシャフトの穴は、外からふさいであったのだ……。

考えこんでいるうちに、いつのまにか眠っていたらしい。品川をすぎたところで、はっと彼は眼を覚ました。

口のなかがからからに乾いて、粘りつくような気がした。体が汗ばんでいる。車内は混んでいるにも関わらず、隣のシートは空いていた。自分の体の臭気を意識しながら、ホームにおりて総武《そうぶ》線に乗り換えた。新小岩でおりて駅員に方角を聞き、開いていたコンビニで地元の地図をのぞいて病院の場所を確かめた。

廣田に聞いた私立の総合病院は、商店街の狭い通りを五、六分歩いて、左に折れたところにみつかった。小規模だが、こぎれいな白い化粧タイル貼りの外観をしている。

警備は厳重で、通用口には守衛がふたり座っていた。

ドアをあけて受付の前を誰何《すいか》されずに通りぬけるのは、不可能だろう。斑猫は、守衛にみられないよう、ぶらぶらその場を離れた。

塀の下に病院の駐車場があった。シルバーのベンツと、白のホンダが止まっている。駐車場には専用の照明がなく、車の止まっているあたりは暗い。斑猫には都合がよかった。二台の車の周囲をひとめぐりして、ホンダを使うことにした。外車はたいてい盗難防止装置が装備されている。警報ブザーの音で逃げていく姿を他人にみられたくなかった。すこし歩いて近所の家の軒先の私設花壇で、ブロックをひとつ拾いあげた。

時刻は十時。もっと夜が更けたほうがいいが、贅沢《ぜいたく》はいっていられない。人通りがないことを確認して、車の運転席側の窓を叩き割った。警報ブザーは鳴らなかった。窓から顔をだした人間もいない。

すばやくその場を離れて、公衆電話にむかった。警察への通報ボタンを押し、早口に車泥棒を目撃したことを告げた。

「新小岩の片平《かたひら》病院の駐車場です」

路上駐車の車のうしろに隠れて、待った。五分ほどして自転車に乗った警察官がやってきた。

警官は予想どおり病院の通用口に入って、守衛ふたりと駐車場へむかった。その隙に、斑猫は病院内に侵入した。まず守衛の詰め所で入院名簿を探し、松尾孝の部屋を探した。

あった。410号室。

話し声が表のほうから近づいてくる。彼は詰め所をでて階段をのぼった。

四階。10号室は角部屋だった。

個室なのだろう。

彼はドアの隙間から部屋に滑りこんだ。


斑猫のおぼえている松尾孝は、治療より、事業のほうに惹《ひ》かれるタイプの病院経営者だった。老人患者の将来にわたる急増をみこして、赤字つづきの古い病院を老人専門の病院にかえ、その後、若返り治療に着目して、ルミネ研究所を軌道にのせた。

堅太りで汗かきで、人の好き嫌いが激しく、医者としての仕事から完全に離れてしまったあとも、学問的な野心を捨てきれなかった。学会には欠かさず出席し、論文を自費出版して各地の大学の研究室に送りつけた。用もないのに、本館の研究室にやってきて議論をしかけるので若手の医者には敬遠されていた。

子どもっぽい面を多分に持ち合わせた男だったのだ。

事業には熱心だったが、経営者としての才覚は大してなく、蓉子と結婚してから、一度ならず病院を破産寸前に追いこんだ。そのたび蓉子の個人資産を切り売りして窮地をしのいできた。ルミネ研究所にしても、表の経営は赤字つづきで、斑猫が行う非合法の治療のおかげで、なんとか収支をあわせていたのだ。

しかし、病院経営そのものは、患者本位の良心的なものだった。その点では松尾は、医者らしい医者だったといえるかもしれない……。

消灯後の病室は人の息遣いと、消毒剤のまざりあった、なんともいえない生温かい臭気がこもっていた。

ベッドサイドのテーブルで、ランプシェードのかかった読書用ライトが付けっぱなしになっている。

「松尾先生……」

ベッドをのぞきこんで、斑猫は眉をひそめた。わずか一年で、松尾は別人のように面変わりしていた。

元は、肌の色艶のいい精力的な男だったのが、二回りほど縮んで、白髪の目立つ老人になっていた。閉じたまぶたの周囲が、茶色く染まっている。

――脳梗塞《のうこうそく》だな。

筋肉の落ちた薄い体をみれば、運動中枢が麻痺していることが一目瞭然だった。言語障害もあるだろう。メモを残しておこう、と斑猫は思った。植松恭子宛に。彼女に任せておけばなんとかしてくれるだろう。

彼は、ベッドの周囲をみまわしてメモになりそうなものを探した。引き出しのなかに、メモ帳とボールペンが入っていた。

取りだして文面を考えていたとき、思いがけずドアが開いた。看護師ではなかった。地味なスカートにブラウスといった格好の中年の女が、うつむき加減に入ってきた。斑猫に気がつかないらしく、ドアを閉じて荷物を丸椅子に載せた。

顔をあげて、はじめてベッドのそばの侵入者に気がついた。

あ、と声を漏らした。

「だれです？　なんの用？」

「植松さんか」

理事長の愛人の植松恭子だった。なりが地味すぎて、すぐにわからなかった。

植松は、眉をひそめている。化粧っけのない、つるりとした顔にそばかすが目立つ。風呂へ入ってもう一度、病院にきたのだろう。片手にビニールバッグをぶら下げていた。

「そこでなにしてたんです？　面会時間は終わってるんですよ」

斑猫はためらった。騒がれて、人を呼ばれたくなかった。こんな形で、彼女と再会したことが恥ずかしかった。

「知らせたいことがあってきたんです。わたしがわかりませんか」

植松は口をつぐんだ。猜疑《さいぎ》の眼で、斑猫をじろじろみた。斑猫が名乗ろうとしたとき、先に植松が問いかけた。

「もしかして、倉石――、先生？」

斑猫はうなずいた。

「おひさしぶりです」

「まあ、驚いた」

植松の顔が弛緩《しかん》したように縦に伸びた。小声で、まあ、驚いた、と何度もくり返している。

「このあいだ、日本へ帰ってきたんです。松尾先生が入院していると聞きましてね。容態はいかがです？」

植松はぺたんとベッドに腰をおろすと、目元を両手でおおって、ため息を漏らした。

「あらまあ、本当に倉石先生でしたのね。ベッドのそばでうろうろしてたから、泥棒かと思っちゃったじゃない」

「すみません」

「いいんですよ。お元気そうでよかった。一年ぶりかしら」

ありふれた挨拶が、意外なほど斑猫の胸に深く染みてきた。よかった。彼が戻ってきたことを、肯定してくれた人間は植松がはじめてだった。

「松尾先生、いつ倒れたんです？」

「去年の夏。お風呂でバッタリ倒れちゃってね」

何度もした話なのだろう。話題が病人の容態に移ると、植松の声にはつらつとした生気が戻ってきた。

「リハビリ中なんですよ。一進一退っていうか、よくなると、すぐに熱がでたり、肝臓だのあちこち悪くなって……。月曜日から、熱がでて八度から下がらないもんだから、寝る前にもう一度だけと思ってみにきたんですよ。この病院の師長が昔の仕事仲間なんで、融通がきくんです。付き添いは禁止なんだけど、こわいじゃないですか。寝てる間に吐いたりしたら、それで窒息しちゃうんだから。本当に倉石先生なの？」

喋《しゃべ》りながら植松は、立ちあがって茶の支度をはじめた。どんなに驚いているときでも現実的な対応のできる女だった。病人の容態について、患者の家族がたいていそうであるように、事細かに経過を説明した。その間、視線はいっときも斑猫から離れない。

ついに、たずねた。

「ねえ、倉石先生、もしかしてお若くなったんじゃございません？」

「少しね。ずっと自転車で走っていたから」

「でも髪も真っ黒だし、まるで学生さんみたい。シワまで消えちゃって……。整形じゃありませんよね？　それ」

「ルミネでやってた治療をね、自分の体で実験してたんですよ。一時的なもので、すぐに元に戻ります」

「そうなんですか」

植松は首を傾《かし》げたものの、すぐ納得したらしい。

「残念ね。うちのお父さんの病気がガンなら、倉石先生に治してもらえたのに。それで知らせたいことってなんです？」

「ええまあ、実は」

蓉子の名を口にしようとして、斑猫はためらった。果たしてこの女に告げていいのだろうかと迷いがでてきたのだ。

植松は、蓉子の死でもっとも利益を被《こうむ》る人間だった。

「火事のことじゃありません？」

斑猫のためらいを誤解して、植松が先に口をひらいた。

「あの火事が先生のせいだなんて、わたしはこれっぽっちも考えてませんから。裁判は揉めてますけどね……。裏の収入を付けてなかったから、警察に挙げられてもしかたない部分はあるんですよ。わたしね、事務長の喜善さんによくいってたんです。こんなことはつづかないわよって。あの人は聞いちゃくれませんでしたけどね。ルミネは大物の患者さんがたくさんついてるから、絶対挙げられないんだっていって……。病院があんなに赤字をだしてたなんてビックリしましたよ。もっと早く会計士を替えて、経理だけでもきちんとやってればよかったんです。そうすれば喜善さんも逮捕されたりしなかったのに」

斑猫は驚いた。

「事務長は逮捕されたんですか」

「そうなのよ。執行猶予《ゆうよ》だから、刑務所にいるわけじゃないですけどね。ほら、証拠がないときって、警察じゃなくて税務署がでてくるでしょ。アル・カポネみたいに」

植松のやつれた顔に、かすかな笑いが広がった。柔和な目元には、長年の苦労で洗われたすがすがしさがあった。

「うちのお父さんも有罪になったのは結局、所得税法違反だったわね。でも追徴課税なんていわれてもねえ……、うちはみての通りの貧乏人だし、この人の入院費だって保険給付でしょ。ルミネの土地や建物は蓉子さんや喜善さんの身内で握ってて、お父さんは最後まで『入り婿』扱いだったのよ……。でも無くすものがないからかえって、気がラクだわね。お父さんも、こんな状態だったから収監されなかったし。病気も悪いことばっかりじゃないわね」

「植松さんほど苦労なさった人はいませんよ」

「どうだか……。わたしは愛人ですからね。陰でなにをいわれているやら」

そういいながら、植松は楽しそうに笑っている。ベッドをのぞきこみ、小声で「お父さん、倉石先生よ」と呼びかけた。

「いいですよ、起こさなくても」

「でも、せっかく会いにきてくれたんだから」

「お知らせしたいことがあって、きたんです」

斑猫は、植松がふり返るのを待った。植松の眼を一瞬不安の影がよぎった。

「蓉子さんのことなんですが……」

斑猫はためらい、それから口から手を突っ込むようにして、ことばを摑《つか》みだした。

「あの人が老後のために買ったマンションが逗子にあるんです。わたしは日本に帰って、蓉子と連絡がとれないものだから、そちらにいってみました」

一言ごとに、現実が自分から遠ざかってゆく気がした。周囲が水のように流れはじめた。

「……死んでしばらくたってました。死因はわかりません。これから警察に連絡するつもりですが、葬儀のことが心配なんです。あなたにお願いできませんか」

植松の視線が、斑猫の顔から離れ、床に落ちた。

「……まあ、蓉子さんが亡くなったなんて」

「ええ」

「それで先生、蓉子さんをそのままにしてきたんですか？　まだ、あの人、そこにいらっしゃるの？」

斑猫がうなずくと、植松のまぶたと鼻が、ぼうっと赤らんだ。まつげをしばたたくと、涙がこぼれ落ちた。頬に刻まれた深いシワにそって、あごから滴り、胸もとに染みをつけた。

「まあ……、かわいそうに、ひとりでいるなんて。蓉子さん、寂しいわね。いってあげなきゃ」

斑猫は、蓉子を悼《いた》んで泣く植松をみつめた。泣きながらティッシュを手探りして鼻をかみ、お父さん、と理事長にむかって小声でつぶやいた。

「……蓉子さんが亡くなったって。どうしたらいいのかしら」

彼女の平凡なやさしさが、彼は嬉しく、うらやましかった。とにかく、ここに蓉子のために泣いてくれる人間がひとりいた。肉親でも、家族でも、友人でさえなかったが。きてよかったと思った。

「倉石先生、そのマンションの場所を教えていただけませんか」

「いや。植松さんはいかないほうがいい。それでなくても、疑われる立場にあるのだから」

「いいのよ。うちの人は、蓉子さんが亡くなったところで、なにひとつ貰《もら》えるわけじゃなし……、ああ、でも、喜善さんに相談したほうがいいわね」

「事務長、行方不明らしいんですよ」

けげんそうに顔をあげた植松に、斑猫は、数日前、家をでたきり行方がわからなくなっている、と告げた。

「危ない人間がうろついてるそうです。喜善さんのお嬢さんもさらわれかけたと聞きました。無事でしたが。あなたも気をつけたほうがいい」

「まあ……」

濡れた鼻の横を指でこすりながら、植松は、「どうして、また?」と問い返した。

「誘拐されるなんて、そんなことあるのかしら。そりゃあ裁判はやってるけど……。いやだ、娘を家にひとりで置いてきちゃった。どうしよう」

あたふたと立ちあがって、帰り支度をはじめた。

斑猫は腰をあげた。彼の用は終わったのだ。

「それじゃ」と声をかけた。

「まあ、これからどちらに?」

「とくに決めてませんが……。ホテルでも取ろうかと思ってます」

「だったら、うちに泊まりなさいよ。娘だって喜ぶし」

そういったあとで、植松は、あらいやだ、と両手を頬にあてた。

「わたしったら……。先生は、蓉子さんのためにお帰りになったんでしょう? 気がつかなくてごめんなさいね……、気落ちなさいましたでしょ。元気だしてくださいね」

おかしなことだが、植松に手を叩かれると、本当に力がわいてくるようだった。お元気で、と斑猫は別れを告げて病室をでた。別に行く当てもなかったのだが。

23 NOW

会社の自分の部屋に入ると、廣田は上着を脱いでデスクに放った。椅子の背を倒し、両足を窓枠に引っかけて腕を組んだ。

眠気と疲れがピークに達していた。仮眠でも取らないことには、身体がもちそうもない。留守のあいだに、気分が悪くなるほど仕事がたまっていた。

委託会社から今日届いたばかりの臨床試験のプロトコル、先日の研究会の報告書、世話人会の打ち合わせ会、部下の稟議書《りんぎしょ》。眼を通すだけでうんざりするのに、これから書かなければならない書類は、その倍はある。

来週回しにしたいところだが、来週のスケジュールもこれまた一杯だった。月曜、ハイアット・リージェンシー、火曜日と水曜日、ホテル・オークラ。木曜日には営業部会、金曜日には筑波にいかなければならない。ほかにも開発中の新薬候補の件で、もうじき研究所から臨床試験開始の知らせが届くだろう。それよりも、今夜をどう乗り切ろう？　フェアフィールドとの約束は十時……。

机上の電話が鳴ったが、廣田は手をださなかった。宮城なら携帯電話にかけてくる。午後八時すぎに直通電話をかけてくる非常識な知り合いはひとりしかいない。

知らんぷりしていると、電話は鳴りやんだ。五秒後、部屋の外から声がかかった。

「課長、電話です。岩崎専務から」

廣田はしぶしぶ受話器を取った。

「おれだ」

「知ってます」

「なんかいったか？」

「ノイズじゃないですか。ねえ、専務、わたしはこんなに一生懸命働いてるのに、どうして幸せになれないんですかね」

「やっと再婚する気になったか。見合い話ならおれんとこに山ほどきてるぞ。早速日曜日に、まとめて三人ほど会ってみねぇか」

「専務の紹介なんて、いやです」

「断るにしても、もっと婉曲な言い回しがあるだろうが」

廣田は窓枠に掛けた靴のつま先で、アホと窓ガラスに落書きした。

「身に余るほどご立派なお話で、とてもお受けできません」

「馬鹿野郎」

「それで、どういうご用件なんでしょう」

「いつくるんだ？　二次会に流れちまうぞ。Lファーマシーの、ほら、合併予定の社長がきてんだよ。紹介しとくから、今すぐこい」

一縷《いちる》の希望を託して、専務に質問した。

「それ、命令じゃないですよね？」

「命令だ」

「副社長も一緒ですか？」

「もちろんだ」

廣田は電話を切ると、しょぼつく眼をこすりながら、上着を取りあげて袖を通した。数《す》寄屋《きや》橋《ばし》の『ふじ』。そこにいなかったら、銀座の『柿崎』。どちらにしても心は弾まない。とりあえず、今夜のフェアフィールドとの約束は考えずにすんだわけで、廣田はため息をついて、持ち帰り書類をアタッシュケースに詰めこんだ。引き出しの鍵を掛け、部屋の在室札をひっくり返しておく。

「あれ、課長、お帰りですか？」

九時近かったが、フロアには開発課の社員が数名残っていた。二年め社員の沢村が、「お疲れさまです」と声をかけてきた。

「そういや、今日の午後、課長宛に電話が掛かってきましたよ。会議中だったんで回さなかったんですが」

「だれから」

「名前はいわなかったです」

「男？」

「ええ。ぶっきらぼうな話し方で。会議中だって答えたら、名乗らずに切っちゃいました。六時ごろにも女性の声で掛かってきました」

「食事にでてたときだな。そっちも名前なしか」

「はい」

宮城とつかさかもしれないな、と思った。午後は会議とミーティングがつづいたから、携帯電話のスイッチを切ったままにしておいたのだ。

しかし、宮城が名前も告げずに電話を切るだろうか。

なんとない不安を覚えながら、ドアの読み取り機にカードをすべらせ、エレベーターに乗りこんだ。腕時計をみる。九時ジャスト。一階でおりると、廣田がでるのと入れ替わりに屋上レストランへむかう若い女のグループが乗りこんだ。

そういえば週末だった、と廣田は思いだした。もう長いこと仕事抜きで夜の街へでかけたことがない。女の子と最後に肩を寄せあって歩いたのは、いつだったろう？　思いだせなかった。

追ってくるビル風に髪を吹き上げられながら、銀白色に照らされたタイル貼りのパティオを歩いた。幾何学的に配置されたタイルと、オブジェ。作りものめいた樹木の下のベンチに、カップルが腰かけている。

横目でみながらタクシーを探しに歩道にあがった。植え込みの前のベンチから、男がひとり立ちあがるのが眼にとまった。

肩をゆすりながら、ぶらぶら近づいてくる。痩せてひょろりと細い体を、派手なダブルのスーツに包んでいる。肩の高さが左右ちがう。スーツ姿だったが、歩き方はサラリーマンのものではなかった。

「やあ、廣田さん」

廣田は、男の痩せて尖《とが》った顔をながめた。消毒殺菌されたプラスケミカルの社員に慣れた眼でながめると、同じ人類とは思えないほどの悪相にみえた。

「ええと……？」

「帰るところかい。ちょうどよかった、付き合ってもらえねえか」

喉《のど》に粘りつくようなかすれ声と、イタチのような小さな三白眼で、廣田は思いだした。松尾つかさを連れていこうとした二人組のリーダー格。

「以前お会いしましたね。舟木さんでしたっけ」

舟木でないことは承知の上だった。しかし、男は肯定も否定もしない。

「どういうご用件です？」

「うちの社長が、あんたと話をしたがってるんだ」

「申し訳ないが、これから約束がありましてね」

「きたほうがいいんじゃねえの。あんたの大事なお友だちがどうなっても知らねえぜ？」

――大事なお友だち？

顔から血が引いてゆくのがわかった。

男はにやにやしている。

「早く決めな。うちは気の荒い連中が揃《そろ》ってるからな」

廣田は周囲をちら、とみた。九時すぎているとはいえ、人通りは結構あった。だが、助けを求めることはできなかった。

わかった、といった。

「電話を掛けさせてもらえるかな。これから会合なんだ。先方にいけなくなったと知らせたい」

「駄目だ」

「連絡するだけなんだが」

「さっさと歩け」

廣田は動かなかった。ひとつでもいいから相手に譲歩させたかった。問答しているあいだに、ビルのほうから話し声が近づいてきた。

男は口をつぐんで、背をむけた。

ひとかたまりになってやってきたのは、開発課の三人の部下だった。廣田に気づいて立ちどまり、自分たちの上司が人相の悪い男と立ち話をしているのを、けげんそうにながめている。

小松が声をかけてきた。

「どうしたんですか、課長」

万一絡まれているのなら、加勢するつもりの顔をしている。

「なんでもない、中島内規さんところの社員だ。話したいことがあるそうだ」

「はあ？」

小松を手招きして、鞄を押しつけた。

「これ、悪いんだが、会社にもどっておれの部屋に入れといてくれ。それから、数寄屋橋の『ふじ』、知ってるな？　そこに専務がいるから電話して、いけなくなったと説明してくれないか」

「はあ、鞄を会社に戻して、専務に電話すればいいんですね」

「そうだ」

廣田は、男をみた。

「いこうか、舟木さん。友だちが無事ならいいんだが」

男はそっぽを向いた。

自分を取り巻く、いかにも平和そうなサラリーマンの群れをジロリとみやって、ビルの駐車場入口へ歩きだした。

廣田はあとを追った。


車は芝公園を抜け、外苑《がいえん》東通りに入った。見慣れた六本木の街の灯が輝くのをみながら、廣田は松尾つかさのことを考えた。

彼女が蹂躙《じゅうりん》される姿が、意識の下で揺れつづけた。大丈夫だと思いたかった。しかし、自分になにができるだろう。おれだって、殺されるかもしれないのに。

いや、名前と顔を、あそこまであからさまに晒《さら》してしまったのだから、よもや殺しはすまい。つかさも無事だと信じたい。

「なぜ、松尾の娘を狙うのか教えてもらえませんか」

男にたずねたが、「うるせぇ」とすごまれただけだった。

廣田は諦《あきら》めて窓の外に顔を向けた。

隣には、男が体を押しつけるようにして座っている。派手なイタリアン・スーツからは、ニコチンと酒と汗の混じりあった場末の酒場の臭いがした。廣田は、運転手の太い首に視線を当てた。

無口な男だった。一度も声を聞いていないが、隣の男ほど崩れてはない気がする。

車は、四谷《よつや》消防署の角を通過したあとすぐ左折し、雑居ビルが密集した通りに入った。東新宿《ひがししんじゆく》の寺の多いあたりだな、と見当がついた。一方通行の通りに路上駐車すると、男が、「でろ」とこづいた。

「こっちはあんたに、なにかする気はねえんだ。聞きたいことがあるだけだ」

「それなら、ありがたいんだが」

男は運転手に「車で待っててくれ」と声をかけた。上着の内ポケットから財布を取りだし、金をわたすのを廣田は横目でみていた。

——人手が足りないのか。

ぼんやり思った。

そういえば、斑猫を襲ってきた二人組の片方も、応援の人間で中島の手下ではないという話だった。中島は少人数制を取っているらしい。頭数が少ないほうが利益も多いということだろう。

「おれは、舟木じゃねえよ」

エレベーターのなかで、男がぼそりといった。エレベーターの窓を通りすぎる階はどこも暗かった。外観はマンションだが、ロビーには殺伐とした空気が流れていた。住人のほとんどいない、雑居ビルに近い使われ方をしている建物なのだろう。

「舟木は殺《や》られたらしいな。あんた、知ってるかい？」

廣田は首をふった。相手の視線が執拗《しつよう》に横顔をなめているのを感じた。

「そうかい？　まあ、あんたにヤツが殺れたとは、こっちも思っちゃねえがな。先月から三人殺られてんだ。うちは」

――三人？

聞き返そうとしたとき、エレベーターが止まった。八階の10号室。玄関はなく、入ったところが、事務所になっていた。

事務所といっても電話をのせたスチールの事務机があったから、そう考えただけで、実際の用途はわからなかった。正方形に近い室内には、緑色の圧縮カーペットが敷きつめられて、黒いソファがひとつ、ロッカーが三個置かれている。カーペットの表面は埃《ほこり》や足跡で汚れていた。

奥にも部屋があるらしく、すりガラスの入ったパーティションで仕切られていた。奥のドアが開いて、眼付きの鋭い若い男が顔をだした。赤いハイビスカスの花柄のアロハシャツを着ている。

男と廣田の顔を確認するように見比べたあと、部屋のなかにいるだれかに、「木元《きもと》さんがもどりました」と告げた。

――木元というのか。

廣田は、頭ひとつ低い相手の横顔をちら、とのぞいた。

「社長は？」

「はぁ、ずっと待ってます」

木元が「入れ」と、あごをしゃくった。いいなりになるのは腹が立ったが、廣田はしかたなく開いたドアからなかに入った。

社長室か応接間のような、応接セットを並べた六畳ほどの室内には、四人の男たちがいた。入ってきた廣田を一斉にみた。視線がどれも剃刀《かみそり》のように鋭い。煙草の煙がもやのように天井近くにくすぶっている。

壁ぎわのソファに座っていた男が、「ウッス」と声をかけた。

両手に手錠を掛けられ、左の頬が赤黒くうっ血している。

宮城だった。

廣田は、思わず口をあけた。安堵《あんど》とも失望ともつかない空気の塊のようなものが、脳天から抜けていった。

「……友だちってのは、おまえか」

「やっぱ、あんたはきてくれると信じてたよ。うれしいぜ、おれは」

バカ、と廣田は口のなかでののしった。

宮城は革ジャンパーに、タンクトップ、ジーンズというのいつもの格好で、多少殴られたようだが、調子はよさそうだった。眼の前には空のラーメン鉢が、三つ重ねて置いてあった。

「あんたが、廣田さんか」

応接セットの後ろのデスクをまわって、ワイシャツ姿の男がでてきた。老人と中年のちょうど端境期の年齢で、たるんだ袋のような長い顔に、妙に据わった眼をしている。錆びた声には、体内が空洞ではないかと思わせるような虚《うつ》ろな響きがあった。

「なるほど、男前だな。呼びだして悪かった。どこでも座ってくれ」

廣田は古ぼけた黒革のソファに眼をやり、そこら中に掛けられた汗臭そうな上着やシャツをながめた。結局、宮城の左隣の長椅子に浅く腰をおろした。

「話というのは」

「おまえら、席外してろ」

ドア近くに立っていたアロハシャツの男と、もうひとりの若い男がでていった。狭い部屋のなかが多少、息がつけるようになった。

中島が正面に腰をおろし、煙草に火をつけた。ちょうど廣田の眼の高さに、開いた股間があった。あまりいい眺めとはいえない。

「おたくの条件を呑もうじゃないか。それでうちは手を引く」

――条件？

なんの話をしているのか見当がつかなかった。廣田は脚を組んで耳の下をこすり、時間稼ぎをした。

「条件と、申しますと？」

「決まってるだろうが。うちは何年もかけて、あの研究所の仕込みをしてきたんだ。三人も殺られてる。その補償をしてもらわないと困るんだよ」

なるほど、と廣田は思った。あいかわらず話の脈絡はみえないものの、要するにプラスケミカルでもどこでも、金を払ってくれる会社ならいいにちがいない。

「わが社が、おたくに支払いをする必要はないと思いますね」

「あんたね」

中島の声が、低く落ちた。煙草をもみ消すと、廣田をねめつけた。据わった眼が吊りあがり、腹が冷えるような凶悪な顔になった。

「うちとしては、穏便にことを済ませようっていってんだよ？　今度の一件は、もとはあんた方が引き起こしたんだ。倉石といえば、放火して逃げた手配犯で、そいつと手を組もうとしたんなら、共犯てことだろうが。プラスケミカルみたいな大会社だって、そういう法律違反をすればどっかの会社みたいに役員総退陣のうえに、病院からおたくの薬は、締め出しにあっちまうだろ。うちもそこまでは、やりたくはないんだよ。社員の生活が掛かってるって点じゃ、どこの会社もかわらないからな。課長さん、逮捕される覚悟は、あんた、できてるのか」

相手の勝手な言い分に、廣田はなかば呆れ、なかば感心しながら、口をはさまずに聞いていた。よけいなことはいいたくなかった。この会話が録音されていることは、賭《か》けてもよかった。

暴力団との癒着《ゆちゃく》で、大企業幹部が総辞職する事件がつづいている昨今、プラスケミカルにおいても、管理職は全員、暴力団対策の研修を受ける決まりになっている。廣田も去年と今年、研修を受けた。それなりに参考になったが、なんといっても岩崎の脅迫にまさる実地体験はなかった気がする。

「どうなんだ？　課長さん」

木元がすっと寄りそってきたのが、眼の端に映った。

廣田はいった。

「警察に通報していただけると、ありがたいんですがね」

「なんだと！」

怒鳴ったのは木元だった。廣田の肩口をつかむと、「いい気になるんじゃねえよ」と揺さぶった。

「生きて帰れると思ってんのか？　おい？」

宮城が立ちあがった。手錠をはめられた腕をだらりと下げて、一歩前にでてきた。

――よせ。

廣田は締めあげられながら、必死にいった。

「宮城、やめろ。手をだすな」

木元がせせら笑った。廣田をソファに投げつけ、挑発した。

「へえ、大事な課長の番犬か、てめえは。やってみろよ」

宮城は黙りこくっている。双眸《そうぼう》が細められ、ナイフのような殺気を帯びた。大柄な体が爆発寸前の力を溜めている。廣田は、おい、と声をかけた。

「落ちつけよ。たいしたことじゃない」

宮城は底光りのする一瞥《いちべつ》を木元に投げると、椅子に身体をもどした。

「大した部下じゃねえか」

木元はにやにやしている。

「王子様を守る番犬か？　それにしちゃあ、だらしないんじゃないですか」

「それくらいにしとけ、木元。これは取引なんだからな」

木元は壁ぎわにもどったが、依然、宮城とにらみあっている。

中島が、廣田に「すみませんね」と口先ばかりの謝罪をした。

「どうも気の荒い連中ばかりでね。あんた、顔に似合わずいい度胸してるな。どうすりゃいいのかぐらいわかってるはずだ。うちとしては十億の値をあの研究所につけたんだ。それをそっくり諦めるとしたら、五億はもらいたいね。どうだい」

案の定ふっかけてきた。値切らせて、三億かその前後を狙っていることは見当がついた。

廣田の返事は決まっていたが、中島がここまで自信を持つ理由も知りたかった。

「その前に、さっぱり事情がわかりませんので、説明してもらいたいんですが」

「しらばっくれるんじゃねえよ」

木元が声を張り上げたが、廣田は一顧だにしなかった。

「どうして、事務長の松尾喜善さんの娘を誘拐しようとしたんです？」

中島は不快そうに顔をゆがめた。

「誘拐？　冗談いっちゃいけない。親父の行き先を聞こうとしただけだよ。いいがかりをつけないでほしいね」

「じゃあ宮城に手錠をかける理由は？　立派な誘拐監禁でしょう」

「うちの若いものに暴力をふるうからだよ。あんたんとこみたいな一流企業に、こんな社員を入れておくと問題になるんじゃないか。ちがうかね」

「事務長の松尾さんに、どんな用かあるんですか？」

「あんたとは関係ないだろ。とにかく――」

廣田は相手の話をへし折り、質問をたたみかけた。

「おたく、松尾さんを脅迫してるんですか」

「冗談じゃない」

「松尾さんの委任状をとって、ルミネ研究所の理事になるつもりだったんでしょ」

「あんたね、うちはあのじいさんに金を貸してるだけだ」

守勢に回らされるのは苦手らしく、中島の声が高ぶってきた。

「事務長は株で大損して、うちに泣きついてきたんだ。病院の経理に穴あけたってな。それで相談に乗ってやっただけだ」

「それはいつごろ」

「もう二年も三年も前の話だ」

中島の頬が紅潮している。

「それでうちも、研究所の経営を手伝うことになったんだ。大した食わせもんだよ、あのじいさんは。あんたも騙されたんだろうが、律儀な顔をして、病院の経理から金を抜いてたんだからな。うちが貸した金も払わずじまいだ。娘に聞こうとしたのは当たり前だろうが」

宮城が、それみろ、という顔をしている。

──たしかにおれは、人をみる眼がなかったな。

廣田も認めざるをえない。

「では松尾喜善が今どこにいるか、おたくもご存知ないわけですか」

「ああ、じいさんの行方なら、こっちも知りたいよ」

ついでに、なぜ倉石を狙うのか聞いてみたかったが、その話をすると、研究所での襲撃を知ってることがバレてしまう。その話題には、触れないでおくしかなかった。

「そろそろ腹が決まったんじゃないか？」

木元が口をはさんできた。

「ところで、課長さん。あんた、姉と妹がいるそうだな。さぞかし美人だろ。紹介してもらえないかね。それともおれが会いにいこうかね」

廣田は、木元の脅しを無視した。

受験のために単身で帰国した廣田とちがって、姉と妹は大学卒業までアメリカにとどまり、それぞれ海外で仕事についた。今は現地の人間と結婚して子供がいる。日本にはめったに帰ってこない。海外赴任の長かった両親も似たようなもので、日本の家はとっくに処分し、今はスペインで快適な引退生活を送っていた。

「中島さん、うちみたいな外資系は日本企業とはちがいますよ。来月には香港に支社が移って、日本支社は全員整理されているかもしれない。わたしだって会社がどうなろうと、どうでもいい。うちがルミネに関わったのはあそこでやってた治療に興味があったからです。倉石がでてくれれば当局に通報する。市民の義務ですからね。金が取りたいのなら、わたしか宮城を誘拐して、会社に要求するしかないでしょう。うちの会社はそれでも払いませんよ。替わりなんて幾らでもいますからね」

「あんた、本当にそれだけの度胸があるのか」

中島が煙草の煙を吹きつけてきた。

「命はひとつしかないんだ。賭けるのは感心しねえな」

はったりでないことは、木元の眼の色をみればわかった。

廣田は束の間、頭を働かせた。宮城を連れて、無事に逃げだす方法はないものだろうか。

こういう連中にとっては、金がすべてのはずだ。

「そのかわり、うちは正確な情報なら買いますよ。ルミネでの特別治療の詳しいカルテか、倉石がやってた実験のデータがあれば……。ご存知じゃないですか」

答えはある程度予期していたものの、中島の返事には驚かされた。

「そういうものなら、心当たりがないでもないな」

「持ってるんですか」

「ああ、持ってる人間を知ってる」

「倉石では駄目ですよ。彼は手配犯ですから、取引はできません」

「倉石じゃない。とにかく、いくら払う？」

「ものによりますが、完全なデータ、要するに投与された薬品、経過、処置について全部のデータが揃っているのなら……」

廣田はテーブルの上で指を五本開いてみせた。

「そちらの希望に添えると思いますが」

中島と木元は顔を見合わせた。目配せで忙しくやりとりしているのを、廣田は見守った。宮城はしかめ面で、廣田をにらんでいる。

――悪党。

廣田は肩をすくめた。

腹が決まったらしく、中島はあごをかきながら、「約束は守れるのかね」と念を押してきた。廣田はうなずいた。

「あそこでやってた特別治療の患者のカルテの本物は、火事のときコンピュータが燃えて全部消えてしまったと聞いてます。病院側が捏造《ねつぞう》したカルテではなく、本物なら、うちでなくても大金を払う製薬会社はいくらでもあるはずです。土地より情報のほうが今は金になる。それはご存知でしょ？」

「ああ、そうだな。あんたはいいことをいうよ」

木元がたずねた。

「こっちがわたしたカルテが本物でも、あんた、金を払わないんじゃないのかい」

「そのときは他社へ持ちこめばいい。しかし、うちほど支払い能力のある会社はないと思いますがね」

好機を逃さず、廣田は立ちあがった。中島や木元をみおろしながら、「宮城の手錠を外していただけませんか」といった。

「連れて帰りたいんでね」

木元がいった。

「駄目だ――そいつは」

「外してやれ。木元。置いといてどうすんだ。こんな大飯食らいを」

木元は中島をみやると、口をゆがめ、のろのろとスーツのポケットから鍵を取りだした。宮城の手錠を外すあいだも、一瞬たりと気を抜かない。カチリと音をたてて手錠が抜けると、双方すばやく離れて安全距離を確保した。

マンションの下まで、木元が廣田らを送っていった。

「課長さん、あんた、口先ひとつで、うちの社長を、うまく丸め込んだが、裏切りやがったらタダじゃすまねえぞ」

廣田は答えなかった。中島にいったことは、嘘でもあり、事実でもあった。だが、カルテを持っている人間とはだれだろう？

そういえば斑猫が、火事の以前から、コンピュータのデータが盗まれていたと話していた。内部の人間が、カルテを盗んだのだとしたら、限られるはずだ。

それとなく木元に話を振ってみたが、返ってきたのは冷笑だけだった。

建物の玄関で、木元は足を止め、ふたりを解放した。

「じゃあ課長さん、よろしく頼みますよ」

にやにや笑いに送られてふたりは階段をおり、舗道を歩きだした。角を曲がりマンションの玄関がみえなくなったとたん、同時にため息を漏らして、肩の力を抜いた。

「ったく呆れた連中だな。金が取れるのならどこでもいいわけか」

「おれは風呂に入りたい。あいつらの足の臭いをかぎながら、半日過ごしたからな」

宮城はむっつりした顔で、手首をこすっている。手錠のあとが擦《す》れて血がにじんでいた。

「畜生め、ホテルで寝てたとこ、叩き起こされて銃突きつけられたんだぜ。昼飯もロクに食わせないしよ」

「食べたことは食べたんだな？」

「出前のラーメン一杯だぜ？　食ったうちにゃ入らないよ」

「とにかく誘拐されたのがおまえでよかったよ。つかさちゃんはどうした？」

宮城は幾分か後ろめたそうな表情になり、頬をかいた。

「それが、あんたんちにいくっていうからさ……」

「おれの住所を教えたのか？」

「そりゃまあ、泣いて頼まれりゃイヤといえない宮城さんだからよ。あんたの部屋の前で待ってるかもしれないぜ」

「だったらいいんだけどな」

廣田は今日はまだ、留守録を聞いてないことを思いだした。携帯電話を取りだしてみると、バッテリー切れだった。

「どうりで、静かだと思ったよ」

通りにあったコンビニで当面の食料を仕入れて、タクシーを拾った。廣田の家の冷蔵庫には今なにも入ってない。朝食のつもりで買ったのだが、タクシーに乗りこんだとたん、宮城が封を切って食べはじめた。

おい、と廣田は、食パンをかじる相棒のわき腹をつついた。

「朝の分は残しておけよ」

「ケチケチすんなよ。なくなりゃまた買えばいいじゃん」

ふたり分の食料が、みるまに空の容器とゴミに変わっていくのをみて、廣田は諦めた。朝、もう一度買いだしにいくしかあるまい。

タクシーが大塚につくころには、袋の中身はあらかた空になり、宮城はすっかり軽くなった袋をぶら下げて車をおりた。

すでに深夜の二時近い。つかさが待っているとはとても思えなかったが、一応ロビーを隅々まで調べて、マンションの駐車場ものぞいた。

「いないなあ」

「本当に、東京にいくっていったのか？　あの子」

「ああ、親父も探さなきゃならないし、っていってたし。ホテルを取るったって、金がかかるだろ。あんたんちに泊まればいいって、おれがすすめたんだよ」

「おまえなあ」

郵便箱をあけようとしたとき、廣田は、隙間に挟み込まれたメモ用紙に気がついた。ふたつ折りの紙をひらいて読んだ。A. F. 12: 00　それだけだった。

廣田は折りたたんで、ポケットにしまった。

宮城が手元に顔を寄せてきた。

「なんだ、そりゃ」

「大したことじゃない」

宮城の視線をかわして部屋に入った。

電話の留守録はパンク状態だった。

『つかさです。今、池袋のプリンス・ホテルにいます。また電話します』

『ええと、植松ですけど。奥さん……松尾蓉子さんのことで気になる話を聞いたんです。電話してくださいな』

岩崎から二件。

『そこにいるんじゃないのか？　廣田』

『どこへいってるんだ、馬鹿野郎』

それから、美由紀。

『ごめんなさい、金曜日ちょっと無理みたいです。また連絡してくださいね』

隣で聞いていた宮城が、けけけと鼻で笑った。

「振られてやんの」

「うるさい」

あとは無言電話ばかり。

つかさに電話を掛け直すには、遅すぎる時刻だった。明日回しにして、とりあえず休むことにした。交代でシャワーを使い、ソファで寝ていた半野良のシャム猫を追いだして宮城のベッドを作った。

パジャマに着替えていたとき、ドアフォンが鳴った。下に客がきたのだ。

午前三時前だった。廣田は受話器を取った。

「はい？」

「リーフ」

廣田は眼を閉じた。

話すことはない、そういいたかった。フェアフィールドが上司でなければ口にしていた。

「今客がきてるんです。すぐおりますから」

ジーンズをはき白いシャツを引っかけて、鍵と財布をポケットにいれた。スニーカーの紐を結んでいたとき、宮城がシャワーからでてきた。

「今ごろどこへいくんだ？」

「野暮用だ。先に寝ててくれ」

質問される前に、外にでて鍵をかけた。

フェアフィールドは、ロビーにある入居者のプレートをながめていた。紺色のジャケットの下に、白いラウンドカラーのシャツ。たぶんアルマーニだろう。眼のくぼみがいつにも増して深く、金髪が乱れていた。

「すまなかった、リーフ。きみが心配でね。拉致されたと聞いたから――」

「大丈夫です」

廣田はうつむいて、相手の視線を避けた。疲れて論理的に考える余裕がなく、苛立《いらだ》っていた。なぜ、と思った。自分の知っているフェアフィールドは、逃げた相手に執着するような人間ではなかったはずだ。新しい恋人がいるのに、なぜおれを追ってくる？

「心遣い感謝します。問題が生じたので、店にいけなかったんです。解決しましたから」

「どんな問題？」

廣田は、玄関から暗い外をながめた。路上に車はなかった。

「タクシーできたんですか」

「いや。歩いて。きみの家はホテルに近いからね」

「そういえばフォーシーズンズでしたね」

おれの家に近いから、あのホテルを選んだのかと合点がいった。部屋に連れていくのは論外だった。タクシーは一台も通らず、結局どちらともなくホテルにむかって歩きだした。

起伏の多い住宅街の道はひっそりと寝静まり、高い生け垣の上で暗い梢《こずえ》がざわめいた。どこからか花のにおいがただよってくる。

早朝便を運ぶ軽トラックが、ガタガタと荷を揺らして通りすぎていった。

道々廣田は、中島内規の件について説明した。上司と部下という立場で話しているかぎり、彼は安全だったし、ことばもスムーズにでてきた。

「被害届けをだすにしても、ルミネの一件がありますから、岩崎専務や社の弁護士と協議の上で、決めるつもりです。ただ今のところ証拠がないので、向こうの出方を待つことになるでしょうが。とにかくああいう連中は、一度金を払うと、それを元に脅してきますから」

「われわれに、ルミネ研究所を引き渡す、とかれらはいったわけだな」

「そういうニュアンスでした。行方不明の事務長の松尾と、取引していたようです。理事長の愛人の植松がなにか知ってるかもしれません。明日——、いや、朝になったら理事長の入院先にいってみます」

「日本では、民間人が銃を持っているだけで処罰されるんだったな」

「そうです」

答えたあとで、廣田はふと、フェアフィールドのいう武装した民間人が彼自身のことではないかという気がした。

「日本に銃を持ちこんだんですか」

「いや」

「じゃあ、あなたの知り合いが、銃を所持していたと？」

「ああ」

フェアフィールドは、暗い空に眼をやった。廣田もつられて星を探したが、あいまいな闇が頭上に広がっているだけで星はみえなかった。どこかで鳥の声がした。朝が近いのだ。

——そろそろ限界だな。

廣田はあくびをかみ殺した。体力の目盛りがレッドゾーンを割りつつあった。路上で寝てしまう前に、家に帰らなければ。

ホテルのゲートが前方にみえてきた。別れを告げようと立ちどまったとき、先にフェアフィールドが呼びかけた。

「リーフ。きみは奇跡を信じるかね」

「奇跡ですか」

倉石のことだと、思い当たった。

「いつまでも若く？」

「そう。老人は青春を取りもどし、若者は永遠の夏に生きる。そんな世界で生きてみたいと思わないか」

廣田はさあ、と首をふった。考えるのが億劫《おっくう》だった。眠くてたまらなかった。

「わたしは年を取って醜くなるのも、いいと思います」

思いついた言葉を、そのまま繰りだした。

「年を取れば、それはそれで新しい世界がはじまるのではないですか。十代のころ、そんなに楽しいことばかりじゃなかったし、どっちかというと辛いことのほうが多かった。老人も同じでしょう。なってしまえば、案外楽しいものかもしれません」

「手を伸ばせば届くところに、それがある。なのに拒絶するのか？」

「そりゃ、年は取りたくないですよ」

斑猫の、若くも老いてもない、疲れ果てた顔が浮かんできた。名前を失い、家族さえ持てない男の孤独な顔。

「しかし、年を取ってみたいという願望もあるんです。老人になりたいとね。うまく説明できませんが」

フェアフィールドの手が肩に回るのを感じた。相手の身体がかたむいて、唇が柔らかな感触に包まれるのを、廣田は無色な驚きでもって受けいれた。疲れすぎていたせいかもしれない。拒絶する気力もなく、フェアフィールドに押されるようにしてホテルのゲートを抜け、暗く長い車道の坂をのぼった。

廣田は歩きながら何度かつまずいた。なかば朦朧《もうろう》として、どこをどう歩いて部屋に入ったのか記憶になかった。ダグラスについて何度か質問したことは憶《おぼ》えていた。留守だとフェアフィールドは答えたのか、それとも別の部屋に泊まっているといったのか。

ベッドに横になったとたん、意識はあいまいな眠りの領域に溶けて夢と混ざりあった。服が脱がされ、温かいてのひらが両脇にさしこまれるのを感じた。押しのけようとして眠ってしまい、夢とも覚醒ともつかない時間の流れのなかで抱擁されるのを感じた。

話し声で、眼が覚めた。

ベッドのそばで、フェアフィールドがだれかと低い声で話しこんでいた。忍びやかな笑い声。氷のように冴えざえとした香りが、廣田を、覚醒の岸辺に引っ張りあげた。

「リーフだって？」

廣田は寝返りをうって、眼をあけた。暗がりに天使の顔が浮かんでいた。ああ彼女だ、と思った。それから、彼は眠った。朝まで眼覚めることはなかった。

24 NOW

斑猫は研究所に戻ることにした。

もうひとつの死体、消えた死体のことが気になっていた。だれがあれを持ち去ったかわかったとき、死体の身元も見当がついた。死体が地下に運びこまれた理由も、ほぼ推察できた。

——約束の期限は今日。

蓉子はもういない。だが、斑猫は帰るつもりだった。

彼が今日、あの場所に戻ると知っている人物が、彼女を殺したにちがいないのだから。

東京駅のホームから、彼は廣田の家に電話した。

電話にでたのは、廣田ではなかった。

「廣田は留守だけど」

「おたく、宮城さんか」

「ああ」

「彼に伝えてくれないか。わたしは研究所に戻るからと」

「あんた、だれ。斑猫？」

相手の問いかけを無視して斑猫は電話を切った。階段をのぼると、ホームに滑りこんできた新幹線に乗りこんだ。

コドン。テロメア。分裂のたびに失われるテロメア塩基。細胞に仕掛けられた死の体内時計。

多細胞生物の体細胞は、概《おおむ》ね分裂回数が決まっている。ヘイフリック限界。チクタク、チクタク。生体の体内で一回、細胞が分裂するたび、体内時計の針がひとつすすむ。チクタク、チクタク。針が零時を回れば細胞はもはや分裂することはない。細胞は衰え、機能を失い、死ぬ。消失する。皮膚から、血管から、内臓から、衰えた細胞が消えてゆく。補充はなし。再生もなし。

例外は生殖細胞と白血球、それにある種のガン細胞のみ。テロメアーゼ活性を持つガン細胞はほぼ無限の増殖能力を備えている。宿主である生体そのものが死ぬまで、あるいは死んだあとも、そのガン細胞は試験管の中で生きつづける。

『先生のことは知っています』

患者は、骸骨さながらに痩せ衰えて、皮膚には肉腫《にくしゅ》が浮かびあがっていた。髪の抜けた頭部は、骨そのもののように灰色だった。

向田はしわがれた声で、囁《ささや》いた。

『わたしは負けたくない』

向田大蔵。陽性患者《キャリア》。肉腫を全身に発症。いつウィルスに感染したかは聞けなかった。

彼は他人に感染させないよう、細心の注意を払ってきた、といった。斑猫が彼の言葉を疑う理由はない。

ウィルスは向田のリンパ球に取りついて、日に十億個という単位で消失させていた。幹細胞はフル増産を強いられ、向田が権力の階段を一歩一歩のぼっていく間、彼の身体をかろうじて支えてきた。そして、向田がその政治活動の頂点を極めたとき、幹細胞はリンパ球を補充できなくなったのだ。分裂カウンターの残り目盛りはゼロになった。向田は発病した。

『わたしは生きているときに、やりたいことはすべてやった人間なんだ……』

かすれた彼女の声が、向田の囁きに重なる。

斑猫は、新幹線のなかで顔を押さえた。なぜ、と思った。

――なぜ、気づかなかったのだろう。

眼の前に、彼女はいた。その声を聞いたというのに。

向田は、感染したことを後悔していなかったし、運命をのろうこともなかった。強い人間だった。

通常の治療では効果は期待できなかったから、斑猫は、遺伝子療法を試みた。自分自身に行ったのと同じ方法を。組織的な適合性は抜群だった。向田の身体は組み替え遺伝子を受けいれて、幹細胞は分裂能力を取り戻した。内臓の機能がよみがえり、二カ月で全身のガンが消失した。血液中のウィルス数はみるまに減って、完治は目前だった。

あと少しだったのだ……。

斑猫は、向田の息子の双眸に浮かんだ涙をおぼえていた。青年はこの病気の治療現場の絶望的な状況を理解していた。今の治療を打ち切れば、世界のどんな医療機関においても、父親を救うことはできないと知っていた。患者の家族のエゴをだれが責められるだろう？　諦めてしまうほうが、はるかに簡単なのだから。

斑猫は、ぼんやりと窓の外をみた。

暗い色をした防音壁が背後に流れていく。

まだおれは生きている。

生きて、動いていることが、不思議だった。

灰のようになっても、身体より先に心が朽ちても、欲望は消えることはない。

知りたい――。

その欲求が、今の斑猫を動かしていた。答えを知りたい。たとえ今日、理由もなく自分が殺されるとしても、殺人者の理由を知りたかった。その気持ちは死の瞬間まで持ちつづけるだろう。なぜ生まれてきたかと同じように。

斑猫は、窓の外をながめた。だが、眼にはなにも映らなかった。

チャイムの音で、廣田は眼覚めた。

明るく、まばゆく、どこもかしこも輝いていた。

みたこともないピンクとクリーム色の壁紙に、ツインのベッド、クリーム色の天井。窓の外には、別荘地を連想させる緑が広がっている。

廣田はまぶたをこじ開けて、ドアをながめた。

——だれ？

チャイムの音が止まった。がさがさ、と紙の束のようなものがドア下にはさまれて、訪問者はいってしまった。

突然、今朝がたの一部始終が脳裏に甦《よみがえ》ってきた。

——会社！

「やば」

枕元の時計が眼に入った。十時。何度見直しても十時だった。あわてて起きあがり、服を探した。

ローチェスト、ドレッサー、新聞を置いたテーブル、ドレッサーの前に並べられたフェアフィールドの私物、自分の腕時計。ドレッサー前の椅子に、見覚えのあるジーンズとシャツがぞんざいに掛けてあった。フェアフィールド自身はどこにもいない。

とりあえずジーンズをはいてシャツに袖を通し、洗面所で顔洗いと歯磨きをすませた。メモを残そうかと迷い、覗《のぞ》きこんだ鏡の前に腕時計があった。

グレーの革バンドに、赤いロゴ入りのブガッティ。取りあげて、ベルトの穴を調べてみた。自分の手首にぴったり合った。

——おれの腕時計がなんでここに。

酔いつぶれたエンジェルのベッドで沈没してしまった夜、彼女の部屋に忘れた腕時計だった。なぜそれが、フェアフィールドの部屋にあるのか。

ドア・チャイムがふたたび鳴った。

廣田は覗き窓に眼を当てた。レンズの中に、高くそびえた鼻梁《びりょう》とほっそりした顎の女がいた。ブローされた明るい色の髪で思いだした。本社からきた弁護士だ。

廣田はドアをあけた。

「モーニン」

オピウムの香りとともに部屋に入ってきた弁護士は、一歩踏みだしたところで、廣田に気づいた。たちまち戦闘的な表情になった。

「なぜ、あなたがここにいるの？」

「個人的な理由」

自己嫌悪となかばやけくそで、廣田は答えた。

「教えてもらいたいことがある」

彼女は唇をOの形にすぼめていたが、首をふり、しかめ面で部屋に入ってきた。

廣田はドアを閉じた。

「あなたのボスは？」

「わからない。起きたらいなくなってた。フェアフィールドの弁護士のダグラス・ホールズについて知ってることを教えてくれないか」

相手の眼に浮かんだ冷笑をみて、「誤解しないように」といい添えた。

「今度の仕事と関わりのあることだ。彼は、どんな経歴の人間なんだ？　フェアフィールドとどこで知り合ったか知っている？」

タミラ。ようやく廣田は彼女の名を思いだし、呼びかけた。

「タミラ。非常に重要なことだ。教えてほしい」

タミラは、生真面目な表情になると、廣田の眼のなかをのぞきこんだ。背の高さはハイヒールをはいたタミラより、わずかに廣田のほうが高い程度だった。

「今回の取引にとって重要なこと？」

「とてもね」

タミラは、カーフスキンのショルダーバッグから、煙草とライターを取りだした。チェストにもたれて火をつけ、値踏みするように廣田をみた。

「とことんついてないわね、今回の出張は。クライアントは、ブロンドで大金持ちの独身男、出張先にはみたこともないような黒髪のハンサムボーイがいて、なんて自分は幸運なのかしらと思ったら、ふたりがデキてるなんて。どんなにわたしがガッカリしてるか、わかる？」

「想像はできるね。同僚の美人が、自分のアシスタントのチャーミングな女の子と愛し合ってると知ったら、会社にいくのもイヤになるだろうな」

煙草をはさんだタミラのほっそりした指が、空中で止まった。

「それ、前提がちがうんじゃない？」

「でも、ない。ぼくはどちらかといえば、異性愛好者でね」

「ではなぜ、彼と？　いつから？」

「こちらの質問が先だ」

　タミラはにやっと笑うと、片腕を胸の下にまわし、伸ばした足先を軽く組みあわせた。肩のはったビジネススーツの武装がはらりと解けて、女らしさがこぼれでたような風情があった。

「ダグラスは弁護士ではないと思う。彼がわたしたちを避けているから、一度しか話してないけど、彼は特許法に関してなんの知識も持ってなかった。フェアフィールドの説明はこうよ。彼は自分の雇った調査員で、ボディガードがわりだから、同行することになった、それだけ。ダグラス・ホールズが会議に出席したのは、フェアフィールドの強引な押しがあったから。フェアフィールドとうちの事務所の関係は十年以上になるけど、彼がプライベートな関係を仕事に持ち込むのは今回がはじめてね。ついでにいえば、あのダグラスという男がフェアフィールドの周辺に出没するようになったのは、最近になってから」

「ダグラスの国籍は？」

「わからない」

「同じ飛行機で日本にきたんじゃないのか」

「いいえ」

　タミラは、驚いている廣田の顔に、甘い煙を吹き付けてきた。

「紹介されたのは、ロスで行われたミーティングの席上。飛行機は別便。彼は一足先に日本にきて、フェアフィールドのために調査をしていたそうよ。わたしが知ってるのはこれで全部ね」

　廣田はうなずいた。

今まで視界の隅で、ただぼんやりと存在していただけのものが、急に明確にみえてきた。それにしても、自分はなんと間抜けだったことか。

ダグラスは、フェアフィールドらが来日する以前から日本にいたのだ。自分の眼の前に。

「まだ質問はある？」

「ああ。彼がスーツを脱いでいる姿をみたことは？」

タミラは喉をのけぞらせて笑った。ボタンを外したシャツの胸元から、そばかすの散った乳房のふくらみがのぞいた。平たい隆起は、少々乱暴に扱われてもビクともしない頑強さと、感度を備えているようだった。

「あいにく、ない。あのズダ袋を脱がせたいとも思わない。個人的な関心は、ゼロ。わたしがじゃなく、むこうが」

「ありがとう。すっきりしたよ」

「わたしの質問の答えはまだよ」

「きみはボスと寝た経験はないの？」

タミラの唇がゆっくり引き延ばされ、微笑の形をつくった。あるわ、と囁いて、廣田の手に骨ばった指を絡ませた。彼女の指は固く筋ばっていた。ジムとエステで磨きあげた高価な筋肉と肌が、どのくらいタフかは廣田も知っていた。

廣田はにっこり笑って、「申し訳ないが、今日はこれから会社にいかなきゃならないんだ」と言い訳した。

「あら土曜日なのに？」

「土曜日？　それ本当？」

「そうよ、まだベッドにいる時間よ」

「ボスが帰ってくるかもしれない」

「じゃあ、わたしの部屋で」

「仕事が片づいてから、ゆっくり楽しむってのはどう？　正直、今日はスケジュールが込みあってて休む時間がないのさ」

「それは断り？　それともお誘い？」

「後者」

タミラは笑いながら手を離してくれた。廣田は言い訳がましく携帯電話の番号を教えると、さっさとその場を逃げだした。

「遅かったじゃねえか。なにしてたんだ？」

廣田は玄関ドアに鍵をかけると、宮城の視線から顔を隠すようにしてバスルームに入った。

シャツを脱ぎ、洗濯カゴに放りこむ。シャワー全開で髪を洗い、体中をこすった。

「おい、電話があったぜ」

宮城がバスルームのガラス戸の前まできて、いった。

「松尾の娘と、斑猫から。あ、それから岩崎のオヤジから三回いや、五回だな」

「斑猫が、なんの用だって？」

「今から研究所にいくっていうんだ。つかさちゃんのほうは、これからうちにくるっていってたんだけど」

廣田はシャワーの下でうめき声を漏らした。

「なあ、研究所にいくってどういう意味だ？」

「わからん。けど、今日おれも広島にいってみるつもりだ。ホテルのチェックアウトもまだ済ませてなかったし。どのみち一度は戻らないといけない」

「けど、取引は中止になったんだろ？」

「ちょっとあってな……」

手探りでシャワーを止め、顔の水気を切りながらドアをあけた。宮城が脱衣所にいた。

「それよか、あの子がなかなかこないんだが、あんた、外で会わなかった？」

「いや。ロビーにはだれもいなかったけど」

「近所まできたら、ここに電話かけることになってんだよ」

廣田は腕をのばして、戸棚からバスタオルを一枚抜いた。髪をぬぐい腰に巻いて外にでると、宮城が吟味するような視線を、廣田の喉と胸元に残ったキスマークにくれた。

「ゆうべはお楽しみか」

「まあ、な」

もっとも邪魔が入って未遂に終わったのだが、そこまで話す義理はない。

新しいシャツを取りだしてボタンをとめながら、宮城に聞いた。

「つかさちゃんが電話をかけてきたの、何時ころ？」

「確かに遅いな。荷物をまとめてるんじゃないか？」

廣田は、カウンターに満載になったゴミを手早く片づけると、汚れた食器を洗った。洗いものをする傍ら、フライパンを火にかけ、冷蔵庫へ卵を取りにいった。

「食うか？」

「あ、おれ、オムレツね」

「贅沢いうんじゃないよ。テレビつけて。ニュース」

目玉焼きが失敗して、ベーコン入りスクランブルエッグになった。焼けたトーストをふたつの皿に振り分け、カウンターにおろす。

横からのびてくる宮城の手を叩き落としながら、昼食を兼ねた朝食を取った。猫がカウンターによじのぼって、皿の匂いをかいでいる。ベーコンを一枚やると、くわえて逃げていった。

「あんたんとこの猫は躾《しつけ》がなってないな」

「猫のことがいえるのか？」

食べながら、廣田はこれからの予定をたてた。まず広島に着いたらホテルに寄って、チェックアウトを済ませてから車を持ってこよう。それから、研究所をのぞいて、大学病院、いや佐波の自宅のほうがいいかもしれない……。

――そうだ、植松恭子に電話。

「九時前かな」

「うぇっ」

宮城が、ひき潰された蛙《かえる》のような声をあげた。

「どうした？」

「今、ニュースで中島内規っていったぜ。殺されたってよ」

廣田は、あわててテレビの音量を大きくした。画面には、どことなく見覚えのあるビルの玄関が映っている。地面を調べる捜査員と、パトカー。建物の薄暗い内部。

『……死亡したのは会社経営、中島内規さん六十二歳と、社員の堀江和男さん二十三歳のふたりです。同じく社員の永井源一さん三十四歳は、胸などを撃たれ重傷です。現在病院で手当てを受けています』

二人は、顔を見合わせた。

「いつ殺られたって？」

「未明っていってたぞ」

『……堀江さんは、建物のエレベーター内で死亡しており、中島さんと永井さんは事務所内の仮眠用のベッドとソファで寝ていたところを襲われた模様です。永井さんの話によれば、午前四時ころ、堀江さんが事務所をでたあと、若い女性が押し入って、まず事務室で寝ていた永井さんを撃ち、それから奥の社長室にいた中島さんを撃ったということです。この女性が堀江さんの持っていた事務所の鍵を奪うために、堀江さんを殺したものと警察ではみております』

廣田は、呆然と口を押さえた。

午前四時。フェアフィールドとホテルの坂道を歩いていたころだ。彼のベッドで寝ていたときに漏れ聞いた会話、夢うつつにかいだあの香り――。

白檀《びゃくだん》と硝煙。

宮城が、眼を見開いて、こちらをみつめていた。

「今、木元の名前がなかったと思わないか？」

「ああ……。なあ、女ってあいつかな。向田晶」

エンジェル。

「なんで、向田が中島を殺らなきゃならねえんだよ」

「わからん。わからんが、今度のことは、そのために仕組まれたんじゃないかって気がする。まずいな、フェアフィールドが危ない」

「だれだ、それ」

「本社の副社長だ。研究開発ラインの責任者で、おれと岩崎のボス。たぶんフェアフィールドは、向田が人を殺して回ってるとは知らないんだろ。だから、自分の弁護士だなんていって、連れてきたんだ」

「いったい、あんた、なにを話してるんだよ」

廣田はすばやく立ちあがり、半分ほど残った皿を流しに運んだ。説明している時間が惜しかった。

航空会社のカウンターに電話すると、一時間後の便に空席があるという。間に合うかどうかぎりぎりの線だったが、ためしてみるほかない。

宮城はまだぼんやりした顔をしている。

「なんで、おれが、いかなきゃならないワケ？」

「フェアフィールドは開発局のトップで、おれのボスってことだ。つまり、おまえのボスでもあるんだよ。フェアフィールドが殺られてみろ。即、ライン全体の人員整理がはじまって、真っ先におまえの首が飛ぶぞ」

ようやく、宮城も事態の深刻さが呑み込めたらしい。

「マジかよ、それ」

ドアフォンが鳴った。マンションの玄関に客がきたらしい。

液晶モニターをのぞいて、宮城が「つかさちゃんだぜ」といった。

「あけていいか？」

「ああ」

廣田は充電機から携帯電話を取りだして、財布とキーホルダーを取った。つかさには悪いが、またホテルに引き返してもらうしかない。今度こそ、警察の事情聴取を受けることになるだろうし、そうなればいつ東京に戻れるかわからない。

向田晶は、銃を所持していた。飛行機に乗ることはできない。かれらが新幹線なら、廣田にはまだ望みがあった。

玄関のチャイムが鳴り、宮城がドアをあけにいった。ドアをあける音につづいて、つかさの声が聞こえてくるのを期待したが、いつまでたっても玄関は静かなままだった。

ジャケットに袖を通しながら、廣田は声をかけた。

「おい、どうした？」

宮城が両手をあげ、そろそろと廊下を後ろ向きにもどってきた。

バン、とドアの閉じる音がした。

Tシャツにジーンズ姿のつかさの背後から、ぴたりと体を押しつけて、スーツ姿の男が入ってきた。痩せてほとんど華奢《きゃしゃ》ともいえる全身に、青白い皮膚が突っ張り、眼がつり上がった凄惨《せいさん》な面貌だった。すぐには木元と気がつかなかった。

木元は、つかさを背後から抱えこんで、頬に銃口を食いこませている。ネクタイはよじれ、スーツのウール地には錆びた色の血痕が飛び散っていた。

つかさは後ろから首を摑まれているため、突っ張るように喉をのけぞらせ、両足はほとんどつま先立ちになっている。震えながら嗚咽の声を漏らしていた。眼だけが動いて、廣田をみつめた。口元がゆがんだ。

「騒ぐなよ」

木元の声からは抑揚が失われていた。廣田は、無意識に両手をあげた。

あまりにショッキングな状況に陥ると、人間は周囲から自分を切り離して、観客として事態をみようとする習性がある。廣田も、今自分が眼にしている光景が、現実のものとは到底思えなかった。テレビドラマのようだと思った。

しかし、銃の恐怖を忘れたわけではない。

「木元さんだったな。どうしたんだ?」

木元の眼は奇妙に静かだった。

「あんた、よくもやってくれたたな。おれらを売りやがった」

血走った眼がしきりと左右に動く。宮城の動きを牽制《けんせい》しているのだ。

わけがわからなかったが、今、否定すれば余計に火に油を注ぐだけ、ということはわかった。

——売った？

つかさの嗚咽する声が低く流れてくる。

「あの女をだせ。今すぐここにつれてこい」

「あの女というのは、中島さんを殺した犯人のこと？」

「なにシラバックレてんだ？　てめえらが依頼した殺し屋だろうが」

廣田は、相棒をみた。自分と同じくとまどった表情が返ってくるものと思ったのに、案に相違して宮城は深刻に受けとめている。

「うちは依頼してないですよ」

「嘘をつけ！」

「彼女がだれか知らないんですか」

「だれだろうと、てめえらもおんなじだァ、落とし前つけさせてもらうぞ」

木元は激高していたが、少なくとも廣田の話の一部は耳に入っていた。質問してきた。

「じゃあ、だれだ」

つかさの喉にかけた腕を絞めなおし、いっそう強く銃口を押しつけた。つかさが眼を閉じた。

廣田の胃が痛いほど収縮した。

「あれは女じゃありませんよ。向田晶です」

「なんだと」

怒鳴り散らす木元に負けじと、声を張り上げて、廣田は怒鳴った。

「研究所の火事で死んだ、政治家の向田大蔵の息子です」

木元の口が、ぽかんとひらいた。

「向田？　向田の息子？」

あっけにとられていたのも一瞬で、木元は銃を握りなおし、廣田に銃口を向けてきた。

「てめえ、いい加減なことをいうな。向田の息子だと？」

廣田はあげた手に気づいて、身体の両わきにおろした。

「自分でそう名乗っていたんです。火事のときに行方不明になった親父の死体を探しているってね」

銃口から無理に顔をそむけ、木元の眼だけをみつめて、しゃべりつづけた。木元の表情には、なにかがあった。あからさまな恐怖と、理解が。

向田晶について、知っていることがあるにちがいない。

「なぜ、向田の息子があんた方を襲ったんですか」

「あれは向田の息子じゃねえよ。晶は死んだんだからな」

「いつ——」

問いかけたあとで、気がついた。

「あんたが向田の息子を殺したんですね。一年前——」

木元は答えない。据わった眼と銃口が、まっすぐ廣田に向けられている。迷っている表情だった。

引き金を絞ろうか、それとも——。

部屋のどこへ逃げようと、この射程で無事で済むとは思えなかった。殺されるのだと思った。だが、死ぬ前に彼は知りたかった。

「なぜ、向田の息子を殺したんですか」

木元の右腕に緊張が走った。

——撃たれる、

そう思った。

だが、木元は口をひらいた。

「薬屋さんよォ。おれは、あそこの研究所でなにやってたかなんて、どうでもいいんだよ。おれらは土地と建物をとってナンボの商売だ。三年前からあの研究所に仕込みをして、息のかかった会計士を送りこんで、元手も掛けてきた。理事長はちょい厄介だったが、事務長は借金もあって言いなりだったからな」

父親の名前を聞いたとたん、死んだように虚ろだった、つかさの表情が動いた。嘘、というように、白っぽく乾いた唇が動いた。

「いろいろ攻めたんだが、理事長がなかなかウンといわなくてな……。それが去年、急に理事長が乗り気になった。どっかの薬メーカーに、倉石の発明を売りわたす話ができたんで、協力してくれってな。話がまとまりゃ借金まみれの研究所で、法律違反の危ない治療なんぞする必要はないわな。無税の金がごっそり入ってくんだからよう。婿養子で自分の銭もってねえ親父だから、あとは簡単さ。ところが、向田が治療中止でギャアギャアいいだしたんだ」

「どこの医薬品メーカーと理事長は取引してたんだ？」

木元はかすれた笑い声をあげた。銃身がわずかに下がってきた。

「餅は餅屋か。気になるらしいな。教えてやろうか。平和とか、平成とかいうとこだ」

「平和製薬か」

現在、副作用が問題になっている臨床試験中の新薬の一件が、廣田の脳裏に閃《ひらめ》いた。増資前に平和製薬が発表した新薬は、動物実験における抜群の好成績もさることながら、いつから研究をはじめたのかがまったくの謎で、業界では噂になっていた。どうりで開発過程がわからなかったはずだ、と廣田は納得した。

倉石の治療法を、理事長と事務長が平和製薬に売りわたしたのだ。

「それで八方うまく納まるはずだったんだ。理事長は自分の銭を手にいれて、事務長は借金を帳消しにする。研究所には警察の調査が入るって噂があったから、早いとこカルテを廃棄しなきゃならねえ。ところが、向田が治療を続行しねえと、警察に垂れこむって圧力かけてきた。そんなことされちゃあ、全部パーだからな。息子をさらって、親父を黙らせようとしたのよ。ところが舟木がやりすぎて、殺しちまった」

「それで……、火事を起こしたのか」

「察しがいいね。火をつけて親父も死体も、一気にカタをつけるつもりだったんだ。ところが晶の死体が焼け残った。なんでかはわからねえ……、親父の病室の隣に入れておいたんだがな」

おそらくは、向田が息子の死体を運びだしたのだろう。そう思ったが、廣田は口にはしなかった。

木元は、うつむいて唾を吐いた。

「おれらは、どうでもよかったんだが、事務長が騒ぐんで、病院からまた死体を盗みだしたんだ。結局それで平和製薬もびびって手を引いちまった。くたびれ損だったよ、まったく」

「死体はどうしたんだ？」

「事務長の親戚の、冷凍倉庫にしまいこんだよ、アリバイ工作でもするつもりだったんだろう。やつも現場にいたからな」

「ウソよ！」

突然、つかさが叫んだ。体を折り曲げるようにして、声を絞りだした。

「でたらめいわないでよっ。お父さんがそんなことをするわけないじゃない！」

「うるせえ、てめえの親父が、向田の息子を始末しろっていったんだ」

「ちがうちがう！」

頭が激しく振られ、髪が左右に広がった。黒く艶のある髪が木元の眼をかすめ、あっ、と木元が顔をそむけた。右手にいた宮城がすうっと猫のように木元の後ろに回りこむのが、廣田の視界にうつった。

――やめろ、次におこることを予期して、廣田は凍り付いた。

そのときドアが開いた。聞き慣れたダミ声が、安穏とした日常から響いてきた。青天の霹靂《へきれき》だった。

「やっぱり居留守使ってやがったのか、廣田」

岩崎だった。

銃声と同時に、一気に事態が動いた。

自分がなにをどうしたのか、ほとんど廣田は憶えていなかった。ただ、気がつくと、つかさを抱えてソファの後ろに伏せており、宮城が木元の腕をねじりあげて、床に押さえつけていた。

辺りに硝煙の煙が散っている。

宮城が怒鳴った。

「廣田。銃をとれッ、銃！」

廣田は木元の腕に飛びつくと、鉄のように固まった指をこじ開け、銃をもぎ取った。安全装置を掛けマガジンを引き抜いた。指先が小刻みに震えて、マガジンの感覚がつかめなかった。

岩崎はぽかんとしている。

「なにがあったんだ？」

廣田は上司をつくづくとみやった。おそらくは昨日の会合をすっぽかした廣田を、心配してきたのだろう。どうやって玄関を突破したかはわからないが、今日の岩崎は、掛け値なしに後光が差してみえた。

「警察に電話していただければありがたいんですが。もうちょっと専務が遅かったら、死体が三つ転がってたとこですから」

岩崎は、宮城と床に転がっている木元を交互にながめて、なにやらぶつくさいった。発射された弾丸は、ソファに穴をあけていた。倒れながら、岩崎を狙って撃ったものと思われた。

携帯電話で、警察にかけながら、岩崎がたずねた。

「こいつはだれだ？」

「木元っていうんです。中島内規の手下ですよ」

「なんで、そいつがおまえんとこにくるんだ？」

「わかりませんよ。わたしがかれらの事務所を、向田に教えたせいで、襲撃されたといってる。向田が、またわたしのあとをつけたんですかね」

「尾行に気づいたか？」

「いいえ、全然」

ふたりは顔を見合わせた。同じことを考えたらしい。自然と視線が宮城に集まった。宮城はさすがにバツの悪そうな顔をしている。

「おまえが売ったのか？」

「バイトだよ、バイト。向田が金を払うから、情報を横流ししてくれっていうんで、つい中島の事務所を教えたんだけど……。まさかこんなことになるとは、夢にも思わなかったよ」

廣田は、呆れて口がきけなかった。

「馬鹿野郎!」

岩崎が怒鳴った。廣田のほうも、宮城に聞きたいことがあったが、あいにく時間が迫っていた。十二時半。一時発の飛行機にはとうてい間に合わない。新幹線でいくしかない。

廣田は、放心状態のつかさをチラリとみて、木元から取りあげた銃と弾倉を、岩崎のポケットに押しこんだ。

「すみません、これもお願いします」

「なんだ? おれにどうしろっていうんだ?」

「これから急いで広島までいかなきゃならないんで。あとの始末はよろしく」

廣田は、岩崎の横をすり抜けて玄関へ走りだした。罵声が追いかけてきたが、説明する余裕はなかった。

25 NOW

また、雨が降りはじめた。

斑猫は駅で買ったビニールの傘をひらき、濡れた落ち葉の山道を登った。彼の足跡で小道はいつのまにか踏みかためられ、露出した根の上に、靴泥がこびりついていた。ひたすら登ることに集中していると、気持ちは自然と蓉子との思い出にさまよい込んでゆく。この道を彼女と手をとりあっておりたことがあった。近道したいという蓉子の希望で。ありふれた週末の午後、山をおりてデパートの買い物に付き合った。それがこんな胸が痛む思い出に変わるとは、考えもしなかった。二度とふたりで時間を作ることができなくなるとは、思いもしなかった。

記憶も過去の生きてきた時間も、ひとりでは決して成立しないのだと、斑猫は知った。生きるとは時間の堆積であり、時間は他者との交流のなかで思い出に変わるのだ。彼女と過ごした時間、彼女と離れていた時間が、斑猫のすべてだった。離れているあいだも、また会うという前提があったからこそ、彼の孤独は充実し、意味を持ったのだ。

今、彼女がこの世から消えてしまい、どんなに思いを掛けても空虚な穴に放りこむ石のように無意味になってしまうなら、自分ははたして存在しているといえるのか。だれにも読まれない書物は存在しないように、たったひとりの斑猫として生きるのなら、自分は死んだも同然ではないのだろうか。

――だが、おれは生きている。

生きて、無意味な生の時間を、これからも重ねていかなければならないのだ。

熱いものが、鼻孔の奥にのぼってきた。斑猫は歩きながら、嗚咽した。

彼女を悼んでいたわけではない。自分自身を哀れんで泣いていた。悲しみとはなんと利己的なものかと、思った。

頭上にさしかけた傘が、枝の水滴を払いおとし、ばさばさと音をたてる。イヌワラビの葉が綺麗だった。泣きながら、そんなことを観察している自分が子どものように感じられた。

彼は最後の一メートルほどの段差を乗り越えると、フェンスに手をかけた。畳んだ傘をなかに放りこみ、フェンスにつま先をかけて、左足を鉄条網にのせた。水滴が衣服に跳ねかかる。鉄条網に服を引っかけないよう体重を反対側に移し、草地に着地した。

ノボロギクが林立した裏庭には、人の通ったあとはなかった。彼は傘を拾いあげ、研究棟目指して歩きはじめた。

――警察はいない。

ビジネスホテルをでる前に、一応ニュースで確かめたものの、あらためて静かな所内の様子を眼にすると、意外な気がした。二日前の未明の銃撃がまぼろしのようだった。

死んでもしゃべらないといったあの男、まだ黙秘をつづけているのか、それとも死んでしまったのか……。

斑猫は、蓉子の鍵で、非常口のドアをあけた。入ったところに傘を立てかけ、暗い廊下をみわたした。

腐臭を感じた。

やはりな、と思った。腐敗がはじまったのだ。覚悟を決めて臭いの元を目指し、研究棟の奥へと進んでいった。旧館のホールに近づくにつれ、悪臭はひどくなり、黒蠅《くろばえ》が増えていった。あの日、男たちが隠れていた場所。板を打ち付けた窓の隙間から、こぼれる光で、倒れたロッカーや机、ダンボール箱のガラクタが浮かびあがった。そこら中が蠅だらけだった。わんわんと飛びかい、顔にへばりついてきた。

斑猫は蠅を払いながら、周囲をみまわした。じきに探していたものがみつかった。

彼は足音を殺し、エレベーターにゆっくりと近づいた。


男は花粉症の患者が使う、中央がとびだしたマスクを掛けて作業していた。小柄な体に灰色の作業着を着込み、ゴム手袋をはめて、入念にエレベーターシャフトとその前の廊下にガソリンをかけている。

その間も、蠅の群れが、エレベーターのシャフトの格子から、ひっきりなしに出入りする。作業に集中している男は、斑猫に気づかなかった。斑猫はエレベーターの手前まできて足をとめ、呼びかけた。

「松尾さん」

男が文字どおり飛びあがった。振り返った姿勢のまま、凝固している。

事務長の松尾喜善だった。

「行方不明だと聞きましたが、ここにいたんですね。二階ですか？　あそこならだれも入ってきませんからね」

「あんた、だれだね」

「倉石です。おひさしぶりです」

斑猫は、自分のかつての名前を口にした。違和感があったが、この場合、いたしかたない。

「倉石？　あんた、なにいってんだね。倉石先生は亡くなったんだ。さっさとでていってくれ」

斑猫は首をふった。ハンカチをようやく後ろポケットのなかに探りあてて、鼻にあてた。

松尾の隣に立つと、エレベーターの乗降ボタンに手をのばした。松尾が声を荒らげ、止めようとした。

「なにをするんだ！」

構わずボタンを押した。エレベーターはしばらく停止したままだった。二秒ほどして、モーターが思いだしたように眼覚めて、カラカラと音をたてながら箱がおりてきた。

覚悟はしていたものの、腐臭はすさまじかった。頭までしびれるようだった。格子からぽろぽろと小さな白い蛆《うじ》が落ちてくる。この暑さで急速に羽化したのだろう。茶色い繭殻《まゆがら》が箱の隅にたまっている。死体を一瞥するなり、斑猫はなかの上昇ボタンを押した。

「ここに隠したんですね。地下に置いて、取引にあわせて地上にだすつもりだったんでしょう。死体を、のこのこやってきたプラスケミカル社の連中に押しつけて、逃げるつもりだったんだ、あんたは。それとも、この死体が若返った向田大蔵だと、言いくるめるつもりだったんですか？　だが、取引がはじまる前に、死体をみつけた人間がいた」

松尾は眼をぎらつかせて、斑猫をにらんでいる。ぼそり、といった。

「わたしが殺ったんじゃない」

「しかし一度冷凍してから、地下に置いたのはあなただ。いつまでも腐敗しないから不思議でしたが、人間の身体のように体積のあるものは、一度こちこちに凍ってしまうとなかなか溶けない。しかもこの下はかなり温度が低いですからね……、完全に解凍するまでに何日もかかる。旧館の下に地下室があることを知ってる人間は、そうはいないはずだし、たぶんあなたが運びこんだんだろうと思っていた」

「わたしは無関係だ。蛆がわいてひどい臭いがするんで、燃やそうと思ったんだ」

「今度こそ燃やして、証拠を消すつもりだったんでしょう？」

松尾の口が一本の線のようになった。黙りこむのは諦めていないからで、松尾はしぶとい男だった。

斑猫はルミネで働いていたころ、ずっと事務長が、自分のコンピュータのファイルを覗いているのではないかという疑いを持っていた。松尾は研究所内のすべての鍵を管理しており、好きなときに研究室のロッカーをあけて書類をみることができた。コンピュータの扱いにも慣れていた。

だが、斑猫は告発を避けた。証拠がなかったからだ。そのかわり実験データを自宅のコンピュータに移し、薬品の発注も、事務局を通さず、直接行うようにした。それでしばらくは、うまくいった。

しかし、斑猫は相手をみくびっていた。半年後、理事長から特別治療の打ち切りを通告されたとき、ようやく彼は、事務長と理事長が共謀していたことに気づいたのだ。自分は用済みの人間だった。

「火事の二週間前、向田の息子がやってきて、父親の治療の続行を迫った。わたしが自分の一存では決められないというと、それでは理事長のところにいく、といった。二度と姿をみせなかった。彼の車は駐車場に止まったままだった。一週間ほどして、今度は父親が電話をかけてきた。『了解しましたから、どうぞお伝えください』と。わたしには訳がわからなかったが、あれは、あんたたちのことだったんだな？

向田は有力者だ。おとなしくさせるために、息子を人質に取ったのか」

「……あんた、本当に倉石なのか」

松尾の眼が驚きに見開かれた。斑猫を上から下までながめて、「こりゃたまげた」とつぶやいた。

「あんた、若返ったってわけか」

「蓉子を殺したのは、あなたなのか」

一旦は開きかけた松尾の口が、また閉じた。見上げた細い眼たげな眼には狡猾《こうかつ》な光があった。黒蠅が一匹、頬を這っている。

悪臭のなかで、ふたりはにらみあった。

先に口を開いたのは松尾だった。

「蓉子を、みたのか」

「ああ。彼女がひとりであの部屋にいけるはずがない。あんたが付き添ったんだな？　なぜ殺した？」

「あれは自分で死んだんだ」

松尾は背中を向けると、空になったポリ容器を持ちあげて廊下の壁沿いに片づけた。そばに落ちた小さなゴミを拾い、ポケットにいれた。

「蓉子の脚は治らんかった。それで、自殺することにしたんだよ。あんたが帰ってくるなんて、信じちゃいなかった」

「そんなはずはない。蓉子になにを話した？　わたしを利用するために、今度は、彼女を人質に使うとでもいったのか？　それとも騙して薬を飲ませたのか」

「それがわかって、どうするっていうんだ？　あんたになにができる？」

松尾はうすら笑いを浮かべた。

「警察に駆け込むかい？　倉石だといって。できまい？　あんたは逃げるだけの人間だ。家族からも、他人からも逃げてきたんだ。こんな辺鄙《へんぴ》な研究所で研究してたのも、学会に自分の研究を発表して袋叩きにされるのがこわかったからだ。そうじゃないかい？　謙虚なふりをして内心じゃあ、まわりの人間を見下してたんだ。蓉子とそっくりだったよ。あれも、自分のことしか考えない女だった。身内が困っても援助ひとつするわけじゃなし、財産は抱えこんで、自分が弱ったときは頼ってくる。そういうあんたらが、くっついたと聞いたときは笑ったよ。悪いけどね。半端もの同士で、うまくやってたのかい」

「わたしは、蓉子が死んだ本当の理由が知りたいだけだ」

斑猫は静かにいった。

「しかし、あなたから事実を聞きだすのは無理らしいな。松尾さん、どうして自分の娘を置いて逃げたりしたんだ？　あの子は今、中島の手下に追われている。つかまったら、ただじゃすまないぞ」

娘のことをいわれて、松尾はたじろいだ表情になった。だが、それも束の間で、「つかさはしっかりした子だよ」といい返した。

「なにもかも娘のためにやったんだ。次男の家だからって、使用人がわりにこき使われて、先代と蓉子がいい気になって贅沢するのをみてきたんだ。みんなで病院を盛りたててきたから、今みたいに大きくなった。ルミネの病院だって、親族会議でつかさが継ぐことに決まったんだ。それなのに、蓉子はまったく聞く耳もたねえ。また新しいマンションを買って老後用だといい気なもんだ。あんた、わたしの立場で、我慢できますかね」

我慢できないかもしれないし、どうでもいいと思うかもしれない。

欲だけではないのだろう、と斑猫は思った。長年、父から子へと受け継がれた怨恨《えんこん》と憎悪。蓉子への嫉妬が、松尾のなかで年ごとに成長して、臨界点を超えてしまったにちがいない。

「わたしは告発するよ」

斑猫はいった。

「どんな人間も正しいことをやるわけじゃないが、他人を意図的に傷つけてそれを自覚もせず、反省もしない人間は裁かれる必要がある。あんたをみていて、そのことがよくわかった」

「あんたが、そんな偉そうなことをいえる立場かね」

松尾が笑った。蝿の群れが背後からわきだしてくる。

息づまるような悪臭とたちこめるガソリンの異臭。蝿、蝿、蝿。

「どうせ証拠は全部燃えてしまうんだ。あんたがやった、とわしはいうぞ。犯人は倉石——」

松尾は最後まで口にできなかった。

バシ、と風船が割れるような音がして、灰色の作業着を着た身体が床に叩きつけられた。肩口に赤い弾丸の射入口がみえた。松尾はもがきながら、夢中で傷口を手で押さえようとしている。

斑猫は通路の奥をみた。

背の高いスーツ姿の若い男が、ロッカーの陰から姿をあらわした。青白い細い顔に黒髪をなでつけ、妙に堅苦しい黒ぶちの眼鏡をかけている。オートマティックを両手で構えていた。

「また会ったね」

鼻にかかったかすれ声が記憶を呼びさまし、眼の前の見知らぬ男の顔の、もうひとつの輪郭を運んできた。向田エンジェル。整えられた眉が、不自然なカーブをつくっている。

「そこ、どいてくれる？　とどめ、さすから」

　斑猫は動かなかった。

「やめろ。これ以上、人を殺すな」

「いやだね」

　向田の返事はにべもない。精巧な顔に、シリコンウェハースのような軽く薄い、微笑を浮かべている。

「こいつを釣りあげるために、一年かけて罠《わな》を張ったんだ。あんたの完璧なデータと、向田大蔵の死体を引き渡せば、大金を払うってね。時間はかかったけど、これで最後だ。邪魔すると、撃つよ」

「息子の復讐《ふくしゅう》なのか」

　向田の双眸が束の間、斑猫の顔の上で固定された。

　向田大蔵。倉石が治療したなかでもっとも成功した、末期ガンの患者。彼ほど、斑猫の遺伝子治療に適合した人間はいなかった。もし、あのまま治療をつづけていれば、向田はどうなったか――。完治していたら――。

　その答えが今、眼の前にあった。

　焼け跡から消えた彼は、いま、斑猫以上に瑞々《みずみず》しい若さでもって、そこに立っていた。

「先生は、わたしを治療して、昔どおりの身体をくれた。しかし、先生、年を取るってのも自分の一部なのさ。自分をなくして若い自分に戻ったところで、なにも残ってやしない。

なんにもできないんだよ。あんたなら、わかるだろ？　ひとりぽっちの人間にできることといったら、せいぜい復讐するぐらいさ」

「プラスケミカルとわたしとの取引話をでっちあげたのは、きみだな」

「そう。政治家時代に、あそこの幹部と友だちになってね。アメリカ人ほど見た目の若さにこだわる連中はいない。わたしがその見本てわけ。話を持ちかけたら飛びついてきたよ。五十億、本気の金だ。うちの秘書を使って、研究所の関係者に、倉石のデータを提供すれば大金を払うって噂をばらまいたんだ。案の定、蠅どもが飛びついてきたね」

「救急車を呼んでくれ……」

　肩を押さえて、松尾が泣き声をだした。

「死んじまう。たのむ。娘がいるんだ」

「人の息子を殺したあげく、その言いぐさはないだろ？　娘もあんたがいないほうが幸せかもね」

　向田が銃口を松尾に据えるのをみて、斑猫は飛びかかった。手首を摑み、指をこじあけて銃をもぎ取ろうとする。向田の脚が蹴《け》りつけた。

「やめろ！」

　手元が爆発した。耳をつんざく銃声と、大腿部の肉を弾がそぎ取ってゆく熱い感触に身体が跳ねあがった。ふたりはもつれあってその場に倒れた。ガソリンで脚がすべり、すぐに立てなかった。

「余計なことをすると、あんたから先に殺るよ」

荒い息を吐きながら、向田が立ちあがった。銃口はまっすぐ斑猫の鼻先に向けられている。

斑猫は黒い穴をみつめた。

おそろしかった。しかし、殺されるなら、それでも構わないという気もあった。

「あなたは大馬鹿だね、先生」

「銃を……よこせ」

ふたりは、ふり返った。

松尾はいつのまにか身を引いて、出口近くまで這い逃げていた。片手に、ライターを握っている。

「火をつけるぞ。いうとおりにしろ」

「やってみろよ。あたしの銃のほうが早いからね」

松尾が笑った。

「おまえの息子はエレベーターシャフトの中で腐ってるぞ」

向田がエレベーターに顔を向けるのと同時に、松尾の手からライターの火が放たれた。

一直線の炎がすさまじい早さで斑猫まで殺到してきた。

撃たれた脚で、逃げられるような距離ではなかった。しかも彼はガソリンまみれだった。

もう駄目だ、そう思った瞬間、向田が斑猫の襟首を摑んで、炎の届かないホールに転がした。

「逃げな、先生。あんたには恩がある」

斑猫は、炎のなかを向田が銃を片手に歩きだすのをみた。衣服を火の舌がなめ、髪が燃えあがっている。

向田は燃えながら両手に銃を構えて、狙いをつけ、撃った。銃声が三発、館内に轟《とどろ》くのを聞きながら、彼は壁づたいに逃げた。

ふり返ると、向田の姿はどこにもなく、天井まで炎が噴きあがっていた。走ろうとしたが、脚に力が入らなかった。すさまじい熱気が迫り、彼は咳《せ》きこんだ。

「ヘイ」

廊下のむこうから人影が駆けてきた。体格のいい白人の男で、脚を押さえている斑猫をみて、「撃たれたのか」と聞いた。

「ああ。まだふたりいるんだ、あっちに」

男は青い眼で炎をみやると、首をふった。

「無理だ。逃げよう」

男の肩をかりて、非常口から外にでた。中庭の草むらに倒れこむように腰をおろし、研究棟をながめた。

炎は、封鎖された窓をやぶり二階まで広がっていた。木造の窓枠が焼け抜けて、内部が燃え崩れる様がはっきりみえた。あれでは助かるまい、と思えた。黒煙が渦巻き、上空にたちのぼった。

男は屈《かが》みこむと、ハンカチで斑猫の傷の上を縛って止血した。傷は幸いかすめただけで、動脈は傷ついてないようだ。

「あなたが倉石博士か」

斑猫はためらった。

「以前はそうだった。今は……ちがう」

「わたしはプラスケミカル社の副社長だ。アラン・フェアフィールド。今は、ビジネスの話はしたい気分ではないだろうが、あなたに会いに日本へきたのだ」

どこからかサイレンの音が響きわたった。

斑猫は痛みに顔をしかめ、たずねた。

「あなたは、向田大蔵に協力したのか？」

「した。彼は古い友人だ。息子の留学の世話もした。彼の依頼で今回の取引をセッティングした。向田は死んだのか？」

「ああ。たぶん……」

表に車が入ってくる音がした。消防車かと思ったが、ちがった。

建物の角から現れたのは廣田だった。斑猫と、フェアフィールドの姿をみつけて駆けよってきた。

「ああ。無事でよかった」

廣田は、斑猫、フェアフィールドの双方をみたあと、たずねた。

「エンジェルは？」

エンジェル。斑猫はその名が、もっとも彼にふさわしいと思った。自分と同じで、どこにも行き場がなかった。若さを取りもどして人生を失ってしまった男。

「彼なら、あのなかだ。事務長の松尾も」

廣田は、燃えあがる研究棟を見上げて、こぶしを口にあてがった。

「なにがあったんですか。――いや、そんなことをいってる場合じゃないな。あなたは逃げないと」

「もう、無理でしょう。この傷だし」

廣田は、ブロンドの男と小声で話しはじめた。どうやらフェアフィールドは彼の上司らしい。短い打ち合わせが終わると、廣田は斑猫のところへやってきた。

「痛みはどうです？　しばらく我慢できますか」

「ああ、それは」

「あなたは裏山からおりる道をご存知ですね？　そこから逃げましょう。わたしの友人が大学病院にいるんで、手当てしてもらいます。いいですね」

確認は取っているものの、有無をいわせぬ強引さだった。斑猫の左腕の下に肩を入れて裏庭へと歩きだした。

フェンスの前で斑猫は一度ふり返った。巨大な黒煙と炎が空にのぼってゆく。

「早く」

足場になった廣田がうながした。斑猫は痛みをこらえて、廣田の背中を踏み台に、フェンスをよじのぼった。サイレンの音が耳をふさぐばかりに迫っていた。

一ヵ月が過ぎた。

廣田は、あいかわらず仕事に追われている。

火災のあと、二週間ほど警察の事情聴取や、マスコミからの取材に忙殺されて仕事どころではなかったが、一通りの調べがすむと、事件はみるまに終息していった。向田大蔵の身元は終始伏せられたままだった。おそらくは一年前の事件のときと同じように、向田が所属していた与党勢力が、各方面に影響力を行使したのだろう。廣田はしばらく正体のわからない連中に尾行されたが、それも一ヵ月ほどで気配がなくなった。

七月。部長昇進の内示がでた。

もっとも、仕事の内容自体は変わらない。会社のデスクも部屋も同じままで、椅子がワンランク上のものに取り替えられただけだった。その椅子も、昼間は忙しすぎて座る余裕がない。

研究会に、会議、大学病院まわり。夏休み返上で、日に一度はどこかの病院に足を運んで、医者に臨床試験の実施を頼みこんでいる。法律によって実施基準が変更され、新薬使用に必ず患者の同意書が必要になってからは、ただでさえ手間のかかる新薬の臨床試験を敬遠する病院が多くなった。せっせと足を運び顔をつないで、医者の関心を引くしかなかった。

廣田は二キロ痩せた。秋の学会にあわせて開かれるサテライト・シンポジウムが迫っていた。同時進行ですすめられている他の新薬候補の研究会にも、顔をださなければならない。連絡したい相手はいたが、頭の隅に引っかかったまま、いつまでたっても電話をかけることはなかった。

「部長の椅子の座りごこちはどうだ？　いいだろ」

専務の岩崎は、毎日用もないのに部屋にやってくる。

「一生けんめい働くといいことがあるんだ。来月はおれとアメリカ出張だ。体力つけとけよ」

「例の会議ですか」

「そうだ。本人が出席してくれりゃ、いちばんいいんだがな」

「しかたないですよ。いればいたで、問題になったでしょうし」

「まあ手配犯だからな」

斑猫はあの日、病院で手当てを受けたあと、姿を消した。大学の近所にとめてあった赤いサイクリング車に乗って、国道を西へ走る姿を目撃されたのが最後だった。

フェアフィールドを手ぶらでアメリカに帰すわけにもいかず、廣田は、地下研究室でみつけたコンピュータのデータを会社に引き渡した。

現在、本社の研究室で分析がすすんでいる。

凍結された血漿《けっしょう》パックのほうは、まだ佐波の研究室のディープフリーザーに納まっていたが、そちらを持ちだす必要はなくなった。もっといいサンプルが手にはいったためである。

「アレルギー検査とかいって、倉石からたっぷり血を抜いたんだろ？　怪しまれなかったかな」

「気がついてるでしょう、当然。採血のとき笑ってたと、わたしの友人が話してましたか

「おまえは、松尾蓉子の葬式にいったんだよな。みかけたか？」

「いえ。気をつけてたんですが……」

廣田は嘘をついた。

本当は斑猫に会った。言葉も交わした。

『しばらく大陸をぶらぶらしようと思ってます』

廣田には、彼がすこし老けたようにみえた。斑猫自身わかっていたかもしれない。さようなら、といった。

「そのうち、ぶらっと現れるんじゃないですか」

「かもな。ところで、廣田。まだ幸せになりたいか？」

「いえ」

岩崎が仕事仕事、と唱えながらでていったあと、廣田は、これみよがしに机に置かれた見合い写真を指でつまんで、窓辺に放った。

――女、か……。

柔らかい白い曲線のイメージが、煙のように揺らめきながら胸のなかに広がった。意識がはや横すべりをはじめる。なだらかな傾斜の底には、彼女の顔がある。はっきりと思いだすこともできないくせに、忘れたこともない。

もうしばらくの辛抱だ、と廣田は自分にいいきかせた。じきに、どうでもよくなるだろう。いつものように。


ら」

時計が七時を指すのをみて、廣田は机の上を片づけた。接待のない日は七時までに帰ることにしていた。帰り道、会社近くの喫茶店で軽く食事をすませたあと、ジムに寄って一時間ばかり泳ぎ、深夜営業のブックストアとコンビニで買い物をした

ミルクをワンカートン。トマトジュース。卵を半ダース。キャットフード。

猫の好きな銘柄の缶が切れていたことを気にしながら、彼は、マンションのエレベーターをでた。玄関の鍵を取りだしたとき、自宅の玄関前にだれか座りこんでいるのに気がついた。

胸がざわついた。

「つかさちゃん？」

つかさがぱっと顔をあげた。白い面が、みるまに赤く染まった。足の横に、大型の赤いダッフルバッグが置いてあった。

廣田はなにも聞かずに玄関の鍵をあけて、「入って」といった。なぜきたのか質問したら、彼女が逃げてしまいそうでこわかった。

「食事した？」

「ううん。でも、お腹、減ってないから」

「コーヒーと、ウーロン茶ぐらいしかないけど。どっちがいい？」

「あの……お茶でいい」

廣田は、買い物袋を流しにのせると、彼女の椅子をカウンターの前につくった。急に体が軽く動くようになった。

「何時ぐらいから待ってたの？」

「六時……。でもそんな待ったって感じしなかったから、大丈夫です。廣田さん、いつもこんなに遅いんですか」

「今日は寄り道したから」

つかさは、グラスを前にもじもじしている。急に、「これ」とポケットから鍵を取りだした。

「ごめんなさい。急にきたりして。玄関はでてくる人がいたから、鍵なしで入れたの。それでドアの前で待ってたら女の人がきて、この鍵、どうぞって……。わたしにはいらないからって。あの人、廣田さんの恋人でしょ。わたし、悪いことしたみたい」

廣田はカウンターの鍵を拾いあげ、アチ、とつぶやいた。美由紀にちがいない。別れたときの部屋の合い鍵をまだ持っていたのだ。そういえば、電話する約束をすっぽかしたきり、連絡を取っていなかった。

「まずいなあ……」

廣田は髪をごしごしこすった。

「ごめんね。ごめんなさい」

「いや、いいんだ。たぶん、おれの別れた奥さんだと思うから。連絡を取るっていって、電話するのを忘れてた。失敗したなあ……。彼女、怒ってた？」

つかさは首をふった。唇は笑いでほころびかけている。

「こわい人なんですか？」

「ちょっとだけ、ね。内緒だけど。そうか、もういらないっていわれちゃったか」

「大人の女の人が好きなんだ、廣田さん」

「そう思う？」

思う、とつかさはうなずいた。視線を落とし、ふたたび廣田をみあげた大きな眼は涙で潤《うる》んでいた。

「わたしがきたの、すっごい迷惑だったんじゃないですか……」

「そんなことはないさ」

廣田は自分のグラスに口をつけた。喉が渇いてもないのに、口のなかが干上がる感じがあった。

「わたし、お父さんが死んでから、いろんなこと、みえてきて。全然、わかってなかったんだって。他の人のこととか、自分の周りでなにが起きていたかとか……。お父さんが死んじゃったあと、植松さんがすごく親切にしてくれて、わたし恥ずかしかった。廣田さんにもひどいことをいったし」

濡れた眼差《まなざ》しが廣田の顔を探り、また睫《まつげ》の下に隠れた。頬を涙の玉がすべり落ちてゆくのがみえた。

「死んでも、逮捕されちゃうことってあるんですね。お父さん、書類送検されたんです」

「今はどんなふうに暮らしてるの？」

「今は、親戚のうちでお世話になってます。ときどき家に帰って掃除したり。でも、早くでてひとりで暮らそうと思って」

廣田は考えながら、ゆっくり正確に自分の気持ちを伝えた。

「もし、きみがおれに会いたいと思ってきてくれたのなら、すごくうれしいよ」

つかさの頬に赤い色が散った。だが、すぐに眼を伏せてしまった。

「でも、廣田さん、一度も連絡してくれなかったじゃない」

「悪かった」

「いいの。本当はね、宮城さんが電話くれたから、わたし、きたの」

「宮城が？」

つかさは、うなずいた。

「宮城さんは、廣田さんて、追いかけないと駄目な人だっていったの。女の人のほうから追いかけないと、廣田さんはすぐ諦めて手を引いちゃうから、押しかけていけって。だから、わたし、東京にいってみようって思って。なくすもの、もうなんにもないし」

「じゃあ、うちの居候《いそうろう》になる？」

つかさの全身が強《こわ》ばったようにみえたのも、一瞬だった。ふいにカウンターを滑りおりると、廣田にしがみついてきた。両手で胴を抱いてぴったり顔をくっつけた。

「いたい、いたい。ずっといたい。ここに置いてよ」

泣きじゃくるつかさを軽く抱いて、廣田は艶のある髪に指をすべらせ、頭をもちあげた。濡れた頬に唇をあてて、涙の塩からさを味わった。

腕のなかにいる女を、自分が果たして愛しているものかどうか、廣田には自信がなかった。かわいいと思う。会いたかったといった気持ちに、嘘はない。

しかし、宮城の指摘したように、彼女が会いにこなかったら、いずれつかさのことを忘れていたのも事実だった。

――それでいいじゃないか。

唇を重ねながら、廣田の内部で、囁くものがあった。

最初から貴重な関係などないのだ。親密な時間を共有し、無数の記憶を語りあうべき相手として、互いにかけがえのない存在に育っていくのだろう。どちらも未熟な、欠点のある人間として。

ようやく泣きやんだあと、つかさがいった。

「廣田さんの背広姿って、はじめてみたけど、すごくかっこいいのね」

「それは、スーツ以外の服が似合わないって意味かな?」

「かも」

「ひどいな」

つかさは、小さく笑って、廣田の胸に顔をうずめた。身体に回した両手に力をこめて、つぶやいた。

「廣田さんが、ただのサラリーマンでよかった……」

26 NOW

患者が途切れると、斑猫は窓のカーテンをおろし、薬品棚をロックした。でかける前に診察室をのぞいて、保志《ほし》に声をかけた。

「保志先生、食事をしてきますから」

保志は、リンブー族の老人を診察中だった。聴診器を耳からはずして、「もう、そんな時間？」と聞いた。

斑猫は笑いながら腕時計をみせた。すでに二時だった。仕事熱心な保志は、昼食を抜くことが多い。

「すぐ戻ってきますから」

「いいよ、ゆっくりしてきて。ぼくもあとからいくから」

毎回、保志はそういったが、実際に食事の席にあらわれたことはなかった。

斑猫が黙って微笑《ほほえ》むと、保志も気づいたらしく照れたように笑った。

待合室がわりのベランダは満員だった。はみだした患者が、雨のなか、辛抱強く順番を待っている。

二十年以上前に、国連の平和部隊が建てた小さな診療所だった。今は日本の民間援助団[NG]

体が村から借りて使っている。

斑猫は折り畳み傘をひらくと、庭を回って道にでた。

冷たい雨が、ひねたビャクシンの茂みを叩いていた。狭い道には、不揃《ふぞろ》いの石が敷き詰めてある。畑から家畜の糞《ふん》のにおいがした。

ゆるやかな渓谷に広がる、トウモロコシと、大麦の畑。家は二階建てで、祈禱《きとう》の幟《のぼり》を立てている家も何軒かあった。

そのなかの一軒が、彼と保志が宿にしている僧侶の家だった。

村の背後には大地がせり上がり、モンスーンの厚い雲をつらぬいて稜線《りょうせん》が天空へのびていた。雲の切れ目から、わずかに切り立った峰の一部がうかがえた。

この土地にきて、二ヵ月。

高度には慣れたが、山をみてながめ飽きるということはない。

道路わきには、経文を刻んだ石塔《ヒキ》。

墓を持たないこの地方の人々は、石塔を立て、死者と先祖をとむらう。灰は土に、魂は大いなる光明に。

斑猫は、ベナレスで死んだ本物の斑猫義昭のことを考えた。

ここから、ベナレスまで直線距離にして四百キロほど。ヒマラヤの入口に位置する町で、若者は死んだ。東京の私大の薬学科を卒業したあと、アジアに徒歩旅行にでかけて消息をたってから、六年めだった。

斑猫は、死者の名前と経歴を金で買った。

履歴書の空白になった部分を適当に埋めて、あるNGOに申請し、薬剤師としてこの国に派遣されたのだ。

期間は二年。

これが終われば、次にどうするか。どこへいくか。

彼には、なにもわからない。

本物の斑猫のように、いつか異国の宿で果てるのかもしれない。

そのとき、自分の死体はどうなるのだろう？

水のように流れて消えるのだろうか？

「おまえはひどく変わっている」

リギン・ドルジェがいった。

「ひとりなのに、何人もの人間がおまえのなかにいるようだ。半分は死者で、もう半分は生きている。死者とはだれなのか教えてくれないか」

斑猫は考えこみながら、答えた。

「たぶん、わたし自身」

リギン・ドルジェはなにかいいかけて口を閉じると、琺瑯《ほうろう》のカップからミルクティをすすった。

年は四十代のなかば、頑健な身体をし、若いころはチベットの寺まで修行にいったというリギン・ドルジェは、英語に堪能《たんのう》で、柔軟な視野を持っていた。

家にはもうひとり年寄りの僧がいて、炊事や家畜の世話を受け持っている。

斑猫は、こちらの老人と、親しくしていた。

リギン・ドルジェが、斑猫にこうした質問を投げてきたのは、はじめてだった。

「おまえがこの家にきたとき、わたしはおまえが何者か知ろうとした。いい人間なのか、悪い人間なのか。迷っている人間なのか。しかし、なにもみえなかった。心がすでに抜けだしているのかと思ったが、そうではない。おまえの眼にはまだ光がある」

「人の死とは、あらかじめ定められているものですか」

「だれが定める？　小さな手に握った砂はすぐに尽きる。大きな手に握っていても、たくさん落とせば、すぐに失われる。ゆっくり落としていけば、長生きするだろうが、それだけのこと」

「わたしは、自分に定められた生を、一度終えたのだと考えています。そのあと、なにもすることがなくなってしまった。なにかをしたいとも思ってない」

「だが、この国にきた」

「ええ。きました」

しかし、斑猫は自分の行動に意味があるとは考えたくなかった。この土地で、生きる目的をみいだしたいとも思っていなかった。

豆と野菜を煮込んだタルカリの皿を引き寄せ、米の飯を頬ばった。

部屋のなかは薄暗い。

いつもなら外のベランダで食事をするのだが、今日は雨だった。

斑猫は腕時計をちらり、とみて、椀に手をのばした。そろそろ、診療所にもどらねばならない。保志がひとりで、苦労しているだろう……。

木椀を空にすると、囲炉裏《いろり》にかけたヤカンをとって椀に茶を注いだ。椀のなかを洗うようにてのひらで茶を回し、ゆっくり飲みほした。

リギン・ドルジェがたずねた。

「おまえの望みは？」

斑猫はしばらく考えたあと、口をひらいた。

「いつまでも生きつづけること。この身体のままで」

相手の日焼けした顔に、大きな微笑が浮かんだ。「それでよい」といった。

「自分に欲があったことをやっと思いだしたようだな」

今度は、斑猫も笑った。


斑猫は、傘をさす前、空をながめた。

雨は小降りになっていた。山から吹いてくる風が、はっとするほど冷たい。

じきに夏が終わるのだ。雪が降りはじめて、あたりをすっかり覆ってしまうだろう……。

「オーダイ」

ふり返ると、ドルジェの家で食事をつくっている年寄りの僧が、にこにこしながら立っていた。

「オーダイ、もう戻る《リターン》のか」

「ええ」

戻《リターン》る。

その言葉に、胸がかすかに痛んだ。

斑猫は、老人に手をふると、傘をさし診療所にむかって歩きだした。

※注　オーダイ……同輩への呼びかけ。兄さん。

あとがき

ついに後書きにまでこぎつけたか、と、いうのが、今の正直な感想です。

長かったです……。

仕事を受けたのが、四年と半年前でした。「耽美《たんび》ものを書いてネ」といわれ、ぐ〜たら書いてるうちに、担当者が人事異動、ついでに図子も産休をとったりしたので、原稿はその間、棚にあがったり、お蔵に入ったり。いつのまにか話は耽美から離れて、枚数も当初予定した二倍に膨張しておりました。

もう絶対に通らないと思ってましたので、刊行が決まったときは、本当にうれしかったです。

最初の担当者H・T様、次の担当者Y・K様、三番目の担当者H・A様、校正者のかた、そして、現担当者の永田様。ご迷惑をおかけしました。

関係者各位と、担当者永田様の熱意に、感謝いたします。

さて、執筆に当たっては、様々なかたにご助力いただきました。

当初の設定も知らぬままに、取材に協力してくださった、とある外資系製薬会社、医薬開発部門開発第一部の時光朗様、研究所勤務の村田祥一様、ありがとうございました。監視カメラのセッティングに関しては、原口祥二朗様。多忙ななか、広島弁を監修してくださった津原泰水様。日本医科大の池園哲郎様、ありがとうございました。

また、『バイオハザード』のクリアデータを田上猛様、『バイオハザード2』のクリアデータを立原とうや様とその弟様にいただきました。感謝のあまり押し倒したいくらいです。

表紙の写真は、長年図子の憧れだった写真家の野村佐紀子氏のオリジナル・プリントです。野村さん、素敵な写真をありがとうございました。

それから、「本がでないので、図子さんは死んだのかと思ってました」とお手紙くださった秋田の女子高生のあなた、励ましのお便りをくださったかたがた、ありがとうございました。

また野村さんの個展については、角川書店書籍第一編集部の野崎岳彦様に、ご助言いただきました。ありがとうございました。

最後に、家族の協力と忍耐に、精一杯の感謝を。

みなさま、どうぞ、これからもよしなに……。

図子慧　拝

文庫版　あとがき

十年前、いつも「これが最後にだす本かもしれない」と思って書いておりました。今でもそう思いつつ仕事をしてますが、当時は切迫感がありました。

私生活やそのほかもろもろの変化がありまして、仕事を続けるのが難しくなったのです。女にありがちな分岐点です。乗り越えられず仕事をほとんどしなくなり、その後再開しては休み、また書くといった具合で何となく今にいたってます。

「どうして、色んなジャンルのものを書くのですか？」

仕事でお会いする方に、よく質問されます。実はジャンルが重要だということに、最近まで気が付きませんでした。デビュー当時は、何が書けるのかわかっておりませんでしたので一通り書いてみました。ミステリからホラー、SFまで書いてみて、そうしたお仕事をいただくようになりました。

結果ジャンルのない作家となりましたが、少女向けのライトノベルでデビューした物書きではよくあることです。

本作の場合、若い女性向けという以外に何の制限もありませんでした。期待されてない分、野放し状態だったという自覚を持っておりました。

そのころ、よく売れていたのが、サラリーマン物というジャンルでした（ご存じない場合はそのままのほうがよろしいかと思います……）。可能なかぎりカッコイイ課長を描きたいと思いました。志の低いテーマで、どこまで緻密に書けるか最後に試してみたかったのです。

それを一言で言い当ててくださったSF評論家の大森望氏に、文庫版の解説をお願いしました。大森様、本当にありがとうございました。

刊行時の表紙は、写真家の野村佐紀子氏の作品の、それは美しい装幀の本でした。十年たった今になって、ようやくコバルト編集部のご厚意が理解できるようになりました。担当だった永田様、ありがとうございました。

文庫版には、早川書房の担当氏のアドバイスもありまして、長年憧れておりました版画家の浅野勝美氏の作品をお願いしました。

また文庫化にあたり、古くなった電子機器類の名称や流行遅れの用語など、見苦しくない程度に手直しいたしました。直せない部分、たとえば『総会屋』は、かわりになるような言葉がみつかりませんでしたので、そのままです。

十数年前、さまざまな方にお話をうかがったのですが、取材をした外資系製薬会社は、たびかさなる合併によって社名が変更され、今はまったくちがう会社になりました。社内研修のシステムで参考にしました世界的大企業は、不正行為によって瓦解しました。

転職なさった方、お礼を申し上げようにも連絡がとれない方々に、この場を借りてお礼申し上げます。

また、この本を評価してくださった、評論家の千街晶之様、大倉貴之様に心から感謝いたします。いただいた評価が、仕事を続ける力を与えてくれました。

担当の早川書房編集部の阿部毅様、これからもよろしくお願いします。

よしなに。

図子　慧

幻の傑作メディカル・サスペンス、ついに復活

評論家
大森　望

本書が書き下ろしの単行本として集英社からはじめて刊行されたのは、一九九八年四月のこと。これだけの傑作が十年以上のあいだ文庫化もされずに埋もれていたのは不可解というしかないが、なにしろ著者の図子慧は、本書のあと、極端な寡作状態に陥り、とくにこの九年間はろくに新作を発表していない。今世紀に入って出した本がわずか四冊（まもなく五冊目が刊行予定）というていたらくでは、各社が既刊の文庫化に踏み切れなかったのも無理はないか。

しかし、降って湧いたような医療小説ブームの中で、メディカル・サスペンスの早すぎた傑作『ラザロ・ラザロ』があらためて脚光を浴び、こうして十年ぶりに甦ることになった。小説の内容は、いま読んでもほとんどまったく古びていない（時代を感じるのは、記録媒体にフラッシュメモリではなく磁気ディスクが使用されていることぐらいか）。マンガやTVドラマも含めた最近の〝医療もの〟大洪水の中でも、本書の独自性はあいかわらず際だっている。

なにしろ主人公の廣田は、外資系製薬会社の開発部に勤務するサラリーマン課長。メディカル・サスペンスとしてはこの時点ですでに型破りだが、さらにその人物像がすさまじい。一言で言うとめちゃめちゃ美形なのである。知り合ったばかりの女子大生から、「男の人で、そんなに綺麗って、どんな感じがするものなの？」と真顔で質問されるレベル。高校時代は水泳部に所属し、高飛び込みでインターハイに出た経験があり、完璧な自己管理とエクササイズでいまもその頃の体型を維持している。そこまではまあいいとして、読みながら思わずおいおいと声をあげたのがこの一節。

だから、容姿を誉《ほ》められても当たり前、と内心思っている。それでも疑問形の賛辞のほうが、強く印象に残るのも事実で、大学のときの同級生がいった一言は、いまだに忘れられない。
『きみなら、鏡をみながらマスターベーションできるでしょう？』
廣田は、無理だ、と答えた。嘘だった。

この容姿のおかげで、女には不自由しない廣田だが、なぜか恋愛はうまくいかない。ただ一度の結婚は、一年ももたずに崩壊した。

廣田にとって、女はある日、通学路で待ち伏せていた名前も知らない女子校の生徒だった。手編みのセーターと手紙を廣田にわたし、逃げてゆく、それっきりの存在。

その後の男女交際は大なり小なりこのパターンを踏んでいる。

この記述からもわかるとおり、廣田はノンケの異性愛者だが、アメリカ研修中、プラスケミカル本社のエリート役員、開発担当副社長のアラン・フェアフィールドに見初められ、庇護を代償に関係を持つ（結婚生活が失敗したのも、このときの体験が遠因のひとつになっている）。

いやもう絵に描いたような設定ですが、小説は、その廣田が会社から密命を帯び、広島（推定）に出張するところからはじまる。出張に同行する相棒の宮城は、廣田の中学高校を通しての水泳部の後輩。練習にもろくに出てこないのに先輩や顧問にはタメロの傍若無人男だが、試合には必ず勝ち、インターハイのバタフライ決勝では母校に初の入賞をもたらした。大学卒業後、職を転々とし、最後は総会屋の子分までやって食い詰めていたのを見かねて、廣田がプラスケミカルの系列会社にSEとして押し込んだという経緯がある。〈十五年たった今も、宮城はあいかわず、人なつこく、ガラが悪く、食い意地が汚くて、いい加減だった。しかし、廣田が、よけいな気を遣わずに話ができる相手は宮城しかいなかった。〉つまり本書は、この対照的な二人のバディものサスペンスとしても読むことができる——というか、今回読み直してみて思ったのだが、廣田と宮城のコンビを主役にシリーズ化する手もあるんじゃないですか。外資系製薬会社の超美形エリートサラリーマンと大メシ食らいのはみだし男のコンビが活躍するメディカル企業サスペンス。この文庫が売れた暁には、ぜひとも前向きに検討していただきたい。

という話はともかく、今回、彼らに与えられた使命は、極秘の商談がつつがなく進行するためのセッティングと事前調査。そもそもの発端は、いまから一年前、広島の民間医療法人ルミネ研究所の特別患者用ゲストハウスから出火し、患者、看護師合わせて五人の死者が出た事件。所長の倉石藤一はすべての記録を処分し、忽然と姿を消した。以後、その行方は杳として知れなかったが、二カ月前、プラスケミカル本社の研究所所長宛に、倉石と名乗る人物から、自分の研究を五十億円で売り渡すとのメールが届いた。取引きの場所として指定してきたのは、火災以降閉鎖されたままのルミネ研究所だった。

倉石はかつてプラスケミカル社に籍を置き、遺伝子組み換えプロジェクトでめざましい成果をあげた。そのときの研究で得たデータも利用して、ルミネ研究所で大金持ちの患者を相手に無認可の非合法な治療を試み、末期ガンの治癒率七割という驚異的な記録を達成。さらにはアンチエイジングを越えた若返り療法まで実現していたらしい。その研究データが五十億で手に入るなら安い買い物だというのがプラスケミカル本社上層部の判断だった。

非合法すれすれの業務だが、拒否できない立場に追い込まれた廣田は、宮城とともに広島へ向かう。だが、倉石の消息をたずねて関係者への聞き込みをつづけるうち、きな臭いにおいが漂ってくる。行く先々に現れ、廣田を恫喝するヤクザまがいの男たち。火災のあと入院先のルミネ研究所ゲストハウスから失踪した大物政治家の妻だと名乗って近づいてくる長身の美女、エンジェル。そしてもうひとり、斑猫と名乗る謎の男が影の主役として登場し、冒頭から物語を牽引する役割を担う。

題名のラザロとは、イエス・キリストの友人で、エルサレム郊外のベタニアに住む人物。

「ヨハネによる福音書」第十一章によると、イエスが布教のために留守にしているあいだに病気で死亡したが、四日後にもどってきたイエスが墓の前で祈り、呼びかけると、奇跡的に復活したという。エピグラフで引用されているのはその場面。なぜラザロの名がタイトルに使われているかは、読み進むうちやがて明らかになる。

プロットは二転三転し、どんでん返しが連続する。八百枚になんなんとする大作だが、抜群にキャラの立った登場人物とリアルなディテールのおかげで読み出したら止まらない。最近の医療サスペンスのベストセラー群とくらべても一歩も引けをとらない、スリリングなエンターテインメント。とくに、女性読者には強くおすすめしたい。

さて、作家・図子慧の実力は、すでに本書をお読みになった方ならおわかりのとおりだが、本文庫では初登場となるので、最後にその経歴を簡単に紹介しておこう。

図子慧は、一九六〇年、愛媛県生まれ。中篇「クルトフォルケンの神話」で一九八六年下期の第八回コバルト・ノベル大賞を受賞し、デビューを飾る。三人の男が立て続けに正午に自殺した事件をめぐる（この賞としては異色の）硬派ミステリーで、生化学的な知見と同性愛とがモチーフになっている点では、本書にもストレートにつながる（この作品は現在も電子書店パピレスで購入できる。http://www.papy.co.jp/act/books/1-1388/）。

翌八七年、集英社コバルト文庫から『シンデレラの夜と昼』を刊行、続く近未来ＳＦ長篇『地下世界のダンディ』で注目を集める。その後もコバルト文庫、ルビー文庫、スニーカー文庫などのライトノベル系レーベルで、学園もの、ＳＦ、ミステリ、ファンタジーとジャンルを自在に横断しつつ精力的に作品を発表する。そのかたわら、一九九一年の『晩夏』からは一般向け文芸書にも進出。中でも『ルドルフォI・II』や『イノセント　沈む少年』はレベルの高い力作で、本書に続いてぜひ文庫化してほしい。

最初にも書いたとおり、一九九九年以降はがっくり執筆ペースが落ちていたが、昨年は早川書房から易をモチーフにした書き下ろし連作ミステリ『駅神』を発表。まもなく続篇の刊行も予定されている。また、数年がかりで取り組んでいる近未来SFの大長篇も、来春あたり徳間書店から刊行の予定とか。実力派のベテラン作家・図子慧の帰還を拍手をもって迎えたい。

本書は、一九九八年四月、集英社より単行本として刊行された作品を文庫化したものです。

珠玉の短篇集

五人姉妹
菅　浩江
クローン姉妹の複雑な心模様を描いた表題作ほか"やさしさ"と"せつなさ"の9篇収録

レフト・アローン
藤崎慎吾
五感を制御された火星の兵士の運命を描く表題作他、科学の言葉がつむぐ宇宙の神話5篇

西城秀樹のおかげです
森奈津子
人類に福音を授ける愛と笑いとエロスの8篇日本SF大賞候補の代表作、待望の文庫化！

夢の樹が接げたなら
森岡浩之
《星界》シリーズで、SF新時代を切り拓く森岡浩之のエッセンスが凝集した8篇を収録

シュレディンガーのチョコパフェ
山本　弘
時空の混淆とアキバ系恋愛の行方を描く表題作、SFマガジン読者賞受賞作など7篇収録

日本ＳＦ大賞受賞作

上弦の月を喰べる獅子 上下
夢枕 獏

ベストセラー作家が仏教の宇宙観をもとに進化と宇宙の謎を解き明かした空前絶後の物語。

戦争を演じた神々たち［全］
大原まり子

日本ＳＦ大賞受賞作とその続篇を再編成して贈る、今世紀、最も美しい創造と破壊の神話

傀《く》儡《ぐつ》后《こう》
牧野 修

ドラッグや奇病がもたらす意識と世界の変容を醜悪かつ美麗に描いたゴシックＳＦ大作。

マルドゥック・スクランブル（全３巻）
冲方 丁

自らの存在証明を賭けて、少女バロットとネズミ型万能兵器ウフコックの闘いが始まる！

象《かたど》られた力
飛 浩隆

Ｔ・チャンの論理とＧ・イーガンの衝撃――表題作ほか完全改稿の初期作を収めた傑作集

次世代型作家のリアル・フィクション

スラムオンライン
桜坂 洋

最強の格闘家になるか？ 現実世界の彼女を選ぶか？ ポリゴンとテクスチャの青春小説

ブルースカイ
桜庭一樹

あたしは死んだ。この眩しい青空の下で——少女という概念をめぐる三つの箱庭の物語。

サマー／タイム／トラベラー1
新城カズマ

あの夏、彼女は未来を待っていた——時間改変も並行宇宙もない、ありきたりの青春小説

サマー／タイム／トラベラー2
新城カズマ

夏の終わり、未来は彼女を見つけた——宇宙戦争も銀河帝国もない、完璧な空想科学小説

零式
海猫沢めろん

特攻少女と堕天子の出会いが世界を揺るがせる。期待の新鋭が描く疾走と飛翔の青春小説

ハヤカワ文庫

原尞の作品

そして夜は甦る

高層ビル街の片隅に事務所を構える私立探偵沢崎、初登場！　記念すべき長篇デビュー作

直木賞受賞

私が殺した少女

私立探偵沢崎は不運にも誘拐事件に巻き込まれる。斯界を瞠目させた名作ハードボイルド

さらば長き眠り

ひさびさに事務所に帰ってきた沢崎を待っていたのは、元高校野球選手からの依頼だった

愚か者死すべし

事務所を閉める大晦日に、沢崎は狙撃事件に遭遇してしまう。新・沢崎シリーズ第一弾。

日本冒険小説協会賞最優秀短編賞受賞

天使たちの探偵

沢崎の短篇初登場作「少年の見た男」ほか、未成年がからむ六つの事件を描く連作短篇集

ススキノ探偵／東直己

探偵はバーにいる

札幌ススキノの便利屋探偵が巻込まれたデートクラブ殺人。北の街の軽快ハードボイルド

バーにかかってきた電話

電話の依頼者は、すでに死んでいる女の名前を名乗っていた。彼女の狙いとその正体は？

向う端にすわった男

札幌の結婚詐欺事件とその意外な顚末を描く「調子のいい奴」など五篇を収録した短篇集

消えた少年

意気投合した映画少年が行方不明となり、担任の春子に頼まれた〈俺〉は捜索に乗り出す

探偵はひとりぼっち

オカマの友人が殺された。なぜか仲間たちも口を閉ざす中、〈俺〉は一人で調査を始める

ハヤカワコミック文庫

ワンダフルライフ

清原なつの

まんが家の山田錦さんはある冬の夜、すっぽんぽんの酒臭い男が路上に寝ているのを発見しました。よく見ればなかなかいい男です。凍死してはたいへんと、山田さんはその男を自宅へ連れ帰ります。衝撃の出会いが奇妙な縁となって山田さんはその泥酔男、天下太平氏と結ばれるのですが、彼こそは世界平和と愛のために戦う宇宙超人だったのです。清く正しい妄想をつきつめて、ある意味、理想の家庭を描いたＳＦホームコメディ。

ハヤカワコミック文庫

花図鑑

（全2巻）

清原なつの

性にまつわる抑圧や禁忌に悩む女性の心に、さまざまな角度からスポットをあて、その秘められた心理を衝いたオムニバス作品集。男女交際禁止の厳格な女子校で起こったおかしな騒動を描く、第一話「**聖笹百合学園の最期**」から、トラウマによってセックス恐怖症になった女性の心理をやさしく見つめた、最終第二十話「**ノリ・メ・タンゲレ**」までを収録。第１巻には、描き下ろしエッセイマンガ「**左手のためのワープロ花図鑑狂奏曲**」も掲載。

著者略歴　愛媛県生，作家　著書『駅神』『閉じたる男の抱く花は』『君がぼくに告げなかったこと』他

HM=Hayakawa Mystery
SF=Science Fiction
JA=Japanese Author
NV=Novel
NF=Nonfiction
FT=Fantasy

ラザロ・ラザロ

〈JA929〉

二〇〇八年七月二十日　印刷
二〇〇八年七月二十五日　発行

（定価はカバーに表示してあります）

著者　図《ず》子《し》慧《けい》
発行者　早川浩
印刷者　矢部一憲
発行所　株式会社　早川書房
郵便番号　一〇一 - 〇〇四六
東京都千代田区神田多町二ノ二
電話　〇三 - 三二五二 - 三一一一（大代表）
振替　〇〇一六〇 - 三 - 四七七九九
http://www.hayakawa-online.co.jp

印刷・三松堂印刷株式会社　製本・株式会社川島製本所

ISBN978-4-15-030929-9 C0193